EDNA O'BRIEN

DIE KLEINEN ROTEN STÜHLE

Aus dem Englischen
von Kathrin Razum und Nikolaus Stingl

Roman

Steidl

Mit Dank
Zrinka Bralo
Ed Vulliamy
Mary Martin (sechs Jahre alt)

Der Einzelne kommt gegen die Geschichte nicht an.
Roberto Bolaño

Der Wolf hat ein Recht auf das Lamm.
Der Bergkranz (serbisches Epos)

Am 6. April 2012, zwanzig Jahre nach Beginn der Belagerung Sarajewos durch bosnisch-serbische Truppen, stellte man in der Stadt zum Gedenken 11 541 rote Stühle entlang der achthundert Meter langen Hauptstraße auf. Einen leeren Stuhl für jeden Einwohner und jede Einwohnerin Sarajewos, die während der 1425 Tage währenden Belagerung umgekommen waren. Sechshundertunddreiundvierzig kleine Stühle repräsentierten die Kinder, die durch Heckenschützen oder das Artilleriefeuer von den umliegenden Hügeln getötet worden waren.

ERSTER TEIL

CLOONOILA

[Gilgamesh] wusch seine verfilzte mähne, er reinigte sein schweißband,
er schüttelte sein haar über den rücken hinab,
legte seine schmutzigen kleider ab und zog saubere an,
warf den umhang über und band sich einen wehrgürtel um.

Der Ort ist nach dem Fluss benannt. Dieser, reißend und gefährlich, drängt in manischem Übermut vorwärts und trägt Bruchholz und Eisbrocken mit sich. In den kleinen Seitenarmen, wo das Wasser sich sammelt, glänzen blaue, schwarze, purpurne Steine vom Flussbett empor, perfekt gerundet und geglättet, es ist, als sähe man ein Gelege von ziemlich großen Eiern in einem Eimer Wasser. Das Tosen ist ohrenbetäubend.

Von den schlanksten Zweigen der ausladenden Bäume im Folk Park tropft das schmelzende Eis, ein sanftes Wispern, und die ringförmige Metallskulptur, für etliche Ortsansässige ein Schandfleck, wird durch eine ungleichmäßige Halskette aus Eiszapfen verschönt, bläulich in der kalten Nacht. Wäre er weiter ins Ortsinnere vorgedrungen, hätte der Fremde die Flaggen diverser Länder gesehen, Anzeichen dafür, wie kosmopolitisch der Ort inzwischen ist, sowie – eine nostalgische Reverenz an die Vergangenheit – einige alte landwirtschaftliche Geräte, einen Mähdrescher, ein Mühlrad und den Nachbau eines irischen Cottage aus der Zeit, als die Bauern in armseligen Unterkünften hausten und Nesseln aßen, um nicht zu verhungern.

Er bleibt am Wasser, scheint davon gebannt.

Bärtig, in langem dunklem Mantel und weißen Handschuhen, steht er auf der schmalen Brücke, schaut auf den rauschenden Fluss hinunter und sieht sich dann um, wirkt ein bisschen verloren, seine Anwesenheit das einzige Kuriosum in der Monotonie dieses Winterabends in einem eiskalten Kaff, das als Stadt durchgeht und den Namen Cloonoila trägt.

Sehr viel später würden Leute von seltsamen Geschehnissen an diesem Winterabend berichten: von Hunden, die wie verrückt bellten, so als donnerte es, und vom Schlag der Nachtigall, deren Trillern und Flöten so weit im Westen eigentlich nie zu hören war. Die kleine Tochter einer Tinker-Familie, die in einem Wohnwagen am Meer wohnte, schwor, sie habe den Púca gesehen, der ihr durchs Fenster mit dem Beil gedroht habe.

***

Dara, ein junger Mann mit gelverklebter Stachelfrisur, strahlt, als er hört, wie jemand zögerlich die Türklinke herunterdrückt, und denkt *Endlich Kundschaft.* Wegen dieser verfluchten Promillegrenze läuft das Geschäft schlecht, sie hocken da draußen auf dem Land, die verheirateten Männer und die Junggesellen, lechzen nach ein paar Pints, aber sie riskieren es lieber nicht, wo ihnen die Polizei doch bei jedem Schlückchen über die Schulter schaut, ihnen die einfachen Freuden des Lebens nimmt.

»'n Abend, Sir«, sagt er, als er die Tür öffnet und den Kopf hinausstreckt. Dann macht er eine Bemerkung über das furchtbare Wetter, und die beiden Männer stehen in einer Art sich anbahnender Kameradschaftlichkeit da und atmen die kalte Luft beherzt in tiefen Zügen ein.

Als er den Mann da draußen etwas genauer betrachtete, verspürte Dara den Impuls, das Knie vor ihm zu beugen, denn er sah aus wie ein Heiliger mit seinem weißen Bart und weißen Haar und in diesem langen schwarzen Mantel. Er trug weiße Handschuhe, die er jetzt langsam abstreifte, Finger um Finger, und sah sich unbehaglich um, als würde er beobachtet. Dara bot ihm den guten Ledersessel am Kamin an, warf ein paar Briketts ins Feuer und gab eine Prise Zucker dazu, damit es ordentlich loderte. Es war das mindeste, was er für den Fremden tun konnte. Dieser war gekommen, um nach einer Unterkunft zu fragen, und Dara sagte, er werde »mal scharf nachdenken«. Er bereitet einen heißen Whiskey mit Nelken und Honig zu und legt als Hintergrundmusik die Pogues auf, in all ihrer großartigen Wildheit. Dann zündet er ein paar alte Kerzenstummel an, der »Stimmung« halber. Der Fremde lehnt den Whiskey ab und fragt, ob er stattdessen einen Brandy bekommen könnte, den er dann eine Weile in dem großen Kognakschwenker kreisen lässt und schließlich trinkt, ohne ein Wort zu sagen. Dara, eine echte Quasselstrippe, breitet sein Leben vor ihm aus, einfach um ein Gespräch in Gang zu halten – »Meine Mutter ist echt eine Heilige, mein Vater hält viel von Jugendtreffs, aber nichts von Drogen und Alkohol ... meine kleine Nichte ist meine Freude und mein ganzer Stolz, die hat gerade mit der Schule angefangen, und da hat sie eine neue Freundin gefunden, Jennifer ... Ich arbeite in zwei Bars, hier im TJ's und am Wochenende im Castle ... Die Fußballer gehen ins Castle, das sind absolute Gentlemen ... Ich hab mich mit einem von ihnen fotografieren lassen ... Hab mal Pelés Autobiographie gelesen, echt stark ... Im Sommer fliege ich nach England, zu einem Freundschaftsspiel gegen England im Wembley-Stadion ... Wir haben den Flug schon gebucht, wir sind zu sechst, übernachten in einem Hostel, das wird bestimmt klasse ... Ich geh ab und zu ins Fitnessstudio, mach ein bisschen Ausdauertraining und Unterarmstütze. Ich mag meine Arbeit ... Mein Motto ist ›Sorg vor, dann musst du dich nicht sorgen‹ ... Bei der Arbeit trinke ich nie, aber wenn ich mit den Jungs unterwegs bin, darf's schon mal ein Guinness sein ... Ich mag Fußball, aber ich guck mir auch gern Filme an ... neulich hab ich einen tollen Film gesehen, mit Christian Bale als Dark Knight und so, aber Horrorfilme wären nichts für mich.«

Der Gast wirkt jetzt etwas wacher und sieht sich um, offenbar fasziniert von dem Krimskrams, der in all den Ecken und Winkeln herumsteht, Sachen, die Mona, die Besitzerin, im Laufe der Jahre angesammelt hat – Porter- und Bierflaschen, kunstvoll beschriftete Zigarettenschachteln und Zigarrenkisten, ein kleines Sherryfässchen aus Keramik mit goldenem Zapfhahn und dem Namen der Region in Spanien, aus der es stammt, und zum Gedenken an einen traurigen Tag ein geschnitztes Holzschild, auf dem steht: »Achtung! Tiefe Jauchegrube!« Dieses Erinnerungsstück, erklärte Dara, bezog sich auf einen Bauern in Killamuck, der eines dunklen Abends in seine Jauchegrube gefallen war, worauf seine beiden Söhne hinterhergesprungen waren, um ihn zu retten, und dann auch noch ihr Hund Che – und sie alle ertranken.

»Furchtbar traurig, wirklich furchtbar«, sagt er.

Er ist mit seiner Weisheit am Ende, kratzt sich mit einem Bleistift am Kopf, schreibt die Namen der verschiedenen B&Bs auf, die aber, wie er bedauernd anmerkt, fast alle schon Saisonende haben. Er hat es bei Diarmuid versucht, dann bei Grainne, aber es ist niemand rangegangen, und bei drei anderen springt ein Anrufbeantworter an und weist den Anrufer klipp und klar an, keine Nachrichten zu hinterlassen. Dann fiel ihm Fifi ein, die ein bisschen verschroben war seit ihrer Zeit in Australien, aber sie war nicht zu Hause, wahrscheinlich, wie er erklärte, irgendwo meditieren oder Mantras singen, sie war ein New-Age-Junkie, stand auf

Prana und Karma und all diesen Kram. Seine letzte Chance ist das Country House Hotel, wobei er weiß, dass es eigentlich schon geschlossen hat und die Inhaber, ein Ehepaar, demnächst zu einer Trekkingreise nach Indien aufbrechen werden. Er hat Iseult, die Frau, am Telefon. »Ausgeschlossen. Ausgeschlossen.« Aber nachdem er ihr ein bisschen Honig ums Maul geschmiert hat, lenkt sie ein: eine Nacht, aber wirklich nur eine. Er kennt sie. Er liefert Sachen dort an, Wein oder frischen Fisch und Hummer direkt vom Kai. Ihre Zufahrt ist ewig lang, zieht sich in Windungen dahin, von gewaltigen alten Bäumen überschattet, auf der einen Seite ein Wildpark, ein eigenes Flüsschen, ein Schwesterfluss des Flusses in der Stadt, eine kleine Bogenbrücke, hinter der sich die Zufahrt weiter erstreckt bis zu dem Rasen vorm Haus, auf dem Pfauen herumstolzieren und tun, was Pfauen eben tun. Einmal hatte er beim Aussteigen aus dem Lieferwagen zufällig gesehen, wie einer der Pfauen sein Rad schlug, die Schwanzfedern wie ein Fächer oder der Balg einer Ziehharmonika, ein toller Anblick, das Grün und Blau leuchtend wie Buntglas, eine wahre Pracht. Ab und zu beschwerten sich anscheinend Hotelgäste über die nächtlichen Schreie der Pfauen, die denen eines notleidenden Babys seltsam ähnlich seien, aber die Leute, fügte Dara hinzu, kämen manchmal eben auf komische Gedanken.

Ein Jugendlicher kam herein, gaffte die seltsame Gestalt mit der Sonnenbrille an, brach in schallendes Gelächter aus und ging wieder. Dann erschien eine der Muggivan-Schwestern und versuchte den Gast in ein Gespräch zu verwickeln, aber er war in seiner eigenen Welt, dachte seine eigenen Gedanken und murmelte in einer fremden Sprache vor sich hin. Als sie gegangen war, entspannte er sich etwas, ließ den Mantel von seinen Schultern gleiten und sagte, er sei schon seit vielen Tagen auf Reisen, allerdings sagte er nicht, von wo er aufgebrochen war. Dara schenkte ihm ein zweites Glas ein, diesmal großzügiger bemessen, und bot ihm an, die Drinks anzuschreiben, er werde ja hoffentlich öfter mal vorbeikommen.

»Es ist mir eine Ehre, Sie als Gast zu haben, Sir«, und mit diesen Worten überließ er den müden Mann seinen Gedanken und trug das Datum und die beiden Brandys in sein Buch ein. Der Gast erzählte, da, wo er herkomme, werde der Branntwein aus Pflaumen und Zwetschgen gemacht und *Rakija* genannt, und er habe mindestens vierzig Prozent. Er sei obligatorisch bei Taufen, Hochzeiten und am Grab von Kriegern.

»Obligatorisch.« Dara gefiel es, wie dieses Wort seinen Mund ausfüllte. Wo das denn sei, wo der Gast herkomme, wagte er zu fragen.

»Montenegro.«

Als Dara das Wort Montenegro hörte, fiel ihm ein anderer Fremder von dort ein, ein ziemlicher Einsiedler, er hatte in einem großen Haus mit Blick aufs Meer gewohnt und morgens in aller Herrgottsfrühe seine garstigen Hunde ausgeführt. Sein vorzeitiger Tod mit Anfang sechzig, nicht ganz hasenrein. Nur drei Trauernde an seinem Grab in Limerick, drei Leute, die sich unter einen einzigen Schirm duckten. Er war ihm nie persönlich begegnet, hatte aber so einige Geschichten vom Sergeant gehört, denen zufolge er woanders polizeilich gesucht wurde. Aber das war wohl keine angemessene Anekdote für den Gast.

Er war hinter dem Tresen hervorgekommen, völlig baff, so sollte er es später formulieren, über die Klugheit dieses Mannes, dessen Wissen, ein wandelndes Lexikon. Er hörte von der schönen Landschaft Montenegros, Bergen, die sich mit den Alpen messen konnten, tiefen Schluchten, Gletscherseen, die als die Augen der Berge bezeichnet wurden, und Tälern, in denen die Kräuter üppig sprossen. In den Fels gehauene kleine Kirchen und Klöster ohne Fenster, wo die Leute hingingen, um auf die gleiche Weise zu beten, wie man es von den Iren kannte. In den Jahrhunderten vor Christus hatten, so erfuhr er, in den Schluchten der Karpaten und an den Ufern der Drina Kelten gelebt, die Verbindung zwischen Irland und dem Balkan war unstrittig. Wissenschaftler hatten die Hieroglyphen in alten Schriftrollen und die Artefakte in diversen Museen eingehend studiert und Ähnlichkeiten zwischen den damals jeweils benutzten Waffen und Rüstungen festgestellt.

»Ihr Volk hat also ähnliche Ungerechtigkeiten erleiden müssen wie meines«, sagte er.

»Oh, ja, allerdings ... Meine Mutter, die aus Kerry kommt, hat uns oft von dem Massaker in Ballyseedy erzählt, da haben sie neun Männer aneinandergefesselt und eine Granate mittenrein geworfen. Nur einer hat das überlebt, nämlich mein Großvater, und der ist ihr dann jedes Jahr an diesem Tag erschienen, am 24. März, wirklich wahr ... stand immer am Fußende von ihrem Bett.«

Der Fremde hörte sich das an, sann darüber nach, senkte mitfühlend den Kopf.

»Haben Sie schon mal von Siddharta gehört?«, fragte er nach langem Schweigen.

»Ich glaube nicht«, antwortete Dara.

Siddharta, so erfuhr er jetzt, hatte vor Tausenden von Jahren gelebt und eines Tages bei einem rituellen Pflügen eine Vision gehabt, in der ihm das Leiden der Menschheit offenbart und die Aufgabe übertragen wurde, zu tun, was er konnte, um dieses Leiden zu lindern. Nun sei er natürlich nicht Siddharta, schob der Fremde rasch nach, doch auch er habe mitten im Leben einen ganz neuen Weg eingeschlagen. Er habe sich in verschiedene Klöster zurückgezogen, um dort zu meditieren und zu beten. Am meisten habe ihn die schwierige Frage beschäftigt, wie er dieses bestimmte Etwas, das er verloren habe, wiedererlangen könne. Dieses Etwas, das dem modernen Menschen schlechthin verlorengegangen sei, ob man es nun Seele nenne oder Harmonie oder Gott. Indem er sich aus der Welt zurückgezogen und die Reise auf dem fliegenden Teppich der Gelehrsamkeit angetreten habe, sei er in den Rosengarten des Wissens, der Esoterik, Traumdeutung und Trance gelangt. Durch sein ausgiebiges Studium habe er eine schlichte Erkenntnis gewonnen, nämlich die der Analogie von Gegensätzen, was ihn wiederum auf die Idee gebracht habe, die überlieferte Medizin mit der modernen Wissenschaft zu kombinieren, eine Synthese des Alten und Neuen, die sich gegenseitig befruchteten.

»Und das alles bringe ich Ihnen«, sagte er und streckte Dara zur Bekräftigung die Hand entgegen.

»Wahnsinn«, war das Einzige, was Dara dazu einfiel.

»Eine Frau hat mich hierhergeführt«, fuhr der Fremde mit einem Anflug von Schalk fort und schilderte, wie ihm eines Nachts im Kloster mit den Worten *Ich bin aus Irland* eine bleiche, tränenüberströmte Frau erschienen war, die ihn angefleht hatte, in ihre Heimat zu kommen. Dara mit seinen oberflächlichen Geschichtskenntnissen sagte, diese weinende Frau sei weithin bekannt und in jedem Schullesebuch zu finden, man nenne diese Erscheinung Aisling, was so viel heiße wie Traum. Dann reichte ihm der Gast seine Karte, auf der in schwarzer Schrift *Dr. Vladimir Dragan* stand, gefolgt von einer Reihe akademischer Grade. Darunter las er *Heiler und Sexualtherapeut.*

»Aber ich werde Vuk genannt«, sagte der Mann mit einem zögerlichen Lächeln. Vuk sei in seiner Heimat ein beliebter Name für Söhne, und zwar wegen der Legende von der Frau, die mehrere Säuglinge hintereinander verloren und dann beschlossen hatte, ihr Neugeborenes Vuk zu nennen, was Wolf bedeutete, damit die Hexen, die Babys *fraßen,* zu viel Angst hätten, um sich auf das Wolfskind zu stürzen. Sie unterhielten sich prächtig, als zu Daras großem Ärger das verdammte Telefon klingelte. Es war Iseult vom Country House Hotel, die wissen wollte, wann der Gast komme und ob ihm Krebsscheren zum Abendessen recht seien.

Er stand in der Tür und verfolgte, wie der Mann unter einer dünnen Mondsichel die Straße entlangging, wie seine auf dem Eis knirschenden Schritte immer leiser wurden, er die Brücke überquerte und den rauschenden Fluss hinter sich ließ, auf dem Weg zu dessen Schwesterfluss, der nicht annähernd so schnell dahinströmte. Dara tat ein paar kräftige Atemzüge und rüstete sich innerlich, denn er wusste, dass die Bar sich bald füllen und man einen detaillierten Bericht über diese Begegnung von ihm erwarten würde.

Desiree war die Erste, ein dralles Mädchen im rosa Minikleid, das ihre kräftigen, nackten Arme sehen ließ, und mit einem Mantel über dem Kopf; sie platzte vor Neugier.

»Gott, ich könnte echt einen Kerl gebrauchen, hab schon seit einem halben Jahr keinen mehr gehabt«, sagte sie und wollte wissen, ob der Bursche vorzeigbar sei und ob Single oder verheiratet. Trug er einen Ring? Die Muggivan-Schwestern waren die nächsten, sie schlichen in ihren grauen Mänteln und Häkelmützen herein und bestellten Pfefferminzlikör. Fifi erschien mit ein paar Freundinnen, und Mona, auf den Trubel aufmerksam geworden, kam aus ihrer Wohnung herunter, setzte sich wie ein normaler Gast auf einen Barhocker und bestellte sich ihren üblichen Drink, einen großen Portwein mit einer Scheibe Orange. Seit zwanzig Jahren verwitwet, trug sie immer schöne dunkle Kreppkleider mit einem Ansteckbukett aus Stoffveilchen an ihrer üppigen Büste, und sie sprach mit leiser, hauchiger Stimme.

Monas Leben ruhte auf zwei Grundpfeilern: Zum einen war das Padre Pio, in den sie unbeirrbares Vertrauen hatte, zum anderen waren es Liebesromane, von denen sie gar nicht genug kriegen konnte. Sie verschlang sie, so wie sie abends im Bett Toffees verschlang, und als sie sich jetzt umsah, stellte sie zu ihrer Freude fest, dass die Bar sich füllte, seit Weihnachten war das Geschäft nämlich gar nicht gut gelaufen. Auch Plodder der Polizist war da, Diarmuid, der ehemalige Lehrer, und Dante, der Stadtpunk mit seinen Dreadlocks und seiner schwarzen Kluft, flankiert von seinen Kumpanen, die beide schon im Knast gesessen hatten – Ned, weil er in Blumenkästen Marihuana angebaut, und Ambrose, weil er von dem Bauunternehmer, bei dem er arbeitete, Bleirohre gestohlen hatte. Der Laden brummte. Von Begeisterung erfasst verkündete Dara stolz, der Fremde sei ein Gentleman durch und durch, bis zu den Schuhspitzen. Bald hatte er seine Zuhörer völlig in der Hand, setzte ihnen die Ereignisse wie ein Puzzle zusammen, wobei er das Ganze noch etwas ausschmückte, den bohrenden Blick des Mannes beschrieb, seine langen Finger, ausdrucksvoll wie die eines Pianisten, und den Siegelring mit dem Adlerwappen in der Farbe roten Wachses. Der Fremde sei zwar, wie gesagt, ein feiner Pinkel, aber er habe zugleich die Aura eines heiligen Mannes, wie einer dieser Pilger, die früher barfuß umhergezogen seien und Gutes getan hätten. Dara erzählte auch von dem Zwetschgenbrand, *Rakija,* der bei Taufen, Hochzeiten und am Grab von Kriegern obligatorisch sei, und dass die Menschen auf dem Balkan und in Irland gemeinsame Vorfahren hätten.

Ob der Neuankömmling einer dieser Haie sei, die auf Gas oder Öl spekulierten und ihr fruchtbares grünes Land ausbluten wollten?

»Ganz und gar nicht … er ist ein Doktor, ein Philosoph, ein Dichter und Heiler.«

»Jesusmaria, kleiner geht's wohl nicht!«, sagte Plodder der Polizist, der seine eigenen Schlüsse zog. Kurz vor der Pensionierung und von den Kollegen eher belächelt, wurde er nur mit kleinen Aufgaben betraut, fehlende Rücklichter, streunende Schafe, aber dass mit diesem Besucher irgendwas nicht stimmte, das spürte er im Urin, ein Hochstapler oder Schwindler war das oder vielleicht ein Bigamist.

»Wo kommt er denn her?«, fragte Mona.

»Aus Montenegro«, antwortete Dara und erzählte dann die Geschichte von der Blutsbrüderschaft zwischen den irischen und balkanischen Kelten und dass die Artefakte, die man dort in den Feldern und sonstwo gefunden habe, denen aus Boyne ähnelten.

»So ein Blödsinn«, sagte Desiree.

»Er bleibt länger hier ...«, sagte Dara und ließ dann, zufrieden mit seinem Timing, die Bombe platzen und erzählte, dass der Mann eine Praxis als Heiler und Sexualtherapeut eröffnen wolle.

»Gütiger Gott«, entfuhr es den Misses Muggivan, und sie bekreuzigten sich.

»Oh, oh, oh ... ein Sexualtherapeut!« Die Diskussion wurde hitzig. Einige witterten Laster und Verderbnis, vereinzelte Stimmen beharrten darauf, dass er ein *Vehikel* für das Gute sein könnte. Sie überschrien einander. Es war zu viel für den ehemaligen Lehrer Diarmuid, der sich das ganze Gequassel angehört hatte und jetzt an die anderen appellierte, ihm doch bitte die Gelegenheit zu geben, eine vernünftige, vermittelnde Ansicht kundzutun:

»Es gab mal einen Mann namens Rasputin«, begann er und ging dabei auf und ab, rechthaberisch und streitsüchtig, immer noch der Lehrer, nur von niemandem mehr mit Ehrfurcht betrachtet, »der aus der sibirischen Wildnis kam und sich in den innersten Zirkel des russischen Hofs einschlich, indem er sich als Heiler und Visionär ausgab. Er versprach, Russland aus seiner Lethargie und Finsternis zu erheben, das kranke Kind der Zarin, den künftigen Erben, von seiner Hämophilie zu heilen und Wunder ohne Ende zu vollbringen. Hat er den Erben geheilt? Nein. Hat er die russische Familie vor dem Erschießungskommando bewahrt? Nein. Er war ein Hurenbock und Hochstapler, der sich jeden Abend betrank und mit fast allen Frauen am Hof Geschlechtsverkehr hatte.«

Er hörte Gekicher und Füßescharren, war jedoch entschlossen, seine Meinung zu sagen, und warnte sie, schon auf dem Weg zur Tür, dass Rasputins letzte Mahlzeit ein Teller voll Kekse mit Zyanid gewesen sei.

»Eine tolle Geschichte, Diarmuid«, rief Mona ihm nach und bat ihn, doch zu bleiben, denn sie mochte es nicht, wenn Gäste verärgert gingen.

Dante hatte die ganze Zeit zugehört, und auf Monas Nicken hin begann er nun, die Bodhrán zu spielen, das braune Haar fiel ihm ins Gesicht, und seine Truppe wartete auf ihr Zeichen. Jede Menge Irish Coffee wurde bestellt. Dara bekam Komplimente dafür, dass er weiterreden und trotzdem die Schlagsahne so geschickt über die Rückseite des Löffels fließen lassen konnte, bevor sie zitternd im Kaffee landete. Die Musik wurde wilder, stampfender, Dantes Kumpane spielten Verzierungen und Rhythmen auf den Löffeln, während Desiree ihren Pseudo-Striptease vollführte. Dante ging auf den Zehenspitzen herum, beugte sich über jeden, der Schamane, und offenbarte ihnen flüsternd:

Der Weihnachtsmann, der kam nicht
Stattdessen kam sein Bruder
Der Weihnachtsmann ist tot
Der Weihnachtsmann ist tot

Das hat er berichtet
Samt Schlitten vernichtet
Das hat er berichtet
So sieht's aus, mein Sohn
So sieht's aus.
Ne finstere Geschichte.

Mona auf ihrem Hocker, ein bisschen beschwipst und nostalgisch geworden, presste die Stoffveilchen an ihre Brust und sagte: »Vielleicht bringt er ein bisschen Romantik in unser Leben.«

Draußen zeigte das Thermometer am Tor zum Folk Park drei Grad unter Null an, und drinnen aalten sie sich in der Wärme eines Feuers, das schon seit dem Morgen brannte. Rauchkringel schwebten durch den Raum, die Gesichter neugierig, fröhlich, verträumt, von Rauch umkränzt, wie Wesen, die in einem seltsamen nächtlichen Bacchanal gefangen waren.

FIFI

Fifi wachte auf, weil sie Stimmen hörte. Das konnte nur John sein, John, der seit fast drei Jahren tot war und sie immer noch regelmäßig besuchte, Verbindung aufnahm, wie er es genannt hätte. Als stünde er leibhaftig vor ihr, so sah sie ihn vor sich mit seinem zerzausten schwarzen Haar, den wilden schwarzen Augen und seinem alten grünen Pullover, von dessen Ärmeln Fäden hingen, sah ihn vor sich, wie er die Geheimnisse des Göttlichen verkündete, in das er eingeweiht war.

Sie hatte keine Angst vor seinem Geist, er konnte nur Gutes bringen. Sie waren Seelenverwandte, waren beide in der Welt herumgekommen und von ihren Reisen hierher zurückgekehrt, zum Küsten- und Bodennebel, in die Dunkelheit der Fomoren, wie er immer sagte. Die Beziehung war natürlich rein platonisch, denn wie sie bedauernd einräumte, war sie nach all der Sonne in Australien nur noch »ein vertrockneter alter Vogel«, während John mit seinem Haarschopf und seinen wilden Augen immer noch Orpheus war, der für irgendeine einsame Eurydike sang, wer immer sie auch sein mochte.

Ach ja, der glorreiche, abgehobene Unsinn von damals.

Zwei Jahre hatte er unter ihrem Dach gelebt, im hinteren Zimmer, das er Manaan Mac Lir nannte, Sohn des Meeres und Meeresgott. Er verrichtete körperliche Arbeit, grub um und hackte und tat das gern, weil er dadurch der Natur nahe war, und nachts betrieb er seine mystischen Studien. Ursprünglich hatten sie sich auf Übernachtung mit Frühstück geeinigt, aber das änderte sich mit der Zeit, ab und zu brachte er einen Hasen oder eine Forelle mit, und dann kochte sie für ihn und sie saßen am Küchentisch zusammen und unterhielten sich, John ließ sich über Gott und das Heidentum aus, über Gaia und Johannes vom Kreuz. Oft widersprach er sich dabei, erklärte, der Weg zur Religion bestehe darin, gar keiner Religion anzuhängen, und dann schlugen sie sich dort am Küchentisch fast die Köpfe ein, schrien einander nieder, wegen der unbefleckten Geburt und der Wiederauferstehung Christi. Sie war gläubig, doch für John war die Dichtung die wahre Religion.

Er missbilligte es, dass sie Sommergäste aufnahm, kampierte dann im Moor oder an der Küste und gab hin und wieder ein Seminar bei einer Summer School, an dem sie nicht teilnahm, weil sie zu viel zu tun hatte. Ihre Gäste kamen Jahr für Jahr wieder, einige zum Angeln, andere zur Jagd oder wegen der Festivals, die das ganze Jahr über stattfanden, zum Wandern oder weiß der Himmel wozu sonst noch.

Ihr Frühstück war legendär, die ganze Truppe außer John an ihrem langen Eichentisch, ihr bestes Knochenporzellan, die Baumwollservietten noch warm, weil sie sie gerade erst gebügelt und dann so gefaltet hatte, dass sie aussahen wie ein Briefumschlag mit offener Lasche und genau zwischen das sorgfältig um den Teller arrangierte Silberbesteck passten. Wenn die Gäste herunterkamen, wurden sie vom Duft warmen Kartoffelbrots und frischer Scones empfangen, dazu gab es Honig aus ihren eigenen Bienenstöcken und Marmelade oder Gelee aus verschiedenen Früchten. Sie nötigte ihre Gäste, dieses Frühstück einzunehmen, ob sie es wollten oder nicht, und schickte sie dann los zu ihren jeweiligen Unternehmungen.

Ihren kleinen »Ashram«, wie John es nannte, zu verlassen, war sein größter Fehler gewesen, denn wenig später starb er, und zwar, wie sie steif und fest behauptete, an Heimweh. Ein alter Pub, der jahrelang leergestanden hatte, war versteigert, renoviert und neu eröffnet worden, und der Lärm der Autos und Feiernden bis spät in die Nacht machte ihn schier wahnsinnig. Sie konnte ihn in seinem Zimmer fluchen und schimpfen hören, weil er aus seinen paradiesischen Träumen gerissen wurde. Er zog in den Süden, wo er Ruhe zu finden hoffte, nur um dort zu erleben, dass ein naher, stillgelegter Steinbruch wieder in Betrieb genommen wurde, sodass er den ganzen Tag den Lärm der Menschen und Maschinen ertragen musste.

»Und, John, was hast du mir zu sagen?«, fragte sie, während sie sich im Bett aufsetzte und eine Strickjacke anzog, denn es war eiskalt im Zimmer. Mit dem großen Zeh knipste sie die Stehlampe an, dann schlüpfte sie in ihre flauschigen rosa Hausschuhe. Sie ging hinunter, um ihre erste Tasse Tee zu trinken, und stellte sich vor, wie Bibi, ihre listige kleine Dackeldame, schon auf ihr erstes Schälchen Milch mit einem winzigen Schuss Tee wartete. Bibi hatte ein Gespür wie ein Mensch, sie wusste, dass ihr Frauchen bald verreisen würde, und nutzte jede Gelegenheit, um abzuhauen. Der Januar war der richtige Monat, um für eine Woche dichtzumachen und zu Mickey, dem Korbflechter, nach Leenane zu fahren, wo Fifi wieder lernen würde, wie man aus Weidengerten Körbe und Reusen flocht.

Das Klingeln überraschte sie – im Fenster des Wintergartens stand ein Pappschild, auf dem in Druckbuchstaben zu lesen war: *Winterruhe – Geschlossen.* Mit dem braunen Ei in der Hand, das sie sich vielleicht, aber vielleicht auch nicht, zum Frühstück kochen würde, ging sie an die Tür, und als sie den bärtigen Mann sah, ein Abbild des Moses, fiel ihr der feuchtfröhliche Abend gestern im Pub wieder ein, an dem sie unklugerweise Gin und Irish Coffee durcheinander getrunken hatte.

»Guten Morgen ... Dara hat mich zu Ihnen geschickt«, sagte er in ruhigem, höflichem Ton.

»Guten Morgen ... Dara hätte Sie nicht zu mir schicken sollen«, antwortete sie scharf. Einen Moment lang schwiegen sie beide, und er bewunderte die Aussicht, den Fluss, der hier zu einer großen Biegung ausholte, Aalreusen, Fischkörbe für die Krebse und zwei Schwäne, so reglos, als wären sie aus Porzellan. Der dunstverhangene Horizont schien sich auf den Bergkuppen abzustützen.

»Den Januar nutze ich immer zum Streichen und Renovieren«, sagte sie als Entschuldigung dafür, dass sie ihn abgewiesen hatte.

»Ihr Haus ist wirklich außergewöhnlich«, sagte er.

»Ach je, das bricht demnächst zusammen«, erwiderte sie, doch seine Bemerkung erfüllte sie mit Stolz. Ihr Haus war teils zwei-, teils einstöckig, mit einem halbrunden Wintergarten und einigen verfallenen Nebengebäuden auf der einen Seite. Es gab einen Vorgarten mit Zierpflanzen und einen großen Garten hinter dem Haus, der sich den steilen Hang zum Wald hinaufzog. Vor fünfzehn Jahren hatte sie das Cottage, das ihre Vorfahren einst aufgegeben hatten, erworben, die Wände von Pilzen bewachsen und Kakerlaken überall, doch zugleich das Wissen, dass hier irgendwann in ferner Vergangenheit der Mensch in Not und Elend hineingeboren worden war, von dem sie die pfefferschwarzen Tüpfel in ihren haselnussbraunen Augen und ihr aufbrausendes Temperament geerbt hatte.

Es war ein klarer, kalter Morgen, die Sonne warf ihr Licht auf die Büsche und die paar struppigen Heckenrosen, die den Winter bisher überlebt hatten, und die grünen Spitzen der frühen Krokusse lugten schon aus der Erde. Sie führte ihn nach hinten und zeigte ihm die kleine Lindenallee, den Apfelgarten und die schöne Sonnenuhr mit dem von

Grünspan überzogenen Pfau, die von einem Herrenhaus im County Wicklow stammte. Sie zeigte auf die drei verfallenen Nebengebäude und sagte, irgendwann werde sie die zu Atelierwohnungen ausbauen. Als sie sich umschaute, stellte sie fest, dass Bibi verschwunden war. Sie war mal wieder weggelaufen – snobistisch, wie sie war, wahrscheinlich zum Castle, um sich unters vornehme Volk zu mischen. Fifi rief als Erstes im Castle an, wo man ihr sagte, Bibi sei nirgends zu sehen, dann lief sie hierhin und dorthin, bettelnd und beschwörend, und blies in eine Pfeife, die einen schrillen, gebieterischen Ton erzeugte. Sie befürchtete, jemand könnte Bibi gestohlen oder vergiftet haben, denn viele Leute neideten sie ihr.

Er half ihr suchen, und bald waren sie im Wald, bewegten sich ganz leise vorwärts, horchten auf jedes noch so kleine Geräusch. Ihm fiel auf, dass am Fuß einer Birke das Laub weggescharrt worden war und sich in der Erde eine kleine Öffnung befand. Er beugte sich vor, lauschte und sagte, er höre, dass sich dort etwas bewege.

»Da ist sie drin«, sagte er.

»Warum kommt sie denn nicht mehr raus?«

»Mutter Natur.« Er erklärte ihr, dass Bibi vermutlich der Witterung einer Ratte oder eines Hermelins gefolgt sei und sich mit geschärften Sinnen wildentschlossen in den Bau gezwängt habe. So hätte sie durch ein Nadelöhr gepasst. Aber wieder herauszukommen sei etwas ganz anderes. Das nötige Adrenalin fehle. Es sei ein Glück, dass sie so bald hierhergefunden hätten, denn wäre Bibi mehrere Tage dort drinnen geblieben, wäre sie zwar dünner geworden und hätte sich theoretisch wieder herauswinden können, tatsächlich aber wäre sie vorher verdurstet.

Er setzte den Spaten an, den sie vorsorglich mitgenommen hatten, lockerte die gefrorene Erde und grub dann mit einer kleineren Schaufel weiter, vorsichtig, um keine Knochen zu brechen, und als er den Bau weit genug geöffnet hatte, griff er hinein und zog sie behutsam heraus. Sie sah aus wie ein Lumpen, erdverschmiert, das eine Ohr eingerissen, und zitterte am ganzen Leib.

»Die war im Krieg«, sagte er.

»Meine kleine Vagabundin«, sagte Fifi und schloss sie in die Arme, und dann gingen sie schweigend zurück zum Haus. Sie stellten Bibi in einen Bottich mit warmem Wasser, Fifi wusch sie mit einem Schwamm und er kürzte ihr die vom Scharren beschädigten Krallen. Sie zitterte immer noch, als wüsste sie nicht, wo sie war, und zuckte zusammen, als sie ihr mit einer Pinzette die Erde aus den Nasenlöchern entfernten.

Dann kümmerte sich Fifi um sein Wohl und bereitete ihm ein herzhaftes Frühstück, während er die Sachen in der Küche bewunderte, die altmodische, grün gestrichene Anrichte, die unterschiedlichen Tassen und Rasierschalen, die hinten hineingezwängten Teller, die Marmeladenschälchen aus milchigem Uranglas.

Sie saß ihm am Tisch gegenüber, schnitt Weidengerten auf die gleiche Länge und musterte ihn zugleich. Er war ein gutaussehender Mann und, so viel war klar, ein feiner Pinkel, ein dunkelrotes seidenes Einstecktuch korrespondierte mit dem etwas matteren Rot seiner Seidenkrawatte. Irgendwie kam sie auf John zu sprechen, der so eine Inspiration für sie gewesen sei, und einer spontanen Regung folgend, holte sie den Schuhkarton mit Fotos von ihm, die ihn mit seinem breiten Lächeln zeigten, und mit Sprüchen, die er aus den Upanishaden abgeschrieben hatte, sowie einigen aus seiner eigenen Feder. Ihr Gast schaute sich alles an, war offensichtlich beeindruckt und las ein paar Sachen laut vor.

Wenn ich ein wenig von mir wiederherstelle, dann stelle ich auch ein wenig von dir wieder her, denn im kosmischen Gesetz des Göttlichen sind wir alle eins.

Oh Mutter Asien von den Herz-Sutren, weise mir den Weg.

Kehren wir zurück zur Vogelherrschaft von Conaire Mor, in der alle Wesen friedvoll miteinander leben und Mensch und Tier sich im göttlichen Plan mit der Natur verbinden.

»Er hat hier gewohnt?«, fragte er.

»Ja ...«, erwiderte sie stolz, aber bevor es zu spirituell wurde, fügte sie hinzu, wenn er getrunken habe, sei John ein Teufel gewesen, und sie beschrieb ihn, wenn er freitags abends besoffen mit Fergal, einem anderen Orpheus, unterwegs gewesen war, beide zusammen auf einem Fahrrad, wie sie am Hügel beim Aalwehr angehalten hatten und Fergal gesagt hatte: »Du bist fast daheim, John«, und John geantwortet hatte: »Ich weiß, aber ich folge dem Weg des Otters.«

Im »Manaan Mac Lir«-Zimmer blickte er aus dem Fenster, wie John es so oft getan hatte, auf die Apfelbäume, die verfallenen Nebengebäude und den Wald, wo die kleinen Birken den Verheerungen so vieler Winter standgehalten hatten.

»Wir sind jetzt in der Stille«, sagte er, und sein Anblick, wie er so feierlich, so bischöflich und dabei so männlich dastand, rührte sie auf eine lang vergessene Weise an.

Dann sagte er, wie schön dieser Vormittag für ihn gewesen sei, wie bereichernd, und dass er ihn nicht vergessen werde. Mehr brauchte es nicht, um sie umzustimmen.

Sie einigten sich auf den Preis von hundert Euro pro Woche, und es fügte sich gut, dass er nun Bibi und die sechs Hühner würde versorgen können, während Fifi ihr Versprechen wahrmachte und zu Mickey nach Leenane fuhr.

Sie sah ihm nach, als er den kleinen Weg entlangging, aufrecht und dabei geschmeidig, und dachte sich, dass die

Frauen von Cloonoila, ob verheiratet oder ledig, ihm zu Füßen liegen würden.

»Für dich, John«, sagte sie, ein seltenes Eingeständnis ihrer Einsamkeit.

MÄNNER DES GLAUBENS

»Scheußlich ... wirklich ein scheußlicher Morgen.«

Die Wellen tosen über die Felsen, stürzen krachend auf die Promenade, setzen alles unter Wasser.

Doch zwei Tapfere lassen sich nicht davon schrecken, der jugendliche Father Damien in braunen Sandalen und Soutane und Dr. Vladimir im langen Überzieher, mit rotem Schal, weißen Handschuhen und einer Sonnenbrille mit glänzendem Metallgestell. Der Wind fährt dem jungen Priester unter die Soutane und weht sie ihm ins Gesicht, sodass seine wenigen, unbeholfenen Worte nur gedämpft zu hören sind.

Er ist neu in der Gemeinde, wurde ganz plötzlich nach Hause beordert, nachdem hier ein Priester an einem Aneurysma gestorben war und ein anderer, den Greyhounds zu sehr zugetan, mehr Zeit bei Hunderennen als mit der Erfüllung seiner pastoralen Pflichten verbracht hatte und schließlich versetzt worden war. Wie sehr er seine Arbeit in den Slums von Leeds und Manchester vermisse – das sei seine wahre Berufung, den Armen zu helfen, ihnen Hoffnung zu geben, nicht dieser Disput hier.

Sie kommen an der Hundestation vorbei, sehen, wie die schweren schwarzen Brecher heranrollen und gegen die beiden schon triefnassen Bänke klatschen, und steuern die Dünen an. Sie waren übereingekommen, dass es klüger war, sich draußen zu unterhalten, da sie im TJ's oder im Castle mit Lauschern rechnen mussten, oder, wie Father Damien es etwas netter formulierte: »Wände haben Ohren.«

»Eine Art *crimen sollicitationis*«, der Doktor wiederholt die Worte – mit wohlklingender Stimme, aber in brüskem Ton. Als der junge Priester diese Worte bei seinem unerwarteten Besuch im Sprechzimmer nervös hervorgestoßen hatte, hatte er allein den Klang schon als verletzend empfunden. Gleich an Ort und Stelle hatte er den Begriff nachgeschlagen und festgestellt, dass er nichts Gutes verhieß. *Missbräuchliche Ausnutzung einer Vertrauensstellung zur Förderung unzüchtiger Handlungen.* Er hatte sich die Definition in sein Notizbuch geschrieben und blickt jetzt auf den Eintrag, während es auf die aufgeschlagenen Seiten regnet.

»Der Bischof macht sich Sorgen«, sagt Father Damien, darin mit diesem einig.

»Das tut mir leid«, sagte der Doktor ruhig.

»Die Sache ist die – es hat sich herumgesprochen, dass Sie als Sexualtherapeut praktizieren wollen, aber wir leben hier in einem katholischen Land, und Keuschheit ist oberstes Gebot.«

»Aber natürlich ...« Er versichert seinem Freund, dass in seiner Heimat, seinem geliebten Balkan, jahrhundertelang Krieg geführt wurde, um den Glauben gegen die Heiden zu verteidigen.

»Nach Ansicht des Bischofs«, fährt Father Damien fort, »müssen wir stets wachsam sein, und ›Sexualtherapeut‹ sendet einfach die falschen Signale ... Experimente ... Aufregung ... Abweichungen ...« Er verstummt schamhaft. Er ist hin- und hergerissen zwischen Ehrerbietigkeit und Pflichtgefühl, und während er vor sich hin stammelt, wirkt der Doktor, hinter seiner dunklen Brille versteckt, unnahbar – ihre Blicke treffen sich nicht, sodass er nicht erkennen kann, ob seine Worte irgendetwas bewirken.

»Vergessen Sie nicht, dass ich den Hippokratischen Eid abgelegt habe«, sagt der Doktor und berichtet von seiner

Anrufung Apollons und anderer heilender Göttinnen und Götter, der Selbstverpflichtung auf ethische Grundsätze. Intimität, so fuhr er fort, sei undenkbar, Verführung oder die Freuden der Liebe seien in Zusammenhang mit Patienten, ob Männern oder Frauen, absolut tabu.

»Aber Sie sind ein alternativer Heiler, und das geht mit allen möglichen neumodischen Ideen einher ... und vielleicht auch einem Hauch Darwinismus«, sagt Father Damien, schrecklich befangen.

Schulmedizin und alternative Medizin, erfährt er, gingen Hand in Hand, es habe da einen Quantensprung gegeben, der auf die neuesten Erkenntnisse in der Neurobiologie und Kognitionswissenschaft zurückgehe, eine akustische Resonanz, ein Tanz innerhalb der Partikel des Körpers, durch den eine Krankheit aufgehalten werden könne, gute Zellen, die wie Soldaten gegen böse Zellen kämpften. Er ist messianisch in seiner Begeisterung, spricht von den Geheimnissen der Pflanzen, im Farn, im Korb der Sonnenblume, im Innern eines Nektarinensteins, und sagt voraus, dass eine Zeit kommen wird, wo die Medizin es Patienten ermöglichen wird, den Klängen ihrer Seele zu lauschen.

»Unglaublich«, sagt der Priester. Er ist völlig baff. *Defixi.* Das Wort des Bischofs klingt ihm in den Ohren, das lateinische Wort für fixieren, festmachen, von den Nägeln, mit denen man zu Zeiten der Römer Fluchtafeln durchbohrte, um Gegnern zu schaden. *Defixio.* Er ist halb blind vom Regen, und der Boden ist voller Löcher, sodass er stolpert, wo seine Haltung doch aufrecht sein sollte.

»Ich möchte nicht darauf herumreiten«, sagt er, »aber wenn wir uns vorstellen, da liegt jemand auf Ihrer Couch, ob Mann oder Frau, dem das Wort Sexualtherapeut durch den Kopf schwirrt, würde so jemand nicht etwas« – ihm stockt der Atem – »Abartiges erwarten?«

»Ich danke Ihnen für Ihre deutlichen Worte, aber glauben Sie mir, ich bin nicht hier, um Ihrer Gemeinde Seelen oder Körper abspenstig zu machen. Ich bin hier, um Gutes zu tun.«

»Wissen Sie, so viele Menschen hier empfinden ein Vakuum in ihrem Leben ... In der Ehe geht die Magie verloren ... Internetdating ... Nacktheit ... Hedonismus ... was ich in der Beichte alles zu hören bekomme ...«

»Tja, aber das ist für den Beichtstuhl gedacht – das bleibt zwischen den Leuten und Ihnen und hat nichts mit mir zu tun.«

»Gibt es im orthodoxen Glauben eigentlich die Beichte?«, fragt der Priester, nachdem er seinen Mut zusammengenommen hat.

»Ja und nein ... in unserem orthodoxen Glauben wird jeder Priester mit der Befugnis ausgestattet, die Beichte abzunehmen, aber nicht jeder tut es.«

»Das wird meinen Bischof nicht überzeugen ... das Leiden an der Sünde und die Reue sind Bestandteil unseres Wesens.«

»Ich möchte Ihnen in Erinnerung rufen, dass auch wir die sieben Sakramente kennen, auch bei uns gibt es die Buße, die Sie Beichte nennen, und die Salbung mit dem Chrisam.«

»Aber Sie senden eine aufrührerische Botschaft aus ... das rote Tuch für den gallischen Stier«, sagt der Priester unverblümt.

»Ah«, ruft der Doktor. Jetzt versteht er, worum es geht, es fällt ihm wie Schuppen von den Augen, jetzt sieht er nicht mehr durch einen Spiegel, in einem dunkeln Wort – der *Sexualtherapeut* ist das Schreckgespenst.

»Ich könnte den ›Sexualtherapeuten‹ ja weglassen«, sagt er zu seinem sorgenvollen Befrager.

Nichts einfacher als das. Er wird neue Karten drucken

lassen, auf denen die streng wissenschaftliche Ausrichtung seiner Arbeit Ausdruck findet.

»Halleluja … heute Nacht wird der Bischof gut schlafen«, sagt Father Damien viel zu unterwürfig.

»Wir werden heute Nacht alle gut schlafen«, sagt der Doktor und wischt sich dabei mit einem sauberen, trockenen Taschentuch die Gischt von den Brillengläsern.

Sie sind sich fast einig, nur eine letzte Hürde ist noch zu nehmen. Father Damien sieht sich im Bischofspalast im Salon stehen, sieht den Bischof mit seinen eiskalten Augen und der langen spitzen Nase, den Gemeindepfarrer, schweißgebadet, und all die anderen Priester, die ihn gereizt in die Mangel nehmen. Es gilt jetzt, Klarheit zu gewinnen über die Unterschiede zwischen der römisch-katholischen und der orthodoxen Kirche.

Der Doktor begrüßt die Frage, gibt zu, dass es im Laufe der Jahrhunderte Differenzen und Quasi-Differenzen gab, die zu Schismen und Dualismus geführt haben, wobei es oft wohl nur um Fragen der Interpretation gegangen sei, was die Gelehrten auf beiden Seiten aber nicht hätten zugeben wollen. Zum Beispiel sei für die einen Gott reines Sein, und für die anderen sei Er reines Erleben, aber für beide sei Plato der Dieb der Wahrheit und Christus deren Bote. Dann lässt er sich freudig über die unauflösliche Vermählung beider Kirchen im Jahr 1964 aus, als Papst Paul VI. sich im Rahmen des Zweiten Vatikanischen Konzils mit dem Patriarchen Athenagoras traf, um die Differenzen endlich beizulegen, und daraufhin der ganzen Welt verkündete: »Jetzt atmen wir mit beiden Lungenflügeln.« Rom neige eher zum Empirischen, das Orthodoxe zum Mystischen, die Hölle sei für die einen ein konkreter Ort, für die anderen die Verzweiflung der Seele darüber, dass ihr der Anblick Gottes verwehrt bleibt. Das heilige Abendmahl führe Rom mit gesäuertem

Brot oder *zyme* durch, die orthodoxe Kirche mit ungesäuertem Brot oder *azyme*. Doch beide Kirchen könnten ihre Geschichte bis zur Heiligen Schrift zurückverfolgen, und im Jahr 310 nach Christus habe Kaiser Konstantin das Christusmonogramm am Himmel gesehen, das XP, das für die ersten beiden Buchstaben des griechischen Wortes für Christus stehe. Fortan habe er unter der christlichen Standarte gekämpft, so Maxentius besiegt und dann um die Taufe gebeten. Beleg für seine Bekehrung sei, dass seine sterblichen Überreste auf Patmos in einem Sarkophag neben den zwölf Aposteln zur Ruhe gebettet worden seien, er werde gleichsam als dreizehnter Apostel betrachtet.

Bei dem Wort Patmos denkt Father Damien an Sonnenschein, türkisblaues Meer, Zedernwälder und die Überreste der Heiligen, schön unter Glas und Gold verwahrt, weißen Satin ums Kinn, um die verschrumpelte gelbe Haut zu verbergen, Heiligkeit verströmend. Doch zu seinem Entsetzen erfährt er, dass diese Überreste alle dahin sind, kein Knochen, keine Rippe ist geblieben nach Jahrhunderten voller Krieg, Plünderungen und Brandschatzungen.

»Und was ist mit den Reliquien?«

»Was ist mit den Reliquien!«, ist die Antwort, und sie seufzen beide.

Father Damien formuliert im Geiste bereits seinen Bericht für den Bischof und die Pater. Das Bild vom Atmen mit den beiden Lungenflügeln wird sie überzeugen, Anstoß nehmen werden sie indes an dem Gedanken, die Hölle sei für Rom ein konkreter Ort, für die Orthodoxen hingegen die Verzweiflung der Seele darüber, dass ihr der Anblick Gottes verwehrt bleibt, aber das Zweite Vatikanische Konzil wird seine Trumpfkarte sein. Plato wird er außen vor lassen. Dass Konstantins sterbliche Überreste neben den zwölf Aposteln begraben sind, wird sie faszinieren. Konstantin, der zudem am Berg Tabor eine Vision von der Transfiguration hatte, die gleiche Vision wie die Apostel, die Christus gefolgt waren.

»Ich frage mich …«, sagt er vor sich hin, und der Doktor fragt sich mit ihm. Es ist so: Er, Damien, hätte gern, dass der Gemeinschaft ein Olivenzweig gereicht wird. Sie könnten doch eine öffentliche Versammlung abhalten, nicht vorm Altar, sondern zum Beispiel im Hinterzimmer von TJ's, wo die Gläubigen ihre Fragen loswerden und Antworten erhalten könnten, die eventuelle noch bestehende Unklarheiten beseitigen würden.

»Eine richtige Frage-Antwort-Runde«, sagt der Doktor begeistert. Er möchte unbedingt die Ortsansässigen kennenlernen, denn er will sich in Cloonoila niederlassen, spürt hier diese ursprüngliche Unschuld, die den meisten anderen Orten auf der Welt verlorengegangen ist.

Damit ist die Sache für Father Damien entschieden. Er hat den Impuls, den Mann zu umarmen, beherrscht sich jedoch und kniet sich stattdessen ins nasse Gras, um aus dem Nizänischen Glaubensbekenntnis zu zitieren: *Gott aus Gott, Licht aus Licht, wahrer Gott aus wahrem Gott, eines Wesens mit dem Vater.* Der Doktor wiederholt das Gebet in seiner eigenen Sprache, sehr zur Erbauung des ihn begleitenden rattenartigen kleinen Hundes, der vorübergehend aufhört zu kläffen.

Dann stehen sie auf, wischen sich die Knie ab, und mit der Kameradschaftlichkeit von Männern, die sich endlich verstanden haben, beginnen sie zum Mantra von Papst Paul und dem Patriarchen Athenagoras zu atmen – *Jetzt atmen wir mit beiden Lungenflügeln.*

Der Himmel öffnete nun endgültig seine Schleusen, und der Regen peitschte herunter, während sie schweigend zurückgingen, platschend durch Pfützen stapften. Unweit der Promenade treffen sie auf Fidelma, die Frau des Textilhändlers, die in einen grauen Regenmantel mit Eichhörnchenkragen eingemummelt ist, ihr Gesicht nassglänzend.

»Was machen Sie denn bei diesem Sauwetter draußen?«, fragt Father Damien.

»Ich mag das ... Ich mag den Regen«, antwortet sie im Vorbeigehen, und der Doktor verbeugt sich galant vor ihr.

»Eine reizende Frau ... Reizende christliche Familie«, sagt der Priester, als sie außer Hörweite sind, und sie setzen ihren Weg fort, vom tosenden Sturm durchgeschüttelt.

Auf dem Parkplatz stellen sie fest, dass jemand die Scheibenwischer an ihren Wagen abgebrochen und auf den Boden geworfen hat und das neue Autoradio des Priesters gestohlen worden ist.

»Jugendliche ... haben nichts Besseres zu tun«, sagt Father Damien, als wäre er für die Moral der ganzen Gemeinde verantwortlich. Stolz zieht er ein kleines Handy aus der Tasche und ruft eine Werkstatt in Sligo an, wo er jemanden kennt. Er horcht, lächelt, beendet seinen Anruf und deklamiert dann in feierlichem Ton: »Und dann wird er seine Engel senden, und sie werden sich versammeln.«

SCHWESTER BONAVENTURE

Kein großes Trara, nicht einmal ein Reporter vom Lokalblatt und ganz gewiss keine Fotos, denn der Doktor war der Überzeugung, dass durch den Einfluss der Kamera die Seele eines Menschen gestohlen wurde. Es war einfach nur ein geschmackvolles Hinweisschild, schwarze Schrift auf edlem weißem Papier, das bekannt machte, dass Dr. Vlads Praxis am Dienstag, dem 22. Februar eröffnen werde. In kleinerer Schrift stand darunter: *Ganzheitliches Heilen nach östlicher und westlicher Lehre.*

Er war schon fast einen Monat da, aber letztlich immer noch ein Fremder, ein Kuriosum – man sah ihn in aller Herrgottsfrühe mit hochgekrempelten Hosenbeinen Steine aus dem Fluss klauben, an anderen Tagen zog er mit der Schafschere los, um Seetang für seine Ganzkörperpackungen zu sammeln. Täglich trafen Kräuter und Tinkturen aus China, Indien, Burma und Wales für ihn ein, und die Postamtsvorsteherin, die örtliche Sphinx, erklärte, manches davon rieche wie Kuhmist.

Er ging viel spazieren, und nach einer ausgedehnten Runde setzte er sich manchmal in seinem langen Mantel auf eine Bank am Strand Hill, nicht weit von der Hundestation, und deklamierte lateinische Verse, während die großen Wellen unermüdlich heranrollten. Niemand sprach ihn an, wenn er in seinen Träumereien versunken war, bis eines Tages ein wissbegieriger Schüler, Taig, ihn zu fragen wagte, von wem denn diese Gedichte seien. Von Ovid, bekam er zur Antwort, einem Dichter aus dem dritten Jahrhundert, der aus Rom ans Schwarze Meer verbannt worden sei. In seinen

Gedichten verfluche und beschwöre er jene, die ihn verbannt hätten, aber letztlich bitte er immer darum, zurückkommen zu dürfen. Wie Ovid sei auch er ein Dichter und Exilant.

Fifi, seine Vermieterin, lernte seine kulinarischen Vorlieben kennen, Lamm oder Schwein mit Rotkohl, den sie im Glas im Supermarkt besorgte, oder Crêpes mit unterschiedlichen Füllungen, etwa einem Weißkäse mit Zucker. Seinen Wein bestellte er bei einem Weinhändler in Galway. Abends vertiefte er sich in seine medizinischen Zeitschriften und Nachschlagewerke, und manchmal ging er sehr spät abends noch mit einer großen Taschenlampe in den Wald, um zu telefonieren. Er hatte zwei Handys, eins für die Arbeit und ein privates, und bei diesen nächtlichen Telefonaten dort oben im Wald hörte sie ihn oft schreien, andere Male aber auch lachen, wenn er mit irgendeinem Kumpel sprach. Er spielte ein Saiteninstrument namens Gusla, und sonntagabends rezitierte er manchmal im Wohnzimmer seine Gedichte, mit ihr als ganzem Publikum. Einige seiner Gedichte übersetzte er ihr auch, und sie fand sie sehr machomäßig, langatmiges Geschwafel über schlanke und majestätische Geschosse und starke Wölfe, die aus den Bergen kamen. Ganz anders als Yeats, nein, mit Yeats' wilden Bächen aus den Hängen oberhalb Glen-Car hatte das alles keinerlei Ähnlichkeit.

Rauch stieg aus dem Schornstein seiner Praxis auf, und neben der Haustür war säuberlich Brennholz gestapelt, aber niemand traute sich, seine Schwelle zu überschreiten. Schließlich war es Schwester Bonaventure, die sich entschloss, das Versuchskaninchen zu geben. Als Nonne fürchtete sie sich nicht vor ihm und seinem südländischen Charme, sie rühmte sich ihres liberalen Denkens, fühlte sich befreit durch die humanen Lehren des Papst Johannes. Johannes war ein Mann ganz nach ihrem Geschmack. Ja, auch Nonnen mussten mit der Zeit gehen, genau wie alle anderen.

Sie und drei andere Nonnen lebten in einem Flügel des alten Klosters, dessen Hauptgebäude verkauft worden war und jetzt als Schule genutzt wurde, *Auch der Vogel hat ein Haus gefunden*, zitierte sie aus der Bibel – und sie richteten sich dort ein. Tag für Tag konnte Bonaventure, sofern sie nicht irgendwo anders unterwegs war, in der Schulkantine ihr Mittagessen einnehmen, für drei Euro, genau wie die Kinder, Fleisch oder Fisch mit irgendeinem Gemüse und Kartoffeln, gekocht oder als Püree, was brauchte der Mensch mehr. Sie trank nicht. Sie hatte gesehen, welchen Schaden und Kummer Alkohol anrichten konnte, Familien wurden auseinandergerissen, Höfe zu einem Spottpreis versteigert. Um ein gutes Beispiel zu geben, hatte sie immer ihr »Pioneer Total Abstinence«-Abzeichen am Jackenaufschlag stecken. Sie trug kein Habit mehr, nur noch den Schleier, den sie als ihre »Haube« bezeichnete. Ihre übliche Kleidung waren ein dunkelblauer Rock, dunkelblauer Pullover, schwarze Strumpfhosen sowie robuste schwarze Schuhe für ihre Besuche an abgelegenen Orten, in unwegsamem Gelände, dem sie ihren kleinen Mini, ihr Vehikel der Freiheit, lieber nicht aussetzen wollte. Die vier Nonnen hatten unterschiedliche Verpflichtungen – sie selbst leistete karitative Arbeit, besuchte Kranke, brachte den ans Haus Gefesselten die heilige Kommunion in ihrem hölzernen Hostienbehälter. Schwester Austin kümmerte sich um Außenanlagen und Garten, und Rosario bildete sich in den Naturwissenschaften und Geographie fort, was bedeutete, dass sie die Ernsthafteste war. Die arme Pius, die Älteste, war für Altar und Sakristei zuständig, half dem Pfarrer und dem Vikar, richtete ihnen das Messgewand und entzündete die Kerzen für Messe und Andacht. Bonaventure liebte ihre Wohltätigkeitsarbeit und war unermüdlich im Auftreiben von Geldern für gute Zwecke. Sie sammelte Briefmarken. Ging die Leute beharrlich um Briefmarken an, besonders solche aus fernen Ländern, die sie dann an ein Büro in Dublin verkaufte; das Geld ließ sie einem Wasserprojekt in Ostafrika zukommen, von wo sie überschwängliche Dankesbriefe und Fotos von Kindern mit ansteckendem Lächeln erhielt. Sie kochte auch Marmelade, die sie sonntags auf einem privaten Flohmarkt verkaufte. Zuerst wirkte sie etwas merkwürdig, wie sie da mit ihrem Nonnenschleier hinter dem improvisierten Verkaufstisch stand, aber als die Leute ihre Marmelade, die sie zum Probieren auf kleinen Kräckern anbot, erst einmal gekostet hatten, kam ihr Geschäft in Schwung. Die »Krönung«, wie es im Lokalblatt hieß, war ihre Kürbismarmelade mit kandiertem Ingwer.

Ihr Termin war um elf Uhr, und sie betete den ganzen Morgen, dass sie das Richtige tat und nicht ihren Körper besudelte. Sie duschte besonders gründlich und trug dann mit der großen Puderquaste Maiglöckchen-Körperpuder auf, den sie von Mona zu Weihnachten bekommen hatte.

Er kam selbst an die Tür und bat sie mit einer Verbeugung herein. Er trug einen weiten blauen Kittel, der ihm etwas Mönchhaftes gab. In dem kleinen Kamin des Wartezimmers im ersten Stock brannte ein Feuer, und sie unterhielten sich kurz, es gebe doch nichts, sagte sie, was so leer wirke wie ein Kamin ohne Feuer, worauf er erwiderte, dieser qualme leider, aber der Kaminbauer habe ihm versichert, wenn die Rückwand erst einmal von Ruß überzogen sei, werde der Rauch ordentlich abziehen.

Sie blieb vor einer Vitrine stehen, betrachtete all die Arzneien – Tropfen in Fläschchen mit Glasverschluss, blaue Glasgefäße, die innen von dem darin enthaltenen Pulver ganz silbrig waren, durchsichtige Beutel mit Gräsern und Kräutern, Rindenstücke und gegabelte Wurzeln, die sie an ein Bild in Rosarios Biologiebuch erinnerten: die Alraune, die schreit, wenn man sie aus dem Boden zieht. Plötzlich fühlte sie sich unwohl. Diese Angelegenheit war heikler, als sie gedacht hatte.

Der Behandlungsraum war ein Tempel, die Beleuchtung gedämpft und faszinierend, aus allen vier Ecken erklang geistliche Musik. Aus den offenen Mündern und leeren Augenhöhlen von Holzfiguren, Göttinnen und Göttern, drangen Lichtgarben, im einen Moment golden, dann blau, dann rosa, in Gang gesetzt mit einer winzigen Fernbedienung, die er in der Hand hielt, der Magus, wie ihn der ehemalige Lehrer genannt hatte.

Er ließ sie allein, damit sie sich entkleiden konnte, sagte ihr, sie könne ihre Unterhose anlassen, wenn sie wolle, er könne ihr aber auch eine aus Papier geben. Sie zog es vor, ihre wollene Wäsche anzulassen, und entkleidete sich dann zaghaft, wobei sie sich auf einen Drehhocker setzen musste, um ihre Strumpfhose abzustreifen. Zweimal fiel sie fast vom Hocker, weil er sich plötzlich drehte. Auf einer Bank an der Seite standen zwei große Töpfe, der eine mit einem elektrischen Heizelement, um Wasser damit zu erhitzen, der andere voller Steine, einer großen Menge Steine, zu verschiedenen Größen und Formen glattgeschliffen oder rau wie Bimsstein, dazwischen winzige Marmorstückchen.

Sie legte sich auf den Rücken, schaute durch die Schlitze ihrer fast geschlossenen Augen, um sicherzugehen, dass er nicht anfing, an ihr herumzufummeln. Er sah aus wie ein Teufel, oder vielleicht eher wie ein Indianer, denn ein rotes Stirnband hielt ihm das Haar aus den Augen. Doch aus seinen Händen strömte Wärme, als er sie nun berührte, die verschiedenen Knoten und Knötchen und Verhärtungen ertastete. Als er sich auf ihre Brust stützte, die sich unter seinem Gewicht entkrampfte, befürchtete sie, sich ganz und gar aufzulösen. Seine Hände waren so fähig, so allgegenwärtig, es schien, als hätte er mehr als zwei davon, und sie merkte, wie sie sich allmählich entspannte, während er ihr zuredete, loszulassen. Er legte Steine auf das Fettpolster an ihrem Bauch, den er nicht angerührt hatte, und fuhr mit den Kanten anderer Steine ihre Venen entlang, die Hitze gerade so, dass sie ihr die Haut nicht verbrannte, ihr Inneres fühlte sich warm an, weich und zerfließend, und sicherheitshalber sandte sie rasch ein Stoßgebet zum Himmel.

Preise, Zunge, das Geheimnis
dieses Leibs voll Herrlichkeit
und des unschätzbaren Blutes,
das, zum Heil der Welt geweiht,
Jesus Christus hat vergossen,
Herr der Völker aller Zeit.

Nach einer Weile sollte sie sich auf den Bauch drehen und fühlte sich gleich wohler, es war privater so, abgewandt von den Lichtern, die aus den Körperöffnungen der hölzernen Göttinnen und Götter pulsierten. Und abgewandt von seinen Augen mit diesem durchdringenden Blick. Sie schrak zusammen, als sie etwas Warmes in der Hand spürte, dann wurde ihr klar, dass es ein Stein war, und sie umschloss ihn wie die Hand eines treuen Freundes. Er verteilte weitere Steine über die ganze Länge ihres Körpers, massierte ihre Beine, umfasste ihre Knöchel und drehte sie rasch und kräftig in beide Richtungen.

Sie wollte nicht, dass es aufhörte. Aber es würde bald aufhören, wie sie daran merkte, dass der Druck abnahm und die Steine nach und nach von ihrem Körper fielen, auf die Liege oder auf den Boden. Als Letztes drehte sie sich wieder auf den Rücken, und er legte ihr eiskalte Marmorstückchen auf die Lider, die Kälte drang prickelnd hinter ihre Augen und in ihren Geist, sie spürte, wie ein blendend heller Blitz sie durchzuckte, und fühlte sich in himmlische Sphären versetzt. Aus einem Weihrauchfass besprenkelte er sie nun mit Wasser, wie Regentropfen, nur dass sie nach Moschus rochen, es sollte sie aufwecken, dabei wollte sie liegen bleiben.

Er ließ sie zum Anziehen allein. Die geistlichen Gesänge drangen immer noch aus allen vier Ecken, und die Steine, mit denen er sie behandelt hatte, lagen auf einem ungleichmäßigen Haufen.

Als sie ihn bezahlte, war sie beeindruckt, weil er kein Trinkgeld wollte und sie zudem die steile Treppe hinunter und zur Tür geleitete. Dann wünschte er ihr mit aneinandergelegten Händen Gesundheit und wiederholte das Wort *Namaste, Namaste,* bis sie außer Sichtweite war.

Fünf Frauen erwarteten sie in dem Café, das als The Parlour bekannt war. Ein rustikal eingerichteter Raum mit Korbsesseln und einer Schieferplatte als Tisch; die Leute aus der Gegend konnten hier Zeichnungen oder Radierungen ausstellen oder selbst geschriebene Erzählungen auslegen, damit andere sie lesen konnten. Auch ein Lesekreis, von Fidelma, der Frau des Textilhändlers, geleitet, traf sich einmal im Monat hier.

Sie würde ihnen von den bunten Lichtern erzählen, die die Luft im Raum durchschnitten, und von den Figuren der Göttinnen und Götter, sie würde ihnen von der geistlichen Musik erzählen, dem angebotenen Papierhöschen und der wundersamen Wirkung seiner Hände. Nicht erzählen würde sie ihnen hingegen von der unbändigen Energie, die sie verspürt hatte, als er hinausgegangen und sie von der Liege aufgestanden war, eine Wildheit, die sie das letzte Mal in ihrer Jugend gespürt hatte, draußen auf dem Feld, wo sie gegen einen Baum pinkelte, so wie Männer es taten, schamlos pinkelte. Das würde sie ihnen nicht erzählen.

HO! HO! HO!

Ho! Ho! Ho!

Im Wald gegenüber scheuchten die Treiber die Vögel auf, ihr Geschrei gellend und fast hysterisch, von nah und fern und mittendrin, und aus der Ferne gedämpft Schüsse und das freudige Kläffen der Jagdhunde.

Es war Fidelmas Lieblingsspaziergang, ein gewundener Pfad entlang des Flusses in den Parkanlagen des Castle. The Castle mit seinen Türmchen und efeubewachsenen Mauern war ein Fünf-Sterne-Hotel, das Berühmtheiten ebenso anzog wie Stammgäste, die zum Angeln und Jagen kamen. Sie hätte diesen Spaziergang im Schlaf machen können, über die Brücke, drei Stufen hinunter, an dem Schild vorbei, auf dem *Tor bitte schließen* stand, und dann plötzlich das Rauschen des Flusses, der sich unter der Brücke hindurchzwängte und dann brausend hervorschoss, sich zu einem weiten Bogen öffnete, zurück in die Richtung, aus der er kam, mehrere kleine Inseln umströmend. Es klang, wie wenn bei der Geburt die Fruchtblase platzt und das Wasser herausschießt, jedenfalls hatte ihr das mal eine Frau gesagt, die mehrere Kinder zur Welt gebracht hatte, und es war ihr in Erinnerung geblieben.

Sie liebte diesen Wald, besonders im Winter, wenn die Bäume ohne Laub waren, die Stämme grau und düster, ein Wirrwarr abgebrochener Äste auf dem Boden, und Stille, trotz des tosenden Flusses und der fernen Rufe der Jäger und ihrer Gehilfen.

Hier konnte sie am ehesten sie selbst sein, mehr als in ihrem eigenen Garten mit den Verbenen und Rosen oder in den Zimmern, die sie einst so liebevoll eingerichtet hatte, noch ein anderes, funkelnderes Leben vor Augen. Sie traf nur selten jemanden, außer Gästen des Castle, die sie höflich grüßten und weitergingen. Der Pfad war matschig, voller Steine und den krummen, verzweigten Wurzeln der Bäume. Sie ging bis ganz ans Ende, wo der Pfad auf den Fluss traf und eine Palisade aus dichtem Schilf den Weg versperrte. Auf dem Rückweg setzte sie sich immer auf eine Bank, wo ein ganz bestimmtes Rotkehlchen – oder ein anderes, das genauso aussah – umherflog, ihr so nahe kam, dass sie seine rundliche terracottafarbene Brust und seine wildlederbraunen Flügel fast berühren konnte, nur entwischte es im allerletzten Moment dann doch und flog in das Rhododendrongebüsch unter dem dichten Laubdach der Bäume.

Diese Bank und dieses Rotkehlchen waren Zeugen ihrer vielen Geheimnisse. Hier hatte sie den Verlust ihres Ladens beweint, ihrer Boutique. Sie hätte nie gedacht, dass sie den Laden einmal verlieren würde, er war ihr Reich, ihr Salon. Die Gattinnen reicher Bauunternehmer kamen von weither, um die neueste Mode anzuprobieren, spazierten vor den hohen Spiegeln auf und ab und gaben sich zögerlich, obwohl sie im Geiste längst gekauft hatten und sich bereits die Lügen zurechtlegten, die sie ihrem Mann würden erzählen müssen. Sie war für ihre modischen Kollektionen bekannt, Hüte für alle Gelegenheiten, Beerdigungen, Hochzeiten, Pferderennen, Gartenpartys (auch wenn es hier keine gab), Strickwaren in Indigo und Violett und Seidenschals, die nach dem Klackern von Kastagnetten verlangten. Einmal hatte zur prickelnden Erregung vieler ein rosa Korsett im Schaufenster gehangen, mit Lochspitze und Pailletten besetzt. Sie hatte es im Pariser Viertel Pigalle gekauft.

Es gab auch weniger wohlhabende Kundinnen, die auf Raten kauften und wussten, dass Fidelma weich werden und ihnen die Stücke schon lange vor Zahlung der letzten Rate überlassen würde. Oder Deirdre, die im Castle arbeitete und für eine Amerikanerin namens Mary Lou ein Kleid anprobieren musste, das deren Liebster, ein Förster, ihr nach Connecticut schicken wollte. Deirdre meinte aber, er sei in Wirklichkeit scharf auf sie, denn er ließ sie das Kleid wochenlang behalten, und sie führte es ihm jeden Abend in ihrer Wohnung gegenüber vom Haupthaus des Hotels vor. Eines Samstagvormittags kam sie dann in Tränen aufgelöst in den Laden und sagte immer wieder: »Ich hasse Männer. Ich hasse Männer«, denn das Kleid war nun doch auf dem Weg nach Connecticut.

Doch die Boutique verlor ihre Anziehungskraft. Sie und Jack ahnten es voraus, als sie lasen, dass zehn Kilometer entfernt eine Autobahn gebaut werden sollte. Das bedeutete, dass die Damen für ihre Modeeinkäufe in die Stadt fahren konnten – und dass nicht mehr so viele Urlauberinnen anhalten und die Neuheiten in ihrem Schaufenster bewundern würden. Sie wusste, dass ihre Tage gezählt waren, und eine ganze Weile versteckte sie die Rechnungen der Groß- und Fachhändler aus London und Paris und redete sich ein, dass das Geschäft in der nächsten Saison wieder anziehen würde.

»Gütiger Gott, wir sind an den Bettelstab gekommen!«, sagte Jack, als er die Kontoauszüge entdeckte, er schalt sie wegen ihrer Extravaganz, schmollte tagelang und sah letztlich ein, dass ihnen nichts anderes übrig bleiben würde, als zu schließen, die gute Ware an Grossisten in Galway zu verkaufen und die Restbestände an karitativ ausgerichtete Second-Hand-Läden zu spenden. Danach begann sie eine Veränderung bei ihm zu spüren. Er bosselte weniger im Garten herum, den er jahrelang so liebevoll bepflanzt und gepflegt hatte. Er löste Kreuzworträtsel und starrte aus dem Fenster, seine rosa Kopfhaut war unter dem lichter werdenden weißen Haar ganz schuppig und in seinen Augen stand eine Art Tadel.

Der Altersunterschied zwischen ihnen machte sich allmählich bemerkbar, sie war gerade vierzig geworden, Jack Mitte sechzig, nicht mehr der »finstere Heathcliff«, als der er früher die Geburtstagskarten für sie unterschrieben hatte. Er hatte immer weniger Lust, sich mit anderen Leuten zu treffen, wollte sie ganz für sich, schloss die Welt aus, zog an hellen Abenden zu früh die schweren Samtvorhänge zu. Wenn sie vorschlug, Freunde einzuladen, war er beunruhigt, fragte, wann sie wohl kommen, und vor allem, wann sie wieder gehen würden. Nur an Weihnachten war er wieder ganz der Alte, wenn er in seiner kastanienbraunen Hausjacke neben dem alten Dr. Carmody auf der Chaiselongue saß, Feuer in beiden Kaminen brannte und sie sich an ihre anglerischen Großtaten erinnerten: wie sie, meist nachts, auf ihren Campinghockern gesessen und darauf gewartet hatten, dass einer anbiss, und die Verlockung, o ja die Verlockung der Fliege im Dunkeln, ein wahres Rätsel, genau wie die Liebe. Das war das Stichwort für Jack, die Schublade einer kleinen Kommode zu öffnen, all die Fächer mit Fliegen, deren Namen Jack in kindlicher Freude aufzählte: Cascade, Green Highlander, Collie, Munro Killer, sie leuchteten aus ihrem vielfach unterteilten Gefängnis. Später führten er und Dr. Carmody ihre Partynummer auf, sie sangen das Liebesduett von Molly Bawn und Brian Og, wobei Jack die zu Schaden gekommene Molly verkörperte –

Oh Brian you have been drinking, Brian Og
I can tell it by your winking, Brian Og.
Since you 'listed in the army
No more those eyes can charm me,
Oh I hate you, oh I love you, Brian Og.

Dann schworen sie einander, dass sie im kommenden Frühjahr an den Lough Corrib fahren würden, diese blaue Weite mit ihrem Archipel von dreihundertfünfundsechzig Inseln, einer für jeden Tag, und dort würden sie mit der Schleppangel Seeforellen und vielleicht den einen oder anderen Lachs fangen, der nach seiner Wanderung durch zahlreiche Flüsse dort gelandet war.

Gegenüber von Fidelmas Bank war das Wasser sumpfig braun, aber schon ein Stückchen weiter war es dunkelviolett, im ständigen Wandel mit der Strömung des Flusses, doch ihr eigenes Leben, fand sie, veränderte sich überhaupt nicht – die immergleiche Routine, Sehnsucht, Einsamkeit.

Father Eamonn war der Einzige, dem sie sich anvertrauen konnte. Er kam aus dem Süden und war aus dem Priesteramt entfernt worden, eine Schande, die er durch seine Liebe zu einer Frau über sich gebracht hatte. Sie wusste, wie isoliert er in seinem Bungalow war, wenn er in den Nebel blickte und seine Sünde bedachte, denn laufen konnte er wegen seiner Arthritis kaum mehr, und an Gicht litt er außerdem.

Sie waren sich einmal in der Bücherei begegnet, hatten kurz geplaudert und danach begonnen, sich öfter über Literatur zu unterhalten und einander ihre Lieblingsbücher zu leihen. Er hatte all die katholischen Schriftsteller, die sie nicht kannte – Bernanos, Gide, Mauriac –, und sie gab ihm die Geschichte von Abaelard und Heloise, den Liebenden aus dem 12. Jahrhundert, einem Theologen und seiner Schülerin, die wegen ihrer verbotenen ekstatischen Liebe gezwungen wurde, ins Kloster zu gehen, wonach sie sich nie wieder sahen.

Einmal im Monat fuhren sie nach Strand Hill und setzten sich auf die Bank gegenüber den Felsen, die aussahen, als würden sie gleich zu knurren beginnen, mit Blick auf die heranbrandenden Wellen und die Surfer weit draußen, die, ganz in Schwarz, verstohlen wie Seehunde, mal sichtbar waren, mal in den Wellentälern verschwanden. Sie sprachen über die russischen Schriftsteller, manchmal hatte sie eine Passage für ihn abgeschrieben und las sie ihm vor, und eines Tages stellte er die Theorie auf, dass sie beide deshalb Bücher so sehr liebten, weil in der Literatur die Vergehen des menschlichen Herzens als schicksalhafter dargestellt und mit mehr Nachsicht betrachtet würden. An diesem oder vielleicht auch einem anderen Tag erzählte sie ihm dann, wie sehr sie sich nach einem Kind sehnte und dass diese Sehnsucht immer stärker wurde, so stark, dass sie sich vorstellte, es in den Armen zu halten, seine ersten verzweifelten Schreie zu hören.

Zweimal während ihrer Ehe war sie schwanger gewesen, und Jack hatte ihr Schmuck gekauft, doch beide Male hatte sie das Kind verloren, und da sie glaubte, die Schuld liege bei ihr, trauerte sie allein. Einmal buchte Jack ihnen einen Sommerurlaub in Italien, und wo sie auch hinkamen, überall sah sie Bilder von der Geburt Christi, Mutter und Kind in prächtigen Farben, zu einer Einheit verschmolzen, die Mienen heiter und gelassen, und wenn sie dann wieder in die Hitze der Straße hinaustraten, wo die Läden mit ihren ausladenden Markisen über Mittag geschlossen hatten, stellte sie fest, dass sie Tränen in den Augen und auf den Wangen hatte.

Eine Weile spielte sie mit dem Gedanken, nach China zu reisen und dort ein Kind zu adoptieren. Warum gerade China, wusste sie nicht, außer dass sie einmal in einem Traum in den Wehen gelegen hatte und die Hebamme an ihrem Bett eine Chinesin gewesen war, die einen Bambushalm mit drei grünen Trieben in der Hand hielt. Sie wusste, dass ihr nur noch wenige Jahre blieben, und so ging sie zu einer Hellseherin, um sich Rat zu holen. Die Frau hörte ihr aufmerksam zu und sagte dann, sie müsse mehr beten, zu ihren Erdengeln beten, draußen in der Natur, und diese Gebete würden erhört werden. Es durfte nicht *nicht* stimmen. Ohne nachzudenken, schaute sie nach rechts, nach links, und stapfte dann durch das Schilf, über Büschel tropfenden Farns, kniete sich am matschigen Ufer hin, spürte die Kälte wie einen Schock, als sie mit gewölbten Händen Wasser schöpfte und wieder und wieder ihr Gesicht benetzte. Doch die Hellseherin hatte ihr gesagt, sie müsse das Gesicht ganz eintauchen, damit das Gebet wirke, also tat sie es, starrte hinunter in die wirbelnde Schwärze, betete, wie sie noch nie im Leben gebetet hatte. Dann stand sie wieder auf, strich die ausgebeulten Knie ihrer Hosenbeine glatt, versuchte vergeblich, sich am feuchten Gras die Hände abzutrocknen, und ging weiter, mit nassen Haaren und nassem Gesicht.

An einer Stelle, wo ein junger Baum auf den Weg gefallen war, trat sie zur Seite und stieß fast mit einem Spaziergänger zusammen, den sie nicht hatte kommen sehen, und ihr erschrockener Aufschrei durchschnitt die Stille der frühen Dämmerung. Er entschuldigte sich. Es war Dr. Vladimir. Sie erkannte die Stimme, tief und unverwechselbar, ganz anders als all die anderen Stimmen, die sie gewohnt war. Sie erinnerte sich an den Vormittag vor etlichen Wochen, als er auf der Suche nach Räumen für seine Praxis mit Dara zum Laden gekommen war. Sie war hingegangen, um ein wenig abzustauben, die Wurfsendungen und Prospekte aufzuheben, die sich angesammelt hatten, und hatte dann deprimiert dort in der Leere gestanden. An den Schubladen steckten noch die Schildchen, die in ihrer sauberen Handschrift beschriftet waren – Turnschuhe, Kindersocken, Strumpfwaren, Damenwäsche. Die beiden Männer waren unerwartet aufgetaucht, Dara, der in seine kalten Hände blies, der Fremde, dessen unverwandter Blick sie ganz nervös machte. Dara war gleich mit der Frage herausgerückt, während der Doktor durch die Räume schlenderte und ein paar Antiquitäten bewunderte, die sie an ein Auktionshaus geben wollten – die hohen Stehlampen aus Silber und Glas, Spiegel, den verblichenen flämischen Wandteppich mit seinen Faunen und Cupidos und den vornehmen Überseekoffer, der ihn zu faszinieren schien. Sie hatte gezögert, dann erklärt, dass sie den Laden nicht vermieten, sondern verkaufen wollten, worauf Dara entgegnete, es sei doch von Vorteil, wenn die Räume geheizt, gelüftet und vor Ratten geschützt würden, bis aus dem Nirgendwo ein Käufer aufgetaucht sei.

»Ich muss das erst mit meinem Mann besprechen«, sagte sie, was sie auch tat, und damit war die Sache geklärt. Jack war einverstanden, kümmerte sich um die praktischen Dinge und beglückwünschte sich bald zu seiner klugen Entscheidung, denn der neue Doktor wurde zunehmend gepriesen.

Auf dem Parkplatz vor dem Castle begegneten sie sich an jenem Abend noch einmal, sie stand da und blickte in den Himmel, einen kalten Himmel mit wenigen blassen, weit auseinanderliegenden Sternen. Die Jäger kamen zurück, raubeinig und redselig – einige trugen ihre aufgeklappten Flinten unterm Arm, und auch die Gehilfen hatten die Gewehre dabei –, und steuerten den Seiteneingang an, zu dem drei Stufen hinunterführten, darüber das Schild *Bar*. Die Hunde zerrten an ihren Leinen, denn sie wussten, dass man sie gleich in einem Nebengebäude einsperren würde, während ihre Herrchen ihren Durst löschen gingen.

Edmond, der Hoteldirektor, stand am Eingang und begrüßte die ganze Truppe, und als er Fidelma sah, rief er ihren Namen und kam heraus, er sagte, sie und Jack seien ja richtige Einzelgänger geworden, seit sie die Boutique aufgegeben hätten, und schalt sie, weil sie nicht zu der kürzlich veranstalteten Dichterlesung gekommen sei. Den Neuling hieß er überschwänglich willkommen, es sei eine Ehre, ihn hier begrüßen zu dürfen, und während er die beiden hineinführte, breitete er die dreihundertjährige, abwechslungsreiche Geschichte des Castle vor ihnen aus, welchen Clans es gehört und welche es verloren hatten, der zugehörige Wald, die Flora und Fauna, Eichhörnchen, Baummarder, Wanderfalken, eine verschwenderische Vielfalt. Im Eingangsbereich herrschte reger Betrieb, Männer zerlegten ihre Gewehre und reinigten sie, bevor sie über Nacht im Safe verstaut wurden. Er führte die beiden nach hinten zur Bar, wo er ihnen seinen eigenen, besonderen Fensterplatz anbot, von dem aus sie den Raum überblicken konnten, die Jäger und Einheimischen in fröhlicher Runde, wie sie einander von den Aufregungen und Abenteuern des Tages erzählten. Durch das Fenster konnten sie ein Stück vom Fluss sehen, dunkel schob er sich zwischen den bewaldeten Ufern dahin und verschwand aus dem Blickfeld, ehe er sich auf seiner letzten Etappe bis zum Meer verbreiterte. Edmond deutete hinaus und sagte: »Da unten ist die Entbindungsstation«, und dann berichtete er von dem Lachsweibchen, das die gefährliche Reise aus den einsamen Meeren Grönlands bis hierher gemacht hatte, um an seinem Geburtsort seine Eier abzulegen. Er und der Gärtner hätten das Weibchen genau beobachtet – was für einen Aufwand sie trieb, wie sorgfältig sie ihr Bett bereitete, wie eine Bauchtänzerin bewegte sie sich hin und her, um den Boden zu glätten, befreite ihre Laichgrube von Schlamm und Schlick, machte sie durchlässig, damit das frische Wasser hindurchströmen konnte, und als sie fertig war, begutachtete sie in aller Ruhe ihre Verehrer. Mehrere umschwammen sie, schwammen ohne Unterlass, bis der Stärkste, der mit der üppigsten Ladung, zur Sache kam – die Flitterwochen, sagte Edmond mit gespieltem Bedauern, seien dann eher kurz ausgefallen. Das Ulkige sei, dass die armen Männchen, lahm und entkräftet, das Weibchen immer noch umtänzelten, immer noch hofften, so wie diese Idioten, die in Ithaca an Penelopes Hof verweilt hatten.

»Einige von uns haben diese Idioten früher gefangen und verspeist«, ließ sich eine Stimme aus dem Trubel vernehmen.

»So ist es«, bestätigte ein anderer.

»Der Weihnachtskorb, so wurde das genannt ... damit mussten sich die Armen zufriedengeben«, sagte der erste Mann, und seine Kameraden stimmten zu, worauf eine lautstarke, aber freundliche Auseinandersetzung darüber folgte, ob die Armen damals gegen das Gesetz verstoßen hatten, wenn sie aus einem Fluss, der dem Landadel gehörte, Fische wilderten.

Wie sie alle war Fidelma in ihrem Element, genoss die Wärme und das Geplänkel. Da saßen sie, viele Einheimische, die sie gut kannte, auf ihren angestammten Barhockern neben den Vitrinen mit preisgekrönten Forellen und den Fotos der Männer, die sie gefangen hatten. Auf beiden Vitrinen stand oben in silberner Schrift das Gewicht der Forelle und wie lange der jeweilige Angler gebraucht hatte, um sie einzuholen. Ab und zu riefen die Männer Fidelma etwas zu, während sich Edmond und der Doktor über Jagdausflüge in Europa, Afrika und sonstwo austauschten. Plötzlich hörte sie Edmond den Doktor fragen, ob er nicht auch glaube, dass in dieser Frau, der reizenden Fidelma, die im Westen Irlands geboren und aufgewachsen sei, das Erbe einer Adligen aus Spanien oder Italien durchschlage – das schwarze Haar, der Porzellanteint, der lange Hals, das Mona-Lisa-Lächeln.

»Nicht doch«, sagte sie und errötete heftig, fühlte es in Wellen ihren Nacken überlaufen, als durchrieselte Koschenille ihren Körper. Ein Abend wie kein anderer, erst ihr Gesicht im eiskalten Wasser des Flusses, dann die Begegnung mit ihm, der gellende Schrei, den sie ausgestoßen hatte, und jetzt dies, wie er sie fixierte mit seinen dunklen, undurchdringlichen Augen. Sie schaute zu ihm auf, die Süße des ersten Blickwechsels, und verspürte eine plötzliche Freude, die alles andere vergessen machte.

Als sie schließlich hinaustraten, verbeugte er sich und nahm dann den Fußweg zum hinteren Tor, von wo aus er zu seiner Unterkunft bei Fifi gelangen würde. Sie hatte in der Bar kaum ein Wort mit ihm gewechselt, aber trotzdem einen Eindruck von ihm gewonnen: wie aufmerksam er war, wie ausdrucksvoll seine Hände, die selbst zu sprechen schienen, und wie er alles um sich herum aufgesogen hatte, ungemein höflich und dabei so rätselhaft und undurchschaubar.

Es standen jetzt mehr Sterne am Himmel als zuvor, eine kalte silbrige Nacht, die plötzlich, grundlos, von einer Verheißung erfüllt schien.

AUF DER VERANDA

Es ist nach Mitternacht, und im Castle ist es still geworden. Die Gäste sind auf ihre Zimmer gegangen, die Fenster von den schweren Vorhängen verdunkelt, das ganze Anwesen mit seinen efeubewachsenen Mauern und den Türmchen, den breiten Wegen und steilen Treppen liegt in tiefer Nacht.

Auf der Veranda hat sich, wie an den meisten Abenden, das Küchenpersonal versammelt, um noch eine zu rauchen, ein Bier zu trinken, sich zu entspannen. Sie lassen sich in die ramponierten Sessel sinken, plaudern und scherzen, in ihren Mänteln um den Heizpilz geschart. Es ist eine gemischte Gruppe, Männer und Frauen aus Irland, Birma, Italien, Spanien, Tschechien, der Slowakei und Polen. In ihren kleinen Zimmern, die auf den Hof hinausgehen, haben sie dies und das, was sie mit ihrer Heimat verbindet, eine Flagge oder Landkarte, elektrische oder akustische Gitarren, Familienfotos, und Ivan hat eine ganze Sammlung von Kochbüchern. Nur im Zimmer von Mujo, dem Stummen, gibt es nichts Derartiges, denn er hat keine Vergangenheit und keine Familie, von der sie wüssten. Sie wussten kaum etwas über ihn, nur dass er von Holland nach Irland geschickt worden war und einige Zeit in einem Wohnheim in Dublin verbracht hatte. Dessen Leiterin hatte ihm den Job im Hotel besorgt, sie war eine Cousine des Hoteldirektors. Mujo – eine Abkürzung für Muhammad – mit seinen großen traurigen Augen schwieg beharrlich, während er sich voller Staunen anhörte, was die anderen erzählten. Er verrichtete die niederste Arbeit, war Küchenhilfe. Seine Aufgabe bestand hauptsächlich darin, Böden und Oberflächen makellos sauber zu halten, die Spülmaschinen einzuräumen und die Töpfe und Pfannen von Hand zu spülen. Manchmal sagte er tagelang kein Wort, doch wenn es dringend nötig war, konnte er sprechen. Er hatte bei seinem Vorstellungsgespräch gesprochen, und Ivan, mit dem er zunächst das Zimmer geteilt hatte, sagte, er rede im Schlaf und gerate dabei manchmal in große Aufregung, schreie und schlage um sich.

Seine Tauben waren seine Freunde, er hielt sie in der Scheune, ging zu jeder Tages- und Nachtzeit zu ihnen und gab seinen ganzen Lohn für sie aus. Sie führten ein fürstliches Leben, nisteten in mit Stroh ausgelegten Terrakottatöpfen und wurden mit Weizen und Mais gefüttert. Wie schnell sie sich vermehrt hatten. Fünf Paare innerhalb eines halben Jahres. Er gab ihnen Namen, die Namen von Menschen aus seiner Heimat. Ganz früh am Morgen, wenn er sie hinausließ, war der Hof eine Kaskade von Weiß, Flügel spreizten sich, und dann erhoben sich die Vögel in die Luft, stiegen höher und höher, flogen zum Wald, und er folgte ihnen zu Fuß, seinen Tümmlern, die hoch oben kreisten, orientierungssicher, lang bevor die Singvögel erwachten und die Seemöwen mit ihrem kalten Kreischen von der Küste kamen.

In einer Blechschachtel verwahrte er seinen geheimsten Besitz. Sie sollte geöffnet werden, falls er je ins Gefängnis kommen sollte.

Am früheren Abend war in der Küche die Hölle los, Rufe, Befehle, Zankereien, und Olive, die Beiköchin, nannte alle nur »du Arsch«. Hierher, du Arsch, schneller, du Arsch, das Personal eilte die schmale Treppe zum Speisesaal, zu Eleganz und Kerzenlicht, hinauf und hinunter und rief dabei »Achtung, Achtung!«, um Zusammenstöße zu vermeiden. Doch die sperrigen Metalltabletts streiften sich unweigerlich.

Hedda, die schöne, hochgewachsene Kellnerin aus Litauen, ist heute fünfundzwanzig geworden, und sie ist den ganzen Tag immer wieder in Tränen ausgebrochen, weil es so schrecklich ist, alt zu werden. Jetzt, auf der Veranda hat sich ihre Stimmung etwas aufgehellt, und sie verlangt, dass jeder ihr eine Geschichte erzählt. Als Geburtstagsgeschenk, zusätzlich zu der Sachertorte, die Ivan, der Konditor, für sie zubereitet und auf einer schönen Tortenplatte angerichtet hat, kunstvoll dekoriert mit einer rosa Papiermanschette. Keiner will anfangen, sie necken sich gegenseitig, und selbst Dara, der eigentlich ein großer Fabulierer ist, fällt bloß ein, wie sie als Kinder, drei Jungs und ein Mädchen, versucht haben, aus Pappkartons Schlitten zu bauen und auf der stillgelegten Bahnlinie herumzurutschen.

»Ist das alles? ... Mehr hast du nicht zu erzählen?«, frotzeln sie.

»Na ja, oder wie ich meine erste Packung Kondome gekauft habe und ein paar Mädels in Galway Textnachrichten geschickt habe«, sagt er und will dann plötzlich nicht mehr weiter.

Tommy übernimmt. Normalerweise säße er jetzt im Auto und wäre auf dem Heimweg, aber er ist geblieben, um ein Stück von der berühmten Torte zu essen. Sie wissen alles über Tommy, über seine siebzig Hektar Ackerland entlang der Küste, seine Geschicklichkeit beim Verabreichen von Wurmkuren, seinen Rouge de l'Ouest-Schafbock, für den er achthundert Euro bezahlt hat, die Lämmer, bei deren Geburt er geholfen und die er später kastriert hat, damit sie mehr Fett ansetzen. Tommys Motto ist »bringt das Geld unter die Leute«. Sie wissen auch, dass er eine bildschöne Freundin hat, Camilla, die zur Hälfte englisch ist, haben Bilder von ihr auf seinem Handy gesehen: dunkelhaarig, Zähne wie Perlen, immer in sehr hohen Stöckelschuhen und einem schulterfreien schwarzen Kleid. Sie wissen, dass er ein launischer Mensch ist und einmal ein Schaf getötet hat, das verrücktspielte, weil es nicht in den Stall wollte, er hatte mit einem Schlehdornzweig auf das Tier eingeschlagen, mehrere heftige Schläge, und es war tot umgefallen. Dann hatten sich die Hunde und Füchse darüber hergemacht, und wenig später waren Tommy zufolge die Seemöwen gekommen, um Eingeweide und den Mageninhalt zu fressen. Camilla hatte damals drei Tage nicht mit ihm geredet.

»Also«, beginnt er und wartet, bis das Gekicher erstirbt, »stellt euch Folgendes vor: Ich bin total gestresst, auf hundertachtzig, und fahr trotzdem die ganze Strecke bis nach Mayo, um Alufelgen für meinen VW zu besorgen. Bin mit Camillas Wagen unterwegs. Ich hab die genauen Maße dabei, und der Händler schnappt sich seinen Zollstock, misst alles aus und versichert mir, dass die Felgen perfekt auf meinen VW passen werden. Alles klar. Ich blätter ihm dreihundert Euro hin. Zuhause bock ich meinen Wagen auf, und es stellt sich raus, dass die Scheißfelgen haarscharf nicht passen. Ich raste voll aus. Camilla sagt, jetzt beruhig dich mal wieder, wir verkaufen sie bei DoneDeal. Die kriegen wir nie los, sag ich, aber sie sagt, jetzt komm mal wieder runter, und dann macht sie ein Foto und misst die Dinger genau aus und stellt sie ins Netz, und innerhalb von fünf Minuten haben wir sie zum selben Preis wieder verkauft.«

Andre, der Pole, ist als Nächster dran. Er hustet ein paar Mal, entschuldigt sich für sein Englisch und fängt dann sehr ernst an: »In meine Stadt, kleine Stadt, sagen alle, Irland ist gut, gutes Geld. Ich komm nach Dublin, hab keine Wohnung, einen Monat. Geh zum Obdachlosenheim, eins und noch eins und noch eins, und immer frage ich: *Darf ich bitte hier schlafen.* Matratzen auf dem Boden, viele Männer in einem Raum. Ich hab immer ein Auge halb auf, will meine Taschenlampe nicht verlieren, ist alles, was ich habe. Am

Morgen gibt uns der Hausmeister kleine Teller mit Cornflakes und wir gehen alle Arbeit suchen. Egal was, ganz egal. Nach zwei Wochen krieg ich Job in Limerick, mit Kühe. Sehr einsam. Nur Kühe und Schuppen, wo ich schlafe. Ich ruf meine Mutter an, und die sagt: *Du schaffst das nicht, Andre … Komm zurück,* aber genau weil sie das sagt, will ich es schaffen, unbedingt. Ein Abend, ganz spät, krieg ich Anruf von Arbeitsvermittlung: *Morgen früh um acht Vorstellungsgespräch in Restaurant in Finglas.* Kein Zug so früh. Kein Bus. Ich geh in der Nacht los, und an der großen Straße fang ich an mit Daumen raus. Ich laufe laufe laufe. An einer Tankstelle fragt mich eine Frau in Gummistiefeln, wo ich hinwill. Ich sag, ich muss vor acht in Finglas sein für Vorstellungsgespräch. Sie sagt zu ein Mann, der tankt, *Fahr diesen Jungen nach Finglas,* und ich steig ein und in der O'Connell Street in einer Cafeteria krieg ich Kaffee von ihm und danach Geld für ein Taxi. Ein Jahr bleibe ich da und spare, und jetzt, meine Freunde, bin ich hier.«

Nun ist Hedda an der Reihe, eine Geschichte zu erzählen, doch sie will nicht so recht. Sie sagt, ihr Idol sei Baudelaire, aber der sei tot, und sie könne zur Zeit keine Gedichte schreiben, weil es keine Liebe in ihrem Leben gebe. Sie sagt, sie weine viel, und das Einzige, was sie entspanne, sei, ihre kleine Wohnung zu putzen. Kein Glück in der Liebe. Deshalb habe sie ihre vorige Stelle verlassen und hier angefangen, um von Milos wegzukommen, um nachzudenken. »Es war so«, beginnt sie dann doch zu erzählen, zaghaft, den Tränen nahe. »Milos und ich, wir haben im selben Speisesaal im County Waterford gearbeitet, wir haben uns näher kennengelernt und ineinander verliebt. Er hat einen Monat Urlaub genommen und ist nach Hause gefahren, und ich hab immer nur gedacht, wann kommt er endlich wieder, und gebetet, dass er nicht eine andere Frau findet. Als er wiederkam, hab ich ihn in den Arm genommen. Ich habe Marzipan gemacht. Kerzen angezündet. Das Marzipan in Scheiben geschnitten, dazu Käse und Wein. Er hat gesagt: ›Komm, wir machen Spaziergang.‹ Er hat nicht lockergelassen. Wir sind am Fluss entlanggegangen, und irgendwann hat er gesagt, ich soll stehen bleiben. ›Nicht bewegen.‹ Dann sagt er: ›Spring nicht in den Fluss.‹ Ich zittere wie ein kleines Mädchen. Ich frage: ›Was soll das denn?‹ Er sagt: ›Frag nicht‹, und dann kniet er sich hin und zieht ein kleines Kästchen aus der Tasche, klappt es auf und sagt: ›Heirate mich.‹ Ich bin verwirrt. Ein Teil von mir sagt: bleib, der andere sagt: renn weg, Hedda, nur weg hier. So viele verschiedene Gefühle. Er steckt mir den Ring an. In dem Moment sind wir fast Mann und Frau. Zwei Monate haben wir Freude an unserem Gefühl. Dann haben wir beschlossen, Urlaub in der Karibik zu machen, und angefangen zu streiten. Es ging nur um die Organisation. Ich suche ein Hotel aus, er sagt, da sind zu wenig Palmen. Beim nächsten Hotel sagt er, am Bilderrahmen in der Lobby ist Schimmel. Ich knall den Computer auf den Tisch und sag, er soll es selbst machen. Er ruft seine Mutter an, und die findet ein Hotel mit genug Palmen. Also fahren wir. Als wir dort sind, sagt er, alle Männer gucken mich an und ich lächel ihnen hinter seinem Rücken zu. Es ist heiß, dreißig Grad. Alles geht schief. Ich reserviere einen Tisch zum Essen, er kommt nicht. Dieser Urlaub hat uns auseinandergebracht. Als wir wiedergekommen sind, haben wir weiter zusammengearbeitet, aber seine Eifersucht ist immer schlimmer geworden. Er hat gesagt, ich rede mehr mit den anderen Mädchen als mit ihm. Ich war morgens kaum wach, da hat er schon angefangen, an mir herumzumeckern, an allem. Wenn ich gesagt habe, ich komme in einer Stunde, und es wurde fünf Minuten später, hat er rumgeschrien. Er hat sich bei seiner Mutter beklagt, und die hat gesagt, wenn sie nicht seine Mutter wäre, würde sie ihn heiraten. Ich hab ihn gefragt: ›Warum streiten wir uns nur noch, seit wir uns verlobt haben, ist es dieses Stück Metall?‹ Er hat ja gesagt, und da hab ich ihm den Ring hingeschmissen, bin aus dem Hotel weggegangen und hierhergekommen. Ich hab mich früher ganz gut gekannt, aber jetzt nicht mehr.«

Als sie fertig ist, vergräbt sie den Kopf in der Sessellehne, und Ivan, der in einem kleinen Notizbuch geblättert hat, lehnt sich zurück und fordert die Aufmerksamkeit ein. »Ich komme aus der Tschechoslowakei. Meine Familie hat neunhundert Jahre am selben Ort gelebt. Wir sind Adlige. Das steht in den Chroniken im Museum. Von der Seite meiner Mutter hab ich auch ein bisschen russisches Blut in den Adern. Meine Mutter sagt, meine Großmutter hat jeden Abend zum Einschlafen ein Gläschen Zwetschgenbrand getrunken. Dann kam der Krieg. Meine Familie hat alles verloren, Land, Geld, wir sind in ein kleines Haus gezogen, dann in ein anderes, und schließlich in einem schäbigen Häuschen in der Stadt gelandet. Meine Mutter ist Witwe. Wir waren uns immer sehr nah, ich hab ihr die Haare gewaschen und sie mir. Sie hatte drei Jobs. Ich hab allein kochen gelernt. Meinen ersten Kuchen hab ich mit sieben gebacken. Mit drei Geschmäckern, Schokolade und Biskuit mit Quark und Vanille. Ein Großonkel hat mir die Restaurantfachschule in der Schweiz bezahlt. Nach zwei Jahren war ich fertig und bekam Arbeit in Graz, nicht weit von Wien. Später hab ich in Italien gearbeitet, dann in Frankreich. In jedem Land hab ich etwas Neues gelernt, in Frankreich wie man Baguette backt. Ein Privatleben hatte ich nicht, aber dann ist eines Tages in einem Hotel in der Schweiz, wo ich hingezogen war, ein Mädchen aufgetaucht, die war auch aus Tschechien, auch eine Adlige, mit einem Fotoalbum voll Bildern von Schlössern. Wir mochten uns, konnten uns in unserer Muttersprache unterhalten, waren zwei Wochenenden zusammen skifahren. Nach einem Jahr haben wir beschlossen, nach Hause zu fahren und unseren Verwandten zu sagen, dass wir heiraten wollen. Ihre Familie wohnt nur elf Kilometer von meiner entfernt. Nach zwei Tagen ist sie zu mir gekommen. Ich war im Obstgarten, hab Bäume zurückgeschnitten, ich war so froh, wieder in meiner Heimat zu sein. Sie hat mir gesagt: ›Ivan, meine Familie findet, du bist zu alt für mich.‹ Ich hab gesagt: ›Sei ehrlich, Wanda‹, und sie hat mich traurig angeguckt und gesagt, nein, es ist wirklich die Familie, nicht sie. Ich hab ihr nicht geglaubt. Ich hab nicht verstanden, warum sie es sich anders überlegt hat. Ich hab gesagt, danke schön, auf Wiedersehen, viel Glück. Bin zurück in die Schweiz und war wieder allein. Nach einer Weile ging's mir wieder besser. Und ich hab daran gedacht, dass ich im Keller von meinem Cousin noch eine Flasche Zwetschgenbrand von 1967 stehen habe. 50 Prozent. Ich hab mir gesagt, wenn ich mal einen Sohn habe, fahr ich da hin, mach die Flasche auf und betrinke mich. Wenn ich einen Sohn habe. Nach Irland bin ich gekommen, weil ich Tolkien mag, und Tolkien mochte Schottland, Neuseeland und Irland. Englisch konnte ich erst mal nicht. Ich hab Rezepte aus Tschechien, Österreich und Frankreich mitgebracht und hier wieder ein paar neue Sachen gelernt, Scones zum Beispiel. Ich bin aus der Stadt hierhergezogen, weil hier Wald ist, ich liebe Wald, den Wald und den Fluss. Wie lang ich hier bleibe, weiß ich nicht. Aber ich sag euch eins, liebe Freunde, wir sind jetzt eine fröhliche Gruppe, aber wenn man uns in Uniformen steckt, ändert sich das ganz schnell. Im Krieg weiß ich nicht, wer mein Bruder ist. Im Krieg weiß ich nicht, wer mein Freund ist. Der Krieg macht uns alle zu Wilden. Wer kann schon sagen, was tief in unserem Herzen verborgen ist und herauskommt, wenn uns alles weggenommen wird.«

Jetzt ist Mujo dran. *Ne. Ne. Ne.* Er krümmt sich zusammen, und Hedda kniet sich neben ihn, um ihn zu trösten, doch er wehrt sie ab. Er kann nicht wie die anderen seine Geschichte erzählen, denn die Worte in seinem Innern sind versiegt. Er ist stumm, verstummt.

IN DEN WALD

Der neue Doc ist mit unserer Klasse in den Wald gegangen, damit wir in die Fußstapfen der Druiden treten und lernen, welche Heilkräfte die Natur bereithält.

Wir waren fünfzehn, Mädchen und Jungen, sind zwei und zwei durch die Stadt gegangen, über die Brücke und dann noch mal anderthalb Kilometer zum Killooney Wood. Unterwegs haben wir gesungen, und als uns keine Lieder mehr einfielen, hat der Doc Volkslieder aus seiner Heimat gesungen, in seiner Sprache. Jeder wollte neben ihm gehen. Wir waren eine so fröhliche Gruppe, dass uns Leute aus vorbeifahrenden Autos zuwinkten. Die Sonne schien, und es war schön, in den Wald zu kommen, wo es schattig war. Die Blätter fingen gerade an zu sprießen, und er hat gesagt, jetzt schmecken sie am besten. Die Jungs sind herumgetobt und auf Bäume geklettert, und einer hat von oben heruntergepinkelt, aber der Doc hat das einfach ignoriert. Er sah ein bisschen komisch aus in seinem langen schwarzen Kittel und mit dem weißen Bart und den weißen Haaren, die er oben auf dem Kopf zu einem Dutt gebunden hatte. Lena Lally hat ihn gefragt, ob er verheiratet ist, aber er hat nur gelächelt und gesagt, vielleicht wüsste sie ja eine Frau für ihn. Er hatte Bücher mit Abbildungen von Bäumen dabei und andere mit Abbildungen von Pilzen. In seinem Spankorb hatte er zwei Messer, eine Gartenschere und eine Pflanzkelle.

Dann ging es ans Blätterpflücken. Wir durften die Blätter gleich essen oder sie für einen Salat in den Korb tun. Ein Mädchen, Cliodhna, hat gesagt, ihre würden buttrig schmecken, und dann haben alle buttrig gesagt und gelacht und um die Wette Geschmäcker beschrieben – zitronig und aprikosig und pfirsichig und orangeig und nussig. Die wilden Stiefmütterchen unter den Bäumen waren winzig, und wir haben uns darauf gestürzt und sie heruntergeschlungen, aber sie schmeckten nach gar nichts. In unsere Hefte schrieben wir die Merkmale der verschiedenen Bäume: Blätter, Blüten, sofern es blühende Bäume waren, und Wurzeln. Eichenblätter sind faserig, also haben wir alle »faserig« geschrieben. Dann hat er uns gesagt, welche Heilkraft den einzelnen Bäumen innewohnt. Weißdorn fürs Herz, etwas anderes für die Leber, Weide für die Gallenblase. Die Nadeln der großen Zedern sind ölhaltig und eigentlich gut als Atemerfrischer geeignet, aber zu intensiv für den Mund. Weidenkätzchen zu essen ist so, als würde man Würmer essen. Lindenblüten, die feucht und schleimig sind, wirken kühlend und stärken das Yin, sie eignen sich besonders für Frauen in den Wechseljahren. Ein paar von uns kicherten.

Dann ging es ans Pilzesammeln. Bevor wir anfingen, schärfte er uns ein *Rührt keinen Pilz an, den ihr nicht kennt,* denn einige Pilze sind extrem giftig. In seinem Buch schauten wir uns Abbildungen von Pilzen an, auch von den giftigen, und manche sahen genauso aus wie die harmlosen. Eine Sorte hatte einen staksig-dünnen Stiel und einen leuchtend roten Hut mit dicken weißen Flecken. Die Pilze, die wir pflücken durften, hießen Pfifferling. Er hat sich hingekniet und mit einem Messer den Stiel durchtrennt, und mit einem zweiten Messer hat er den Stumpf dann vorsichtig von der Wurzel abgeschnitten, damit nächstes Jahr noch mehr Pilze wachsen. Sie wachsen in Gruppen, klammern sich aneinander fest. Während er die Pilze abschnitt, ist ihm der Dutt in die Stirn gerutscht, und er sah aus wie eine dieser Hexen im Märchen, die Kinder stehlen und sie in einem großen schwarzen Kessel kochen. Es gab verschiedene Sorten von Pfifferlingen, sie zerkrümelten in unseren Händen wie weiche Kekse.

***

Später saßen wir auf einem Berggipfel mit Blick auf den Wald ringsum, die Blätter fächelten im Wind, und der Himmel über uns war so blau wie auf den heiligen Bildern von Unserer Lieben Frau, die zum Himmel auffährt. Wir saßen im Kreis, unsere Röcke ordentlich um uns gebreitet, während die Jungs gestanden oder auf den Fersen gehockt haben, um zu zeigen, wie cool sie sind. Zwei ältere Mädchen, die für das Picknick zuständig waren, haben eine große Plastikdecke ausgebreitet und Plastikbecher für die Limonade hingestellt. Der Doc hat erzählt, die Könige und Königinnen hätten früher ihre Schlösser und Burgen immer auf Anhöhen gebaut, damit sie den nahenden Feind rechtzeitig entdeckten und durch die Schießscharten ihre Pfeile abschießen konnten, deren Spitzen in Pflanzengift getränkt waren. Er hat gesagt, den wenigsten Leuten sei klar, welche Wirkkraft im pflanzlichen Leben zu finden sei, und dann hat er über Vergiftungen geredet, staatliche und individuelle, und gesagt, dass im großen Weltenplan alles Unrecht gerächt wird und es für jede böse Tat eine kosmische Vergeltung gibt.

Im alten China hat man sich zum Beispiel unerwünschter Personen bei zeremoniellen Tänzen entledigt. Man hat in verschiedenen Giften getränkte Federn auf glühend heiße Kohlen geworfen, und die Dämpfe haben dann die Unglücklichen erstickt, die noch wenige Minuten vorher fröhlich getanzt hatten. Bei den Römern wurden unerwünschte Familienmitglieder bei Banketten aus dem Weg geräumt. Manchmal mit einem giftgetränkten Messer, das sonst zum Fleischschneiden verwendet wurde, häufiger aber mit Wein, den man mit Arsen versetzt hatte, denn das riecht und schmeckt man nicht. Natürlich wurden die Leute bald misstrauisch, und man begann, die armen Eunuchen oder Diener den Wein vorkosten zu lassen. Listig wurden den Todgeweihten präparierte Kelche untergeschoben. Das Misstrauen saß so tief, dass Könige und Königinnen immer äußerst vorsichtig waren. Heinrich der IV. von Frankreich hatte solche Angst, vergiftet zu werden, dass er auf einem kleinen tragbaren Kocher selbst seine Eier zubereitete und sein Wasser selbst aus der Seine schöpfte. Napoleon glaubte, in der Tapete seiner Gefängniszelle auf St. Helena sei Arsen enthalten, und da er befürchtete, an den giftigen Ausdünstungen zu sterben, bestand er darauf, in eine andere Zelle verlegt zu werden.

In einer altnordischen Saga aßen die Angehörigen eines bestimmten Stammes einen Pilz, der katastrophale Auswirkungen hatte, er verwirrte ihren Geist und schnitt sie von ihren wahren Gefühlen ab. Sie wurden wild, und selbst die Prinzen, deren Leibeigene sie waren, hatten Angst vor ihnen. Sie schreckten vor nichts zurück. Sie bissen in ihre eigenen Schilde, entwurzelten Bäume und schlachteten jeden ab, der ihnen in den Weg kam. Berserker wurden sie genannt.

»Achtung, ein Berserker!«, sagte Cliodhna, und wir drehten uns alle um und sahen einen fremden Polizisten in Uniform, der den Hang hochgelaufen kam und sich die Seele aus dem Leib brüllte. Der Doc stand auf, sagte uns, wir sollten mit dem Picknick weitermachen, und eilte hinunter, dem Mann entgegen.

***

»Was machen Sie mit diesen Kindern hier im Wald?«, fragt der Polizist in breitem Dialekt. Er ist rot im Gesicht und atemlos von dem Aufstieg, ein eingebildeter junger Schnösel, ein bisschen übergewichtig und in seine Uniform gepresst wie in eine Wurstpelle. Er wiederholt die Frage noch einmal in drohenderem Ton, und Dr. Vlad wird schnell klar, dass er durch diese zufällige Begegnung in schwieriges Fahrwasser geraten könnte.

»Wir machen eine naturkundliche Exkursion ... Wir haben die Merkmale verschiedener Bäume studiert, und ich habe den Kindern erklärt, welche Heilwirkung sie haben.«

»Sie brauchen eine polizeiliche Genehmigung, um einen Ausflug mit Kindern zu machen.«

»Das war mir nicht klar ...«

»Nur Eltern, Großeltern und Lehrer dürfen mit Kindern unterwegs sein ... Das ist Gesetz hier in diesem Land, und wir halten uns daran«, sagte sein Vernehmer, von der Bedeutsamkeit seiner Autorität durchdrungen. Dr. Vlad bekommt die Fragen weniger gestellt als an den Kopf geknallt. Wer er sei. Ob er Lehrer sei. Mit wessen Erlaubnis er diesen Ausflug angetreten habe.

»Ich bin Dr. Vladimir Dragan. Ich lebe seit mehreren Monaten hier und praktiziere im Ort als Heiler.«

»Ach, einer von diesen New-Age-Scharlatanen«, sagt der Flegel mit höhnischem Grinsen und fragt dann, ob er eine Qualifikation als Heiler habe und die entsprechenden Dokumente, um es zu beweisen.

Der Doktor mahnt sich innerlich, die Fassung zu bewahren, koste es, was es wolle. Er blickt zu Boden, wo in diesem Moment ein fetter rosafarbener Wurm über ein Stück Rinde kriecht, auf der Suche nach etwas, das er sich einverleiben kann, und er hat den schrecklichen Impuls, ihn zu zertreten, dem Erdboden gleich zu machen, so wie er es mit diesem Emporkömmling gern täte. Er stellt sich vor, wie der Säbel seines Großvaters in die dicken Speckfalten dieses Nackens sinkt. Er hat angefangen zu schwitzen und führt es auf die Schwüle zurück. Welche Schwüle, wird er gefragt.

»Zeigen Sie mir mal Ihren Ausweis«, heißt es dann, worauf er sorgsam die Papiere, die er immer bei sich trägt, aus seiner Brieftasche zieht, darunter ein Ausweis und ein Führerschein. Er beobachtet jede Regung im Gesicht des Flegels, während dieser liest, angestrengt in die Papiere starrt, als suchte er nach etwas Belastendem. Dann wird er aufgefordert, sich zur Seite zu drehen, damit der Polizist ihn im Profil betrachten, hinter seine Ohren schauen, den Mann vor ihm mit dem auf dem Passbild vergleichen kann. Pingelig bis zum Gehtnichtmehr. Er kennt diesen Typ, er kennt alle diese Typen. Vor ein paar Jahren hätte er ihn exekutieren lassen können.

»Sie wissen, dass Sie gegen das Gesetz verstoßen haben«, bekommt er zu hören.

»Mea culpa.« Er ist jetzt äußerst beflissen, wischt sich das Gesicht mit seinem Taschentuch ab und sagt noch einmal, was für ein heißer Tag es sei.

»Es geht doch ein schöner Westwind«, sagt der Flegel und fragt dann, ob der Lehrer, der ihm erlaubt hat, diesen naturkundlichen Ausflug zu unternehmen, eine polizeiliche Genehmigung habe.

»Die Lehrerin – es ist eine Frau.«

»Ob Mann oder Frau, Gesetz bleibt Gesetz.« Und dann explodiert er – dieses Land komme wirklich auf den Hund, die Beamten säßen sich nur noch den Arsch platt und vernachlässigten ihre Pflichten, statt ihre Arbeit zu tun. Ob diese Frau denn das Gesetz nicht kenne?

»Das weiß ich nicht.«

Auch den Doktor packt jetzt die Wut. Die gleiche mörderische, subversive Wut, die schon seinen Vater und vorher dessen Vater ins Gefängnis gebracht hat. Doch es gelingt ihm, sich zu beherrschen, ganz heiliger Mann, greift er nach dem kristallenen Pendel, das er um den Hals hängen hat, und schwenkt es vor seinem Gegner, wie um ihn zu segnen. Der Polizist ignoriert es, zückt sein Handy und tritt ein paar Meter zur Seite, vermutlich, um seine Vorgesetzten anzurufen und das ganze Land in höchste Alarmbereitschaft zu versetzen.

Während Dr. Vlad ihn beobachtet und wartet, fällt ihm der letzte Brief seiner Frau wieder ein, in dem sie erklärte, dass sie einander nie wieder schreiben dürften, es sei zu gefährlich geworden. Er erinnert sich, dass sie von der Durchsuchung verschiedener Häuser, in denen er nach seinem Untertauchen gelebt hatte, berichtete und ihn zum Schluss eindringlich bat, sich zu stellen. *Nein nein, meine Liebste. Wenn ich mich stelle, dann sicher nicht irgendeinem Trottel in einem Wald in Irland.* Er erinnert sich an seine Geliebte mit den schwarzen Zöpfen, die er über ihr gemeinsames Interesse am Okkulten kennengelernt hatte, an ihre Zärtlichkeit, an ihre beiden weißen Pudel, die sie in Nebenstraßen spazieren geführt hatte, vielleicht jetzt gerade spazieren führte, in Gedanken bei ihm. Diese letzten beiden gemeinsamen Jahre – damals war er noch ein freier Mann – waren glückliche Jahre gewesen, in Bars gefeiert, unverhohlen gegrüßt, an den Wänden Bilder von ihm im Kampfanzug, und alle wussten, wer er war.

Der Flegel ist wieder da, noch erregter, offenbar hat er im Wald keinen Empfang und konnte das Hauptquartier nicht erreichen.

»Zeigen Sie mir noch mal Ihre Papiere«, sagt er, und da er sie bereits ausgiebig studiert hat, zückt er jetzt ein kleines Notizbuch und einen Kuli, damit der Angeklagte eine Aussage machen kann.

»Warum soll ich denn eine Aussage machen?«

»Weil ich es Ihnen befehle.«

Mit größter Selbstverständlichkeit nennt der Doktor seinen Namen, sein Alter, seinen Beruf, seinen Geburtsort Alexandria, die Balkanstaaten, in denen er gelebt, die Hochschulen, an denen er studiert, und die Städte, in denen er Auszeichnungen erhalten hat, und schließlich das Datum seiner Ankunft in Cloonoila. Dann zählt er aus dem Gedächtnis auf Latein, Französisch und Englisch die verschiedenen Arzneien auf, die er importiert hat und für die er die erforderlichen Genehmigungen besitzt. Auch Mutter Natur habe ihn natürlich mit Heilmitteln versorgt, die er hier im Wald und in der Umgebung gesammelt habe. Er zählt sie auf: Weide, Löwenzahn, Baldrian, Moos, nicht zu vergessen den Seetang, den er, wie einige andere auch, frühmorgens erntet und für seine Seetang-Bäder nutzt. Mehrmals muss er etwas wiederholen, was er gesagt hat, weil der Schreiber die Wörter nicht kennt, und dann, um dieser Posse noch eins draufzusetzen, versagt ihm sein Kuli den Dienst, er leckt an der Mine, um wenigstens noch ein paar Silben zu notieren, und muss sich dann doch den Füller seines Gefangenen ausleihen. Das Ganze wäre eine Farce, wenn nicht die Entlarvung kurz bevorstünde, seine wahre Identität ans Licht zu kommen drohte.

»Sie sind verhaftet«, sagt die Stimme, es kommt wie ein Donnerschlag. *Sie sind verhaftet.* Er lehnt sich haltsuchend an einen Baumstamm, um dann in sanft-eindringlichem Ton, wie ein Vater, der einem ungezogenen Kind ins Gewissen redet, zu widersprechen: Wäre er ein Mensch, der Böses im Sinn hat, dann wäre er wohl kaum am helllichten Tag mit fünfzehn Kindern losgezogen. Er hätte eines im Auto mitgenommen und zwar im Schutz der Dunkelheit.

»Dragan«, wiederholt der Polizist und fragt, ob das ein ungewöhnlicher Name sei, worauf er erfährt, dass es jede

Menge Dragans gibt, im gesamten Balkan, in Transsilvanien wie auch in der Ukraine.

»Hat der Name was mit Dracula zu tun?«

»Nein ... aber das ist eine interessante Idee«, antwortet der Doktor und schiebt dann, so dreist wie tollkühn, nach: »Ich habe diesen Namen zu Ehren eines lahmen Wolfshirten angenommen.« *Ich habe diesen Namen angenommen, statt ich trage diesen Namen,* aber dieser großtuerische Idiot merkte es gar nicht. In seinem Innern sagt eine warnende Stimme: *Hüte dich vor Arroganz,* und er muss an eine kürzlich erhaltene verschlüsselte Nachricht denken, derzufolge ihm seine Feinde dicht auf den Fersen sind.

»Können wir das alles nicht etwas erwachsener handhaben?«, sagt er.

»Und was stellen Sie sich unter ›erwachsener‹ vor?«

»Ich denke einfach an die Kinder ... was für ein Schock es für sie sein wird, wie traumatisierend, wenn sie sehen, wie ich unter diesen Umständen abgeführt werde. Es wäre doch besser, ich würde sie alle nach Hause bringen, mich danach mit der Lehrerin und Ihnen treffen, und dann können wir auf die Wache gehen.«

Die Schlinge zieht sich langsam, aber sicher zu.

Sehr bald wird er nicht mehr der nette Dr. Vladimir Dragan sein, sondern der meistgesuchte Mann Europas, auf dessen Kopf ein Preis ausgesetzt ist. Er sieht in gespenstischer Klarheit vor sich, wie sie zusammen auf die Wache gehen, Plodder Pat ungläubig aufschaut, der junge Schnösel den Ernst der Lage erklärt und die gefälschten Papiere aushändigt. Einer der Polizisten wird sie studieren, ein anderer die entsprechenden Informationen in den Computer eingeben, und im Nu werden die Daten im Cyberspace unterwegs sein und in einem Hauptquartier in Dublin oder Brüssel eingehen. Binnen weniger Minuten wird man die Informationen heruntergeladen, überprüft und als falsch erkannt haben, wird ihn in Handschellen auf die Rückbank eines Wagens bugsieren und durch dieses grüne, selbstgefällige Land fahren, in dem er sich sicher wähnte, seinem Niedergang entgegen.

Schamlos ringt er jetzt die Hände, tadelt sich wegen seiner Achtlosigkeit, entschuldigt sich demütig, versichert, dass sich einige aus dem Ort für ihn als Heiler verbürgen würden.

»Was machen Sie denn so als Heiler?«

»Quantenenergie ... Radiästhesie ... Energiefelder ...«

»Ach ja?«, sagt der Polizist, sichtlich verwirrt.

»Aber sonntags mache ich Fußballtraining mit Jugendlichen«, fügt der Doktor rasch hinzu.

»Sie mögen also Fußball.« Der Bursche ist verblüfft und fragt ihn dann, wie sein Training aussehe.

»Erst laufen wir, dann setzen wir uns zusammen, und ich spreche mit ihnen über Motivation ... über ihren Traum, eines Tages für ihr Land zu spielen.«

»Gucken Sie sich auch Fußballspiele an?«

»Ja. Am liebsten im TJ's auf dem Flachbildschirm ... Ich schaue alle Spiele ... Es sei denn, natürlich, Sie bestehen darauf, mich einzusperren.«

Das Eis ist nicht gebrochen, aber etwas hat sich verändert. Er greift wieder nach seinem Kristall, lässt es pendeln, versenkt sich ins Gebet.

»Sie haben irgendwie was Militärisches«, hört er dann, worauf er lacht und sagt, es gebe wohl kaum etwas weniger Militärisches als einen weißhaarigen Mann mit zotteligem Bart und langem Kittel. Dann spielt er eine letzte, waghalsige Karte aus, im vollen Bewusstsein des Risikos. Wenn er offen zugibt, einmal betrogen zu haben, denkt er sich, wird man ihn als ehrlichen Mann betrachten.

»Ich habe mich dem Militärdienst entzogen«, sagt er mit komplizenhaftem Lächeln.

»Wie das?«

»Ich war achtzehn und hätte eigentlich eingezogen werden sollen, aber die haben mich vergessen ... Also bin ich mit etwas Geld von einem kinderlosen Onkel nach Japan gereist, wo ich das Glück hatte, einen Zen-Meister kennenzulernen. Er war es auch, der mich auf den heiligen Weg geführt hat. Ich habe mich mit alternativer Medizin befasst und die Sprache gelernt, schriftlich wie mündlich, allerdings habe ich das meiste davon wieder vergessen. Ein Jahr später kam ich wieder nach Hause, aber dummerweise bemerkte irgendein penibler Beamter den Fehler, und ich wurde einberufen. Mittlerweile war ich jedoch entschlossen, mein Leben der Medizin zu widmen und nicht in einer Armee zu dienen oder in den Krieg zu ziehen. Ich wusste von einem Freund, dass eine Möglichkeit, dem Militärdienst zu entgehen, darin bestand, Taubheit vorzuschützen.«

»Erzählen Sie weiter«, sagte sein Vernehmer, dem vor Staunen der Mund offenstand.

»Es war eine langwierige Untersuchung, die den ganzen Tag dauerte. Die haben mit mir geredet, mir Fragen gestellt und dann mit einer Stimmgabel Mittel- und Innenohr getestet, und ich habe immer vorgegeben, nichts zu hören. Dann haben sie mir auf den Schädel geklopft, aber ich wusste aus meinen Studien, dass der Schall auch vom Knochen übertragen wird, unabhängig vom Ohr. Hätte ich da auch behauptet, nichts zu hören, hätten sie gewusst, dass ich log, aber sie haben mir geglaubt und mich gehen lassen.«

»Und Sie meinen, so lasse ich Sie jetzt auch gehen«, sagt der Polizist, aber nicht mehr so aggressiv.

»Dürfte ich als der Ältere von uns beiden einen Vorschlag

machen: Wir gehen jetzt zusammen zum Ortspolizisten, zu ihm nach Hause, und erklären ihm das Ganze.«

»Zu Plodder Pat? Der interessiert sich doch mehr für den Bungalow, den er gerade baut, als für Recht und Ordnung … Sie halten mich für einen Trottel.«

»Im Gegenteil, ich beglückwünsche Sie. Sie haben eine potenziell gefährliche Situation gesehen, ihren Wagen angehalten und mich in die Mangel genommen.«

»Um ehrlich zu sein, bin ich eigentlich auf dem Weg zu einer Beerdigung … Ich hätte fast nicht angehalten.«

»Ein Verwandter?«

»Ein Cousin zweiten Grades. Es kam ganz plötzlich … Er hat auf seiner Tankstelle gerade jemandem den Tank gefüllt und dabei mit ihm geplaudert, und auf einmal ist er umgekippt … Tot.« Bei dem letzten Wort bekreuzigt er sich.

Dann reden sie über Familienbande, Blutsbande, die Notwendigkeit zu trauern und die Torheit, das Leben als selbstverständlich anzusehen. Die Gefahr ist vorbei. Der Polizist sagt, er habe getan, was er tun müsse, den Kindern zuliebe, denn Kinder seien ihm heilig.

»Was ich da schon erlebt habe, das würde Ihnen das Herz brechen«, sagt er.

Er überlegt einen Moment und beschließt dann zu gehen, nicht ohne vorher noch anzumerken, dass seine Mutter dieses Quantenenergie-Dingsda vielleicht ganz gut für ihre Arthritis gebrauchen könnte. Er bekommt zur Antwort, dass sie eine Sonderbehandlung erhalten wird.

***

An diesem Abend geht Dr. Vlad in seiner bevorzugten, etwas versteckt liegenden Bucht schwimmen, ein Bad, das er sich versprochen hat, um sich von den Zumutungen des Tages reinzuwaschen. Danach legt er sich auf die Bank, die dort steht, und dämmert weg – *Schlaf, der des Grams verworrn Gespinst entwirrt …* bald schläft er tief und fest. Er träumt von ganz früher, von der Polenta seiner Mutter, den eisgrünen Flüssen, die aus den Schluchten getost kamen, von den Kindern im Wald, die einander zuriefen, den Pfifferlingen, die sie abbrachen und zerbröselten, und von dem jungen Schnösel, dem Polizisten, der an der Mine seines Kulis leckt, um ihr noch ein Wort abzuringen. Plötzlich spaziert sein alter Freund K in seinen Traum, nicht wie üblich im Tweedjackett mit Lederflicken an den Ellbogen, sondern ganz in Schwarz, durch den Tod verwandelt.

»Bruder«, sagt er und droht ihm mit dem Finger, »das war ganz schön knapp heute, dir ist bestimmt der Arsch auf Grundeis gegangen.« Ungebeten setzt er sich hin und beginnt zu reden.

Bald erscheinen Leute aus dem Ort, um mitzuhören – der junge Dara; Fidelma, die Frau des Textilhändlers; die Nonne mit den dicken Schenkeln und die mürrischen Schwestern. Er ist wie gelähmt, außerstande, sie wegzuschicken, er weiß, dass er träumt, doch er kann sich nicht aus dem Traum reißen, seine Glieder sind bleischwer. K quasselt vor sich hin, und er selbst, der einst der Gewalthaber war, liegt jetzt auf der Folterbank. *Ich bin erledigt,* sagt er, doch auch diese Worte versinken in seinem Traum.

»Diese Belagerung«, sagt K, »hat vielen das Herz gebrochen, aber nicht uns in unserer Festung oben auf dem Berg. Wir haben das anhaltende Feuer der Granatwerfer und der Heckenschützen gehört, die *den Abschaum in der Stadt* eliminierten. Eintausenddreihundertundfünfundneunzig Tage und Nächte lang. Der menschliche Geist ist unbezwingbar. So dachten es die Außenstehenden, aber die konnten sich nicht das Gemetzel vorstellen, die verwesenden Leichen, den verrottenden Müll, die verwilderten Hunde und die Handvoll Entschlossener, die auf der Suche nach Essbarem durch die Gassen schlichen. Mittlerweile hat es eine Feier zum Gedenken gegeben, rote Stühle in unserer geliebten Stadt, deinem Juwel, wie du sie genannt hast. Ja, elftausendfünfhunderteinundvierzig rote Stühle zur Erinnerung an die Gefallenen. Angeblich sind den Touristen erst in dem Moment die Tränen gekommen, als sie auf die sechshundertdreiundvierzig roten Stühlchen für die toten Kinder stießen. Ja, die Lebenden, die Verstümmelten, die Gezeichneten, mit ihrer wahnwitzigen Verantwortung, sich an alles zu erinnern, alles. An dem Abend, als man uns von dem Massaker auf dem Markt erzählte, brachten wir einen Toast aus, viele Toasts. Kein Lied ohne Leid, sagtest du. Was für ein grauenvoller Anblick muss das gewesen sein, surreal, Beine, Arme, Köpfe, Rümpfe inmitten von Kartoffeln, Kohl, Zwiebeln und Kohlrabi. Ein wildes Gemisch. Gegenüber der Außenwelt beharrtest du darauf, dass all die Leichen in Wirklichkeit Schaufensterpuppen und Leichname aus vergangenen Kriegen seien, die unsere Feinde heimlich dort platziert hätten. Wir luden die Bedienungen ein, mit uns zu trinken. Sie waren scharf auf dich, mit deinem dichten, schwarzglänzenden Haar und deiner tiefen, sonoren Stimme. Sie schrieben dir Liebesbriefchen auf deine Serviette, und du hast Helga, deine Lieblingsbedienung, an den Zöpfen gezogen. Ein anderer Vorfall, der die Weltaufmerksamkeit auf sich zog, trug sich zu, als ein zwölfjähriges Mädchen, das nichtsahnend mit dem Fahrrad unterwegs war, von einem Granatsplitter getroffen wurde, ihr Blut wie rote Rosenblätter auf gelblich verfärbtem Schnee, ein Leitmotiv. Ja, das erregte weltweit Aufmerksamkeit, und ein paar ausländische Intellektuelle taten sich zusammen und inszenierten eine Aufführung von *Warten auf Godot*, um die Moral der Leute zu stärken. Das hat dich verärgert. Es hat dir die Show gestohlen. Schließlich warst du der Oberbefehlshaber, der führende Kopf, an dich wandten sich die Diplomaten und hohen Tiere und flehten dich an, die Belagerung zu beenden. Wie du sie um den Finger gewickelt hast mit deinem Charme und deinen Vertröstungen, manchmal auch deinem aufbrausenden Temperament. Du hast beteuert, du seist verhandlungsbereit, hast auf die Wahrung der Menschenrechte gepocht, dich und dein Volk zu Opfern erklärt – *Wir sind Mäuse in den Fängen spielender Katzen.* Am Anfang bekamen diese Würdenträger immer eine Geschichtslektion erteilt, über das Unrecht, das unser Volk hat erleiden müssen, angefangen mit der Schlacht von Kosovo im Jahr 1389. Wurdest du nach den Gräueltaten gefragt, hattest du immer eine Antwort parat. Entweder hatten sie nie stattgefunden oder sie waren vom Feind inszeniert, und nach den Leichen auf dem Marktplatz gefragt, erklärtest du, das seien Schaufensterpuppen, die der Feind dort platziert habe, um die restliche Welt zu täuschen. Du hast sogar erklärt: »Ich verabscheue den Krieg«, und vielleicht lag darin ja ein Körnchen Wahrheit. Du versprachst das Blaue vom Himmel und meintest nichts davon ernst. Du versprachst, die Belagerung aufzuheben, das Granatfeuer zu beenden, Hilfskonvois und Nahrungsmitteltransporte hereinzulassen, doch nichts davon geschah. Es war alles gelogen, aber Lügen können in Zeiten der Verzweiflung so überzeugend und willkommen sein wie die Wahrheit. Und so reisten diese Diplomaten und großen Tiere einigermaßen beruhigt wieder ab, sie hatten es ohnehin immer eilig, wieder an den Flughafen zu kommen, denn vielleicht hattest du ja schon dessen Bombardierung befohlen. Damals hast du auch aufgehört zu schreiben. Verständlich, die Fülle der Ereignisse ließ dir keine Zeit zum Nachdenken, und vielleicht war es dir auch ganz recht so. Ich dagegen las mehr, als die Belagerung fortdauerte. Ich las *Hamlet* noch einmal und dachte mir, dass ungeachtet seiner Behauptung, Ophelia mehr geliebt zu haben als vierzigtausend Brüder, auch Hamlet ein Spezialist fürs Makabre war. In der Stadt ging es allmählich weniger »robust« zu, was bedeutete, dass es weniger Leichen gab. Du hast geschimpft und getobt, dein Utopia, dein Kleinod im Schoß der Berge, begann dir zu entgleiten. Alle verrieten dich, die ganze Welt war gegen dich, und du beschlossest, deine Eroberungen noch auszuweiten. Es galt weitere Regionen einzunehmen. Die ethnische Säuberung war unumgänglich, selbst wenn du zum Schluss über ein Geisterland herrschen würdest. Shakespeare muss dir in den Sinn gekommen sein, jene *Gezeiten für der Menschen Treiben,* doch falls du irgendwelche Zweifel gehabt haben solltest, hast du sie bezwungen. Es folgte der nächste Coup. Srebrenica. Ein Blutrausch. Achttausend bosnische Männer wurden unter der Zusicherung, sie hätten nichts zu befürchten, in Busse verladen und fortgekarrt, man schaffte sie in ein leerstehendes Warenhaus, einen Betonbau, in dem, so heißt es, nach Einbruch der Dunkelheit die Erschießungen begannen. Wir hörten, die Schützen seien irgendwann vom Töten so müde geworden, dass sie um Stühle baten, die sie auch bekamen. Dann lösten andere sie bei dieser grausigen Aufgabe ab. Vier Tage und vier Nächte ging das so. Die gellenden Schreie, die Todesseufzer, eine Apotheose allen Blutvergießens von Menschenaas, das um Bestattung ächzt. Um die Leichen kümmerten sich die Pioniere, daher die Unmengen von geheimen Gräbern im ganzen Land. Eine heiße Nacht und das Blut so vieler Menschen innerhalb so kurzer Zeit. Ich malte es mir damals nicht aus und wollte es mir auch nicht ausmalen. Aber mit der Zeit holte es mich ein, die Besudelung durch den Tod, der Gestank des Bluts, im Mund, vor allem am Gaumen. Es war unvermeidlich. Das Morden schien sich ausgezahlt zu haben, doch dann, wie es in der Geschichte über die Jahrhunderte immer wieder geschehen ist, begann unser Stern zu sinken. Bald verloren wir im Osten ganze Landstriche, und unsere Feinde wurden ähnlich blutrünstig wie wir. Es hieß, sie hätten von unseren Metzeleien gelernt. Die Diplomaten und hohen Tiere waren jetzt nicht mehr so leichtgläubig, und sogar hier bei uns wurde geraunt, du seist zu weit gegangen, übers Ziel hinausgeschossen, denn dir war genug nie genug. In unserer Festung herrschte Verdruss. Du bist in Hemdsärmeln auf und ab getigert, hast herumgeschrien, auf allen Seiten Verrat gewittert und deine Maximen postuliert, so wie es vor dir all die anderen Wahnsinnigen und Unmenschen der Menschheitsgeschichte getan haben. Dann wieder saßest du da wie ein Kind, dem man Unrecht getan hat, kautest an deinen Nägeln, kautest und kautest, bis aufs Fleisch. Ich war derjenige, den man damit betraute, mit dir zu sprechen. Warum hätte ich es nicht tun sollen? Schließlich verband uns ein Schwur, wir waren Brüder, beste Freunde schon zu Jugend- und Studienzeiten, Konkurrenten nur in unserer Verehrung für William Shakespeare. Wir liebten Goethe und Musil, doch Shakespeare war Gott. Du wurdest »Junger Törleß« getauft, weil zwei vollkommen entgegengesetzte Züge deinen Charakter bestimmten, der vernünftige, rationale stand dem dunklen, rachsüchtigen gegenüber. Im Sommer machten wir zusammen Urlaub, lagen am Flussufer, in Blumenwiesen, sahen zu den von Schneeadern überzogenen Gipfeln empor, während wir unten den Duft frisch erblühter Blumen einsogen. Im Winter tauchten wir in die eisgrünen Flüsse, die aus den Schluchten strömten, und ließen uns tapfer auf dem Rücken treiben, andere Male radelten wir durch adrette Städtchen und deklamierten dabei zum allseitigen Erstaunen Shakespeare.

Wir liebten unser Land und gelobten, es zu einem besseren Ort zu machen. Aber die Dichtung stand an erster Stelle. In den Bergen, wo wir hingefahren waren, um für unsere Prüfungen zu büffeln, geschah es dann. Eines Nachts riefst du mich hinaus in den Schnee, nahmst dein Taschenmesser mit dem Perlmuttgriff und ritztest uns beiden in den Finger, und wir vermischten unser Blut. Es gefror fast, als wir daran leckten, denn dort oben waren es minus achtundzwanzig Grad. Von nun an waren wir Blutsbrüder, jeder der Hüter von Seele und Gewissen des anderen. So hast du es ausgedrückt. Und du sagtest noch etwas, was ich nie vergessen werde. Du sagtest, wir seien wie Bergsteiger an einem Seil: Wenn einer das Seil loslasse, stürze der andere in den Abgrund. Das hast du gesagt. Und als dort oben in unserem Versteck alles aus den Fugen ging, begann ich mit dir zu reden wie früher, über Literatur, warum auch nicht, wo wir sie doch beide so liebten. Ich fragte: »Erinnerst du dich noch an Mr. Kurtz?«, und du sagtest, natürlich, denn damals in den Bergen hatten wir außer Goethe, Musil und Shakespeare auch *Herz der Finsternis* gelesen, vom ersten bis zum letzten Wort gebannt. Wie auch nicht. Wir waren der Bahre gefolgt, auf der man den sterbenden Mr. Kurtz trug, hatten uns die Verrückte vorgestellt, die vor dem Dampfer auftauchte, mit ihren Glasperlen und ihren wilden Beschwörungen, und jetzt fragte ich dich: »Erinnerst du dich noch an Kurtz' letzte Worte?« Du bliebst stumm, also wiederholte ich sie für dich: *Das Grauen! Das Grauen!,* und gab zu bedenken, ob Kurtz hier nicht vielleicht versuche, sein eigenes Grauen zu sühnen und um Vergebung zu bitten. Du sahst mich an, und ich zitterte, denn ich erkannte, dass in diesem Moment mein Tod für dich so notwendig und zugleich bedeutungslos war wie all die anderen Tode zuvor. Du hattest das Seil losgelassen. Mit der Zeit nahm mein Ekel immer mehr zu.

Dieses Warenhaus mit den siebentausend Männern im fortpflanzungsfähigen Alter kam mir immer wieder in den Sinn, dazu das Leitmotiv der Rosenblätter auf dem Platz in Sarajewo. Ich begann zu glauben, dass ich tot besser atmen könnte als lebendig. Wir verloren dort oben in unserer Bastion alle langsam den Verstand. Ich möchte kurz noch etwas zur Art meines Todes sagen. Ich tat es nicht, weil ich Angst vor dir gehabt hätte. Auch heißt es, ich sei betrunken gewesen, als ich mir eine Kugel durch den Kopf jagte, aber waren wir das nicht oft: betrunken zu Ehren des Bergmenschen im Kreml? Du hast nie das Buch geschrieben, das du hattest schreiben wollen. Was wäre das für ein Buch geworden. Denn nur du kanntest die ganze Geschichte. Ein Buch der Nacht. Diese Unglücklichen – der »Abschaum in der Stadt« – dort unten in ihren Wohnungen, ohne Licht, ohne Heizung, ohne Wasser, ohne Hoffnung, ohne alles. Was für ein Buch wäre das gewesen, dein geliebtes Sarajewo mit den elftausendfünfhunderteinundvierzig leeren roten Stühlen, einschließlich der kleinen für die Kinder. Angesichts unseres Quasi-Mystizismus, der dich sicher nicht ganz verlassen hat, wird das Buch, das du niemals schreiben wirst, voller Schreie sein. Die Klagen der Toten, die ihre Liebsten in der Unterwelt suchen, ohne zu wissen, ob diese tatsächlich schon tot sind oder noch im Reich der Lebenden weilen. Ja, ein Buch der Nacht. Wenn du dereinst die Weltbühne verlässt und der Todesengel dich erwartet, um mit dir abzurechnen, oder, wie du es heute zu den Kindern im Wald gesagt hast, die kosmische Vergeltung für alle bösen Taten ansteht, dann wirst sogar du erzittern. Gute Nacht, mein Freund und Bruder, und Viva Sarajewo.«

Er erwacht, bereit zu leugnen, zu widerlegen, anzugreifen, aber sie sind alle fort, und statt ihrer ist da ein großer schwarzer Hund, der mit der Zunge über seine Stirn fährt, ein Lecken wie Peitschenhiebe, und als er nach dem Hund schlagen will, verschwindet auch dieser, wird von den Schatten verschluckt.

Jetzt öffnet er die Augen und blickt in eine Nacht von unendlicher Ruhe, mit zahllosen, in Gold getauchten Sternen.

DER WEISSE NEBEL

Sein Name ist in aller Munde. Dr. Vlad dies und Dr. Vlad das. Er hat Unglaubliches bewirkt, manche Frauen fühlen sich schon nach zwei Behandlungen um Jahre verjüngt. Und was er für Hamishs Frau getan hat, kommt einem Wunder gleich. Sie hatte immer wieder Anfälle, deretwegen sie und ihr Mann verschiedene Ärzte aufgesucht hatten, auch einen Spezialisten in Dublin, doch vergebens. Man sagte ihnen, es sei ein psychosomatisches Leiden, das nicht zuletzt daher rühre, dass sie einander immer wieder hochschaukelten.

In seiner Praxis bekam die Frau dann, nachdem sie zwanzig Minuten lang stumm wie ein Fisch gewesen war, einen der Anfälle, über die sie mit ihm hatten sprechen wollen. Sie fiel zu Boden, und ihr Mann eilte zu ihr, um sie in den Arm zu nehmen. Dr. Vlad griff ein. Er sagte: *Nehmen Sie sie nicht in den Arm – das beengt sie.* Es sei besser, sie dort auf dem Boden liegen zu lassen, über sie zu wachen, damit ihr nichts passierte, und einfach da zu sein. So werde der Anfall von selbst vorübergehen, was auch geschah. Danach unterzog Dr. Vlad sie einer gründlichen Untersuchung, während Hamish draußen wartete, und kam zu dem Schluss, dass es sich um ein neurologisches Leiden handelte, das durch diverse Allergien ausgelöst wurde. Es sei ein ungewöhnlicher Fall. Er schlug verschiedene therapeutische Maßnahmen vor – zweimal im Monat eine Lymphdrainage, regelmäßige Schwefel- und Magnesiumbäder sowie eine ausgeklügelte Diät. Sie solle Nahrungsmittel mit Konservierungsstoffen meiden, ebenso Reinigungsmittel und Seifenpulver mit chemischen Zusätzen sowie öffentliche Gebäude, in denen die Räume oder auch nur die Vorhänge eingesprüht worden seien. Sie begann einer asketischen, strikt gesundheitsorientierten Lebensweise zu folgen, verzichtete auf ihren wöchentlichen Friseurbesuch und ging nicht mehr ins Café, doch Hamish zufolge lächelt sie jetzt wieder, und man geht davon aus, dass sie in einiger Zeit vollständig geheilt sein wird. Wie Jesus wird auch Dr. Vlad bald übers Wasser gehen können.

Seit dem Abend im Castle hatte ich nur ab und zu einen Blick auf ihn erhascht, wenn er die Straße entlanging oder in aller Herrgottsfrühe im Fluss Steine für seine Heilmassagen sammelte. Es geschah, ohne dass ich es merkte. Eine Fixierung. Ich fing an von ihm zu träumen.

Im ersten Traum kam er unverfroren in die Küche marschiert und nahm sich Jacks Lieblings-Kaffeetasse von dem Haken an der Anrichte, wo sie immer hängt. Sie ist aus weißem Porzellan, eine Rasierschale mit Henkeln und verblasstem Goldrand. Wir suchten sie überall, drinnen und draußen, im Schuppen und sogar in den Löchern in der Hecke, in die sie hätte gerutscht sein können. Im Traum sagte Jack, das sei ein schwerwiegender Vorfall, und der Schuldige müsse gefunden werden. Ich hatte das Gefühl, dass er von meiner Mittäterschaft wusste.

In einem anderen Traum entband er mich in meinem eigenen Schlafzimmer von einem Kind. Es war glitschig, und er zog es ganz vorsichtig heraus, mit winzigen Drehungen, bis es draußen war, und dann gab er ihm einen kräftigen Klaps, damit der Kreislauf in Schwung kam, und ich hörte es schreien. Ein gellender Schrei, den ich nicht mehr vergessen konnte. Unser Kleines, kostbare Frucht unseres Verrats. Er hielt es hoch, damit ich es sehen konnte, mit Jack neben mir im Bett.

***

Es war der Nebel, der mich dazu brachte. Ein weißer Nebel, der wie ein fließender Mousselin hin und wieder unsere Gegend einhüllt. Manchmal kommt er nachts, manchmal in den frühen Morgenstunden. Er setzt sich über Grenzen hinweg, verwebt benachbarte Grafschaften. Ich war darin unsichtbar und mein kleiner hellgrüner Citroën ebenso, ungesehen schwebten wir durch ihn hindurch. Die Seitentür unseres Ladens war nur eingeklinkt, und ich ging voll innerer Erregung die Treppe hinauf. Ich klopfte an, wusste – oder vermutete vielmehr –, dass er dort drinnen am Meditieren war. Unserer kleinen Welt mit ihrem Klatsch und Tratsch bleibt nichts verborgen, auch nicht, dass er ein Aftershave mit Zitronenverbene verwendet.

»Sie sind mir sehr willkommen«, sagte er und ließ sich angesichts meines spontanen Besuchs zu so früher Stunde keinerlei Überraschung anmerken.

»Ich will eine Heilbehandlung«, platzte ich heraus.

Eine Heilbehandlung. Er wiederholte die Worte.

»Eine Heilbehandlung für was?«

»*Nervenschwäche.*«

Er bat mich, Platz zu nehmen, drängte mich aber nicht, mehr über mein Leiden zu sagen. Er sagte, er könne und werde mir etwas verschreiben, aber natürlich sei die Natur die beste Heilerin. Ich solle in die Berge gehen, jetzt wo das Eis allmählich schmelze und die ersten Frühlingsblumen ihre kleinen Gesichter zeigten. Er sprach von unseren Bergen, als wären es die Alpen.

Dann nahm er ein kleines Fläschchen mit Tropfen und zählte deren pflanzliche und sonstige Bestandteile auf. Ich sollte die Tropfen möglichst lang im Mund behalten und eine Weile warten. Die Stille war so immens, dass man sie hätte berühren, in sie hineingreifen können.

Später fragte er mich, ob meine Nervenschwäche auf ein bestimmtes Ereignis zurückzuführen sei, einen Todesfall vielleicht oder ein Kindheitstrauma. Ich sagte ihm, dass ich zweimal ein Kind verloren hätte und dass ich seltsamerweise glaubte, es handele sich um ein und dasselbe Kind. Und dass wir danach Urlaub im Ausland gemacht hätten. Er fragte mich nach meinem Alter und dem meines Mannes und sagte, heutzutage sei nichts mehr unmöglich, die Wissenschaft habe enorme Fortschritte gemacht und nicht zuletzt durch den Rückgriff auf die Natur die künstliche Befruchtung entwickelt. Ich konnte wie in meinem Traum seine Hände vor mir sehen, die das Kind zur Welt brachten: *Maria aber behielt all diese Worte und bewegte sie in ihrem Herzen.* Er erkannte die Worte und lächelte, ein freundliches Lächeln.

Ich sah zu, wie er verschiedene Pulver zusammenstellte und jeweils eine kleine Menge auf ein Papierchen gab, das er dann mit seinen geschickten Händen zusammenfaltete. Er datierte sie alle, eins für jeden Tag, einundzwanzig Tage lang, dann sollte ich wiederkommen. Er sagte, er sei dankbar, dass ich gekommen sei, dass ich das Gefühl gehabt habe, zu ihm kommen zu können. Ich antwortete, ohne den Nebel hätte ich es nicht gewagt, aber der Nebel habe mich kühn gemacht.

Bevor ich ging, äußerte er einen Vorschlag, der ihm gerade in den Sinn gekommen war. Im Sommer könne er doch ein paar Wanderungen organisieren. Ich und etliche der anderen Damen könnten frühmorgens mit ihm in den Bergen wandern gehen, das sei wunderbar anregend für die Libido.

»Das ist ein Versprechen, und ich werde es halten«, sagte er.

Ich traute meinen Augen nicht: Draußen wartete Jack, halb stand er, halb hing er über der Motorhaube, und sah mich mit vorwurfsvollem Blick an. Er war verstört, sagte, er sei aufgewacht, habe festgestellt, dass ich nicht da sei, und sich auf die Suche nach mir gemacht.

»Ich dachte, du bist vielleicht am Fluss«, sagte er.

»Was soll ich denn am Fluss?«, antwortete ich, wollte nicht aus meinem ungebärdigen Glück gerissen werden.

Auf dem Heimweg löste sich der Nebel langsam auf, einzelne Fetzen hingen noch in der Luft, der Rest verschwand, wie von einer riesigen Grabeforke emporgehoben. Wir sprachen kein Wort.

DIDO

Der Lesekreis war in seinem zweiten Jahr, und Fidelma war kürzlich zu seiner Leiterin ernannt worden. Die Treffen fanden ein paar Häuser weiter in einem Parterreraum statt, einem ehemaligen Café, das hatte schließen müssen. Flossie hatte den Raum zur Verfügung gestellt, denn sie war näher an die Küste gezogen. Das Mobiliar war ramponiert, zwei alte Sofas, Küchenstühle ohne Rückenlehne und neben dem Eingang noch eine Bank für Nachzügler.

Die paar Getreuen waren da, einige neue Gesichter sowie die rüpelhafte Familie, die man aus unerfindlichen Gründen »die Naublers« getauft hatte. Der blinde Vater mit seinem Schäferhund, die pampige Mutter sowie mehrere junge Töchter und ungepflegte Söhne. Sie verabscheuten Bücher. Ja sie hassten Bücher regelrecht und kamen nur, um zu stören. Sie brachten immer Knabbereien und Getränke mit, Chips, kleine Fläschchen Gin oder Wodka, Dosen mit Tonic Water und einen großen Beutel Eiswürfel. Ab und zu warfen sie dem Schäferhund ein paar Eiswürfel zu, die er zerkaute und auf Flossies Teppich tropfen ließ.

Zu ihrer Überraschung sah Fidelma Dr. Vlad eintreten, er stellte sich hinten an die Wand, und der ganze Raum war plötzlich von ihm erfüllt.

Wie üblich begann der Abend mit einer kurzen Lesung, um die Gedanken in Schwung zu bringen. Fidelma fragte, ob Bridget vielleicht Lust habe, das zu übernehmen, woraufhin diese, in ihren zerrissenen alten Kleidern und grünen Wildlederstiefeln im Rollstuhl sitzend, das Kapitel »Dido« aus der *Aeneis,* Buch IV vorlas, so gemessen und feierlich, wie es dem Text gebührte:

Alles Gefild ist still, und die Herden, das bunte Geflügel, was in spiegelnden Seen und was auf dornenbewachsnen Angern sich birgt, liegt alles im Schlaf durch die schweigende Nacht hin, lindert die Sorgen der Brust und lässt sie der Mühen vergessen. Allerdings nicht das gequälte Gemüt der Phoinikerin; nimmer gibt sie dem Schlummer sich hin; nicht dringt ihr die Nacht in die Augen, nicht in die Brust; mit verdoppelter Qual in erneuerten Stürmen wütet die Liebe; sie wogt in des Zorns hochflutender Brandung.

»So 'n Scheiß«, war die erste Reaktion, gefolgt von einem Schwall gleichlautender Kommentare, womit weiteren Schmähungen Tür und Tor geöffnet waren.

»Zum Kotzen.«

»Das hat gar nichts mit unserem Leben zu tun ...«

»Recht hast du, Moira ... Obdachlose ... alleinerziehende Mütter ...«

»Ja, genau.«

»... Leute, die ihren Job verlieren ... die Dreckskerle in der Regierung, die alles vermurksen, und wir sollen Mitleid mit irgend so 'ner Dido haben ...«

»Soll sie doch eine Annonce im *Leitrim Echo* aufgeben: ›Einsam und allein in Leitrim‹ – da hat sie im Nu 'nen Braten in der Röhre.«

Dann stellte sich die dreisteste der Naubler-Schwestern in Minirock und Netzstrümpfen auf die Bank und spielte die Dido, wie sie sich von ihrem Safranbett erhob, sich mit Flusswasser besprengte, Wein zwischen die Hörner einer weißen Färse goss und in die offene Brust eines geschlachteten Schafs sprach, um eine Antwort auf ihre Liebespein zu finden.

»Voll daneben«, war ihr Urteil.

»So, meinst du?«, fragte Mona wutschnaubend.

»Da kannst du aber Gift drauf nehmen«, und einige der Jüngeren stießen ins gleiche Horn und erklärten, die Geschichte sei altmodisch und verstaubt und habe nichts mit dem modernen Leben zu tun. Dido sei kein Vorbild, und was die Liebe angehe – die sei sowieso Schnee von gestern.

»Nicht für mich, Leute«, rief Fifi.

»Ich bin die Älteste hier«, sagte Bridget, und dann erhob sie sich aus ihrem Rollstuhl, sah sich um wie eine zerlumpte Königin und verkündete entschieden: »Die Liebe ist alles ... die Liebe ist heilig ... die Liebe ist eure letzte Chance.«

»Oha, die Oma ist auf dem Trip ... alte Wichserin«, war nur einer von diversen höhnischen Kommentaren, aber Bridget schaute ihre Angreifer unerschrocken an und sagte: »Ihr habt einfach noch nie geliebt ... Aber das gibt euch kein Recht, über die Liebe zu spotten.«

Phoebe, die strickte, wie immer bei diesen Treffen, legte für ihren Beitrag das Strickzeug weg: »Ich bin noch klein, laufe durch den Regen von der Schule nach Hause, bin klatschnass ... mein Vater treibt gerade die Kühe zusammen, er sieht mich, kommt zu mir, sagt: Zieh die nassen Sachen aus und hol dir die Jacke von deiner Mutter, und dann zündet er ein Feuer an und macht mir ein Zuckerbrot, ehe er wieder zu den Kühen rausgeht. Wenn das keine Liebe ist, was dann?«

Das war zu viel für die Naublers, die geschlossen aufstanden und rausmarschierten, nur der Hund sträubte sich, als wäre drinnen noch irgendwas, woran er schnüffeln musste. Die zänkische Tochter schrie in ihr Handy: »Wir verpissen uns aus diesem Gruftiverein ... Bis gleich.«

Angesichts all der Schmähreden hatte Fidelma das Gefühl, das Gespräch wieder in geordnetere Bahnen lenken zu müssen, und fragte, was sie denn von Äneas hielten.

»Äneas, der Treue«, wurde gehöhnt.

»Äneas, die Ratte«, und der Spott, der sich nun über ihn ergoss, überstieg den, der die arme Dido ereilt hatte, noch bei weitem. Hatte sich doch dieser Mann, ein Halbgott, im Dunkeln davongemacht, so eilig und verstohlen, dass an den grob zurechtgehauenen Rudern der Seeleute noch Blätter hingen.

Inmitten der Unruhe und der Flut von Beschimpfungen wurden im Namen der Liebe manch dumme und irrelevante Dinge gesagt. Desiree hatte eine Freundin, die Placido Domingo im Flugzeug gesehen hatte, und die beiden hätten die Blicke gar nicht voneinander lösen können, Mona schämte sich nicht, zu erzählen, dass sie und ihr verstorbener Mann morgens und abends kommunizierten, und ein polteriges Mädchen verkündete, sie werde jetzt bisexuell, denn mit einem Kerl sei sie noch nie wirklich glücklich gewesen.

Ein junger, eigentlich sehr schüchterner Student, der sich Notizen gemacht hatte, wandte sich an Fidelma und fragte sie, ob sie ihm eine Definition der Liebe geben könne. Sie zögerte, wusste aber, dass es ihre Pflicht war, darauf zu antworten – »Die Liebe ist ein Gefühl ... es lässt sich nicht in Worte fassen ... es gilt einem anderen Menschen, aber auch etwas Größerem ... wenn man liebt, weiß man, dass man lebt ... jeder einzelne Nerv erwacht zum Leben.«

Diarmuid, der Lehrer, stand auf, sein hageres Gesicht von Verachtung erfüllt, und erklärte mit blitzenden Augen, ihr Lesekreis sei, um es mal ganz klar zu sagen, nicht gerade ein Hort der Bildung. Aber was könne man schon anderes erwarten von einer Frau mit Emma-Bovary-Mentalität, die sich vom Melkschemel zum literarischen Salon hochgearbeitet habe.

Das war zu viel. Man hörte Leute erschrocken die Luft einsaugen, der Student verlangte, jetzt mit ausgeprägtem Stottern, Diarmuid solle diese Bemerkung zurücknehmen, und Bridget drohte mit erhobenem Zeigefinger und sagte, er sei ein eingebildeter Schnösel, und schlechte Manieren habe er außerdem. Er lachte kurz und sagte – Fidelma zu Ehren in breitem Dialekt –, er nehme sie doch nur auf den Arm.

Mary Kay, eine Krankenschwester im Ruhestand, sagte, sie werde sich nicht auf dieses Niveau hinabbegeben, vielmehr wolle sie auf die Verbindung zwischen Liebe und Einsamkeit hinweisen.

»Ich war Mitte dreißig, und meine Arbeit hat mich damals an alle möglichen abgelegenen Orte geführt. Ich habe seltsame Dinge erlebt, manchmal traurige, manchmal auch ausgesprochen komische, Eheleute, die ihre Testamente voreinander versteckten, zum Beispiel, aber ein Vorfall ist mir besonders in Erinnerung geblieben. Es gab da zwei Brüder, Michael und Finbar, sie waren Zwillinge, und Michael litt an Epilepsie. Ich fuhr immer mal wieder zu ihnen, um mich zu vergewissern, dass Michael seine Medikamente nahm, und sie zu ermuntern, ihre Küche mal wieder aufzuräumen. Ein Saustall war das. Eines Abends, kurz vor Anbruch der Dunkelheit, brachte mich Zwilling Michael ans Auto. Als ich mich ans Steuer gesetzt hatte, langte er durch das offene Fenster herein, griff mir in die Bluse und befingerte meine Brüste. Ich tat nichts. Sagte nichts. Es war das Klügste. Zwilling Finbar schaute aus etwa zwanzig Metern Entfernung zu, aber bei keinem von beiden war zu erkennen, was sie dachten. Als Michael mit dem Streicheln fertig war, zog er die Hand wieder heraus, und ich fuhr haste-was-kannste den Berg hinunter.«

Verlegenes Schweigen folgte. Der Regen trommelte auf das flache Teerdach und tropfte in den Eimer, der im Gang stand, und Schwester Bonaventure blickte gen Himmel und sagte: »Es hieß doch vereinzelte Schauer, aber jetzt ist es schon wieder die Sintflut.«

Phyllida, die dem Treffen gern einen heiteren Ausklang geben wollte, ging mit erhobenem Handy herum und zeigte allen das Bild eines neugeborenen, beigefarbenen Fohlens, das noch ganz wackelig auf seinen Beinen stand – »vor ein paar Wochen hab ich die Pferde gefüttert und noch gedacht, die gute Tessie ist aber ganz schön fett geworden – hatte ja keine Ahnung, dass sie trächtig war. Wirbelwind haben wir unseren kleinen Neuankömmling genannt, denn genau das ist er, ein kleiner Wirbelwind, und ich sag euch eins, ohne Samantha würde ich das alles nicht schaffen, wir sind nicht wohlhabend, aber voller Liebe, wir lieben unsere Tiere, unsere Gänse, Hühner und Hunde, und wir lieben einander, und ich möchte die Verhandlung abschließen mit einem entschiedenen Ja zur Liebe – zum Teufel mit allen Neidern!«

Zur allseitigen Überraschung meldete sich nun Dr. Vlad zu Wort, er trat in die Mitte des Raums und bat Fidelma achtungsvoll darum, ein paar Sätze sagen zu dürfen. Er verstehe, so begann er, dass einige hier von Dido enttäuscht seien, von ihrem Selbstopfer, ihrer Negativität, aber er würde sie gern ermuntern, doch noch einmal über die Geschichte nachzudenken und sie in den historischen Kontext einzuordnen. Dido, rief er ihnen in Erinnerung, sei jung zur Witwe geworden, da ihr Mann von einem habgierigen Bruder vergiftet worden sei, man habe sie dann aus Tyros vertrieben und sie sei nach Karthago geflohen. Dort habe sie eine Kuhhaut in Streifen geschnitten und damit ein Territorium umgrenzt und für sich beansprucht. Sie habe Armeen ausgebildet, Mauern und Verteidigungsanlagen errichtet, Regierungen eingesetzt und Männer befehligt. Es sei die Frau in ihr, die Äneas und den Trojanern Zuflucht gewährt habe, und man könne ihr ja doch keinen Vorwurf daraus machen, dass die Flammen der Liebe sie verzehrt hätten, wo sie doch aufrichtig davon überzeugt gewesen sei, in einer Art Ehe mit Äneas verbunden zu sein. Das sei ihr Ruin gewesen und habe all den afrikanischen Fürsten, die ohnehin neidisch gewesen seien, als Vorwand gedient, Land zurückzuerobern und die Macht an sich zu reißen. Ein zusätzliches Vergehen sei es gewesen, sich in einen Fremden zu verlieben. Als Äneas sie verlassen habe, um seine Suche nach einer Heimat fortzusetzen, habe sie nicht nur ihn verloren, sondern auch die Bewunderung der Bürger Karthagos.

»Erbarm dich des sinkenden Hauses«, sei einer ihrer letzten, schicksalsträchtigen Sätze gewesen.

Sie zu verdammen, gab er ihnen zu bedenken, sei vielleicht vorschnell gewesen und die Liebe womöglich von weit größerer Bedeutung, als sie glaubten. Er rief ihnen in Erinnerung, dass der trojanische Held Achilles, als er bei den Frauen gelebt habe, unter dem mildernden Einfluss der weiblichen Liebe einen anderen Namen angenommen habe.

Es war mucksmäuschenstill.

Diejenigen, die zuvor nur Verachtung für Dido empfunden hatten, erkannten jetzt ihre Vorzüge, und einige spürten aus seinem Vortrag ein indirektes Kompliment an Fidelma heraus.

Zu Fidelmas Überraschung blieb er noch, als sie aufräumte, und half ihr, die Kopien von Vergils Text, die auf dem Boden gelandet warten, einzusammeln.

»Warum diese Feindseligkeit?«, wollte er wissen.

»Ach ... So ist das hier eben ... Lügen ... Heuchelei ... Bitterkeit ... Wir trauen einander nicht ... Wir kriegen Depressionen ... schieben es auf das Wetter ... Buchen einen Pauschalurlaub irgendwo in der Sonne ... kommen wieder heim ... und stellen fest, dass es nicht am Wetter liegt, sondern an uns selbst.«

»Die Literatur reicht also nicht«, sagt er.

»Ich wünschte, sie würde reichen ... aber sie tut es nicht ...

manchmal habe ich das Gefühl zu ersticken … ersticken«, und sie fasste sich an die Kehle, um wieder freier atmen zu können.

Es sah sie einen ausgedehnten Moment lang an, dann stellte er sich vor sie, während sie die Hände rang und Röte in Wellen von ihrem V-Ausschnitt aufstieg, den Hals hinauf und ins Gesicht, so viele Schattierungen von Rot, eine wandernde, fleckige Bezauberung.

»Auf die Gefahr hin, zu direkt zu sein … Sie machen mir den Eindruck, Mrs MacBride, als wünschten Sie sich einen Geliebten.«

»Stimmt«, sagte sie, von ihrer Kühnheit überrascht, die sie auf den chaotischen Abend zurückführte.

Sie gingen zusammen hinaus, und Fidelma legte den Schlüssel unter einen Blumentopf auf dem Fensterbrett, wo Flossie ihn finden würde.

Beim Schulhaus am Ortsausgang war ein Ast einer blühenden Forsythie, der ersten der Saison, über die Grundstücksmauer gewachsen, und er brach einen kleinen Zweig davon ab.

»Wie hieß Achilles denn, als er bei den Frauen lebte?«, fragte sie.

»Das wissen wir nicht – wir werden uns einen Namen ausdenken müssen«, und damit schob er den Blütenzweig unter ein Kämmchen, mit dem sie ihr Haar aufgesteckt hatte.

SURFEN

Fidelma hatte die Bank für sich. An die Bucht von Strandhill kam er oft, wie sie von Father Damien wusste. Am Horizont war das Meer babyblau, wie der Himmel, doch näher zum Land hin wurde es grau, und ganz vorn, wo die Wellen sich tosend auftürmten, war es indigoblau, wie die hübschen Schals, die in ihrer Boutique so beliebt gewesen waren.

Die Surfer warteten auf ihren Moment, verschwanden aus dem Blickfeld und waren im nächsten Augenblick wieder da, wie Marionetten, ein wildes Gezappel von Armen und Beinen, und dann der Griff nach dem Surfbrett. In der kurzen Pause zwischen zwei Wellen wurde weißer Schaum ans felsige Ufer getragen, wo er zerfiel und wieder zurückfloss, kleine Tümpel und Muster hinterließ, sodass es aussah, als wären Eimer voll Putzwasser auf dem Strand ausgekippt worden.

Ein Surfer, glatt wie ein Seehund und tropfnass, stand in ihrer Nähe und schaute auf das Meer hinaus, noch ein letztes Mal, bevor er ging.

»Sie sind nicht von hier«, sagte sie.

»Nein, Ma'am. Ich komme aus den Vereinigten Staaten.«

»Von so weit her …«

»Dieser Strand zieht Leute aus aller Welt an. Wegen der Topographie … Der Meeresboden hier ist ideal für die Brandungswellen.«

»Dürfte ich Sie mal was fragen? Was für ein Gefühl ist das, wenn Sie untergehen?«

»Angst … beängstigend.«

»Warum machen Sie es dann?«

»Es ist eine Art mystische Erfahrung … Für mich das, was dem Göttlichen am nächsten kommt.«

In diesem Moment erschien Dr. Vlad, so unvermittelt wie ein Geist, und warf ihr einen wissenden Blick zu. Er blieb nicht stehen, um mit ihr zu plaudern, aber das spielte keine Rolle.

Nicht lang danach sprach sie das Thema Kind an, wenn auch auf eine sehr indirekte Weise. Sie ging wie üblich zu ihm, um sich die Pulver und Tinkturen abzuholen, die er ihr verschrieben hatte, und auf seine Frage, ob es ihr inzwischen besser gehe, antwortete sie, ja, schon, aber sie fühle sich nicht vollständig. Er wusste, was sie meinte, und mit leiser, bedauernder Stimme sagte er: »Früher hätte ich Ja gesagt … Aber ich bin jetzt Mönch.«

Trotzdem gab sie nicht auf. Wenn überhaupt, machte seine Ablehnung sie noch entschlossener.

Es war Aschermittwoch, und sie eilte als Letzte zur Kommunionbank vor, um sich das Aschekreuz spenden zu lassen. Nicht weit von ihr kniete Dr. Vlad, was sie überraschte, denn zur Sonntagsmesse kam er nie. Der Priester hatte es eilig, wahrscheinlich wollte er endlich frühstücken, und war sehr großzügig mit der Asche, sodass ihr ein Teil davon übers Gesicht rieselte. Als sie sich später in der Vorhalle die Asche aus dem Gesicht wischte, kam Vlad heraus, sah sich rasch um und fasste sie dann am Arm, um ihr die Mühe zu ersparen. Er berührte ihre Wangen, überall, entschlüsselte mit den Fingern die ungezügelte Leidenschaft in ihrem Innern, und während seine Handfläche über ihr Gesicht wanderte, machte er *Schsch*, legte ihr den Zeigefinger auf die Lippen und sagte zu ihrer großen Überraschung: »Ja.« Ja.

WOLKEN

Wolken jagten einander am Himmel, als sie an einem heiteren Nachmittag auf den Parkplatz des Hotels einbog. Es lag viel weiter im Süden, und die Luft war mild. Ja, eine Verfolgungsjagd war das dort oben, ein rechtes Wolkenturnier.

Der ältliche Portier kam ihr entgegen und begrüßte sie überschwänglich. Er trug einen grauen Zylinder und einen grauen Frack, an dessen Aufschlägen diverse Ehrenzeichen sowie eine türkisfarbene Angelfliege steckten.

»Hunderttausendmal willkommen, Madam«, sagte er, eine direkte Übersetzung aus dem Gälischen, dann fasste er sie mit geübter Ehrerbietung am Arm und geleitete sie hinein. Das Foyer war mit hellen Steinplatten ausgelegt, von einem Rand aus Terrakottarhomben eingefasst, und da es kurz nach vier war – Teatime –, herrschte reges Treiben, Kellner waren mit Tabletts oder Teewagen voller Kuchen und Törtchen unterwegs, dieweil der Portier ihr die »gehobene Küche« anpries. In hohen Vitrinen war Nippes ausgestellt, Perlen und Anhänger zwischen Fotos von Grace Kelly, die ihrerseits Perlen trug.

Fidelma war allein gekommen. So hatten sie es geplant.

Die Suite war luxuriös, eine Terrassentür führte zu einem üppigen Garten hinaus, in dessen vier Ecken hohe Zedern standen, dazwischen hier und da blühende Bäume und Sträucher, und zum Küchengarten hin eine Steinmauer, die von dichtem Efeu gekrönt war.

Durch das offene Fenster hörte sie wie eine ferne Erinnerung den Singsang und die Rufe von Kindern. Kleine Mädchen im weißen Kommunionskleid mit bunter Schärpe um die Taille und passender Schleife im Haar liefen im Schatten der Bäume umher und versteckten sich vor den Jungs, die ebenfalls feine Kommunionskleidung trugen. Die Mädchen versteckten sich als erste, und die Jungs gaben vor, sie nicht zu sehen, nur um sie dann plötzlich, in einem Moment der Erleuchtung, doch zu sehen und unter triumphierenden Hurrarufen hier und gespieltem Schrecken dort einzufangen und zu drücken. Dann wurde das Ganze umgekehrt, die Jungs versteckten sich und die Mädchen suchten sie, gaben vor, sie nicht zu sehen, sahen sie dann doch und machten sie unter deren Protestgeschrei und Beschimpfungen zu ihren Gefangenen. Als es in großen Tropfen zu regnen begann, riefen die Erwachsenen von drinnen, baten sie inständig, hereinzukommen, aber die Kinder tobten unbekümmert weiter, während der Regen auf ihre feinen Kleider und die zahlreichen Beete mit weiß und lila blühenden Blumen herunterplatschte. Er fiel auch auf eine elfenbeinfarbene Gipsdame mit geschürzter Robe, die sicher aufgehoben auf ihrem Sockel stand, eine Figur, die der Portier Fidelma zuvor als »durch und durch griechisch-römisch« beschrieben hatte.

Sie ging herum, um sich mit den Gegebenheiten vertraut zu machen, den Lichtschaltern, den Fensterhebeln, dem Kleiderschrank mit Schubladenblock auf einer Seite, den verschiedenen Beistelltischchen. In einem weißen Emaillekrug mit dem Namenszug einer Bäckerei standen gelbe Rosen, genau wie sie es sich gewünscht hätte. Das Bad war fast so groß wie das Schlafzimmer, Spiegel überall, Spiegel, die jede Bewegung einfingen. Neben den beiden Waschbecken standen diverse Essenzen, Seifen und Körperpuder sowie, ganz entzückend, Nähzeug in einem bestickten Beutelchen. Auf dem Badewannenrand lagen drei lange Luffaschwämme, und sie fragte sich, ob er wohl hier baden würde oder in dem

Zimmer, das sie für ihn gebucht hatte. Die Vorbereitungen hatte alle sie getroffen.

Dann setzte sie sich auf einen der hohen Stühle, viel zu unruhig, um in dem Buch zu lesen, das sie aufgeschlagen hatte – *Die Kreutzersonate*. Sie konnte kaum glauben, dass es tatsächlich geschah, dass sie sich hier treffen würden, inkognito, dass er eingewilligt hatte, nach so vielen Ablehnungen. Sie erinnert sich an den leidenschaftlichen, spontan verfassten Brief, in dem sie ihn um ein Kind gebeten hatte, und an den wiederkehrenden Traum, in dem er sie von ebendiesem Kind entband. Dann an die Käsestangen, Kuchen und Trifles, die sie ihm auf die Treppe zu seinem Sprechzimmer gestellt hatte, in der Hoffnung, er werde erraten, dass sie von ihr waren. Was hatte ihn umgestimmt? Ihr Flehen, ihre Offenheit, oder vielleicht sehnte er sich auch selbst nach etwas Zärtlichkeit. Er hatte gesagt, es sei eine Frage von drei oder vier Rendezvous, ganz gewiss würden sie keine schäbige heimliche Affäre beginnen, denn auch er, so hatte er angedeutet, sei gebunden. Er ließ sie Stillschweigen geloben, was sie mit der Hand auf dem Herzen tat, von widersinniger Hoffnung und Freude erfüllt. Hatte sie Jack nicht mehr als einmal sagen hören, ein Haus ohne Kinder sei ein leeres Nest? Ja, wie von Stromschnellen fortgerissen. Sie war schon fürs Abendessen zurechtgemacht, trug ein Kleid aus rostroter, changierender Seide mit einem Rock aus Plissee, der sich ziehharmonikaartig ausbreitete und wieder zusammenschob. Die Kamee-Brosche an ihrem Dekolleté hatte einmal Jacks Tante Violet gehört.

Das Zimmer lag nahezu im Dunkeln, als sie das Klopfen hörte und aufsprang, im Fast-Dunkel trafen sie aufeinander, und dann die Stimme, von der sie so hingerissen war – »Ich bin da, Fidelma, ich bin gekommen.« In dem Streifen Licht, der aus dem Flur hereinfiel, sah sie, dass Regen sein

Haar benetzt hatte, und sie dachte sich, wie viel jünger er doch aussah, geradezu beschwingt, nicht mehr der Heiler im weiten Kittel und mit Stirnband, sondern ein Jäger in hohen, schwarzglänzenden Reitstiefeln. Er trug kein Hemd, sondern einen grünen Strickpullunder, wie sie sah, als er sein Jackett auszog, und beim Anblick seiner Achselhöhlen fühlte sie sich zum ersten Mal schrecklich befangen. Er sei spät dran, weil die Hinweisschilder nicht gestimmt und ihn nach rechts statt nach links geleitet hätten, außerdem seien sie alle auf Gälisch beschriftet gewesen. Er sprach davon, wie die Landschaft sich unterwegs verändert habe, erst karger Boden, die kleinen Felder durch Trockenmauern voneinander getrennt, weiter im Süden dann saftige Weiden, die schwarzweißen Kühe mit prallen rosa Eutern, kaum mehr in der Lage, zur Melkstation zu laufen.

Er öffnet die Arme ganz weit, um abzuschätzen, wie breit das Himmelbett ist, so einladend mit seinem Baldachin aus weicher rosa Seide und der schneeweißen Tagesdecke. Dann entdeckt er einen Miniaturgolfschläger samt Golfball, und schlägt den Ball, der auf einem kleinen Tablett landet, das als Putting Green dient. Sie sieht ihm dabei zu. Der Golfschläger, so klein er sein mag, erinnert sie irritierenderweise an Jacks Golfschläger, der zu Hause im Wohnzimmer in der Ecke steht. Er sagt, fürs Abendessen müsse er sich ein gutes Hemd anziehen, nimmt eines aus seiner Tasche und überträgt ihr die Aufgabe, ihm den Strickpullunder aus- und das gestärkte weiße Hemd anzuziehen. Sie schließt die Manschettenknöpfe, die beiden winzigen Knöpfe, mit denen der Kragen befestigt wird, und dann fordert er sie auf, ihm das Hemd in die Hose zu stecken, bis zu seiner »boule d'amour«, und sie tut wie geheißen. Sie errötet und verbirgt das Gesicht in ihrer Armbeuge, worauf er anmerkt, sie sei wunderschön, wie eine Contessa, und dabei so reizvoll wie eine Geliebte.

Die Flasche Wein war bereits geöffnet, und er schenkte zwei Gläser ein, stieß mit ihr an und sagte: »Hoffen wir auf gutes Gelingen, Fidelma.« Dann lehnte er sich in dem Liegesessel zurück und legte die Füße auf einen Hocker, damit sie ihm die Stiefel auszog. Sie stellte sich vor, dass jemand, der jetzt durchs Fenster hereinblicken würde, ein Bild sähe wie auf einem Gemälde in einem Herrenhaus, der Jäger, von der Jagd zurück, seine Frau, die mit hochgekrempelten Ärmeln tut, was er von ihr verlangt, eine Intimität, die der Auftakt zur Liebe ist.

»Wir müssen«, beginnt er, im Sessel zurückgelehnt, »etwas mehr voneinander wissen, wenn wir ein Kind zeugen wollen, von unseren Wurzeln, unserem Volk, den Lenden, denen wir entsprungen sind.«

»Du weißt ja von mir schon einiges«, sagt sie und bringt plötzlich kein Wort mehr heraus.

»Dann fange ich an«, sagt er stolz. »Die Frauen waren in meinem Leben immer die stärkere Kraft, totemistische Gestalten, die niemals die Stimme erhoben, trotzdem wusste ich, dass ich ihnen unbedingt gehorchen musste. Meine Großmutter war katholisch, sie hat jeden Tag ihre Gebete gesprochen und um sechs Uhr abends im Radio die Messe aus dem Vatikan gehört. Egal was war – wenn sie die Messe anhörte, durfte man sie auf keinen Fall stören. Einmal kamen Cousins zu uns, aus der Ukraine, sie waren weit gefahren. Ich habe bei ihr angeklopft und sie gerufen, aber sie hat gesagt: ›Geh weg, Vuk, ich höre gerade die Messe.‹ Sie war der Mittelpunkt des Hauses. Sie hat Käse gemacht, einen weichen Käse, ähnlich wie Mozzarella. Es gab einen Raum, der war nur dafür da. Ich sehe sie noch vor mir in ihrer großen, gestreiften Schürze, wie sie die Milch auf dem Herd genau auf die richtige Temperatur erhitzte und sie dann in Emailletöpfe goss, blau mit weißem Deckel. Nachdem die

Milch eine Weile eingedickt war, schlug sie den Bruch in Mousselin ein, damit er reifen konnte. Niemand durfte diesen Raum betreten. Die Tür war nie abgeschlossen, unser Wort galt als Schwur. Aber eines Nachts bin ich auf dumme Gedanken gekommen, ich habe mich runtergeschlichen und durch das Mousselintuch die Rinde getastet, die sich um die Käsewürfel gebildet hatte, und dann habe ich mir einen genommen und ihn gegessen. Ich wurde erwischt. Und bestraft. Beim Frühstück musste ich oben bleiben, während die anderen unten den weichen Käse und das warme Brot aßen, das meine Großmutter gebacken hatte, mit dem Schinkenspeck von unserem eigenen Schwein. Ich habe den heißen Kaffee da oben gerochen und gewusst, was unten vorging, Becher mit Kaffee für die Erwachsenen und einen Schuss Kaffee in die Milch für die Kinder, nur ich durfte nicht dabei sein. Meine Mutter war genau wie meine Großmutter, die Töchter sind alle gleich. Meine Mutter hat den gleichen Käse gemacht wie meine Großmutter, aber die Messe hat sie nicht angehört. Mein Vater hat mich vom Jungen zum Mann gemacht. Ein Wolf war in unserer Gegend aufgetaucht. Wir hatten ihn noch nicht gesehen, aber man hatte uns gewarnt. Wir wussten, dass er von jenseits der Berge kam, wo unsere Feinde lebten. Zwei Nächte lang hat er unser Haus umkreist. Wir hören seinen Ruf, einen unverwechselbaren Ruf, sein wildes Bellen. Eines Nachts heulen unsere Hunde in der Scheune, und mein Vater nimmt sein Gewehr von der Wand und gibt mir ein Zeichen, ihm zu folgen. Ich bin zehn Jahre alt. Der Schnee reicht mir über den Kopf. Wir gehen einen Weg entlang, der geräumt wurde, und sehen den Wolf auf einer Anhöhe vor uns, reglos, er beobachtet uns mit seinen gelben Augen. Mein Vater legt an und zielt, und selbst heute noch meine ich die Kugel durch die Luft sausen zu hören, die den Wolf in der Schulter trifft, direkt neben dem Herzen. Mein Vater war ein erstklassiger Schütze. Dann noch ein Schuss und noch einer, der Wolf taumelt, fällt den Hang hinunter, sein Blut ein kräftigeres Rot als das von Rotwein. Mein Vater zwingt mich, zu dem toten Wolf zu gehen. Ich muss dem Wolf in die Augen schauen. Auf die Flanke. Sie anfassen. Dann muss ich das Blut von meinen Fingern lecken, und er tut es mir gleich. Er malt mir das Kriegerzeichen auf die Stirn und weiht mich in das Geheimnis des Tötens ein. Tief in seinem Innern hat nämlich jeder Mann den Instinkt zu töten, so wie jede Frau tief in ihrem Innern den Instinkt hat zu nähren.

Und jetzt du«, sagt er, doch sie zögert, denn die Geschichte, die sie gern erzählen würde, ist die des Abends, an dem das Schicksal sie beide auf dem Pfad zum ersten Mal zusammenführte, nachdem sie ihr Gesicht im Fluss eingetaucht hatte, der Abend, mit dem unmerklich alles begann. Doch das wäre eine zu gefährliche Geschichte, mit zu starker Bindekraft.

»Die Frauen im Ort«, beginnt sie fröhlich, »streiten über deine Augenfarbe.«

»Meine Augenfarbe?«, fragt er und kann ein Aufflackern von Eitelkeit nicht verbergen.

»Ich habe gesagt, dass sie dunkelgrün sind, flaschengrün, wie wir es nennen.«

»Und jetzt, wo wir allein sind?«

»Bleibe ich dabei – flaschengrün.«

»Und was bedeutet das, Fidelma?«

»Es bedeutet, dass ihre Farbe nicht immer gleich ist ...«

»Du hältst mich für einen Don Juan.«

»Nein.«

»Warum zitterst du dann?«

»Ich habe gerade ein bisschen Angst.«

»Willst du es lieber sein lassen?«

»Nein, ich will es zu sehr, um es nicht zu wollen.«

»Dann haben wir den Rubikon überschritten«, sagt er und streckt ihr die Hand entgegen, sie schlägt ein, und wenig später gehen sie zum Abendessen hinunter.

***

Sie waren spät dran, sodass der Speisesaal schon halb leer war und sie sich einen Tisch aussuchen konnten. Vorhänge aus Glaskristallen hingen von Stangen, bildeten leuchtende Zwischenwände, die den Raum unterteilten, und während sie nach hinten gingen, tanzten Hagelkörner aus rosafarbenem und violettem Licht auf allem, was da war. Glanz und Schimmer überall, hohe Blumen und Gräser in riesigen metallenen Vasen, Gemälde, Zeichnungen, ein Raum, der mit großem Geschmack gestaltet war. Vlad sprach mit dem Oberkellner, der sie zu einem Tisch neben einem Weinregal führte, in dem die leeren Flaschen von erlesenen Weinen lagen, die man bei festlichen Anlässen im Haus getrunken hatte. Vlad las die Namen vor, die Weingüter – Meursault 1962, Chassagne-Montrachet 1972, Lynch-Bages, Margaux – während der eifrige junge Kellner ehrfürchtig danebenstand und ihm dann ein Kompliment zu seinem ausgezeichneten Französisch machte. Die Tür zum Garten stand einen Spaltbreit offen, und sie spürte, oder meinte zumindest zu spüren, wie Bäume, Gras und Erde die Feuchtigkeit aufsogen.

Alles hier wurde zelebriert.

Vlad begutachtete den Brotkorb, benannte die verschiedenen Sorten und nahm sich dann ein Stück Roggenbrot, wobei er anmerkte, warmes Roggenbrot, mit Knoblauch und Zitronenschale eingerieben, das sei eine gute Kombination. Er habe früher selbst Brot gebacken, sei schließlich in einem Haus voller Frauen aufgewachsen, denn mehrere männliche

Vorfahren seien im Krieg gefallen, und später sei sein Vater, ein Partisan, als Verräter eingesperrt worden. Alles völlig exotisch für sie. Sie zweifelte es nicht an. Zweifelte nicht an, dass er in Alexandria geboren war, seine Familie aber im Exodus von 1956 die Stadt hatte verlassen müssen. Zweifelte nicht an, dass er vier Jahre im Priesterseminar gewesen war, auf *terra sacrata* hatte wandeln wollen. Sie wollte bloß seine Arme um sich spüren.

»Beginnen wir also mit Brot und Wein, Fidelma«, sagte er und blickte ihr dabei in die Augen, als sähe er ihre Sehnsüchte, sähe ihre Seele.

Als Vorspeise bestellten sie Kammmuschelfleisch auf Schalottenschaum, dem Kellner zufolge eine Köstlichkeit: »Das zergeht auf der Zunge.«

»Das Kochen ist zu einer richtigen Wissenschaft geworden, bei all den Geräten, die wir verwenden«, fügte er stolz hinzu.

»Aber die Libido sitzt in den Geschmacksknospen«, sagte Vlad, und der junge Mann eilte mit hochrotem Kopf davon.

Er aß herzhaft, bezeichnete sich selbst als einen Behemoth, wohingegen seine Begleiterin aß wie ein Vögelchen. Der ältliche Portier war entschlossen, sie nicht in Ruhe zu lassen, kam mit diesem und jenem an, als Erstes brachte er ein selbst ausgedrucktes Faltblatt mit einem Bild von der Treppe, die sie bewundert hatten, wies sie auf die aus Mahagoni gefertigten Endpfosten des Geländers hin, auf die Setzstufen aus Esche, die Holzreliefs mit Ernteszenen auf der Lichtwange. Das nächste Mal kam er, um ihnen von einer Skulpturenserie mit dem Titel »Liebesbriefe« zu erzählen, die sich auf einer Wiese in der Nähe befand, wenn sie Lust hätten, könne er sie am nächsten Morgen auf einen kurzen Blick hinfahren. Das Seltsame sei, dass trotz des Titels nichts Geschriebenes gezeigt werde, es handele sich einfach nur um unterschiedlich verdrehte Bronzeringe. Wahrscheinlich spürte er, vermutete Fidelma, dass sie nicht Mann und Frau waren, und das verlieh seinem Abend eine pikante Note.

»Du hast deine Geschichte noch nicht erzählt«, sagte Vlad, sie schaute ihn an, und auf einmal sprudelte es aus ihr hervor.

»Ich wollte immer einen Vater haben ... einen Vater, mit dem ich reden oder Rad fahren konnte, so wie andere Mädchen, die sonntags mit ihrem Vater Fahrrad fuhren und keine Angst hatten. Das war es auch, was mich zu Jack hingezogen hat, meinem Mann ... so ein freundlicher Mensch ... er hat immer einen Regenschirm mitgenommen, wenn wir spazieren gingen, denn er wusste, dass ich mit meinen Haaren pingelig war. Ich war fünfzehn, glaube ich, als wir uns in West Meath in einem Küchengarten kennenlernten. Die Himbeeren waren reif, und Moira, die Tochter des Hauses, hatte mich zum Pflücken eingeladen. Er kam mit einem anderen Mann in den Garten und sprach uns an, er fragte mich, was ich mal werden will. Vielleicht Dichterin, habe ich geantwortet, denn ich hatte ein paar Verse geschrieben. Er hat gesagt, er würde mich später mal als Literatin aufbauen. Er hat drei Jahre gewartet, ehe er meine Familie gefragt hat, ob er mit mir ausgehen darf. Die waren völlig überrascht. Er hat zu der Zeit in einer Bank gearbeitet, wir dagegen war sehr arm, wir haben unser Leben lang von der Hand in den Mund gelebt. Wir sind oft zusammen am Fluss spazieren gegangen, und irgendwann hat er dann um meine Hand angehalten. Er hat mich gebeten, mich in der Mittagspause mit ihm und einem Freund zu treffen, der auch in der Bank arbeitete, und dort auf der Treppe hat er dann zu seinem Kumpel gesagt: »Donal, das ist meine Zukünftige«, und dann hat er mich angeschaut und auf eine Antwort gewartet. Die Verlobung wurde in der Zeitung bekanntgegeben, in der Rubrik »Familienanzeigen«. Meine Eltern haben sich nicht getraut, zur Hochzeit zu kommen, sie fand in Dublin in einer schönen Kirche statt, und ich trug ein weißes Kleid und ein Diadem aus Orangenblüten. Ich war herzlos damals, weißt du, ich war in der Welt aufgestiegen und habe kaum an meine armen Eltern gedacht, habe sie zu selten besucht, wenn sie krank waren, auch als sie im Sterben lagen. Ich hatte mich völlig zurückgezogen. Ich erinnere mich noch an den verwesenden Kadaver eines Pferdes, das uns gestorben war, an seine Knochen, die auf dem Feld ausbleichten, und irgendwie mischte sich das Bild meiner Eltern da hinein, und da war es vorbei. Aber im Laufe der Zeit habe ich mich verändert. Ich wollte erst kein Kind, aber mit der Zeit ist doch die Sehnsucht in mir gewachsen. Einmal bin ich nach London geflogen, und da saß im Flugzeug neben mir eine Frau mit einem Baby auf dem Schoß. Sie kam aus Nordirland, aber ihr Mann war von den Fidschiinseln, er gehörte dem kleinen Zug ausländischer Soldaten an, die da oben in der britischen Armee dienten. Den Blick dieses Kindes werde ich nie vergessen. Es war so schön und sah so wissend aus, ein Mischling mit sahnebrauner Haut, und seine Mutter sagte zu mir: »Sie haben es hypnotisiert«, worauf ich sagte: »Nein, umgekehrt, es hat mich hypnotisiert.« Ich wollte es streicheln, es war zum Anbeißen, dann habe ich meinen Zeigefinger ausgestreckt, und es hat mit seinen Fingerchen danach gegriffen und daran gesaugt und mich dann die ganze Zeit mit diesem wunderschönen, verstehenden Lächeln angeschaut, und so blieb es die ganze Reise, das Kleine hat mich angeschaut und ich habe das Kleine angeschaut, und damals dachte ich, wenn ich dieses Kind haben könnte, wäre mein Leben anders, es wäre vollständig. Es würde meinem Mann das Herz brechen, wenn er wüsste, dass ich dir das jetzt erzähle.«

***

Sie kam aus dem Bad, das Haar gelöst, trug ihren eigenen, fliederfarbenen Morgenrock, nicht einen der Frotteebademäntel, die auf einem Hocker gestapelt waren. Das Zimmer war fast dunkel. Auf einer hohen Kommode flackerten kleine Kerzen, und im Kamin pulsierten unter den Scheiten kleine Lichtbündel und verliehen dem messingenen Feuerbock einen frivolen rötlichen Schimmer.

»Erst die Wissenschaft, dann der Eros«, sagte er, beugte sich über sie und begann mit irgendeinem Instrument ihre Neuronenbahnen, wie er es nannte, nachzufahren, die Chakren vom Scheitel zur Stirn, über Ohrläppchen und Kehle zu Brust und Bauch. Dann ließ er eiskaltes Öl auf die entsprechenden Punkte tropfen, das von ihrer Körperwärme zum Zerfließen gebracht wurde. Als Nächstes musste sie sich auf den Bauch legen, und er fuhr mit einem heißen Moxastäbchen über ihre Wirbel, so heiß, dass es sie fast verbrannte. So hatte sie sich das alles nicht vorgestellt, und so wollte sie es auch nicht haben. Sie war seine Patientin, seine Marionette. Wieder musste sie sich umdrehen, und als sie auf dem Rücken lag, verband er ihr die Augen mit einem schwarzen Tuch, das nach Zitronenverbene roch. Mit einem Pendel spürte er nun die unterschiedlichen Energien auf, die von ihr ausgingen. Nicht ein einziges Mal berührte er sie. Sie hielt ihm ihre Hand hin, und als er sie nicht nahm, zog sie sich das Tuch von den Augen und fragte ihn, wovor er eigentlich solche Angst habe.

»Angst?« Er war verärgert.

»Das ist doch nicht richtig«, sagte sie.

»Was soll das heißen, das ist nicht richtig, Mrs McBride?«

»Du führst ein Experiment durch … du empfindest überhaupt nichts … du hast nur deine Macht und dein Pendel.«

»Es ist ein bestimmtes Verfahren«, sagte er kalt.

»Es ist ein sehr sonderbares Verfahren … hast du Angst vor der Liebe, ist es das?«

»Warum sollte ich Angst vor der Liebe haben?« Er wich zurück, als wäre sie eine Unberührbare. Dann fing er an, die Sachen wieder in seine Arzttasche zu packen.

Sie setzte sich auf, das Tuch umklammernd, außerstande, ihn anzusehen, außerstande, auch nur irgendwelche Einwendungen zu machen. Sie waren jetzt Feinde und würden es auch in Cloonoila sein. Wie früher als kleines Mädchen begann sie zu singen, eine Art Besänftigung, wenn eine Situation unerfreulich wurde.

I am a king's daughter from the town of Cappaquin
In search of Lord Gregory, oh Gregory let me in.

Er war fort, ehe sie die Strophe fertig gesungen hatte:

The rain beats on my head, the dew it wets my skin
The babe is cold in my arms of love, oh Gregory let me in.

Sie sang es für den Garten, für die Nacht, für alles, was zuhören mochte.

Im Nachthemd ging sie die Wendeltreppe in den Garten hinunter, zu beschämt, um in diesem Zimmer zu bleiben. Der Garten war leer, nichts erinnerte mehr an die Kommunikanten oder an die Gruppe, die nach dem Essen unter schallendem Gelächter draußen gesessen hatte. Das Gras unter ihren nackten Füßen war feucht und kühl, und verschiedene Gerüche hingen in der Luft, vom Gras, von der Erde in den Beeten und vor allem von den Abendlevkojen, die überall blühten. Fledermäuse flitzten in wildem Zickzack durch die Nacht, und die Luft war voller winziger Mücken und sonstiger Insekten.

Sein weißes Hemd wirkte unter dem Halbmond wie ein Banner, es sei denn, das war ein anderer Mann in einem identischen weißen Hemd, der da auf sie zukam. Wie lang war er schon da? Er hatte sie im Zimmer singen hören und war heruntergekommen, um ihr zu sagen, was für eine schöne, berührende Stimme sie habe. Ungebeten setzte er sich auf die Bank, und wie die Gipsdame im geschürzten Gewand verharrten sie schweigend.

»Ich dachte, ich könnte nur Wissenschaftler sein und nicht Mann«, sagte er schließlich. Sie antwortete nicht. Er sagte noch andere Dinge, aber sie gab keine Antwort. Ob sie denn gedacht habe, er sei ein Mann ohne Verlangen, und das angesichts einer so bezaubernden Frau wie ihr? Er erzählte ihr, wann er sich zum ersten Mal zu ihr hingezogen gefühlt habe und dass er an manch einem Abend, wenn er allein in der Killooney Cove geschwommen sei, gedacht habe, vielleicht sei sie ja auch da und sie würden sich unter Wasser begegnen, Meereswesen. Dann schloss er sie in die Arme und sagte: »Jetzt bist du mein, ich kann meinen Blick in dein Haar tauchen«, und er trug sie durch den Garten, die Wendeltreppe hinauf und auf das zerwühlte Bett. Die Kerzen brannten noch, und sie bat ihn, auch die größeren anzuzünden, die in einem Kerzenständer auf der Kommode standen. Dann setzten sie sich nebeneinander, und sie begann ihn zu entkleiden. Sie war zu seinem wahren Wesen vorgedrungen, dem Poeten, dem Gefühlsmenschen, um den sie immer gewusst hatte. Sie ergriff seinen Bart, bewegte ihn hin und her, wie sie es in ihrer Vorstellung so oft getan hatte, befingerte ihn, als zupfte sie Tabak auseinander. Er fragte sie, welches Gedicht oder literarische Werk ihres Landes am besten das Werben um eine Dame beschreibe. Die Geschichte von einem Playboy, sagte sie, der behauptete, seinen Vater umgebracht zu haben, und in die Grafschaft Mayo wanderte, wo er mit seinen Großtaten prahlte, sodass die Frauen von Connaught ihm bald zu Füßen lagen. Er erwählte ein Mädchen und malte sich aus, wie er sie draußen am Berg Nephin »auf ihre Halskette« küssen würde.

»Auf deine Halskette«, sagte er und küsste sie, und dann legten sie sich hin, sein Körper neben ihrem, und er suchte sie, mit den Händen, mit dem Mund, mit seinem ganzen Wesen, als könnte er im Namen der Liebe, oder dessen, was sie für Liebe hielt, nicht genug von ihr bekommen. Ihr Atem ging stoßweise, beider Gliedmaßen verschränkten sich, der Heiler und sie, der Fremde und sie, jetzt wie Liebende, wie in einer Geschichte oder einem Mythos. Im Moment der Opferung rief er: »Nimm's, nimm alles … Ich gehöre dir«, und sie neckte ihn mit den Fingerknöcheln, in die er mit einem Urhunger biss.

Danach breitete er ihr langes schwarzes Haar über das Kissen, roch daran, küsste es, schmeckte es. Sie würde das nie vergessen, das Zimmer mit den herunterbrennenden Kerzen, den Geruch des warmen Wachses, die gelben Rosen, die sich in der Wärme öffneten, während der Himmel draußen tiefblau war, jenes sanfte seidige Blau, wenn die Nacht ganz für sich ist.

»Ich lasse dich jetzt schlafen«, sagte er und nahm seine Sachen, Stiefel und Laptop unter den Arm geklemmt.

Es war noch früh, als er bei ihr anklopfte, schon aufbruchsbereit. Er werde nicht zum Frühstück bleiben. Sie nahm an, das war eine Vorsichtsmaßnahme, sagte aber nichts. Sie war glücklich, noch halb in einem Traum befangen, stellte sich auf seine Füße, damit er sie küssen und die verschiedenen Düfte der Nacht riechen konnte, die noch an ihrem Körper und dem zerknitterten Nachthemd hafteten.

»Die kommenden Wochen werden all unsere Fragen beantworten«, sagte er.

»Aber wir werden uns weiter treffen«, sagte sie.

»Wir dürfen nicht deine Geschichte mit meiner vermischen, Fidelma«, erwiderte er.

»Und was ist deine Geschichte, Vlad?« Sie konnte ihre Bestürzung kaum verbergen.

»Meine heilige Pflicht gegenüber Gott und meinem Volk«, sagte er mit den Worten eines Predigers.

Später ließ sie sich, so wie sie es versprochen hatte, vom Portier die Skulpturen zeigen. Dort an einer Mauer waren sie, Bronzeringe in Schwarz und einem gelblichen Braun, an Maschendraht befestigt, doch sie boten keine Offenbarung, vermittelten nichts von der Leidenschaft, aus der sie hervorgegangen waren, hohe Gräser wuchsen ringsum empor und bewachten ihr verwittertes Schweigen.

***

Jack erwartete sie an der Tür, mit vorwurfsvollem Blick, weil sie eine Stunde später kam als versprochen. Er glaubte, sie sei für zwei Tage zum Schweigen, Fasten und Meditieren in einem Karmeliterkloster gewesen, denn das hatte sie ihm gesagt. Er trug einen alten braunen Lederhandschuh, der normalerweise in einem Regal im Gartenschuppen lag, streckte ihn ihr hin und sagte: »Schau mal, schau.« Er öffnete die Hand, und sie sah die Körpersäfte einer Fledermaus, die er totgequetscht hatte. Zwei, sagte er, seien nachts hereingekommen, und als er morgens aufgestanden und Hände waschen gegangen sei, habe er sie im Waschbecken vorgefunden, aneinandergeklammert, wie Vampire. Sobald er sie berührte, flogen sie los, große Runden, aus dem Bad in den Flur, zur Decke hinauf, kreisten vor seinen Augen in unheilvollen Schleifen. Er musste die Stehleiter von draußen holen, sich auf die oberste Stufe stellen und mit seinem

Hausschuh in die Luft schlagen, um sie herunterzulocken, damit er sie erledigen konnte. Schließlich erwischte er eine mit der Sohle seines Hausschuhs, sie fiel auf die Aufsatzkommode mit dem Frauenhaarfarn, und er packte den Porzellantopf und quetschte sie tot, sodass Blut und Schleim herausspritzen, schwarz und schmierig, während die zweite, die Teufelin, durchs offene Fenster entwischte.

»Die hätte ich auch zu Brei gehauen«, sagte er. Solche rohen Worte von einem Mann, der niemandem je ein Haar gekrümmt hatte.

»Ach je, armer Jack«, sagte sie.

»Ach je, armer Jack«, wiederholte er missmutig und fügte hinzu, er habe die ganze Nacht kein Auge zugetan. Sie hörte sich sagen, sie könnten doch essen gehen, nach Renvyle, wo sie jedes Jahr im Juni an ihrem Hochzeitstag hingingen. Er sagte, das könnten sie sich nicht leisten. Sie parierte, sie habe Käufer für die beiden antiken Spiegel und die silbernen Leuchter aus dem Laden. Sie hatte das mit dem Portier besprochen, er wollte versuchen, einen Abnehmer für sie zu finden. Schließlich stimmte Jack zu, und sie brachte ihn nach oben ins Schlafzimmer, zog die Jalousien herunter, breitete eine Wolldecke über ihn und ging hinaus.

Unten stellte sie sich dann sich selbst. Ihr Vergehen lag deutlich zutage. Bilder drängten heran, Vlads hohe Stiefel, deren einer Schaft über den anderen hing, der Miniaturgolfschläger, das Tuch, das nach Zitronenverbene roch, das heruntergetropfte Wachs auf der Kommode, wie welke Rosenblätter, und seine beiden Ichs: der Leidenschaftliche und der gefühllose Flüchtende. Sie erinnerte sich an den Traum, in den sie versunken war, als er klopfte, erst an die äußere, dann an die innere Tür, und wie sie zusammengefahren war. In diesem Traum war sie irgendwo auf einem Berg, ein so realistischer Traum, dass sie spürte, wie ihr das Gestrüpp die

Haut blutig riss. Dann kamen drei Hunde, um sie von ihrem Lager zu vertreiben, umkreisten sie kläffend, doch statt zu versuchen, sie zu verjagen, begann sie sich Tricks und Strategien auszudenken, um sie hinters Licht zu führen. Es schien ihr, als hätte die Leidenschaft der Nacht sie hinterlistig und tierhaft gemacht. Ihr missfiel, wie bereitwillig er sich von ihr verabschiedet hatte: *Wir dürfen nicht deine Geschichte mit meiner vermischen, Fidelma.*

Lange bevor es losgehen sollte, stand Jack schon in der Jacke im Flur, ging auf und ab, klimperte mit den Münzen in seiner Hosentasche, wie er es immer tat, und drängte sie zur Eile. Wie das alles sie abstieß, das Geräusch seiner Schritte, das Münzgeklimper, seine Pünktlichkeit, seine plötzlichen Zuneigungsbekundungen.

Der Speiseraum, in dem sie dann saßen, so anders als der vom Abend zuvor, alles schäbiger, zerschlissene Stickereien, Staub in den Falten der Taftvorhänge, ausgeblichene Ahnenfotos, Nippes, alles strahlte Vernachlässigung und Melancholie aus, die Welt, aus der sie sich gerade zurückzog. Von den beiden Sherrys waren Jacks Augen schon leicht trübe, und er beugte sich mit einer schrecklichen, weinerlichen Inbrunst zu ihr und sagte zu laut, niemand habe eine so schöne und verlässliche Frau wie er. Er begann in Erinnerungen zu schwelgen, die Tanzstunden, die sie in Dublin in der Nassau Street genommen hatten, der Abend auf Formentor, an dem sie ihren Ring im Sand verloren und er ewig gebuddelt hatte, bis er ihn endlich fand, die Eiben, die sie gepflanzt hatten und die sie überdauern würden.

MUJO

»Ich geh da nicht hoch«, sagt Mujo zu ihnen, »ich bleibe hier unten … Er hat Jungen zusammengetrieben. Viele tausend an einem Tag. Und dann in Fernsehen hat er gesagt, es ist nicht passiert. Meine Mutter und meine Schwestern sagen, unsere Brüder sind tot. Und unsere Cousins. In eine Grube, da waren sie noch nicht tot. Meine Mutter und Schwestern weggekarrrt. Ich geh da nicht hoch.«

Von ihm, der als der Stumme bekannt ist, hat man eine so lange Äußerung hier noch nie gehört, und sie hätte zu keinem schlechteren Zeitpunkt kommen können.

»So ein verdammter Schwachsinn«, schimpft Carmel, und der Topf, den sie in ihrer Wut geworfen hat, knallt scheppernd auf den Steinfußboden. Zwei große Feiern. Schwester Bonaventures Sechzigster und eine englische Jagdgesellschaft, und Mujo weigert sich, Tabletts zu tragen, weil der Mann an Tisch siebzehn ein böser Mensch ist. Sie hatten Mujo mit einer Schachtel Kerzen hochgeschickt, und da hat er den bösen Mann gesehen. Aber letzte Woche, ruft sie ihm in Erinnerung, war der Mann an Tisch siebzehn auch ein böser Mensch, und dann hat er sich als ein aus Afrika zurückgekehrter Missionar entpuppt.

»Es ist dieser verdammte Tisch«, sagt sie, aber er lässt sich nicht beirren.

»Er hat Böses getan.«

»Was denn?«

»Er hat alles genommen.«

»Du erinnerst dich doch an nichts …«

»Brauch nicht erinnern … war so.«

»Ach … verdammte Hellseherei.«

Mujo hat angefangen zu weinen.

»Warum weinst du denn, Mujo?« Tommy ist mit ihm in die Vorratskammer gegangen, um ihn zur Vernunft zu bringen.

»Ich weine nicht.«

»Hör zu, Junge, kein Mensch verlangt von dir, dass du bedienst, du sollst nur die schweren Tabletts hochtragen, und wenn du das nicht tust, hast du auch hier bald keine Familie mehr … dann kannst du wieder in irgend so 'n beschissenes Hostel zurück, irgendwo in der Pampa …«

Sie einigen sich auf einen Kompromiss. Er wird die Tabletts hochtragen, aber er wird nicht zu dem Tisch gehen, auf dem bereits in einer speziellen Karaffe der Wein des bösen Mannes atmet, rote Kreise, unübersehbar auf dem weißen Tischtuch.

»Jesus sei Dank«, sagt Carmel, während sie Hummer in kochendem Wasser versenkt und für deren Seele betet.

»Achtung … Achtung!«, ist jetzt von der Treppe zu hören, wo sie aneinander vorbeigehen, hinauf und hinunter, hinauf und hinunter, vorsichtig, um nicht zusammenzustoßen.

Oben sind alle in Bann geschlagen. Wein- und Wasserflaschen sind über die Tische verteilt, und in den Facetten der Kristallgläser tanzt vielfarbig das Licht. Schwester Bonaventure ist sprachlos und etwas besorgt über ihr Herzklopfen. Sie kann es kaum fassen. Eine Überraschungsparty, wo sie doch meinte, zur Kirche zu gehen, um den Rosenkranz zu beten. Mona hatte von mehreren Leuten im Ort Beiträge eingesammelt und das Menu zusammengestellt. Pâté oder eine Suppe aus Sellerie und Apfel als Vorspeise, Fasan oder Hummer Thermidor als Hauptgang.

Die zweite große Gesellschaft ist eine Gruppe Engländer, die zur Jagd gekommen sind; die Mutter, oder vielleicht ist es auch die Großmutter, hält Hof, und schildert mehreren jungen Männern ihren Sturz in ihrem eigenen Haus in Devon. Es war so: Sie hatte gerade die Duftschale ins Gästezimmer gebracht, trat wieder auf den Treppenabsatz hinaus und war wohl abgelenkt oder einfach erschöpft, jedenfalls trat sie bei einer Stufe daneben. Ja, sie ist ihre eigene Treppe hinuntergepurzelt, ohne dabei aber ihren kleinen Hund Winston loszulassen, wobei sie sich, wie sich herausstellte, genau deshalb den Hals verrenkt und die rechte Schulter ausgekugelt hatte. Ihre Stimme ist im ganzen Raum zu hören, aber sie merkt es nicht, und genauso wenig, dass die Leute über sie lachen.

Mujo steht mit dem Tablett in der Hand da, und die Gruppe an Schwester Bs Tisch bestaunt die kochendheißen Hummer, die einander umklammern, die rosa Antennen auseinandergespreizt. Zu zweit oder dritt stellen sie sich davor auf und lassen sich fotografieren. Desiree macht die Bilder mit ihrem Smartphone. Als alle fotografiert worden sind, hilft er, die Teller herumzureichen, während Hedda zum Büffet hinübergeht, um Schüsseln mit Pommes dauphine und gemischtem Gemüse von den Warmhalteplatten zu holen.

Jetzt wird Mujo gebeten, ihre Gesichter festzuhalten, ihre Euphorie angesichts des Festmahls, das vor ihnen aufgetischt ist. Er will das nicht, sagt es auch, doch sie bestehen darauf und weisen ihn an, ein Stückchen zurückzutreten, damit er die Gesamtansicht aufs Bild bekommt. Der Tisch des Doktors steht zur Seite hin, was bedeutet, dass er womöglich auf dem Bild sein wird. Plötzlich ruft er: *»Stani, stani – ne, ne, ne«* und versucht das Handy an sich zu reißen, doch es ist zu spät, die Aufnahme ist gemacht. Mujo weigert sich, das Handy herzugeben, denn es gehört Desiree, nicht diesem Mann.

»*Glupa budala.*« Elender Trottel.

»*Ja znam ko si ti*«, sagt Mujo. Er kennt ihn sehr wohl. Die Stimme ist unverwechselbar. Das ist die Stimme von früher, die Stimme, die er mit drei oder vielleicht vier im Fernsehen gehört hat, die Stimme, die den Leuten Angst und Schrecken eingeflößt und ihn mit Furcht erfüllt hat, bevor er wirklich wusste, was Furcht ist. Aber jetzt ist er furchtlos. Er wird kämpfen. Für alle, für die Toten. Sie stehen da wie auf dem Schlachtfeld – Mann und Junge. Es kommt Mujo vor, als geschähe gerade etwas, was er bisher nicht oder nur vage gekannt hat. Der Gesuchte, der Massenmörder.

»Bestie«, sagt er aus unmittelbarer tiefer Überzeugung.

Der Doktor stürmt auf ihn zu, seine Wut entfesselt, und schlägt dem Jungen mehrmals hart ins Gesicht. Er packt ihn an den Haaren und schleudert ihn herum wie in einer Zirkusnummer, während Mujo wild um sich schlägt. Sie stolpern beide, und in dieser kurzen Pause reißt er sich von dem Mann los, der jetzt ein Büschel Haare in der Faust hat, klammert sich an dessen Reithose und beginnt ihn zu treten wie eine Ziege, gewaltige, athletische, fast geisterhafte Tritte. Sie kämpfen, der eine mit den Händen, der andere mit den Füßen, in einer Weise verschlungen, die burlesk anmuten würde, wäre sie nicht bitterernst, und dann knallen sie beide auf den Tisch, wo sich aus der umgefallenen Karaffe arglos der Wein ergießt. Inmitten verzweifelter Schreie und Rufe trennen Plodder Pat und Salvatore, der Kellner, die beiden, und dann scharen sich mehrere Kellner unter demütigen Entschuldigungen um den Heiler, während man Mujo zu Carmel ins Nachbarzimmer stößt. Sie packt ihn am Ohr, zerrt ihn die Treppe hinunter, denn er tritt immer noch um sich, und die letzten beiden Stufen schleudert sie ihn hinunter.

Er bleibt liegen, wo er hingefallen ist, und die anderen müssen mit ihren Tabletts über ihn steigen.

In der Küche reden alle durcheinander – wie der Heiler hinausgestürmt ist, sich jeder Entschuldigung, jeder Geste der Gastfreundschaft verweigert hat, wie Desirees Handy konfisziert wurde und der Hoteldirektor von zu Hause kam und allen einen Irish Coffee ausgab, was das Personal in hellen Aufruhr versetzte.

Eine Art Ruhe ist eingekehrt, Besteck und Menagen werden abgeräumt, die Tischwäsche wird gebündelt, der Getränkekühlschrank abgeschlossen. Der Tumult wird bald vergessen sein, aber Ivan denkt anders, der arme Junge hat den Kopf voller Dämonen. Eines Sonntags hatte er mal in dessen Notizheft geschaut und wieder und wieder dieselben Wörter gesehen. *Blut. Bluten. Bruder. Bluten wie Schwein. Bruder. Krv. Svinja. Balg. Blut. Schwein. Bruder.*

Über eine Stunde liegt Mujo zusammengekrümmt dort, nur ab und zu bäumt sich sein Körper in einem plötzlichen Krampf des Entsetzens auf.

»Steh auf, in Herrgottsnamen.« Es ist Tommy, der ihn dort wegholt, auf einen Stuhl setzt. Sie säubern seine Wunden, auch die am Scheitel, wo ihm die Haare herausgerissen wurden, und desinfizieren sie. Es ist, als wären die anderen nicht da. Er ist ganz allein, sein Blick angstvoll und hoffnungslos, von der eisigen Einsamkeit der Verlassenen erfüllt.

Am nächsten Tag wird er in das Büro im Hof gerufen, wo der Hoteldirektor und sein junger Assistent Conor ihn erwarten. Er soll sich setzen. Es ist ein Drehstuhl mit Lederbezug, in dem er sich verloren fühlt. Sie sprechen vernünftig mit ihm, sagen, dieser unselige Vorfall müsse aufgeklärt werden. Sie bitten ihn, etwas über sich zu erzählen, zu sagen, warum er sich so danebenbenommen habe. Er kann nicht. Er ist fast wieder stumm. Der Retriever des Hoteldirektors kaut auf der Zunge seines Stiefels herum, den er nicht zugeschnürt hat. Ob er von Sinnen gewesen sei, als er den Gentleman beleidigt habe. Sie haben sich im Internet Fotos der gesuchten Kriegsverbrecher angesehen, die sie ihm jetzt zeigen, und keiner sieht auch nur ansatzweise aus wie der Heiler mit seinen schwarzen Kleidern und seinem weißen Haar. Niemals. Nur ein Irrer würde irgendeine Ähnlichkeit erkennen. Nein. *Ne. Ne.* Warum er es also getan habe. Warum hat er ihn so genannt? Hat er ihn mit jemandem verwechselt? Er weiß es nicht. Er ist sich nicht sicher. Er ist sich bei gar nichts mehr sicher. Ob er sich bitte erklären könne, seine Gewalttätigkeit. Er schaut zu ihnen auf, mit verständnisloser, tragischer Miene. Schlimmes, immer wieder, Schlimmes vor langer Zeit und gestern abend und Schlimmes in nächster Zukunft. Als sie sagen, dass sie die Sache der Polizei übergeben werden, beginnt er unkontrollierbar zu zittern. *Ne, ne, ne.* Er bittet, wieder in die Küche gehen zu dürfen, wo jetzt fürs Abendessen geschnippelt und geschält wird. Sie sagen sich, dass es ein unglückseliges Missverständnis war, die Fantasie eines Jungen, der zum Fantasieren neigt.

Es endet damit, dass er seinen Namen unter ein Entschuldigungsschreiben setzt, das man bereits getippt hat, wohl wissend, dass er es wahrscheinlich nicht lesen kann. Es soll an den Doktor geschickt werden, zusammen mit einer Erstausgabe von Yeats' *Geschichten von Rot-Hanrahan.* Der Buchblock ist golden gesprenkelt, wie bei einem Gebetbuch, und der Hoteldirektor merkt an, dass er sich nur sehr ungern davon trennt.

In der einsetzenden Dämmerung geht er zurück. Blumen und Konfetti von einer Hochzeit zwei Tage zuvor liegen zertreten auf dem nassen Rasen, und er ist sich tief in seinem Herzen sicher, dass er weiß, wer dieser Mann ist, dass aber niemand auf der ganzen Welt, nicht einmal Tommy, nicht einmal Ivan, ihm glauben würde.

JACK

Es war ein brauner Umschlag, so wie die, in denen Rundschreiben versandt werden. Mein Name, Jack Colbert McBride, war darauf getippt, in voller Länge, was ich seltsam fand, denn Colbert ist der Mädchenname meiner Mutter, den kaum jemand kennt. Ein kleinerer Umschlag steckte darin, wieder mit meinem vollen Namen, diesmal aber in Tinte geschrieben.

Jemand, las ich, habe mir ein wichtiges Geheimnis mitzuteilen, und Vertraulichkeit sei unerlässlich. Ich müsse nur an obenstehendes Postfach schreiben und die Genehmigung erteilen, mir postlagernd einen Brief an mein örtliches Postamt zu schicken, den ich dann dort abholen könne. Das Geheimnis, so hieß es, werde mich umhauen. Es sei besser, wenn ich davon erführe, ehe es zu spät sei. Ich vermutete, dass es mit Fidelma zu tun hatte, mit ihrer Schwäche für den neuen Doktor, die sie mit all den anderen Frauen teilte und die ich ignorierte, weil es sich nur um eine vorübergehende Schwärmerei handelte. Ich fand diese auf so verschlagene Weise übermittelte Drohung abscheulich. Ich war wütend auf den Absender, wer immer es auch sein mochte, und es war mein tiefster Instinkt, Fidelma vor übler Nachrede zu bewahren. Trotzdem verstörte mich der Vorfall. Mir fiel wieder ein, wie mein Trauzeuge Malachi und ich kurz vor meiner Hochzeit nachts an einem See in Longford zusammen angeln gegangen waren und er aus heiterem Himmel zu mir gesagt hatte: »Wenn man sich einen Kanarienvogel kauft, muss man ihn auch singen lassen.« Später hatten wir die Schnüre eingeholt, die Angeln beiseitegelegt und unsere

Jacken auf dem Gras ausgebreitet, um das Männer-Gespräch zu führen, das einer Hochzeit oft vorausgeht. Das Merkwürdige ist nur, dass wir gar nicht über die Hochzeit sprachen. Ich wusste, dass er mir etwas sagen wollte, aber aus Loyalität zauderte, und dass es wahrscheinlich mit dem großen Altersunterschied zu tun hatte.

Das erste Mal habe ich Fidelma in einem Obstgarten gesehen, ein heranreifendes junges Mädchen mit dunklem Haarschopf und blütenweißer Haut. Dieses Gesicht, diese Züge, von denen es heißt, sie seien das Erbe der Ritter, die mit der spanischen Armada kamen. Sie war mit ihrer Freundin Moira dort, die beiden pflückten Himbeeren. Es war auf dem Gelände des Herrenhauses, wo ich mit Aubrey, dem Sohn, Tennis spielte, und die Mädchen ignorierten uns zunächst. Ich fragte Fidelma, was sie mache, und sie sagte, sie arbeite in einem Schönheitssalon, aber nur vorübergehend. Es war Moira, die es dann ausplauderte – dass Fidelma Gedichte schrieb und hoffte, eine Dichterin zu werden. Ihre Schüchternheit rührte mich an. Sie gab sich nicht schüchtern, sondern war es wirklich, wandte sich von uns ab, als wären wir gar nicht da. Ich schrieb ihr, und sie antwortete mir überraschenderweise, und so pflegten wir eine Brieffreundschaft, bis ich den Mut fasste, ihre Eltern zu fragen, ob ich sie ausführen dürfe. Wir trafen uns meist sonntagnachmittags, machten lange Wanderungen, bestiegen Berge, suchten die Felsen nach Strandschnecken ab und gingen schließlich in irgendeinem Ort, wo uns niemand kannte, einen Tee trinken. Sie ließ sich nur schwer dazu bewegen, sich zu öffnen. Manchmal brach es aus ihr heraus, wie das bei schüchternen Menschen oft der Fall ist, und dann war sie sehr vertrauensvoll und zugleich von einer natürlichen Reserviertheit. Wenn sie wieder ein Gedicht geschrieben hatte und ich danach fragte, schob sie es mir beim Abschied in die Tasche und sagte, es solle nie wieder ein Wort darüber fallen.

Unsere Flitterwochen verbrachten wir in Rom, wo es im November noch warm war und über dem Eingang des Hotels eine Kletterpflanze blühte. Es war ein altes Hotel in einer Seitenstraße, und in der Nähe plätscherten Springbrunnen, in die wir bereits Münzen geworfen hatten, was unserer Ehe Glück bringen sollte. Das Personal war äußerst zuvorkommend, wir mussten beim Einchecken nicht an der Rezeption warten, sondern durften uns setzen und bekamen Kaffee mit Petits Fours serviert, während man meinen Pass studierte, in dem auch der Name meiner Frau eingetragen war.

Fidelma war hingerissen, sie bestaunte die Gemälde und ein in dunkles Holz gefasstes Heiligenbild in einer Nische direkt über uns, das Mutter und Kind zeigte. Der ganze Raum strahlte Vornehmheit aus, Armsessel mit rotem Samtbezug und goldener Litze, kleine Tische zur Bewirtung der Gäste.

Später am Abend saß ich im dritten Stock auf einem dieser Samtsessel, während Fidelma sich drinnen bereit machte. Dieser Flur ist mir noch lebhaft in Erinnerung. Ein mit bestickter Seide ausgekleideter offener Schrank stand darin, in dem mit Faunen und Amoretten bemalte Wandteller ausgestellt wurden. Einer dieser Teller, ein sehr farbenfroher, trug Picassos Namenszug. Ich brannte vor Begierde.

Als ich eintrat, war Fidelma nirgends zu sehen. Wo war sie? Wie hatte sie verschwinden können? Ich sah im Badezimmer nach, dann auf dem kleinen Balkon, wo das Licht eines Bewegungsmelders ansprang, sobald ich hinaustrat. Die Blätter eines kleinen Baums, womöglich eines Zitronenbaums, lugten zwischen den Stäben des Geländers hindurch, über das ich mich jetzt beugte, um zu schauen, ob sie hinuntergeklettert war oder Schlimmeres. Dann suchte ich noch einmal das Zimmer ab und entdeckte meine verängstigte Frau schließlich zusammengekauert hinter einer Chaiselongue, über die ein langer Samtüberwurf drapiert war. Wie ein Kind hockte sie dort, und wie ein Kind weinte sie. Sie bat mich, das Bändchen ihres Nachthemds zuzubinden, was zugleich die Bitte war, ihr keine Gewalt anzutun, und ich tat, wie geheißen, und trug sie dann hinüber zu dem großen Himmelbett.

Sie bestand darauf, am nächsten Morgen in aller Frühe das Laken zu waschen. Wir frühstückten auf dem Balkon, und der Anblick der landkartenartigen leichten Verfärbung auf dem ansonsten weißen Laken, das sie aufgehängt hatte, war mir Triumph und Tadel zugleich.

Wir kamen nach Hause. Ich pachtete einen seit Jahren leerstehenden ehemaligen Teppichladen, den wir renovierten, sodass Fidelma ihre Boutique eröffnen konnte. Bald wurde man auf sie aufmerksam, weil sie ein besonderes Gespür für Mode hatte, und in der lokalen wie überregionalen Presse erschienen lobende Artikel. Wir veranstalteten Brunches, ich trat einem Golfclub bei und Fidelma entwaffnete alle, denen sie begegnete.

Doch wenn wir allein waren, zog sie sich zurück. Ich hatte nie das Gefühl, sie wirklich zu kennen. Sie war schwer zu fassen, wie Distelwolle.

Ich faltete den anonymen Brief zusammen und legte ihn in die Schublade, zwischen meine Sommerhemden, wollte ihm, Zauderer, der ich bin, nicht nachgehen, ihn aber auch nicht zerstören, während mir Malachis Worte in den Ohren klangen – *Wenn man sich einen Kanarienvogel kauft, muss man ihn auch singen lassen.*

WO WÖLFE FICKEN

Fidelma starrte darauf hinunter, von heißen und kalten Schauern überlaufen, die Farbe war noch nass und schimmerte – *Wo Wölfe ficken.* Jemand hatte es auf den Bürgersteig vor ihrem Laden geschmiert, der jetzt Vlads Praxis war. Die Buchstaben waren schief. In Purpurrot: *Wo Wölfe ficken.* Aus einem Impuls heraus trat sie darauf, doch die nasse Farbe blieb wie Schlick an ihren Sonntagsschuhen haften. Sie war auf dem Weg zur Frühmesse gewesen, zu einer acht Kilometer entfernten Kirche, und hatte in der Stadt nur Halt gemacht, um sich wie jeden Sonntag zwei Zeitungen von dem Stapel zu nehmen, der im Gang lag, verschnürt und mit Plastikfolie abgedeckt. Sie hatte eine entsprechende Vereinbarung mit Nora, der Zeitungshändlerin, bezahlte monatlich.

Sie wusste, dass Vlad sonntags früh immer auf dem Sportplatz Fußballtraining mit Jugendlichen machte, und dorthin rannte sie jetzt. Als sie am TJ's vorbeikam, sah sie, dass die Reifen seines blauen Opels zerstochen und die Scheiben eingeschlagen waren, die Bruchstücke über die Straße verteilt wie zerstoßenes Eis. Sie rannte weiter, und kurz vor der Brücke sah sie ihn dann in seinen Sportsachen auf sie zukommen, einen Regenmantel über dem Arm.

Das letzte Mal waren sie auf Muck Island zusammen gewesen, und dort hatte er ihr gesagt, dass sie sich ab jetzt nicht mehr treffen dürften, es sei zu gefährlich. Er hatte ein Boot auf dem Dachgepäckträger mitgebracht, damit sie zu den Inseln fahren konnten. Sie saß auf der Brücke und sah zu, wie er die Verschnürung löste und das Boot ins Wasser hievte, und sie erinnert sich noch an das Plitschplatsch des Wassers, als sie einstieg, und wie er ihr auf die Sitzbank half. Sie waren die Einzigen auf dem See. Prachtlibellen flitzten über das Wasser, blaue Splitter, und direkt unter ihnen waberte wie in einer Luftspiegelung träge ein üppiges grünes Kraut. Er zeigte auf die verfallenen Cottages und sagte, ganze Gemeinschaften hätten auf diesen Inseln gelebt, und ganze Gemeinschaften seien dort begraben, ihre Gebeine tief in die Erde gesunken. Er habe in der Bibliothek recherchiert und plane, eines Tages eine Geschichte der Gegend hier zu verfassen, dieser Gegend, die ihm so ans Herz gewachsen sei.

Sie machten ein Stückchen weiter an einer Insel fest, wo Hasen einander jagten, Scharen von Hasen, ein wildes, ausgelassenes Treiben. Doch dieses Treiben endete, sobald sie anlegten; auf den Hinterläufen sitzend, die dunklen Ohren gespitzt, beobachteten die Hasen, was da vor sich ging, und umkreisten dann die beiden halbnackten Körper, die in einer Mulde lagen.

Später ruderte er sie weiter über den See, an mehreren Inseln vorbei, und als sie zu einer besonders niedrigen Brücke kamen, mussten sie sich flach ins Boot legen, und sie tastete nach seiner Hand, während das Boot in ihre letzte gemeinsame Lagune trieb. Er war so zugänglich wie nie zuvor. Die Wurzeln der Weiden waren hier und da unterspült, und Seerosen trieben auf der Wasseroberfläche, die von einer schmierigen Schicht alter, zusammengebackener Weidensamen bedeckt war. Was für eine Stille hier herrschte, völlige Abgeschiedenheit, die Natur in all ihrer verschwenderischen Pracht, fern der neugierigen Welt.

Wie bei Dido sangen Vögel in ihrem Kopf, als sie ans Ufer zurückfuhren, doch plötzlich trübte sich ihre Stimmung. Auf der Brücke saß eine Gestalt, deren Anwesenheit ihr irgendwie verdächtig vorkam. Ein Fremder im dunklen Anzug und mit Sonnenbrille, der eine Zigarette rauchte. Es machte sie nervös, wie er sie beide anstarrte, jede kleine Bewegung verfolgte. Er sah zu, wie Vlad das Boot ans Ufer zog und dann mit Hilfe der Seile aufs Auto hievte, wie sie ihm assistierte, während er die diversen Knoten band. Einen Moment lang erwog sie, diesen geheimnisvollen Mann anzusprechen, doch Vlad sagte ihr, sie solle einsteigen. Als sie wegfuhren, schaute sie sich noch einmal um und sah seine Silhouette – ein harmloser Tourist auf der Brücke zur Abendzeit, und dennoch, dennoch zuckte sie zusammen.

Zehn Wochen verstrichen, und dann wusste sie Bescheid. Morgens ging sie nach hinten in ihren Garten, damit Jack nicht mitbekam, wie sie sich übergab. Sie erfand alle möglichen Geschichten, eine unglaubwürdiger als die andere, wie ein Kind, das am Strand Sandburgen baut, die doch alle von der Flut wieder weggespült werden.

Jetzt platzte sie mit den Neuigkeiten heraus, erzählte Vlad von den eingeschlagenen Autofenstern, den zerstochenen Reifen und vor allem dem Schlimmsten, der Schmiererei auf dem Bürgersteig. Noch während er es hörte, verfiel er in Laufschritt.

Wo Wölfe ficken. In drohender Haltung stand er davor, blickte darauf hinab, dann kniete er sich hin und roch daran, als könnte er so die Täter ermitteln.

»Es ist jemand, der uns kennt«, sagte sie.

»Du musst alles abstreiten, Fidelma.«

»Das kann ich nicht … Ich lebe hier.«

»Ich dachte, ich könnte mich auf deine Diskretion verlassen«, sagte er mit kalter Verachtung.

»Ich bin diskret«, sagte sie viel zu laut, hasste die Hysterie in ihrer Stimme, in ihrem ganzen Wesen, jeder Faser, bis in ihr Kopftuch hinein.

»Wir müssen zur Polizei gehen«, sagte sie.

»Red kein dummes Zeug.« Er hatte bereits einen Plan. Sie solle einen der Freaks aus dem Ort wecken und ihn beauftragen, die Schmiererei mit schwarzer Zaunfarbe zu überstreichen. Er werde derweil zu Plodder Pat gehen und die Beschädigung seines Autos melden, aber gleich dazu sagen, dass er keine Anzeige erstatten wolle, da es sich ja offenkundig um das Werk von ein paar Rowdys handele, die vergangene Nacht hier durchgezogen seien.

»Und was soll ich sagen?«, fragte sie.

»Nichts ist passiert ... keine eingeschlagenen Fenster ... keine Schmierereien ... keine Rendezvous ... nichts ... *ne ... ne ... ništa.*«

»Aber wir sind ...«

»Fang an zu vergessen ... Fidelma.«

»Was soll ich vergessen?«

»Alles ...« Er machte eine Handbewegung, als wollte er sie wegwischen. Keine Briefe mehr. Keine Kommunikation. Keine Tränen. Sie ist eine erwachsene Frau, kann sich um sich selbst kümmern.

Dann war er fort. Wo sie ihn nicht mehr finden würde. Dieses Kind, dieses Wolfskind, würde sie als ihres und ihres allein zur Welt bringen. O Jesus und Maria, stieß sie hervor, als sie zu dem besetzten Haus fuhr, wo Dante und die Jungs wohnten. *Fang an zu vergessen, Fidelma. Keine Rendezvous. Keine Briefe. Keine Kommunikation. Keine Tränen. Ništa.*

Dante schaffte den ganzen Kram in einer Schubkarre herbei: Werkzeug, Pinsel, Rollen und mehrere Töpfe schwarze Farbe. Sie stellte sich an den Bordstein, um etwaige Fußgänger umzuleiten, aber glücklicherweise war kein Mensch unterwegs, nur zwei Kater fauchten sich auf der Mauer der Kinderkrippe an. Sie sah zu, wie er an mehreren Stellen schwarze Farbe auf das anstößige Rot goss und sie dann mit schnellen, geübten Bewegungen verteilte, immer wieder darüberrollte, Schwarz auf Schwarz, und dann tupfte er noch mit einem feinen Pinsel hier und da und dort nach, damit auch das letzten Fleckchen Rot verschwand. Wer das wohl gemacht hat, fragte Dante sich laut. Es müsse am frühen Morgen geschehen sein, denn sie seien alle bis nach drei im Pub gewesen, Diarmuid, Plodder Pat, die Schwestern, Fifi und eine große Gruppe, die von einer Beerdigung in Manor Hamilton gekommen sei. Die Mistkerle mussten danach gekommen sein.

»Haben Sie einen Feind, Missus ... jemand, der einen Groll auf Sie hat?«, fragte er.

»Bisher habe ich das eigentlich nicht gedacht ...« Sie begann zu weinen und schaute dabei auf die schwarze Fläche hinunter wie auf einen aufgebahrten Sarg, und Dante, der so tat, als bemerkte er es nicht, begann den nächsten Abschnitt des Bürgersteigs zu streichen und dann noch einen und noch einen, sodass es aussehen würde, als wäre die ganze Straße nachts von Rowdys verunstaltet worden.

Vlad erwähnte er kein einziges Mal, aber sie wusste, dass er Bescheid wusste, und genauso hatte sie auch an jenem Tag, als sie von ihrem ersten Stelldichein zurückgekommen war und Jack ihr den vom Blut und Schleim der Fledermaus verschmierten Handschuh entgegengestreckt hatte, gewusst, dass er ihr Vergehen erraten hatte.

GEFANGENNAHME

Als Dr. Vlad zur allgemeinen Überraschung zurückkehrte und aus dem Fond des Taxis ausstieg, waren die Leute bestürzt darüber, wie er sich verändert hatte. Er sah aus wie ein Höhlenmensch, hatte verfilztes, ungewaschenes Haar und trug eine sehr dicke Sonnenbrille.

Die Dichterlesung war schon Monate vorher geplant worden; er sollte seine eigenen Gedichte Yeats zu Ehren am Fuß des Ben Bulben vortragen und sich dabei auf der Gusla begleiten. Danach würde es ein Picknick geben, bei dem auch andere die Gelegenheit haben würden, etwas vorzusingen oder zu rezitieren. Doch seit seinem plötzlichen Verschwinden war die Begeisterung für den Ausflug erlahmt. Ohne Fidelma, Fifi und eine Schauspielerin aus Dublin wäre die Veranstaltung wohl abgeblasen worden.

Der Bus war eigens für diesen Anlass gemietet, auf beiden Seiten stand in schwungvoller goldener Schrift der Name McDonagh. Der Fahrer, ein Pole, war sehr umgänglich.

»Ich zeig Ihnen Schönheit von Ben Bulben«, sagte er zu den Einsteigenden, hauptsächlich Frauen im Sonntagsstaat, im geblümten Kleid und dazu passender Jacke, die Jüngeren in T-Shirt und Jeans, während die Schauspielerin, die extra aus Dublin gekommen war, einen cremefarbenen Hosenanzug und eine klobige grüne Halskette trug. Man hatte sie engagiert, damit sie statt seiner die Gedichte vortrug, die sie als »mystisch und quasi-philosophisch« bezeichnete.

Sie saßen paarweise zusammen. Vlad hatte auf dem Einzelsitz hinter dem Fahrer Platz genommen, wo er über seine Blätter gebeugt noch Korrekturen vornahm. Fidelma hoffte die ganze Zeit, er werde sich wenigstens einmal umdrehen und ihr zumindest die Andeutung eines Lächelns zeigen. Seit dem Morgen der Schmierereien hatte sie nichts mehr von ihm gehört.

Sie waren eine lebhafte Gruppe. Fifi und ihre Helferin Maggs zählten all die Picknickfreuden auf, die sich in dem Binsenkorb verbargen – Wurst im Blätterteig, Käse-Kanapees, Ei-Kresse-Brote, alles in feuchtes Leinen eingeschlagen, damit es schön frisch blieb. Cora, die Bademeisterin vom Seetang-Spa, hatte ihre Mutter mitgebracht, die arme Frau wurde beim Anblick all der unbekannten Gesichter ganz fahrig und konfus, und als sie Vlad entdeckte, zeigte sie auf ihn und fragte: »Ist das der Teufel?« Die breite Krempe ihres Strohhuts wurde von zwei metallenen Lockenwicklerclips unten gehalten, was ihr etwas Kindliches, Trotziges gab. Man tuschelte, es sei doch furchtbar traurig, dass sie, die fast vierzig Jahre lang Lehrerin gewesen war, jetzt Leute nach ihrem Namen fragte und ihn gleich wieder vergaß, oder erklärte, ihr Mann, ihr, wohlgemerkt, verstorbener Mann, verbringe viel zu viel Zeit am Computer. Phyllida zeigte die neuesten Fotos von ihrem Fohlen Wirbelwind, das leider sein schönes Beige verliere und jetzt eher khakifarben sei.

Mineralwasser und Süßigkeiten wurden herumgereicht, und die freudige Erregung war greifbar. Die Leute aus anderen Ortsteilen bildeten Grüppchen, aber man hoffte, dass die Ausflügler im Laufe des Tages miteinander ins Gespräch kommen würden. Zwei schweigsame Männer saßen nebeneinander, so wie sie an schönen Tagen auf der Bank im Ort nebeneinander saßen, ohne kaum je ein Wort zu wechseln.

»Da steht Schild *Klettern verboten,* aber ich bin geklettert«, erzählte der Busfahrer und brüstete sich stolz damit, auf dem Gipfel des Ben Bulben gestanden und nach Muscheln und Korallen als Andenken für seine Tochter gesucht zu haben. Ja, dort oben hatte er gestanden und zwischen den breiten Meeresbuchten einen anderen Berg mit einem uralten Königinnengrab sehen können, wo man nicht herumklettern und keine Steine wegnehmen durfte.

Sie ließen den Ort hinter sich, und nach ein paar Kilometern wurde es waldig, Buchen, deren Zweige sich über ihnen trafen, tändelten, eine grüne Oase. Später folgten kleine Gruppen von Eschen, und die Sonne fiel schräg durch die Fenster herein und erzeugte ein Wechselspiel von Licht und Schatten, dasselbe Sonnenlicht, das auch die Regenpfützen golden tüpfelte, die von einem Wolkenbruch am Abend zuvor auf den Feldern zurückgeblieben waren.

»Ist dieser Tag nicht ein wahres Geschenk?«, sagten zwei ältere Frauen ein ums andere Mal mit Tränen in den Augen, voller Dankbarkeit, dass sie Teil einer so erlesenen Gesellschaft sein durften.

Sie hatten einen schönen Blick, denn die Straße war zum Schutz vor Überschwemmungen auf einem Erdwall gebaut worden, aber sie war ziemlich holprig, und Cora sagte, es sei doch ein Jammer, dass sie keinen wichtigen Politiker in Dublin sitzen hätten, der ihnen zu guten Straßen verhelfen würde. Ihre Mutter behauptete immer wieder, das Meer zu sehen, was unmöglich sein konnte, denn sie fuhren nach wie vor an Wiesen voll jungem Gras und Klee vorbei, wo Schafe weideten und ihre Lämmer säugten, die unvermittelt davonsprangen, aber im nächsten Moment wiederkamen, als hätten sie Angst, verlassen zu werden.

»Schau, da ist das Meer«, sagte ihre Mutter, und Cora entschuldigte sich wieder und wieder für sie, bis irgendwann das arglose Lächeln der Mutter verschwand, als hätte es ihr jemand mit einem Waschlappen vom Gesicht gewischt. Ihre Miene wurde feindselig, als wollte sie sagen: *Ich sehe, was ich sehe, ich verstehe, was ich verstehe. Auch ihr werdet eines Tages alle alt sein.* Einer der schweigsamen Männer tauschte den Platz mit Cora und zeigte der Mutter die Bilder in seinem Vogelbuch, und sie glaubte, sie sähe all die verschiedenen Vögel am Himmel aufsteigen und kreisen.

Sie kamen auf eine zweispurige Schnellstraße, wo Autos mit wahnwitziger Geschwindigkeit an ihnen vorbeiflitzten. Es war eine gefährliche Straße, und viele kleine weiße Kreuze, von Mädesüß umkränzt und in einigem Abstand voneinander aufgestellt, erinnerten an jene, die hier ihr Leben verloren hatten. Noch hatten sie das Meer nicht erreicht, aber es lag jetzt ein kräftiger, salziger Geruch in der Luft. Vlad hatte sich überhaupt noch nicht mit ihnen abgegeben, hatte kein einziges Mal von seinen Blättern aufgeblickt, und Fidelma fragte sich, ob sie nach der Lesung Gelegenheit haben würde, kurz allein mit ihm zu sprechen. Sie wünschte es sich sehnlichst. Sie wusste, dass es keine weitere Kommunikation zwischen ihnen geben sollte und akzeptierte das auch, aber sie hoffte, und sei es nur dem Kind zuliebe, dass er da sein würde, am Rand ihres Lebens. Sie hatte Jack noch nichts gesagt. Wie sollte sie es ihm sagen. Was sollte sie ihm sagen. Wann sollte sie es ihm sagen. Das waren die Fragen, die Stunde um Stunde auf sie einstürmten, während sie zu Hause gute Laune vortäuschte und Gerichte zubereitete, die er gern aß, Flans, gedämpften Pudding, Crème brûlée, alles leicht zu kauen. Aber bald würde sich die Wölbung ihres Bauchs deutlich abzeichnen, und sie würde es weder vor ihm noch vor sonst wem mehr verbergen können.

»Jesus Maria!« Fifi schrie als Erste auf, als der Fahrer eine Vollbremsung machte, sodass die Leute übereinanderfielen, die offene Dose mit den Süßigkeiten durch den Gang rollte und Karamellbonbons und Schokolade sich über den Boden verteilten.

Ein uniformierter Polizist hatte den Bus per Handzeichen angehalten und wechselte jetzt durch das offene Fenster ein paar Worte mit dem Busfahrer. Hinter ihnen staute sich der Verkehr, und der Fahrer wurde angewiesen, den Bus in eine Parkbucht zu fahren. Alle nahmen an, sein Führerschein solle kontrolliert werden oder vielleicht sein Versicherungsschutz. Aber nun stiegen zwei auswärtige Polizisten ein, beide mit Pistole im Halfter, und musterten kurz die Fahrgäste auf beiden Seiten des Gangs. Dann wandten sie sich Vlad zu und verlangten nach seinem Ausweis. Er suchte in seiner Aktentasche, und nach einer kleinen Ewigkeit zog er seinen Pass heraus, dessen Umschlag weinrot war. Beide Polizisten studierten den Pass, nickten einander schweigend zu. Dann sagte der eine, der mit ländlichem Akzent sprach: »Wir müssen Sie leider bitten, mit uns auf die Wache zu kommen.«

»Das geht leider nicht, wir sind auf dem Weg zu einer Dichterlesung«, antwortete er nonchalant.

»Auf die werden Sie verzichten müssen, Sir – Sie sind verhaftet«, sagte der zweite, ältere Polizist.

»Sie müssen verrückt sein, mein Freund ... mich zu verhaften ... Sie sehen Gespenster«, sagte Vlad mit perfekter Selbstbeherrschung.

»Sie leben unter falschem Namen hier«, sagte der eine, und der andere, der nicht ganz so energisch auftrat, sagte, sie täten nur ihre Pflicht, und hielt dabei den Haftbefehl in die Höhe.

»Das ist doch absurd«, sagte Vlad, drehte sich zu den anderen um und zuckte mit den Schultern, wie um zu sagen: Ich bin Wegelagerern in die Hände gefallen.

Die Postamtsvorsteherin, der normalerweise nicht die kleinste Kleinigkeit im Pfarrbezirk entging, war baff. Wie konnte sie das alles übersehen haben, die Verstärkung, die massive Überwachung, die Zusammenarbeit mit den hohen Tieren in Dublin, kein einziger örtlicher Polizist zu Rate gezogen. Sie fühlte sich um ihre Wichtigkeit in der Ortsgemeinschaft betrogen. Einige hatten schon angefangen, mit dem Handy Fotos zu machen, und Cora vermutete, es gehe wohl darum, dass er ohne die erforderliche Qualifikation als Heiler tätig gewesen war. Fifi wusste es besser. Es war etwas Unheilvolleres. Als sie einmal den Schlüssel zu seinem Safe hatte herumliegen sehen, hatte sie diesen geöffnet und Schusswaffen, Munition sowie Geld verschiedener Währungen darin gefunden, außerdem mehrere Pässe mit vollkommen unterschiedlichen Fotos von ihm, mal mit Bart, mal glattrasiert und einmal mit einer unglaubwürdigen roten Perücke. Fidelma lief viel zu aufgeregt zu ihm nach vorn, und ihre ganze verborgene Leidenschaft floss in die Worte, mit denen sie sich für ihn verbürgte. Fast herablassend bedeutete er ihr zurückzubleiben, und der zweite Polizist nutzte die Gelegenheit, legte ihm Handschellen an und drückte sie fest zu.

Das Letzte, was sie von ihm sahen, war seine große Gestalt, ungebeugt, aber gedemütigt, als er aus dem Bus ausstieg, und so wie das Sonnenlicht zuvor das junge Eschenlaub umschmeichelt hatte, schabte es jetzt über das metallene Armband, mit dem seine Hände gefesselt waren.

Es war alles so schnell gegangen, so »unspektakulär«, wie sie fanden, dass keiner recht wusste, was er sagen sollte. Dass er sich gefügt und nicht zu fliehen versucht hatte, war doch wohl sicher ein Zeichen, dass es nichts wirklich Ernstes sein konnte. Aber die Stimmung war umgeschlagen, alle fühlten sich unbehaglich, und der Fahrer schwitzte und verfluchte sein Pech. Ein vergeudeter Tag. Fidelma bereute, dass sie aufgesprungen war, und verspürte zum ersten Mal eine schreckliche, fatalistische Angst.

Der Busfahrer rühmte jetzt nicht mehr die Schönheit des Ben Bulben, sondern warf die Hände hoch und erklärte: »Je länger ich lebe in diesem verrückten Land, je weniger verstehe ich.«

Per Handabstimmung wurde beschlossen, dass er sie zu der Haltestelle am Folk Park zurückfahren sollte, wo er sie abgeholt hatte.

***

Die Leute kamen aus ihren Läden und ihren Häusern, um einander wieder und wieder zu erzählen, was sie doch schon wussten, sprachen in ernstem Ton, benannten den Schrecken, nein die Schrecken, die ihre Kinder hätten ereilen können. Sie kamen in Autos und auf Motorrollern, die Älteren am Stock oder mit Gehgestell, und sogar die Enten, durch das Spektakel aufgestört, kamen aus dem Folk Park auf die Hauptstraße gewatschelt.

Eine Fernsehkamera war aufgebaut worden, und ein Reporter ging mit einem Mikrophon in der Hand auf Passanten zu, um sie zu interviewen, aber die meisten wollten lieber nichts sagen. Kinder schnitten vor der Kamera Grimassen.

Im TJ's war es brechend voll, die Leute reckten den Hals, um einen besseren Blick auf ihren falschen Heiler zu bekommen, der, wie sie jetzt erfuhren, den Beinamen »die Bestie von Bosnien« trug und auf den ein Kopfgeld in Millionenhöhe ausgesetzt war. Sie sahen Bilder, die ihn mit militärischem Imponiergehabe zeigten, und eines, auf dem er zusammen mit dem russischen Dichter auf die Stadt Sarajewo schoss, als wäre es ein Spiel, und dazu hörte man einige Zeilen eines Gedichts von ihm:

Wenn die Zeit kommt, die Waffen sprechen zu lassen
Die Zeit heldenhafter Tage, heroischer Nächte
Wenn eine fremde Armee in dein Land einfällt
Und Chaos und Verwüstung stiftet
Dann muss dieser Zustand behoben werden
Dann ziehst du zu Fuß durch deine Heimat
Und deine Stiefel kämpfen Seite an Seite mit dir.

Im Fernsehen bezeichneten ihn ein oder zwei Leute als Kriegerpoeten, der schon immer von einer mystischen Gewissheit bezüglich seiner Rolle in der Geschichte erfüllt gewesen sei. Einst ein unbedeutender Arzt, war er jetzt so weltbekannt, wie er es seit jeher ersehnt hatte, und auf dem Weg zum Haager Tribunal, wo er zahlreicher Verbrechen angeklagt war, darunter Völkermord, ethnische Säuberungen, Massaker, Folter, die Einrichtung von Internierungslagern und die Vertreibung Tausender Menschen. Das Erste, worum er in dem Untersuchungsgefängnis, in dem er seiner Auslieferung harrte, bat, war ein Friseurbesuch, und so lagen seine weißen Locken und sein weißer Vollbart nun auf dem Boden dieses Friseurs.

Was für Trottel sie doch gewesen waren, auf seinen Mesmerismus, sein Bäume-Umarmen, seine Aura, seinen ganzen Blödsinn hereinzufallen. Ein fremder Jugendlicher kam hereingestürmt und behauptete, kurz nach der Festnahme sei der Doktor aus dem Untersuchungsgefängnis ausgebrochen und habe dabei einen Wächter erschossen, jemand anders meinte, er habe sich mit Blausäure das Leben genommen. Es herrschte ein allgemeiner Gefühlstaumel. Schock, Abscheu, Ungläubigkeit. Plodder Pat saß ungewohnt still da und fragte sich, was er denn schon hätte tun können, wenn nicht einmal der Sergeant über den Einsatz informiert worden war. Die Jungs aus Dublin wollten Ruhm und Ehre ganz für sich allein. Fifi weinte laut und fragte John, warum in Gottes Namen er ihr denn aus dem Jenseits kein Zeichen gesandt habe, irgendeinen Hinweis. Am liebsten hätte sie die verdammte Gusla in den Fluss geschmissen, nur hatten die Polizisten sie mitgenommen, sie hatten das ganze Haus durchsucht und im Safe ein Schlangenskelett, den Revolver und die Patronen gefunden. Hatten sie zwei Stunden lang verhört. Warum sie nicht zu ihnen gekommen sei, nachdem diese vielsagenden Worte auf den Bürgersteig geschmiert worden waren – *Wo Wölfe ficken.* Ja, warum war sie nicht gekommen? Wenn sie ehrlich war, hatte sie eine Schwäche für ihn. Sie erinnerte sich daran, wie sie mal mit einer Kiste Salatsetzlinge nach Hause gekommen und er überraschenderweise aufgetaucht war, um ihr beim Pflanzen zu helfen, und wie er sich zu der Erde geäußert hatte, gute Erde sei das, sie hatte ja nicht ahnen können, dass in seiner Heimat diese Unmengen sterblicher Überreste in der Erde lagen und von den Würmern gefressen wurden. Er hatte sie alle an der Nase herumgeführt. Nie wieder würde sie einem sanften, höflichen Mann trauen.

Sie sahen die Ruinen ausgebrannter Häuser, eine verwüstete Landschaft, verängstigte Familien auf dem Marsch, einen Jungen, der auf einem Stapel Lumpen lag und einen Namen rief, und hinter den Gitterstäben eines Konzentrationslagers zu Gerippen abgemagerte junge Männer, die in hohlwangiger, hoffnungsloser Verzweiflung hinausstarrten.

»Wenn das wahr ist, ist es traurig ... sehr traurig«, sagte Hamish.

»Es ist wahr ... Sehr wahr und sehr traurig«, erwiderte Fifi.

Die Gefangennahme wurde ausführlich beschrieben, die ländlich-idyllische Umgebung, der dahinsausende Bus, eine nichtsahnende Reisegesellschaft, hauptsächlich Frauen, auf dem Weg zum Ben Bulben mit seiner stolzen Verbindung zu dem großen Nationaldichter W. B. Yeats.

Er war, so erfuhren sie, auf Umwegen nach Irland gelangt. Man hatte ihn zunächst in verschiedenen Klöstern in seiner Heimat versteckt, doch als klar wurde, dass ihm die Polizei dicht auf den Fersen war, hatte man ihn aus dem Land geschmuggelt. Unter verschiedenen falschen Namen war er über Italien und Malta und durch die Bucht von Biskaya nach Spanien gereist, erst per Boot, dann auf einem Trawler, bis er schließlich im Clegger Harbour anlangte, einer kleinen Bucht an einer unbewohnten felsigen Landspitze vor der Küste von Wexford. Bei Schmugglern und Angehörigen paramilitärischer Organisationen war sie wohlbekannt, da dort aufgrund der Felsformationen günstige Wasserverhältnisse herrschten und kleine Boote gut anlegen konnten.

»Siehe, er, der auf Scheiße wandelt«, rief jemand, und Father Eamonn, der noch nie einen Fuß in diese Bar gesetzt hatte, trat ein, auf seinen Stock gestützt und den Tränen nahe, und wurde zu dem guten Sessel am Kamin geführt. Er war genauso perplex wie alle anderen.

Mona war noch aufgeregter als die anderen, da ihr eine tragende Rolle im Tagesgeschehen zugefallen war. Sie kam kaum hinterher. Weil Dara von dem Fußballspiel in England noch nicht wieder zurück war, musste sie Dante bitten, das Bierzapfen zu übernehmen, während sie die Schnäpse einschenkte, mit unkontrollierbar zitternder Hand, sodass einiges danebenging. Wäre sie allein gewesen, hätte sie die verfluchte Kiste ausgeschaltet. Aber es war vor allem die Begegnung an diesem Morgen, die ihr noch nachging. Drei Männer, Schlägertypen, hatten vor der Tür gestanden, als sie um zehn aufgemacht hatte. Sie waren ungehobelt, führten sich auf wie in einer billigen Absteige, wollten duschen, wechselten vor ihren Augen die Unterwäsche und verlangten barsch nach Kaffee und Toast. Einer hatte einen Bürstenschnitt, der zweite trug eine karierte Mütze, die er wohl auf dem Flughafen erstanden hatte und jetzt vor verschiedenen Barspiegeln aufprobierte, und der dritte trug einen in den Nacken geschobenen Hut und hatte einen roten Schnurrbart. Er wurde von den anderen beiden Medico genannt. Sie fragten Mona, wann der Bus mit Dr. Vuk zurückkommen werde. Sie sagte, das wisse sie nicht, Dr. Vladimir sei schon vor Wochen aus der Gegend weggezogen. Das wussten sie, ja sie konnten ihr sogar sagen, dass er seither in einem Wohnwagen auf einer abgelegenen Insel vor der Küste von Galway gewohnt hatte.

Die drei unterhielten sich miteinander, als ein Lastwagenfahrer völlig überdreht hereingerannt kam und sagte, der Heiler sei in Handschellen aus dem Bus geholt worden, auf allen Radiosendern werde berichtet, dass er sich in einem abgelegenen irischen Weiler versteckt gehalten habe. Sie machte das Radio an, der Medico kam herüber, um mitzuhören, und gab das Gehörte dann an die beiden anderen weiter, die lautstark zu streiten begannen, sie schoben sich gegenseitig die Schuld an irgendetwas zu, was sie nicht verstand. Sie veranstalteten so ein Geschrei, dass sie den Medico bat, mit ihnen zu reden, und er schickte sie hinaus auf die Straße, wo sie weiter randalierten. Dann kam er an die Bar und bat um einen Kaffee mit Kognak. Er saß auf einem Barhocker, den Kopf in die Hände gestützt, und grämte sich, weil sie nicht rechtzeitig gekommen waren, um ihren Freund zu retten. Sie hätten Hunderte Kilometer zurückgelegt, größte Gefahren auf sich genommen, weil man ihnen zugetragen hatte, dass die Behörden aus ihren eigenen miesen Gründen im Begriff waren, ihn an das Haager Tribunal auszuliefern. Er regte sich furchtbar über den Bus auf, den sie in Rosslare genommen hatten, denn hätte der nicht diesen verdammten Plattfuß gehabt, wären sie jetzt dabei, ihren Freund auf dem gleichen geheimen Weg, auf dem sie gekommen waren, außer Landes zu bringen. Sie möge seine Tränen entschuldigen, aber ein Freund sei nun mal ein Freund. Diese verfluchte Nachricht habe ihn völlig aus dem Gleichgewicht gebracht. Er wurde sentimental, wollte wissen, ob Vuk bei der örtlichen Bevölkerung beliebt gewesen sei. Sie sang ein Loblied auf ihn, erzählte von denen, die er geheilt hatte, darunter auch Hamishs Frau, und ja, manchmal habe er bei ihr in der Bar auch etwas getrunken. Sie zeigte auf den ledernen Armsessel, in dem er gern gesessen hatte, und fügte hinzu, er sei meist für sich geblieben. Der Medico fragte nach Frauenbeziehungen. Ein gutaussehender Mann ohne Frau oder Freundin müsse doch ab und zu mal einen wegstecken. Sie tadelte seine Ausdrucksweise, sowas sage man nicht. Und dann ging sie ihm in die Falle. Sie erwähnte Fidelma, die Frau des Textilhändlers, die Dorfschönheit. Er griff das gleich auf, lockte sie aus der Reserve, fragte noch mal nach, mit wem die Frau verheiratet sei, ob die Leute reich seien und ob sie unter Druck wohl zusammenbrechen würde.

»Möglich«, sagte sie und merkte im selben Moment, dass sie zu viel gesagt hatte. Er hakte sofort nach, wollte wissen, wo diese Frau denn wohne und wie ihr voller Name sei, er wolle ihr gern sein Beileid aussprechen. Er fragte noch einmal, wo sie denn wohne, und Mona wich aus, sagte, außerhalb, draußen auf dem Land, aber er hatte genug gehört und war schon auf den Beinen, lupfte den Hut wie ein Gentleman, bloß war er keiner. Als sie sah, wie er, eine Schulter kämpferisch vorgereckt, durch die halboffene Tür hinausging, ahnte sie, dass er und seine Begleiter etwas im Schilde führten, und vermutete, dass es mit der immensen Summe zu tun hatte, die auf Vlads Kopf ausgesetzt war.

***

Der Pub war so voll und die Atmosphäre so fiebrig, dass Mujo sich nur mühsam seinen Weg zum Tresen bahnen konnte. In der einen Hand hatte er mehrere Vogelkäfige, in der anderen einen schmutzigen weißen Aktenkoffer. Er trug eine gelbe Weste, die ihm zu groß war, und grinste breit. Er hatte es eilig, konnte sich nicht länger aufhalten. Mona sagte, er solle sich doch setzen, aber er wollte nicht.

»Hier, trink«, sagte sie, und er nahm das Glas Wodka, legte den Kopf in den Nacken und leerte es tapfer in einem Zug wie ein Mann, dann stellte er es wieder auf den Tresen. Sie kannte ihn gut, bemutterte ihn, denn an seinem freien Tag holte er ihr Torf aus dem Moor und Holz für die beiden Kaminfeuer, das in der Bar und das in ihrem Schlafzimmer. Er war der Einzige, der je die dort herumliegenden Kleider zu sehen bekam und die lila Tapete, die sich wegen der Feuchtigkeit in Streifen von der Wand ablöste.

»Ich glaube, ich kann für uns alle sprechen ...«, sagte Mona verlegen und sah sich um Zustimmung heischend um. »Wir hätten auf dich hören sollen, Mujo ... Aber stattdessen haben wir lieber für den Übeltäter Partei ergriffen, weil es einfacher war. Wir haben dich hängenlassen.«

Jetzt hätten sie ihn alle auf den Schultern getragen, aber es war zu spät. Er wollte zurück in sein Dorf, wo seine Tauben frei und ungefährdet fliegen konnten.

»Ich fahr nach Hause«, sagte er.

»Aber dein Zuhause gibt es nicht mehr«, sagte Mona.

»Wir bauen neues«, sagte er, und in seiner kindlichen Vorstellung erwartete ihn seine Mutter bereits, waren sie in ihren eigenen Obstgärten, hatten ihr Paradies wiedererlangt.

Bevor er ging, reichte er ihr einen Brief, den sie seinem Freund Dara geben sollte. Das letzte Bild von Vlad, das sie auf dem Bildschirm sahen, zeigte ihn in seinem langen schwarzen Mantel, wie er am Abend der Freiluft-Oper zum Folk Park ging, Fidelma an seiner Seite. »Na denn, jetzt haben sie ihn«, sagte Mona. »Das Schlimmste ist vorbei.«

»Aber das Gift ist in der Welt«, sagte Diarmuid, der Lehrer, und man hörte mehrere Leute wissend seufzen. Father Eamonn, der sich nicht von seinem Platz am Kamin gerührt hatte, schaute zu ihr herüber und schüttelte tieftraurig den Kopf.

***

Fidelma war nicht in der Bar. Sie und Jack hatten sich das Ganze im Wohnzimmer angeschaut, in tiefem Schweigen. Sie traute sich nicht, ihn anzusehen, hatte Angst, sich zu verraten. Ein paar Zeilen aus einem von Vlads Gedichten brachten sie völlig aus der Fassung:

Etwas wie Kälte nistet in deinem Innern
jener Speer, jener gereckte Arm leuchtet in deinem Kopf
Du spürst die Gegenwart des tödlichen Stahls …

»Mach das aus«, bat sie verzweifelt, »mach das aus.«

»Geh in die Küche, wenn du es so schrecklich findest«, sagte Jack scharf, und sie rannte in die Küche, wo alles, das Ächzen des Kühlschranks, die albernen Magneten, die Porzellanelfen in der Schale, der benutzte Schneebesen neben dem Spülbecken, über sie urteilte. Sie ergriff den Schneebesen, den sie für sein Omelette verwendet hatte, und fuchtelte panisch damit herum. Sie war rettungslos verstrickt. Wie konnte sie sein Kind gebären? Wie konnte sie es nicht gebären? Sie trug es in sich, ihr eigenes Blut hielt es am Leben. Etwas in ihr drängte sie, zu fliehen, zu verschwinden, bevor man sie erwischte, und gleichzeitig sagte eine kleine Stimme der Vernunft: *Geh wieder rein, gib dich in seine Hände und erzähl ihm alles.*

***

Das Klingeln der Türglocke erschreckte sie beide. Fidelma meinte, das seien Nachbarsfrauen, die für einen Vater sammelten, der sich ertränkt und einen Brief hinterlassen hatte, in dem er schrieb, dass er sich schäme, nicht für seine junge Familie sorgen zu können. Sie waren schon einmal dagewesen, und sie hatte sie gebeten, später wiederzukommen, denn sie müsse erst zum Geldautomaten. Jack ging an die Tür, kam wieder und sagte ziemlich schroff, da stünden drei Ausländer, die irgendwelche Informationen von ihr wollten.

Im Licht der Haustürlampe sah sie die drei Männer. Sie trugen Lederjacken, einer hatte eine Baseballkappe auf, der zweite, ein stämmiger Bursche, eine neu aussehende karierte Mütze, die er verkehrt herum aufgesetzt hatte. Der Große schließlich trug einen in den Nacken geschobenen Hut; er wurde von den anderen Medico genannt. Er sprach passables Englisch.

»Guten Abend, wie geht es Ihnen?«, fragte er.

»Gut, danke«, antwortete sie.

Sie müssten mit ihr sprechen. Der Jüngste der drei, albinoartig mit rosa Haut und fast wimpernlosen Lidern, musterte sie kichernd von Kopf bis Fuß, Speichel in den Mundwinkeln.

»Wir haben ein paar Fragen …«, sagte der Medico.

»Was für Fragen?«, antwortete sie und zwang sich zu einer unnatürlichen Ruhe. Sie wusste, dass es um Vlad ging.

»Kommen Sie mit«, sagte er.

»Sie können auch hier sagen, was Sie zu sagen haben«, antwortete sie, fast gelähmt vor Angst.

»Nicht wenn Ihr Mann zu Hause ist.«

»Wir müssen gehen ... plaudern«, sagte der Stämmige und packte ihren nackten Arm oberhalb des Ellbogens.

»Wer sind Sie?«, fragte sie.

»Blutsbrüder«, antwortete einer und entfaltete eine Zeitung, auf deren Titelbild zu sehen war, wie Vlad in Handschellen aus dem Bus abgeführt wurde.

»Ich weiß fast nichts über ihn ... er hat Räume über unserem Laden gemietet«, sagte sie allzu schnell.

Sie schüttelten den Kopf, lachten schnaubend und sagten, die Party sei schon im Gange, und sie der Ehrengast.

Sie ging hinein, um ihren Mantel zu holen, und sagte zu Jack, das seien Cousins von Vlad, und sie müssten ein paar Sachen aus dessen Praxis holen, aber sie erkannte an dem angewiderten Blick, den er ihr zuwarf, dass er wusste, dass sie log.

»Gehen wir ins TJ's«, sagte sie zu den Männern, während sie leise die Haustür schloss, von einer unheimlichen Ahnung erfüllt.

»Zu viele Augen, zu viele Ohren ... hören alle zu«, sagte der Medico.

»Dann gehen wir ins Castle – da gibt es mehrere Gesellschaftszimmer«, sagte sie und dachte bei sich, wie vornehm das doch klang.

Das Taxi, zu dem sie gescheucht wurde, sah aus wie eine Art Jeep, und der Einstieg war sehr hoch. Drinnen lief dröhnend Musik.

»Wollen Platz nehmen«, sagte einer der Männer, plötzlich verblüffend höflich. Als der Fahrer sah, dass sie Probleme beim Einsteigen hatte, sprang er heraus und stellte ihr einen kleinen gelben Plastiktritt hin. Es war ein Schwarzer, wahrscheinlich hatten sie ihn in Sligo angeheuert. Die Sitzbezüge waren zerrissen, und es roch nach Alkohol, Zigaretten und den Kebabs, die sie offenbar gerade erst gegessen hatten. Sie musste sich zwischen zwei der Männer quetschen, und der Stämmige setzte sich ihnen gegenüber. Keiner sagte etwas. Als sie den Ort erreichten, beugte sie sich vor, um dem Fahrer zu sagen, er solle nach links abbiegen, aber der Medico rief: »Nach rechts!«

»Das ist die falsche Strecke«, sagte sie mit erhobener Stimme.

»Du Sonntag immer Kirche?«, fragte einer.

»Was spielt denn das für eine Rolle?«

»Bambi ... Bambi ...«, sagte der Albino und blies ihr Zigarettenrauch ins Gesicht. So ruhig sie konnte, fragte sie, was das alles sollte. Sie antworteten ihr: »Luda Kura Bar ... Tollhaus.« Dort habe ihr Liebster früher getrunken, in seiner Heimat, bevor er sie kennenlernte.

»Du mit ihm ficken«, sagte der Stämmige.

»So lasse ich nicht mit mir reden«, sagte sie. Sie wussten es also. Sie wussten alles.

»Sie hat Angst ... sie denkt, wird Schlimmes passieren«, sagte er, und die Männer lachten alle herzlich.

»Ich habe keine Angst«, widersprach sie.

»Vielleicht sie mag nicht Musik«, sagte der Albino und wies den Fahrer an, die Lautstärke aufzudrehen.

Sie waren jetzt etliche Kilometer vom Ort entfernt, und Fidelma erhaschte immer mal wieder einen Blick auf eine Landmarke, eine Tankstelle, eine Bauruine, die ursprünglich mal ein Nachtclub hatte werden sollen. Eine Kapelle mit Friedhof auf einem Hügel. Auch der Taxifahrer war nervös, wie sie an seinem unberechenbaren Fahrstil merkte, und an dem großen Kreisverkehr entgingen sie nur knapp einem Unfall.

Die Männer hatten etwas gegen das Duftbäumchen, das am Armaturenbrett hing, sie behaupteten, es stinke.

»Sie sind der Boss«, sagte der Fahrer und riss es ab. Er hieß Tyrone. So stand es neben seinem Foto, das einen Schwarzen mit etwas angestrengtem, unsicherem Lächeln zeigte. Sie fingen an, ihm Fragen zu stellen, ob er eine Frau habe, wie sie aussehe, ob sie ein Gebiss habe und ob sie es beim Vögeln rausnehme. Dann fragten sie ihn, warum er in den Westen von Irland gekommen sei, und er sagte, er liebe die Schönheit dieser Landschaft und die Kirchtürme, denn daran erkenne man, dass Jesus über das Land wache. Sie machten sich über ihn lustig, aber er wehrte sich nicht, weil auch er vor ihnen Angst hatte.

»Entschuldigung, aber ich muss mich konzentrieren«, sagte er, den Blick geradeaus auf die Straße gerichtet. Daraufhin wandten sie sich ihr zu, um sich über sie lustig zu machen. Der Albino fragte sie, ob ihr der Schnurrbart des Medicos gefalle. Sie solle ihn mal anfassen. Den Mädchen daheim in der Luda Kura Bar habe er sehr gefallen. Sie fragte noch einmal, wohin sie fuhren.

»Wir zeigen dir Gegend«, sagte der Stämmige.

»Ich kenne die Gegend ... ich wohne hier.«

»Du schlechte Manieren«, sagte der Albino und hieb ihr aufs Knie, dass sie zusammenfuhr, tat es immer wieder, um sie zu zermürben.

Die Gerüche im Auto waren quälend, und sie dachte zweimal, sie müsse sich gleich übergeben, konnte es aber noch abwenden. Sie schaute immer wieder aus dem Fenster und hielt nach Schildern Ausschau, an denen sie sich festhalten konnte – eine Reklame für eine Ponyshow, eine andere für »Kayaking, Wilderness B&B«. Einige weitere Schilder konnte sie nicht lesen, denn der Fahrer, von den Männern zur Eile angetrieben, hatte einen Zahn zugelegt.

Sie waren inzwischen in einer anderen Grafschaft, einer einsamen Gegend, rechts und links der Straße das Moor, wo die weißen Schöpfe der Wollgräser auf hohen Stengeln zitterten und ihre pfefferartigen, braunen Samen umherwehten. Der Medico zog einen Zettel hervor und studierte eine Wegbeschreibung.

Sie gelangten zu einer Zufahrtsstraße, von der aus man ein flaches Gebäude auf einem Hügel und das Schild eines Golfclubs sah, ein Stück weiter unten verengte sie sich und ging in einen unbefestigten Weg über. Fidelma sah eine Wiese voller Disteln und daneben absurderweise ein Schild mit der Aufschrift: »Betreten für Unbefugte bei Strafe verboten«. Zwischen Holzpfosten war Stacheldraht gespannt, an dem Fetzen von Schafswolle hingen. Der Medico kurbelte das Fenster herunter und befahl dem Fahrer, den Weg zu verlassen und ins Gelände zu fahren, und als dieser tat, wie geheißen, schwankte das Auto hin und her und sie wurden gegeneinander geworfen. Sie erhaschte einen Blick auf eine Schlossruine, deren zerfallende braune Mauertürme das in der Tiefe liegende Meer überblickten, sah in der Ferne einen Leuchtturm. Es war noch nicht dunkel, würde es aber bald sein. Dem Fahrer glitt das Lenkrad aus der Hand, und der Wagen machte einen Schlenker, geriet ins Schleudern und sackte in eine Bodensenke, wo sich ein Schaf hingelegt hatte, das gnadenlos zerwalzt wurde. Sie hörten das Geblöke der restlichen Herde, die in Angst und Schrecken davonrannte. Das Auto schoss wieder hoch, sauste weiter, blieb auf der nächsten Hügelkuppe stehen und raste dann wie auf der Flucht vor sich selbst geradewegs zu einem verlassenen Haus, einer Ruine, in der augenscheinlich öfter Tiere Schutz suchten. Auf den Wiesen standen Kühe, schwarzweiß gescheckte Kühe, die erst in die Scheinwerfer starrten und dann davongaloppierten.

Die Männer sprangen aus dem Wagen, und der Stämmige nahm dem Fahrer Autoschlüssel und -telefon ab und forderte ihn auf, den Kofferraum zu öffnen. Der Albino erleichterte sich gegen einen Baum, den einzigen, dornigen Baum weit und breit, der sich in einen Felsspalt klammerte. Kein Mensch war zu sehen, nichts außer Schafen und Kühen und einem metallenen Futterspender, aus dem Heu quoll. Sie sah alles mit schrecklicher Klarheit, als sähe sie letzte Dinge.

Allein mit dem Fahrer, packte sie ihn am Kragen. Wer diese Männer seien, was sie mit ihr vorhätten. Oh Mann, die seien so was von abgefüllt. Sie tränken schon den ganzen Tag Wodka, seit sie ihn vormittags um zehn angeheuert hätten, seine erste Fahrt heute, und jetzt flehe er zu Gott, ihn zu verschonen.

»Ich habe vier Kinder und ein fünftes ist auf dem Weg ... Ich will keinen Ärger mit der Polizei ... Die schicken mich sonst zurück«, sagt er und nimmt eine von Klebeband zusammengehaltene alte Bibel aus dem Handschuhfach. Er beginnt, Psalm 91 vorzulesen, ganz langsam, und sagt ihr, dass sie ihm nachsprechen soll, was sie tut:

daß du nicht erschrecken müssest vor dem Grauen der Nacht,
vor den Pfeilen, die des Tages fliegen,
vor der Pestilenz, die im Finstern schleicht.

Musik dröhnt aus dem Haus wie aus einer Disco. Ihre Angst wird noch größer, und sie stellt verrückte, realitätsferne Fragen. Plötzlich hat Tyrone einen Geistesblitz. Von Gott gesandt. Weil sie die Bibel gehalten hat. Sie kann sich selbst, kann sie beide mit den Waffen der Frau retten.

»Das Leben liegt in Sprache«, sagt er. »Sei nett zu ihnen ... sei lieb ... nicht widersprechen ... Gott liebt die Frauen, und wird dich retten ... Gott hat Eva geschaffen, um

Adam glücklich zu machen. Eva ist Gefühl ... Adam ist Verstand ... Hol sie zum Gefühl ... red mit ihnen ... du hast eine sanfte Stimme, erinner sie, dass die Frauen hinter dem Leichnam von Jesus zum Grab gegangen sind ... alle Apostel sind Männer, sagen sie ... warum sind nicht Männer hinter dem Leichnam von Jesus zum Grab gegangen ... Bitte um Erbarmen ... Sei klug, dann geht ihr Wahnsinn vorbei.«

Der Albino ist herausgekommen. »Gold lounge«, sagt er, während er sie aus dem Auto zerrt. Ein Musikstück läuft, laut und metallisch, an das sie sich vage erinnert, sie hat es im TJ's gehört – »When I'm with you, baby, I go out of my head, I just can't get enough ...« Sie steht auf der Schwelle, denkt, dass jetzt, im allerletzten Moment, das Schicksal eingreifen wird.

***

Mona war nervös, konnte nicht schlafen. Sie hatte eine furchtbare Vorahnung, genau wie damals vor zwanzig Jahren, als ihr Mann von dem Pferderennen in Galway nicht zurückgekommen war und sie, noch ehe Plodder Pat bei ihr an die Tür klopfte, wusste, dass Tim tot war, am Steuer seines Wagens umgekommen. Sie versuchte es mit Beten, versuchte es mit Auf-und-ab-Gehen, aber schließlich musste sie doch hinunter in den Pub und sich einen heißen Portwein machen. Es hatte keinen Sinn, es noch länger zu verdrängen, sie musste ihrer Intuition folgen. Es war keine Neugier, eher eine grundsätzliche Bangigkeit, die sie bewog, den Brief zu öffnen, den Mujo für seinen Freund Dara hinterlassen hatte. Es war ein Bericht, den er dem Briefkopf nach zu schließen in einem Asylbewerberheim in Düsseldorf geschrieben hatte, in ungelenker Handschrift.

Hier ist meine Geschichte, begann er. An einem Silvesterabend hab ich erfahren, was mit meiner Familie passiert ist. Eine Frau hat es mir erzählt. Sie dachte, ich weiß es, aber ich wusste es nicht. Als die Soldaten zu unserem Hof kamen, hab ich mich in einem leeren Bienenkorb versteckt. Ich hab Leute schreien hören und weinen, und dann fuhr der Laster weg und auch meine Mutter und mein Onkel waren weg. Viele Tage später hat mich jemand im Bienenkorb gefunden, aber ohne Erinnerung. Das Rote Kreuz hat mich weggebracht. Ich weiß, dass mein Onkel tot ist, aber ich glaube, meine Mutter lebt noch und wartet auf mich und wir werden uns finden.

Auf ein anderes Blatt war eine Kopie von einer schriftlichen Zeugenaussage geklebt.

Ein heißer Tag. Alle Polizisten mit Maschinengewehr. Hunderte von Männern in einem Raum, geprügelt und voller Angst. Einem Vater wird befohlen, seinen Sohn in den Nachbarraum schicken, wo die Männer noch viel schlimmer verprügelt werden und oft nicht wiederkommen. Wenn der Vater seinen Sohn nicht schickt, sagen sie, bleibt niemand im Lager am Leben. Ein zweiter Name wird aufgerufen, und die zwei jungen Männer werden in den Verprügelraum gestoßen. Mein Onkel sitzt auf einem Metalltisch, voller Blut. Die Polizisten haben ihn mit Messern zerfetzt, und einer kippt ihm Wasser über den Kopf, damit er am Leben bleibt und noch mal umgebracht werden kann. Die jungen Männer erkennen meinen Onkel, sie sind Freunde, aus demselben Dorf, haben Basketball zusammen gespielt, waren im selben Taubenverein. Dem einen befehlen sie, ihn festzuhalten, und dem anderen befehlen sie, sich hinzuknien und meinem Onkel die Eier abzubeißen, und wenn er das nicht tut, würde keiner im Lager am Leben bleiben. Dem, der beißen soll, haben sie Öl auf die Lippen geschmiert.

Er hat getan, was er musste. Die Polizisten haben geschrien: »Beiß zu, fester, fester!« Mein Onkel war fast bewusstlos aber noch nicht tot. Einer hat eine Taube gebracht, und mein Onkel hat die Hand ausgestreckt und wollte sie streicheln. Aber der Polizist hat sie ihm in den Mund gestopft, mit all den Federn. »Beiß zu, fester«, hat er geschrien, bis mein Onkel wirklich tot war. Die beiden jungen Männer mussten sich um die Leiche kümmern.

Mona war eiskalt. Sie las das alles mehrmals. Gott hin oder her, sie musste tun, was sie tun musste. *Fidelma darf nicht das Kind dieser Bestie bekommen.* Wie klar es ihr plötzlich wieder vor Augen stand, ein frischer Morgen, an dem sie nach einer ihrer schlaflosen Nächte einen Spaziergang zum Fluss machte. Fidelma stieg gerade mit einem dicken Strauß Lilien aus ihrem kleinen Citroën, wahrscheinlich war sie extra nach Sligo gefahren, um sie zu besorgen, weiße Lilien mit sienafarbenen Staubgefäßen, und sie strahlte vor Glück. Eine verliebte Frau mit einem Geschenk. Da Mona wusste, dass Fidelma sich seit Jahren ein Kind wünschte, äußerte sie eine Vermutung: »Sieht aus, als hätte es geklappt.«

»Ja«, sagte Fidelma, umarmte sie und erlegte ihr Stillschweigen auf. Der Vater des Kindes sei nicht Jack, sondern ein vollkommen anderer Mann, und sie habe ihm Geheimhaltung geschworen. Sie stürmte davon, den Blumenstrauß an sich gedrückt, als hielte sie bereits ein Baby in den Armen. Mona zog den richtigen Schluss, als sie sah, wie Fidelma durch die Seitentür ihren ehemaligen Laden betrat, denn Vlad kam immer sehr früh her, um zu meditieren. Angesichts von Fidelmas tiefem Glück hatte sie das Gefühl, sie nicht verraten zu dürfen, als selbst kinderlose Frau konnte sie das nicht tun, denn wie alle anderen wusste auch sie damals natürlich nichts von der Geschichte dieses Mannes.

Aber jetzt musste sie etwas Schlimmeres tun. Sie würde zu ihr fahren, sobald es hell wurde, Fidelma unter irgendeinem Vorwand herausrufen und ihr sagen, was zu tun war. Sie mussten nach England fahren, Gott hin oder her, denn dieses Kind durfte nicht zur Welt kommen.

***

Es ist ein großer Raum mit Lehmboden, der nach Tieren und getrocknetem Mist riecht. Das Licht der großen Taschenlampen ist gnadenlos grell. Sie sind in Hemdsärmeln und tanzen eine Art Conga, als der Albino sie hineinstößt, schwingen die Beine und rucken mit dem Kopf.

»Wie fühlst du dich?«, fragt er.

»Spitz ist sie ... eine Hot Mama, eine Rich Bitch«, antwortet ein anderer. Dann fangen sie eine Art Abklatschtanz an, schubsen sie vom einen zum anderen wie eine Stoffpuppe. Sie reden auf sie ein, mal beleidigend, mal nicht.

»Fehlt dir dein Liebster?«, fragt der Medico.

»Ich weiß nicht, wovon ihr redet.«

Er trinkt aus der Wodkaflasche und reicht sie an seine Freunde weiter, und Fidelma sagt, dass sie auch welchen will, denn sie muss betrunken sein, um das alles durchzustehen. Sie glaubt, dass die Männer sie vergewaltigen wollen, aber sie täuscht sich. Sie wollen Vlad drankriegen, an ihm wollen sie sich rächen.

»Ich dachte, ihr wärt Blutsbrüder«, sagte sie.

»Waren wir ... Wir sind von der ›Preventiva‹ ... haben ihn bewacht und beschützt und eskortiert ... wir haben alles verloren ... unsere Väter, unsere Kameraden, unser Land ... dann der Frieden, ein lausiger Frieden, und er streicht die Beute ein. Macht Geschäfte ... Schwarzmarkt, Zigaretten, Benzin, Schnaps ... Hat Zement und Holz und baut Häuser, viele Häuser … Und wir haben nichts. Er ist der große Boss … Hat für sich gesorgt, aber nicht für uns.«

»Dafür kann ich aber nichts«, sagt sie.

»Du hattest Spaß, oder?«

»Hört jetzt mit diesem blöden Spiel auf.«

»Wir fangen gerade erst an, Schlampe.«

»Es bringt euch doch nichts, wenn ihr mir was antut.«

»Wir töten alles, was seins ist … töten auch seine Katze«, und er fährt ihr mit einer imaginären Messerklinge über den Hals.

»Nicht«, sagt sie und legt instinktiv die Hand auf den Bauch, und im selben Moment weiß sie, dass sie damit zugegeben hat, schwanger zu sein, und versucht sofort einen Rückzieher zu machen. Sie tatschen jetzt an ihr herum, befummeln sie, fragen, ob sie ein Bambi-Tattoo auf dem Bauch hat, drehen sie um die eigene Achse, um sie von allen Seiten zu betrachten. Plötzlich fällt ihr Tyrones Rat ein, lieb zu ihnen zu sein, und sie erzählt ihnen, dass sie das Ultraschallbild gesehen hat, der Schädel hat sich noch nicht herausgebildet, es ist eine kleine Kaulquappe, würde niemandem etwas tun.

»Blablablabla.«

»Wegmachen«, sie hört das Wort zweimal, es hängt in der Luft wie ein Orakel, das aus einer der dunklen Ecken aufgestiegen ist.

Dann ein Hundekläffen, es ist der Klingelton eines Handys, und der Medico geht ran, hört kurz zu und beendet das Telefonat abrupt. Er zieht ein eisernes Brecheisen aus einer Plastiktüte und bindet sich eine Plastikschürze um. Sie weicht zurück. Ihre Stunde hat geschlagen. Sie flüchtet sich in eine Ecke, die beiden anderen Männer folgen ihr, ergreifen sie, sie strampelt wild mit Armen und Beinen, und der Medico ruft den anderen zu, sie sollen sie dort festhalten.

Es herrscht ein Höllenlärm, das Geschrei der Männer, Fidelmas Kreischen, wummernde Musik, und das alles dringt hinaus zu Tyrone, der, auch wenn sie das nicht wissen kann, aus dem Gedächtnis Psalm 91 aufsagt.

»Ihr kriegt mein ganzes Geld, mein Haus, was ihr wollt«, ruft sie, doch vergebens.

»Sag ihm, er soll das nicht tun«, fordert sie den Albino auf, denn er ist der Jüngste, er wird einknicken. Er sieht sie mit leerem Blick an, als schaute er ins Nichts.

»Du hast doch eine Mutter«, sagt sie.

»Ich liebe meine Mutter.« Er ist beleidigt und sagt, dass seine Mutter Vyjella heißt, so wie Violet auf Englisch. Der Medico befiehlt ihm, sie auszuziehen. Er zieht ihren Rock herunter und dann, langsamer, ihre Strümpfe und Unterhose, starrt auf ihre weiße Haut und den Busch dunkler Haare, mit dem Blick eines Bräutigams.

»Ich mach ... ich mach es«, sagt er ganz aufgeregt, nimmt das Brecheisen und setzt sich rittlings auf sie. Sie sieht seine Beine in den Bluejeans, kann ihn riechen.

»Wenn du das machst, wirst du es ewig bereuen ... Das lässt dich nie mehr los«, sagt sie, sie schreit jetzt nicht mehr, sondern spricht voller Überzeugung, und er weicht zurück, erschüttert von ihren Worten, und sagt zu den anderen: »Die ist verrückt ... Hexe.«

Der Medico, wütend über die vergeudete Zeit, tauscht den Platz mit ihm, nimmt das Brecheisen, hält es zwischen ihre gespreizten Beine und rammt es hinein, er dreht es in alle Richtungen, und dann fängt er an zu harken, als würde er den Boden harken. Der Schmerz ist so entsetzlich, dass sie nicht einmal schreien kann, nur ein Angstwimmern entfährt ihr, die Schreie sind erstorben. Das Ächzen eines sterbenden Tiers, nur stirbt sie nicht schnell genug. Festgehalten, fixiert, ruft sie Jesus an, ruft Christus an, die Hände kläglich ausgestreckt, bittet sie frevelhaft ihren Mörder, ihr Erlöser zu sein. Mit jedem weiteren, noch schlimmeren Stoß rasen ihr Gedanken durch den Kopf, halb klar, halb irr, und ihr fällt ein, was sie einmal gelesen hat, dass nämlich ein sterbender Mensch ganz am Ende die Kraft findet, tapfer zu sein, aber keine solche Kraft kommt ihr zu Hilfe. Er befiehlt, die Taschenlampe höher zu halten, einen Moment lang ist da nur noch das grelle Licht, und dann beginnt es, ein Sacken, als würden ihre Eingeweide herausgelöst, und von den beiden Rowdys Triumphgeschrei, als das Blut in Schwällen hervorschießt. Er zieht das Brecheisen genauso roh heraus, wie er es hineingestoßen hat, und schleudert es angewidert weg, es trifft die zweite Taschenlampe, stößt sie um, und beides fällt scheppernd zu Boden.

Sie rüsten sich zum Aufbruch, die Musik hört plötzlich auf, sie rufen einander Anweisungen zu, während sie ihre Sachen zusammenpacken. Sie lassen sie in tiefster Dunkelheit zurück.

Sie hört das Auto wegfahren, kurz herrscht völlige Stille, dann Getrippel, Ratten, die zum Fressen kommen, sie hört, wie sie das warme Blut aufschlecken.

***

Das Flugzeug aus London ist auf dem kleinen Flughafen gelandet, und die ersten Leute kommen heraus. Tyrone drückt sich in einer Ecke beim Mavourneen Coffeeshop herum, macht sich unsichtbar, er kann seine Frau nicht anrufen, weil sie ihm sein Telefon und all sein Geld weggenommen haben. Er wartet auf Dara, weiß, dass Dara und ein paar andere zu dem Freundschaftsspiel zwischen Irland und England geflogen sind.

Dara taucht mit seinen Kumpels auf, alle in Grün, grüne

Trikots und grüne Schals, sie zerstreuen sich, einige werden von der Mutter oder Freundin abgeholt. Tyrone sieht Dara auf sich zukommen, mit müden Augen, aber strahlendem Lächeln, da er jetzt weiß, wie er nach Hause kommen wird.

»Irland hat das erste Tor geschossen ... die Leute sind schier ausgeflippt ... sind auf und ab gesprungen ... ›Fields of Athenry‹ ... ein Superspiel ... Unentschieden, aber es war, als hätten wir gewonnen ... wir waren zu zehnt in einem Hostel in der Green Street ... um vier ins Bett, um fünf wieder raus ... ein Supertag.«

»Was Schlimmes ist passiert ... ich glaube, sie ist tot«, sagt Tyrone, als sie rausgehen, und Dara ahnt, dass es mit Vlad zu tun hat, denn die Nachricht kam auf allen Sendern.

Es wird eine hektische Fahrt, und Tyrone muss unentwegt reden, weil er sonst verrückt wird.

»Die haben mich für den ganzen Tag angeheuert ... Abends haben wir die Frau abgeholt, ängstlich wie ein kleiner Spatz. Ich hab Böses geahnt, aber ich musste fahren. Los, los, haben sie gesagt. Die Straße war schmal. Ich bin langsamer gefahren, da hat mich einer von hinten gepackt, ich hab gesagt, Gnade, Mann. Davor war er okay, hat mich gefragt, welches Fleisch ich am liebsten mag, ich hab gesagt, Hirsch und Antilope, wenn sie im Busch leben und Süßes fressen, Mangos und so. Aber jetzt ist der Mann wie ein Irrer. Ich seh eine große Wasserfläche und eine Straße, die in einer Senke endet. Ich flehe Gott um Hilfe an. Sie sagen, halt an, ich halte, sie springen raus. Sie nehmen mir die Schlüssel weg. Bald läuft Musik, wie im Nachtclub. Später holen sie die Frau, und ich höre Schreie, viele, viele Schreie. Ich glaube, sie ist tot. Ich trau mich nicht zur Polizei, will nicht meinen Taxischein verlieren oder ins Gefängnis kommen oder zurückgeschickt werden. Auf dem Weg zum Flughafen haben die Männer ihre Taschen in einen See geschmissen und sich das Gesicht gewaschen und gelacht, gelacht, gelacht.«

Es war stockfinster, als sie das Haus betraten, und sie hörten Getrippel.

»Ich hab irgendwie Angst vor Ratten«, sagt Dara, und sie halten sich aneinander fest, während sie sich zu der Ecke vorwärtstasten, in der sie zusammengekrümmt liegt. Sie können nichts sehen, nicht erkennen, ob sie noch atmet. Tyrone macht sein Feuerzeug an, aber die Flamme brennt schlecht, weil es fast leer ist.

»Mach's aus«, ruft Dara, schon wieder auf dem Weg nach draußen, von wo er mit einem Armvoll Heu wiederkommt, das sie anzünden. Es geht sofort in Flammen auf, sprüht Funken, ein greller Schein, und jetzt sehen sie eine Gestalt da liegen, blutend, so gut wie tot.

Dara kniet sich neben sie, horcht, dann zieht er sie vorsichtig auf ihren Mantel, und was ihm immer in Erinnerung bleiben wird von dieser grausigen Nacht, ist die Wärme dieses Mantels, in dem er sie in den Armen hielt, hinaustrug, hinten ins Auto legte. Tyrone und er wechselten während der ganzen langen Rückfahrt kein Wort. Tyrone musste ganz langsam fahren, denn bei jedem Holpern schien es sie zu zerreißen.

***

Zurückkommen. Gebrochen, aber nicht tot. Die Tage im Krankenhaus, oder waren es Wochen, verschwammen, sie wurde auf Tragen gehoben und wieder herunter, hörte Ärzte und Schwestern mit gedämpfter Stimme sprechen. Was hatten sie gesehen. Was hatten sie mit ihr tun müssen, um sie wieder zusammenzuflicken. Sie würde es nie erfahren. Sie wusste nur, was auf dem Berg geschehen war, und das schob sie weg, jedes Mal wieder, wie eine schwere Tür.

Eine Krankenschwester kämmt ihr zur Vorbereitung auf den hohen Besuch, die VIPs, wie sie sagt, das Haar und singt dabei.

Now Eileen O'Grady
A real Irish lady
I'm longing to call you my own.
I'll not be contented
'til she has consented
to be Mrs. Barney Malone.

Es ist ein kleines Krankenzimmer, die Blumensträuße drängen sich auf dem Sims gegenüber dem Fernseher.

Die Krankenschwester leiert herunter, wie es jetzt weitergehen wird mit der Genesung, dem Rehabilitiationsprozess, sie muss lernen, wieder mit sich und der Welt zurechtzukommen, die Kontrolle über ihren Körper zurückgewinnen. Fachpersonal ist für sie da, für Pflege und Therapie. Worte. Worte. In ihrem Innern gibt es einen Ort, den keine Pflege und keine Therapie erreichen kann. Aber sie lächelt dennoch das dankbare Lächeln der zu Dank Verpflichteten.

»Wer kommt denn?«, fragt sie nervös.

»Die Polizei, der Arzt, der Pathologe, der Chirurg, der Sie am Anfang untersucht hat, die ganze Truppe.«

Von einem Kind ist nicht die Rede. Und so wird es bleiben, bei ihnen und bei ihr, kein Wort von diesem sündigen Klümpchen, das beseitigt wurde. Auf dem Fensterbrett stehen ein paar Genesungskarten. Der Lesekreis hat ihr aus silbernem und goldenem Karton ausgeschnittene Herzen gesandt, und Peggy hat ihr eine Wollpuppe gestrickt. Aus dem Kopf sprießt ein Wust von Wollfäden, und der Körper endet unter dem Nabel, es ist eher ein Stumpf, den sie in der Hand hält, um sich Mut zu machen.

Dante und die Jungs hatten ihr eine Nachricht geschickt – *Lass dich von den Mistkerlen nicht fertigmachen.*

»Und was wollen die von mir?«, fragte sie die Krankenschwester.

»Ihre Aussage ... über das, was da auf dem Berg passiert ist.«

»Das kann ich ihnen nicht erzählen.«

»Sie müssen es ihnen erzählen ... unbedingt ... damit die Polizei ihre Pflicht tun kann.«

»Ich habe keine ... keine Worte dafür.«

»Sie müssen die Worte finden.«

»Es war eine Schlächterei ...«, sagt sie mit einem irren kleinen Lachen.

»Fidelma«, die Stimme ist jetzt streng, »wollen Sie mithelfen oder nicht?«

»Kommt mein Mann auch?«

»Der Arme ... Was der durchgemacht hat ... Völlig benommen ist er ... Hat den Schlafanzug unter der Hose an, weiß nicht, ob es Tag oder Nacht ist ...«

»Hassen Sie mich, Schwester?«

»Ich bete für Sie«, erwiderte die Krankenschwester.

Jetzt kamen sie herein, eine Phalanx von Männern im Anzug oder weißen Kittel, die Inquisitoren, unter ihnen auch Jack. Er hatte ein winziges Pflaster auf dem Kinn, wo er sich beim Rasieren geschnitten hatte. Sie umringten ihr Bett, sagten, wie schön es sei, dass es ihr wieder besser gehe, und der behandelnde Arzt las ihre Temperatur von der Fieberkurve ab.

»Könnte ich vielleicht kurz allein mit meinem Mann sprechen?«, bat sie zaghaft, und sie marschierten hinaus wie Soldaten.

Kaum waren sie allein, stürzte er sich fast auf sie, sein Gesicht nur Zentimeter von ihrem entfernt, das Pochen seines Herzens über ihrem, während er einen Schwall von Obszönitäten ausstieß. Derart schmutzige Worte, dass sie es nicht fassen konnte, sie aus seinem Munde zu hören, und sich unter der Decke verkroch. Es wäre besser gewesen, er hätte sie geschlagen, oder noch besser, sie wäre gestorben, dann würde er jetzt über ihrem Grab weinen und mit den Zähnen knirschen, würde um sie trauern.

»Ich komme nicht mehr nach Hause«, sagte sie.

»O doch, das wirst du«, sagte er und fixierte sie, ein irres blaues Glitzern in den Augen.

»Ich werde weggehen …«

»Mit welchem Geld denn … mit welchem Geld …« Er schrie jetzt und die anderen, die aus Respekt hinausgegangen waren, kamen eilig wieder herein. Die Krankenschwester fragte mit aufgesetzter Munterkeit, ob es nicht Zeit für den Morgenkaffee sei.

»Morgenkaffee, so ein Scheiß«, sagte Jack, und der Arzt packte ihn am Aufschlag, nahm ihn auf die Seite, redete ein paar Worte mit ihm und führte ihn dann hinaus, wo er weiterschimpfte.

Die anderen standen um ihr Bett und richteten über sie.

Sie wusste, was sie dachten, ein anständiger Mann, eine Stütze der Gemeinschaft, ein treuer Ehemann, in den Schmutz gezerrt.

***

»Also, Missus, alles kein Problem, das wissen Sie.« Dara ist gekommen, um sie nach Sligo zu fahren, wo sie etwas erledigen will. Er führt sie vorsichtig durch den Gang, in den Aufzug und dann auf den Parkplatz, der voll besetzt ist. Ihr

Körper fühlt sich an, als würde er jeden Moment auseinanderfallen. Im Auto schweigt sie zunächst, hört der Musik zu oder tut zumindest so, er hat eine Enya-CD eingelegt, in der Annahme, die würde beruhigend wirken. Plötzlich fällt ihr etwas ein, was sich ihrer Erinnerung bisher entzogen hatte – eine der Ratten an ihrem Ohrläppchen. Er hält kurz, zündet sich eine Zigarette an, vergewissert sich, dass die Türen alle verriegelt sind. Er sagt, wenn sie darüber reden wolle, nur zu. Sie sagt, darüber zu reden mache alles nur noch schlimmer. Genau diese Strecke ist sie erst kürzlich mit dem Bus gefahren, und doch hat sich die Landschaft von Grund auf verändert. Es sind dieselben Bäume, aber sie empfindet sie jetzt als Bedrohung. Und beim Anblick der weidenden Schafe fällt ihr plötzlich das Schaf ein, das zermalmt wurde, als Tyrones Auto in die Senke schlingerte, und das Geblöke der weglaufenden Herde.

Er setzt sie in Sligo an der Brücke ab. In einer halben Stunde wird sie ihn dort wieder erwarten. Sie bewegt sich, als würde gleich etwas aus ihr herausfallen. Sie fürchtet sich vor der Gegenwart anderer Menschen. Unvermittelt bleibt sie stehen, sieht sich um. Ja, dort bei dem Museum waren er und sie sich einmal zufällig begegnet und dann zusammen in die Ausstellung gegangen. *Tauschen Hände, tauschen Blicke.* In Glasvitrinen wurden einige von Yeats' Gedichten in seiner eigenen Handschrift ausgestellt, die braune Tinte vom Alter verfärbt, das Papier an den Seiten eingerollt. Der Raum war leer, nur sie beide und das schläfrige Mädchen, das ihre Eintrittskarten entgegennahm. Er bat sie, eines der Gedichte vorzulesen, nur für ihn.

Komm hinfort, o Menschenkind!
Auf zu Wassern, Wildnis, Wind
Mit einer Fee an deiner Hand,

Denn auf der Welt gibt es mehr Tränen,
als je ein Kind verstand.

Sie ging ein paar Schritte weiter, stolperte, konnte sich gerade noch an einer Stange festhalten, die eine Ladenmarkise abstützte. Sie überlegte, ob sie zur Brücke zurückgehen sollte, aber Dara würde nicht dort sein, er fuhr irgendwo herum, bis es Zeit war, sie wieder abzuholen. In einem Straßencafé saßen Leute, die Tische waren zusammengeschoben, stürmisches Gelächter, ein paar streiften ihre T-Shirts ab, Gejohle und Pöbelhaftigkeit, gilbender Schaum auf den Guinnessgläsern, Kellnerinnen, die drei Teller auf einem Arm balancierten. Der Geruch von Pommes, Kuchen und Alkohol.

Es war Schlussverkauf. Der Laden, zu dem sie wollte, befand sich in einer Arkade, und ein schöner Junge stand in der Nähe des Eingangs und sang zur Bodhrán, ein lieblicher, bebender Klang: *She is far from the land where her young hero sleeps.* Es war wunderschön, und sie blieb stehen und hörte ihm zu. Er trug eine weiße, schräg sitzende Baskenmütze und hatte ein scheues, gewinnendes Lächeln. Sie warf ein paar Münzen in seinen Becher, und er hielt kurz im Musizieren inne, ein galanter Dank.

Von einem Kleiderständer voller Mäntel wählte sie einen dicken schwarzen mit breitem Kragen und doppelter schwarzer Knopfreihe. Er kostete sie ihr ganzes Geld. Sie zog ihn gleich an, denn sie war nur in einer Strickjacke aus dem Krankenhaus gekommen. Vor dem hohen Spiegel redete sie mit sich selbst, und die Verkäuferin, die merkte, dass hier etwas anders war als sonst, sagte nichts, obwohl es doch eigenartig war, an so einem heißen Tag einen dicken Mantel anzuziehen.

Auf dem Rückweg fragte sie Dara, ob sie einen kurzen Abstecher nach Cloonoila machen könnten, sie habe dort noch etwas Persönliches zu erledigen.

Sie ging die Straße entlang, vorbei an der Futterfabrik, der Bäckerei, dem einen Pub und der Post, dann an ihrem eigenen, leeren Laden, in dem Wurfsendungen und Prospekte auf dem nackten Boden lagen. Sie überquerte die Straße, passierte die Reihe von Wohnhäusern mit Spitzenvorhängen an den Fenstern im Erdgeschoss und ging dann langsam durch die nächste Straße, wo der Metzger, der andere Pub und die Kinderkrippe lagen. Durch das offene Fenster hörte sie die Kinder singen, was sie mit einer verlorenen Sehnsucht erfüllte. Sie bewegte sich wie eine Schlafwandlerin, ging mit ausgestreckten Händen, wie eine Blinde, die sich ihren Weg ertastet. Niemand warf einen Stein, und niemand spähte hinter dem Vorhang hervor, aber sie wusste, dass die Nachricht von ihrem Kommen schnell die Runde machen würde. Für den Fall, dass jemand sie ansprechen sollte, hatte sie eine Antwort parat – *Mir ging es nicht gut, aber ich bin auf dem Weg der Besserung … Danke der Nachfrage.*

Warum ging sie hier entlang. Es hatte mit dem neuen Mantel zu tun, der den anderen, blutbefleckten Mantel ersetzte.

Es war eine Art Sühne und eine Art Trotz. Und es war ein Abschied. Sie würde kein weiteres Mal durch diese Straßen gehen.

ZWEITER TEIL

SÜD-LONDON

Zuerst eine U-Bahn, dann eine S-Bahn und danach ein etwa zwanzigminütiger Fußmarsch über eine belebte Straße zu Jasmeens Wohnung irgendwo in Süd-London.

Die hohen Wohnblocks bildeten drei Seiten eines grasbewachsenen Rechtecks, von dem aus eine kleine Pforte auf eine verkehrsreiche Straße führte. Die Wohnungen weiter oben hatten weiße Balkone, die sich in der hereinbrechenden Nacht deutlich abhoben. Jasmeen, ihre künftige Vermieterin, ging voraus, und Fidelma folgte, ohne zu wissen, was sie erwartete. Im Gras knabberten ein paar Grauhörnchen an den Schalen der Kastanien, die von dem einen, mächtigen Baum gefallen waren.

»Ich wäre gern in der Nähe von Bäumen, und wenn es nur ein einziger ist«, waren die Worte, mit denen sie bei ihrem Gespräch herausgeplatzt war. Es fand bei einer wohltätigen Organisation in einem kleinen Komplex einstöckiger Häuser unweit der Victoria Station statt. Dort warteten viele, alle schweigend bis auf einen Mann mit einer schwarzen Augenklappe, der unaufhörlich redete – »Ich Sierra Leone, Krieg, Krieg, Krieg, *guerre, guerre, guerre,* wir wollen nicht sehen, so kommen wir zurecht, wir versuchen zu flüchten, wir kommen hierher, wir schreien Leute an, die sich in der Schlange vordrängen, und haben hartes Leben. Mein Cousin, er geht zurück, er hasst es hier, er sagt, komm auf Urlaub, und ich gehe einen Monat, und nach einer Woche ich bin unruhig. Ich streiche eine Wand, grabe Unkraut aus, spiele Ball mit Kindern auf der Straße und mache kleinen Gemüsegarten für meine Tante. Ich komme zurück in diese Stadt, wo ich niemand kenne und wo ich allein bin mit meinem Hass.«

Ab und zu wurde ihr Name aufgerufen. Verschiedene Leute sprachen mit ihr und stellten ihr immer wieder dieselben Fragen – warum sie obdachlos sei. Wo sie in den vergangenen sieben Tagen geschlafen habe. Warum sie aus Irland weggegangen sei. In welcher Beziehung sie zu ihrem getrennt lebenden Ehemann stehe. Ob sie Ärger mit der Polizei gehabt habe. Ob sie auf der Straße geschlafen habe. Wie lange sie zu bleiben beabsichtige. Wie viel Geld sie besitze. Irgendwann brachte man sie zu einem Gespräch mit Jasmeen in einem Zimmer neben dem Speisesaal, wo es nach gebratenem Speck und Eiern roch, da gerade Frühstück an die Obdachlosen ausgegeben wurde. Ihre Aufgabe, erklärte Jasmeen, bestehe darin, Wohnraum für obdachlose Familien mit Kindern aufzutreiben, diese dann regelmäßig zu besuchen, um sich zu vergewissern, dass sie sich einlebten, und Schulen für die Kinder zu finden. Als Alleinstehende passe Fidelma leider nicht in dieses Raster, weshalb sie ihr bedauerlicherweise nicht helfen könne.

Sie ging völlig niedergeschlagen von dort weg und strich ziellos herum. Vorbei an Restaurants und Geschäften, noch mehr Restaurants und noch mehr Geschäften mit spärlich bekleideten Schaufensterpuppen, die im Neonlicht kränklich aussahen. Irgendwann gelangte sie auf einen Seitenweg, der zu einer Kathedrale führte, wo sie sich weit hinten auf eine Bank setzte und zu beten versuchte. Das matte Licht, das durch das Buntglas einfiel, verlieh dem Mittelschiff Wärme, und in den Seitenschiffen flackerten in eigensinniger Fröhlichkeit Reihen von Kerzen. Oben auf der Empore übte jemand Orgel und schlug immer wieder die gleichen Töne an, was zu den immergleichen Gedanken in ihrem Kopf passte – wo sie als Nächstes hinsollte, wo sie in dieser

Nacht schlafen konnte. Drei, vier Stunden später, als sie immer noch umherlief, immer noch ziellos durch die Gegend streifte, lief sie zufällig Jasmeen über den Weg, die um halb fünf Feierabend machte und sie zu sich nach Hause einlud, weil sie ihr so verloren vorkam.

Die Wohnung lag im Erdgeschoss, das Treppenhaus war spärlich beleuchtet. Am Fuß der Treppe war eine Pfütze, Hundepisse oder verschüttetes Wasser. Vom Aufzug her sagte eine weibliche Tonbandstimme, die offenbar einem anderen, vornehmeren Milieu angehörte: »Aufwärtsfahrt. Aufwärtsfahrt.« Direkt vor der Tür stand ein mit Kleidungsstücken und Kartons beladener Heimtrainer und dahinter eine hohe Pflanze, die verwelkt aussah.

Drinnen gingen sie zuerst ins Wohnzimmer, wo es einen riesigen Fernseher und gerahmte Fotos von Jasmeen und ihren Töchtern in unterschiedlicher Kleidung gab, darunter auch eines von ihrer älteren Tochter in Talar und Barett vom Tag ihrer Abschlussfeier. Dann bekam sie das Schlafzimmer zu sehen. Es war das Zimmer der jüngeren Tochter, und überall waren Kleidungsstücke, Kleidungsstücke in Kisten und auf Bügeln, CDs auf dem Heizkörper und auf der Frisierkommode, glitzernde Armbänder, Make-up in Döschen, ein Teddybär und Geburtstagskarten mit dem Sternzeichen Skorpion. Das Bett hatte ein mit blassgrünem Samt bespanntes Kopfteil mit Zierknöpfen, und sie legte sich mit dem Gesicht nach unten darauf, verschloss sich gegen alles und sagte sich, dass sie für diese kleine Atempause dankbar sein müsse. Unter dem Kopfkissen steckte ein winziger Teddybär, und aus irgendeinem Grund rührte sein Anblick sie zu Tränen. Alles würde besser werden, sobald sie die Abläufe kannte, wusste, wann sie das Badezimmer benutzen und wo sie ihre Sachen unterbringen konnte, welche Regeln in der Küche galten und wann sie vielleicht kochen durfte. Plötzlich klopfte es an der Tür, und sie wurde, weil es ihr erster Abend war, zum Essen eingeladen. Jasmeen sagte, in ihrem Land sei es Sitte, sich gastfreundlich zu zeigen, wenn ein Besucher komme.

Es gab Fisch, der aber ganz anders schmeckte als jedes Fischgericht, das Fidelma je gegessen hatte. Jasmeen erzählte, wie sie ihn zubereitet hatte, ihn achtundvierzig Stunden lang mariniert und dann mit Bananen gekocht hatte, nicht mit denen, die man normalerweise im Supermarkt sah, sondern mit grünen Bananen, die es nur samstags auf einem Markt gab, der ein ganzes Stück entfernt war. Dann sagte sie, die Tochter mit Barett und Talar auf dem Foto habe Biologie studiert und sei nach Hause, nach Afrika gegangen, um dort zu unterrichten. Sie hielt ein Handy hoch und sagte, dieses Handy sei nur für ihre Anrufe in Afrika da, die zweimal pro Woche stattfänden, und sie lebe für diese Gespräche. Jade, ihre andere Tochter, sei ausgezogen und teile sich eine Wohnung mit Freunden im East End. Das sei trendiger und außerdem wohne sie dort näher bei ihrem Freund Ronnie. Beide Töchter auf den Fotos waren schön, hochgewachsen und dunkelhaarig, mit einer Haut wie poliert, die Augen schimmernd in staunender Erwartung. Jade, warnte ihre Mutter, könne jeden Moment wieder auftauchen, da sie oft gewaltige Kräche mit Ronnie habe. Weil sie die Jüngere war, wurde ihr in allem nachgegeben, auch was ihren Traum anging, Schauspielerin zu werden.

Ganz plötzlich sprang Jasmeen auf und holte eine noch in Weihnachtspapier eingewickelte Flasche aus dem Schränkchen, auf dem der Fernseher stand. Es war Cava. Sie freue sich, jemanden zum Reden zu haben. Ihren Nachbarn nicke sie lediglich zu, ohne je mit ihnen zu reden, denn so sei das nun mal in Mietwohnungen in jeder Großstadt auf der Welt. Sie kenne ihre Nachbarn nur flüchtig. Die junge

Frau, der sie beim Hereinkommen begegnet seien, die mit der Kleinen, die einen Apfel gegessen habe, habe sich von ihrem Ehemann getrennt, der getrunken habe und gewalttätig gewesen sei, und der junge Mann mit dem Kapuzenshirt sei offensichtlich ihr neuer Freund, sodass die Kleine sich an jemand Neuen in ihrer Küche und im Bett ihrer Mutter gewöhnen müsse. Der Mann in der Wohnung nebenan komme aus Zimbabwe, sei wegen einer Kriegsverletzung gehbehindert und habe ebenfalls ein Kind, ein etwa zehn Jahre altes Mädchen, aber von einer Mutter sei nichts zu sehen.

»Bestimmt fragen Sie sich, warum ich Sie mit nach Hause genommen habe«, meinte sie und sagte, der Grund sei, dass sie niemals vergessen habe, in welcher Notlage sie sich bei ihrer Ankunft in London befunden habe und wie einsam und ausgehungert sie gewesen sei. Dann erzählte sie von ihrem Leben und von den Leuten, die ihr bei ihrer Ankunft geholfen hatten. Ihr Mann sei beim Militär gewesen, ziemlich hochrangig und mit gutem Einkommen, und sie sei an ein gutes Leben gewöhnt gewesen, an Dienstmädchen, Chauffeur und Schneiderin, doch als am Horizont eine jüngere Braut auftauchte und die Ehe nicht mehr funktionierte, habe sie sich mit zwei Töchtern, eine acht, die andere dreieinhalb Jahre alt, nach England aufgemacht. In ihrer Handtasche hatte sie einen Wechsel über zweihundert Dollar. Über die Stadtverwaltung fanden sie eine Unterkunft, ein einziges Zimmer, knapp fünf Kilometer von ihrer jetzigen Wohnung entfernt. In dem einen Zimmer stand ein großes Bett mit geblümter Steppdecke, und in dieses Bett krochen sie jeden Tag gegen drei Uhr nachmittags, weil sie sich so sehr vor der Dunkelheit fürchteten. Eine solche Dunkelheit und eine solche Kälte hatten sie noch nie erlebt, und was für Schrecken diese Dunkelheit barg, wussten sie ebenso wenig. Zu essen hatten sie nur Brot. Das wurde in einer der wohltätigen Einrichtungen ausgegeben, wo sie zu Fuß hinging, ein Kind an der Hand, das kleine auf dem Rücken. Eine andere Afrikanerin, der sie auf der Straße begegnete, sprach sie an, als sie die Kinder und sie in derart leichter Kleidung sah, und brachte sie zum Laden der Heilsarmee. Dort bekamen sie warme Jacken, Wollhandschuhe und Mützen. Das war die Nacht oder vielmehr der Abend, an dem sie nicht um drei Uhr ins Bett gingen, weil sie nun, da sie Jacken hatten, aus dem Haus gehen konnten. Sie gingen in ein Lokal an der Hauptstraße, die Mädchen aßen Fish and Chips, und sie bestellte für sie alle eine Portion Hähnchen. Danach sagten sie kein Wort mehr, weil sie zu eingeschüchtert waren, und als es ans Zahlen ging und sie den Scheck über zweihundert Dollar anbot, konnte die Bedienung ihn nicht einlösen und holte den Geschäftsführer. Sie fragte, wo die Bank sei, und erfuhr, dass Banken abends schlossen, und nach kurzem, peinlichem Schweigen stellte sie einen Schuldschein mit ihrem Namen und ihrer Adresse aus und versprach, am folgenden Tag wiederzukommen. Sie konnte seine Gedanken lesen, wusste genau, dass er bei sich dachte: »Diese Leute kommen geradewegs aus dem Busch und haben von nichts eine Ahnung.« Die ältere Tochter weinte, denn das war ihre erste Bekanntschaft mit den vielen Demütigungen, die ihnen noch widerfahren sollten.

Am nächsten Tag ging eine Frau aus der Einrichtung, wo sie Brot bekamen, mit ihr zur Bank, und nach vielerlei Erklärungen, flehentlichen Bitten und Papierkram wurde der Scheck eingelöst. Sie bezahlte die Restaurantrechnung und kaufte auf dem Nachhauseweg bei einem Straßenhändler süße blaue Trauben für ihre Töchter, die sie auf dem Bett sitzend aßen und deren Kerne sie in einem Umschlag sammelten, um sie später draußen in dem Fleckchen Grün einzupflanzen. Als es so weit war, ging Sabrina, die Ältere, zur Schule, wo sie sich in Leichtathletik und anderen Sportarten hervortat und mit jedem Tag größer und schöner wurde, und Jade kam in eine Kinderkrippe, wo sie Freunde gewann, mit denen sie am liebsten zusammengelebt hätte. Sie selbst, Jasmeen, ging von Pontius zu Pilatus, um Arbeit zu finden, und bekam schließlich eine Stelle als Zimmermädchen in einem Hotel in der Edgware Road. Maureen war die erste Irin, die sie kennenlernte, diejenige, die ihnen geholfen hatte, und seither hatte Jasmeen ein Faible für Iren. Maureen, die in der Wohnung gegenüber wohnte, erklärte sich bereit, als Tagesmutter zu fungieren, holte die Kinder von Schule und Kinderkrippe ab und kümmerte sich um sie, bis ihre Mutter um sieben Uhr abends nach Hause kam. Maureen half ihnen auch an dem Abend, als ein großer Stein durchs Schlafzimmerfenster geflogen kam. Jasmeen war gerade in der Küche und bereitete das Abendessen zu, als Sabrina plötzlich schreiend angelaufen kam. Sie hatte auf ihrem Bett gesessen und Schularbeiten gemacht, als der Stein ins Zimmer gesaust kam. Sie gingen es sich ansehen, den riesigen Stein und das zerbrochene Glas, das überall auf dem Fußboden lag. Sie liefen ins Treppenhaus, um Hilfe zu holen, aber Hilfe zu bekommen war, sagte sie, nicht so leicht, weil sie schwarz waren; tatsächlich waren sie die einzige schwarze Familie in dem großen Wohnblock. Zufällig kam gerade Maureen vorbei, weil sie wissen wollte, ob ein Brief an sie versehentlich bei Jasmeen eingeworfen worden war, und sie nahm die drei sofort mit in ihre Wohnung und rief die Polizei an. Sie trat am Telefon sehr bestimmt auf, erklärte die hässliche Situation, sagte, es sei reines Glück, dass die Kleine nicht ernsthaft verletzt worden sei, und bestand darauf, dass sie eine andere Wohnung bekamen.

Am nächsten Morgen gingen beide Frauen auf die Wache, wo Jasmeen Anzeige erstattete, und nach vier Wochen bekamen sie eine andere Wohnung, wo Schwarze eher akzeptiert wurden. Der Anschlag hatte ihr die Augen geöffnet. Sie schwor sich, dass sie nicht ihr Leben lang Zimmermädchen bleiben würde, und begann eine Weiterbildung, um einen Einstieg ins Berufsleben zu finden und eine bessere Zukunft für ihre Kinder zu schaffen. An vier Abenden die Woche ging sie zum Unterricht, wo sie mit dreißig anderen, die im selben Boot saßen, Englisch lernte, immer wieder Sätze formulierte und grammatisch analysierte, bis sie schließlich nach drei Jahren einen Abschluss bekam, der sie in die Lage versetzte, sich nach einer richtigen Arbeit umzusehen.

Vielleicht hatte der Cava sie nostalgisch gemacht, jedenfalls sprang sie auf und sagte, sie müsse Fidelma unbedingt etwas zeigen. Sie kam mit einem Festkleid wieder, das auf einem Bügel hing. Es war ein farbenfrohes Seidenkleid mit dazu passendem Hut, einem Hut, der sich in verschiedene Formen bringen ließ und den sie stolz aufsetzte. Dann hielt sie sich das Kleid vor und ging damit umher, mit sich wiegendem Körper, die Stoffbahnen leicht wogend, die verschiedenen Seiden mit aprikosenfarbenen Blüten übersät.

»Wenn ich dieses Kleid trage … fühle ich mich zurückversetzt«, sagte sie, knickste und lächelte in der Erinnerung an jene andere Zeit, an ihr Zimmermädchen, ihren Chauffeur, ihre Schneiderin, ihre Diners, ihre Tage jugendlicher Unschuld und Unerfahrenheit.

FIDELMA

Ich fürchte mich vor meinen Träumen. Jede Nacht träume ich von dem einen oder anderen von den dreien, zusammen mit dem ganzen anderen Wirrwarr, Fahrten, überfüllten Waggons, fremden, leeren, feindseligen Gesichtern in der U-Bahn. Ich träume von Jack und unserem Alltag, davon, wie ich Porridge über Nacht zum Quellen in den Backofen gestellt habe, und manchmal träume ich von ihm in ganz anderen Lebensumständen, davon, wie er Auburn, die rote Setterhündin, ausführt, die gestorben ist, die er in Belfast hat einäschern lassen und deren Asche er in einem silbernen Gefäß auf dem Kaminsims aufbewahrt. Ein andermal führt er sie in einer warmen Gegend irgendwo am Mittelmeer aus, an einer Leine aus Krokodilleder, und rezitiert dabei ein Gedicht von Walter de la Mare, mit besonderem Nachdruck auf seinen Lieblingszeilen, der Arme, die im Grunde sein Lebensmotto waren:

Sagt ihnen, ich war da und niemand hat mir aufgetan,
Sagt ihnen, dass ich Wort gehalten habe.

Seine Tiraden in der Stadt waren entsetzlich, er lief mit einem geladenen Revolver herum und fragte jeden, ob seine Frau das einzig Anständige getan und sich ersäuft habe, damit er sich selbst das Leben nehmen könne, ohne Schande über sich zu bringen. Das hat mir Schwester Bonaventure erzählt. Sie gehörte zu den Leuten, die er ansprach, mit hohlen Wangen, in den Augen das verrückte blaue Glitzern, während er manisch vor sich hin redete. Die Nonnen nahmen mich auf. *»Auch die Schwalbe hat ihr Nest gefunden.«* Schwester Bonaventure ging mir voran die Treppe hinauf, die nach Bohnerwachs roch, und einen Flur entlang zu dem einzigen freien Zimmer, das sie hatten. Meine Mahlzeiten bekam ich auf einem Tablett in einem kleinen Nebenraum ohne Fenster. Faktisch hatte ich Cloonoila verlassen, und kein Mensch kannte meinen Aufenthaltsort. Es gab ein paar praktische Fragen, um die man sich kümmern musste. Schwester Bonaventure gelang es, meinen kleinen Wagen zu verkaufen, außerdem ein paar Antiquitäten aus dem Laden und meinen Schmuck. Das Medaillon mit der Haarlocke meiner Mutter behielt ich, und ich kann sagen, dass ich damit zum ersten Mal ihre Bedeutung in meinem Leben anerkannte, das, was man Mutterschaft nennt. Insgesamt brachte mir das ein paar hundert Pfund ein, mit denen ich mich auf den Weg machen konnte. Eines Nachts schafften sie mich von dort weg, mit meinem neuen Pass und dem eigens dafür gemachten Foto, auf dem ich hätte tot sein können, so leichenblass sah ich darauf aus. Father Eamonn kam, um mir die Beichte abzunehmen, und ich kniete mich in dem fensterlosen Zimmer auf ein kleines Betpult. Er hielt den Blick die ganze Zeit gesenkt und erteilte mir die Absolution, ohne dass ich meine Sünde im Einzelnen erläutern musste.

Die ersten drei Nächte wohnte ich in einem Bed & Breakfast in der Ebury Street, nicht weit von der Victoria Station. Es war laut, ständig kamen und gingen Leute, die ihre Rollkoffer die schmale Treppe hinauf- und hinunterwuchteten, Rollen, noch mehr Rollen, als ob die ganze Welt auf den Beinen wäre. Schon sehr früh am Morgen gurrten hinten in dem kleinen Garten Tauben, und ich stand auf, sobald das Bad frei war, und dann ging ich aus dem Haus, die Straße entlang und in eine andere, ruhigere Straße, wo ich mich an einen Tisch im Freien setzte und Kaffee und Brioche mit Erdbeermarmelade bestellte. Ich saß gern in der Kälte. Ich hätte eine x-beliebige Touristin sein können, nur war ich keine, sondern ich musste Arbeit finden. Father Eamonn hatte mir ein Empfehlungsschreiben mitgegeben, und ich hatte einen alten Zeitungsartikel über die Boutique, in dem man mich zu meinem Modebewusstsein beglückwünschte. Ich ging aufs Geratewohl in ein paar Geschäfte, ohne Erfolg, aber ich hinterließ wenigstens meinen Namen und meine Handynummer. Ein Geschäft verkaufte Kissen und Vorhänge, und ich dachte, wie gut ich dort hinpassen würde und wie gut ich mich in all dieser Opulenz verstecken könnte. In einem Geschäft in der Hauptstraße in Kensington waren die Verkäuferinnen allesamt jung, perfekt geschminkt und mit falschen Wimpern, und es gab Regale über Regale mit Kleidungsstücken, dazu hämmernde Musik, aber keine freie Stelle. Als Letztes probierte ich es in einem Weinladen. Als der Mann, der das Gespräch mit mir führte, fragte, ob ich damit zurechtkäme, an vier Abenden die Woche allein zu sein, und mir sagte, dass es für den Notfall unterm Tresen einen Alarmknopf gab, verließ mich der Mut.

Danach ging ich zu der wohltätigen Organisation, wo ich Jasmeen kennenlernte. Zuerst hieß es in einem beengten Zimmer warten, die vielen Gesichter um mich herum allesamt mit dem gleichen nervösen Ausdruck, dazu der eine streitlustige Mann mit der Augenklappe.

Ich träume auch von Vlad, davon, wie sein Schatten die Straße hinauf verschwindet, von seinem ungeheuer forschenden Blick, einmal auch davon, wie ich ihm den Ring küsse, als wäre er ein Bischof, und von dem Moment in Strandhill, wo er mir zum ersten Mal seine Gefühle offenbarte. Nur dass in diesem Traum neben den Surfern auch Zuschauer vorkommen, einheimische Männer, alle darauf aus, ihn umzubringen. Sie stechen ihn mit Mistgabeln blutig, aber er will einfach nicht sterben.

In allen meinen Träumen kommt Blut vor. Es sprudelt aus dem Brunnen in Cloonoila, wo mehrere Frauen stehen, um ihre Eimer zu füllen. Sie geben mir die Schuld für den schrecklichen Fluch, den ich über ihr Dorf gebracht habe. Es sickert aus Matratzen und ergießt sich auf den Boden, rinnt hinaus auf den Flur und über den Pfad, der von Jasmeens Wohnung zum Eingangstor führt. Ich träume von dem kleinen Würmchen, das ich mir nicht vorstellen kann und dem ich nie einen Namen oder ein Gesicht geben werde.

Morgen habe ich ein Bewerbungsgespräch.

BLUEY

Fidelma saß auf einer am Pflaster festgeschraubten Bank und schlug die Zeit bis zu ihrem Bewerbungsgespräch tot. Die Mauer war so hoch, dass man den Fluss nicht sehen konnte, aber vor einiger Zeit war sie aufgestanden und hatte ihn betrachtet, das Wasser hellbraun, nicht wie die silbrigen Flüsse zu Hause. Weiße Ausflugsboote fuhren am einen Ufer flussauf- und am anderen flussabwärts, manchmal auch ein Polizeiboot, das farblich hervorstach. Zweimal erkundigte sie sich bei Passanten nach der Uhrzeit und wurde schief angeschaut.

Schließlich stand sie auf und steuerte über einen Fußweg, an dem ein paar junge, von Metallkörben eingefasste Bäume etwas von der Müdigkeit der Stadt ausstrahlten, das Bankgebäude an. Weit oben am Gebäude war eine Hängebühne zu sehen, wo offenbar vor kurzem jemand Fenster geputzt hatte, und schon von ihrem Anblick, von ihrem leichten Schwanken wurde Fidelma schwindelig. Wieder tastete sie in ihrer Handtasche nach ihrem Pass und den beiden Referenzen von zu Hause. Ihr Gesicht, das sich im Glas der Drehtür spiegelte, blickte nicht allzu selbstbewusst zurück.

Der junge Mann, der das Gespräch mit ihr führte, hatte ein freundliches Lächeln, kurzes, krauses Haar, dichte, geschwungene Augenbrauen und schiefe Zähne. Er hieß Bluey, bemühte sich vom allerersten Augenblick an, ihr die Befangenheit zu nehmen, und holte aus der Cafeteria eine Tasse Tee mit einer kleinen Milchpackung. Sie befanden sich in einer der oberen Etagen der Bank in einem kleinen Zimmer mit Blick auf ein Großraumbüro. Händler saßen an ihren Schreibtischen, es ging ganz leise, ganz gedämpft zu, so feierlich wie in der Kirche. Nachts, sagte Bluey, sei es auch nicht anders als tagsüber. Boote auf der Themse, Motorboote, Ausflugsdampfer, Polizeiboote, Frachtschiffe, dieser Teil der Stadt schlafe nie. Das Gebäude bestand nur aus Glas, Glaswände, Glasspiegel, alles blitzblank, und er erzählte ihr voller Stolz, dass sein Reinigungsteam drei Jahre hintereinander eine Urkunde für hervorragende Leistungen erhalten habe. Über ihm stünden ein Manager, der Personalchef und der Hausverwalter. Er deutete auf die Glaswand und fragte Fidelma, woran es ihrer Meinung nach liege, dass das Glas so funkelte. Sie wusste es nicht. Reines Wasser, sagte er, schlicht und einfach reines Wasser, da sich bei Chemikalien jeglicher Art Staub ins Glas fresse und nicht mehr abwischen lasse. Er trug zwei Ohrstecker im selben Ohr; in Weißgold gefasste Diamanten, ein Geschenk von seiner Frau, wie er sagte. Er sei seit fast sechs Jahren mit einer Engländerin verheiratet und habe den Restauranttisch für ihren Hochzeitstag bereits reserviert.

»Meine Frau, sie sagt zu mir, du bist Soldat, Bluey, ich bin deine Liebste. Ich soll meinen Kindern beibringen, dass sie sich benehmen und Respekt vor anderen haben. Natürlich«, fuhr er fort, »gibt es zuerst Konflikt, als wir geheiratet haben, sie kocht jeden Abend Fish and Chips, und ich versuche sie zu überzeugen, dass sie sich mehr traut, ich sage ihr, jeder ist anders, anderer Geschmack, anderes Essen, andere politische Meinung und, du lieber Gott, auch anderer Gott.«

Mit einem gewissen Stolz fuhr er fort, dass seine Frau inzwischen mit Gerichten experimentiere und Gewürze verwende, Chilischoten, die er in seinem kleinen Garten in Kent im Gewächshaus ziehe, alle drei Farben, rote, grüne und gelbe. Außerdem besorge er Chiliflocken auf dem Markt, auf den sie samstags gingen. Seine Frau liebte Modeschmuck, also überschüttete er sie damit. Bald krempelte er den Ärmel seines Baumwollhemdes hoch, um Fidelma den Namen seiner Mutter – *Helena* – zu zeigen, in einem rötlichen, von einem blauen Glücksdrachen umschlossenen Herzen. Seine Mom sei seine Königin, habe ihm alles beigebracht, was er wusste, sie habe zu ihm gesagt: *Bluey, zwischen den Menschen gibt es irgendein großes Bewusstsein, aber sie wissen es nicht, und deswegen gibt es Krieg.* Seine Mom beklage sich bei ihm, dass er sie nicht mehr liebe, weil er nicht nach Hause komme, nach Mozambique, und er erkläre ihr jeden Samstag, wenn er sie anrief, solange er sie vor seinem inneren Auge sehe, bedeute das, dass er sie liebe, und an dem Tag, an dem er sie nicht mehr sehe, komme er sie zu Hause besuchen. Er war nicht immer ein so liebevoller Sohn. Eines Nachts, er war ungefähr zwölf, öffnete er das Fenster im Haus seiner Mutter und lief davon. Blieb zwei Tage lang unauffindbar. Lebte auf einem Feld bei einer Farm, und die Frau des Farmers gab ihm eine Kartoffel und eine Karotte zu essen, rohe Kartoffel und rohe Karotte.

Bald nachdem man ihn gefunden hatte, nahm ihn sein Großvater, ein ehemaliger Boxer, an einen Ort mit, wo Käfigkämpfe stattfanden. Zwei Leute in einem achteckigen Käfig, nackt, und das Einzige, was nicht erlaubt sei, sei, dem Gegner die Augen rauszureißen. Ehe man anfängt, weiß man nicht, gegen wen man kämpft. Ist er größer? Ist er stärker? Ist er zäher? Wenn man hineingeht, nimmt man alles Gemeine und Schlechte mit, man kämpft mit Händen und Füßen, und nach vierzig Minuten, ob man gewinnt oder verliert, ist alles Schlechte weg, und in diesem Moment ist man frei. Frei.

Fidelma hörte zu, von seinen Geschichten mitgerissen, zugleich aber wie auf Kohlen, weil sie nicht nach Hause zu Jasmeen kommen wollte, um dann sagen zu müssen, dass sie den Job nicht bekommen hatte. Jasmeen hatte ihr geholfen, hatte Abend für Abend im Internet gesucht, und Jasmeen hatte sie auch beim Ausfüllen des Bewerbungsformulars an die Hand genommen. Als hätte er ihre Gedanken gelesen, schlug er das Formular auf, überflog es, sah sie dann an und sagte laut ihren Namen.

»Fidelma, ein schöner Name, vielleicht von einer Göttin ... Warum möchten Sie in Blueys Bank arbeiten?«

»Das ist kompliziert«, sagte sie, verstummte dann und flehte ihn mit den Augen an, nicht zu viel zu fragen.

»Irland ist immer grün«, sagte er. »Ich war mal mit meiner Frau und den Kindern dort und habe Golf gespielt, wie im Fernsehen ... grün, grün, grün«, und er sagte, er wisse, wie schnell ein Mensch sein Herz, die Hoffnung verlieren könne. Er habe in vielen Ländern gelebt und gearbeitet, sei schon in jungen Jahren von zu Hause weggegangen, mit seinem Beutel auf dem Rücken und ein paar Pfund in der Tasche, während seine Mom weinend am Tor stand. Eines habe er nie mehr vergessen. Es war vor einem Restaurant in Barcelona, und er schaute zum Fenster hinein auf Leute, die Schalentiere aßen und sich über die Sauerei amüsierten, die sie anrichteten, stand einfach nur draußen und schaute hinein, als ein Kellner in schwarzem Frack, gefolgt von weiteren Kellnern, herauskam und ihm sagte, er solle verschwinden. In ihren Augen war er Abschaum.

»In solchen Momenten könnte ich jemanden umbringen ... haben Sie schon mal jemanden umbringen wollen, Fidelma?«

»Ja«, sagte sie zu seiner nicht geringen Überraschung.

Dann las er die beiden Referenzen, die sie mitgebracht hatte, die eine von Gerry, ihrem Anwalt, die andere von Father Eamonn. Gerry fasste sich kurz und stellte ihr lediglich ein Leumundszeugnis aus, während das Schreiben von Father Eamonn etwas blumiger ausgefallen war. Bluey las einzelne Passagen daraus laut vor: ihre Herkunft, ihre von Königen und Königinnen abstammende Familie, der Besuch der Klosterschule, ihr Bedürfnis nach Kultur, ihre Liebe zur Literatur, ihre am französischen Geschmack orientierte Boutique, die während der Finanzkrise leider pleitegegangen war. Ihr Ehemann blieb unerwähnt, und ihren Ehering hatte sie schon lange in eine kleine Schachtel gelegt. Der Brief endete mit einem Byron-Zitat – *Sie geht in Schönheit wie die Nacht.*

Bluey sah sie an, taxierte sie, fragte, ob sie denn auch wie Schönheit in der Nacht putzen könne, wenn sie schon so gehe.

»Also habe ich die Stelle«, sagte sie aufgeregt.

»Noch nicht.« Er brauche Orientierung. Er müsse für sich sein, überlegen und seine Mom fragen. Sie würde sich ins Wohnzimmer setzen, an alles denken, was er ihr erzählt hatte, und daran, dass er jedem die gleiche Chance gab, dass unter seiner Aufsicht Latinos, Afrikaner, Osteuropäer, Westindier und Chinesen arbeiteten.

Sie saß praktisch allein in der großen Halle und starrte die blau und weiß bemalte Keramikskulptur eines Elefanten an. Vielleicht eine Art Sparschwein. Bluey hatte gesagt, von den Tausenden von Blumen, die in dieser Bank jeden Tag zur Schau gestellt würden, sei die Geldblume bei den Händlern am beliebtesten. Sie glaubten, sie bringe ihnen Glück. Geld, Geld, Geld. Grün, grün, grün.

Sie hatte nicht damit gerechnet, dass er herunterkommen würde, und als er aus dem Fahrstuhl trat, lächelte er.

»Glückwunsch«, sagte er, und sie zogen sich in eine ruhige Ecke zurück, wo sie sich hinsetzten und er als ihr neuer Arbeitgeber plötzlich sehr förmlich wurde. Ihr Job werde in einer Woche beginnen, sie werde um acht Uhr abends anfangen und um sechs Uhr morgens aufhören. Bei ihrer Ankunft und bei ihrem Weggang werde sie sich jeweils in eine Liste eintragen, dieses System werde allerdings sehr bald digitalisiert. Sie bekomme einen Arbeitskittel und eine Hose gestellt. Einen hellblauen Arbeitskittel und eine dunkelblaue Hose. Sie könne ihre eigenen Schuhe mitbringen, wenn sie wolle. Sie werde im vierten Stock anfangen und sich von dort aus hocharbeiten. Ihre unmittelbare Vorgesetzte werde sie in den ersten sechs Wochen einarbeiten und die von ihr geleistete Arbeit beurteilen. Sie werde dem Schichtleiter Bericht erstatten, und über diesem stehe der Manager, Lukas. Die Frau, die sie einarbeiten werde, sei nett, aber streng. Sie trage Zöpfe oben auf dem Kopf, und wenn sie wütend werde, nannten die anderen sie Medusa. Die Zöpfe verwandelten sich in Schlangen, aber das wisse Medusa nicht. Sie, Fidelma, brauche sich jedoch keine Sorgen zu machen, denn jeden Freitag gehe man gemeinsam auf ein paar Bier in den Pub.

»Ein bisschen von meiner Geschichte und ein bisschen von Ihrer, Fidelma … und alle sind gute Freunde.«

Dann holte er ein Foto von sich selbst als Teenager hervor, wie er in die Welt hinauszog, vielen Abenteuern entgegen. Es zeigte ihn in ärmlicher Kleidung und schlechten Schuhen, aber es war das Lächeln, das ihn überall hinbringen würde. Was sie von dem Menschen auf dem Foto halte? Sie zögerte. Wenn sie ihn mit einem Wort beschreiben müsste, welches Wort wäre das dann?

»Beherzt«, sagte sie. Das Wort gefiel ihm. Er sei sich sicher, dass sie gut miteinander auskommen würden. Aber nun müsse er los – *Sie geht in Schönheit wie die Nacht.*

Durch die Drehtür hindurch winkte er ihr zu.

STAUB

Brauner Staub. Weißer Staub. Schwarzer Staub. Der schwarze Staub war der hartnäckigste, und man sagte Fidelma, er müsse vollständig aus den Ecken eliminiert werden. Glas wurde mit lauwarmem Wasser abgewaschen und mit endlos vielen Zeitungspapierknäueln trockengewischt. In ihrem blauen Arbeitskittel und mit streng nach hinten gebundenen Haaren würde Dara sie kaum mehr wiedererkennen. Nicht, dass sie in den Spiegel schaute, aber ab und zu erblickte sie sich flüchtig in einem der großen Fenster, die auf die Themse gingen, deren Wasser nachts eine dunkle Fläche bildete. Manchmal hörte man durch die Doppelverglasung hindurch von den Vergnügungsbooten Musik und die Geräusche der Feiernden.

Sie beobachtete andere beim Staubwischen und versuchte, deren Technik zu lernen – manche waren ganz flink, manche wedelten mit dem Staubtuch, ließen es über die Flächen schlittern und schlackern, außer Maria, die sich mit großem Eifer ihren Aufgaben widmete, weil alles wichtig war, auch die niedrigste Arbeit. Das war ihre Philosophie, das und die Ekstase des Tango. Maria glaubte, dass eines Nachts und rätselhafterweise ein hochgewachsener Mann, ein großes Tier in der Bank, erscheinen würde und dass sie in einer Gleichgestimmtheit der Seelen den Flur entlanggleiten und in einen Tango übergehen würden. Das war kein Traum, wie sie behauptete, sondern ein Märchen, und in der prekären Lage, in der sie sich befanden, waren Märchen von entscheidender Bedeutung.

Sie waren Nachtmenschen, nur einen Schritt von der Geisterwelt entfernt und einander fremd. Manche hatten Ehemänner, wie Fidelma aus ihren Eheringen schloss, und viele hatten Kinder, die entgegen den Vorschriften nachts anriefen, um von irgendeiner Krise zu berichten. Die Mütter wussten, dass Telefongespräche verboten waren und drückten sich zum Zuhören in irgendeiner Ecke herum. Manche waren vor irgendwelchen Gräueln geflohen, aus Ländern, in die sie nie wieder zurückkehren konnten, während andere sich immer noch nach zu Hause sehnten. Alle trugen Erinnerungen und das Wesen ihres ersten Orts in sich, Dinge, die nur sie kannten. Für Fidelma war es eine ganz kleine Erinnerung, etwas Essentielles, junges Gras, auf dem Morgensonne und Nachttau lagen, sodass Licht und Wasser wie in einem Prisma in ein Wechselspiel traten, und die obersten Blätter einer Esche hatten vom Regen eine diamantene Aureole und das umliegende Grün etwas tief Geborgenes, Üppiges, Allumfassendes.

Es war ihr letzter Morgen auf dem Klostergelände, und sie hatte für ihre privaten Absichten die Messe geschwänzt.

»Hoch mit dem Hintern … hoch mit dem Hintern.« Das war Medusas Schlachtruf, während sie in ihrer wichtigen Rolle als stellvertretende Schichtleiterin von Etage zu Etage flitzte, die Frau mit den Schlangenhaaren, ihre Augen hierhin und dahin huschen ließ und beim geringsten Anlass losschrie. Sie war winzig, dunkelhäutig, klapperdürr, die Haare zu ordentlichen Zöpfen geflochten und diese so auf dem Kopf angeordnet, dass die braune Haut durchschimmerte, was irgendwie ein wenig traurig wirkte.

»Hör auf, mich anzuglotzen«, waren ihre ersten groben Worte zu Fidelma, die lediglich die vollkommene Symmetrie der Zöpfe bewundert hatte.

»Entschuldigung«, sagte sie.

»Hör ich da etwa einen Paddy … rieche ich einen Paddy?«, fragte Medusa, zwei Finger an der Nase, damit auch andere den Scherz mitbekamen.

»Du magst wohl Schnee«, sagte sie dann.

»Ja, ich mag … Schnee«, antwortete Fidelma.

»Ho, ho, ho, Kalkbäckchen mag Schnee, weil Schnee weiß ist und ich nicht weiß bin, sondern schwarz«, und damit entfernte sie sich gackernd und mit den Worten, Mrs Paddy habe sechs Wochen Probezeit, um sich zu bewähren.

»Beachte sie einfach nicht … lass dich von ihr nicht verunsichern«, flüsterte Maria, und in der Teepause gab sie ihr eine Broschüre mit einem Gebet um ein Wunder, das in Spanisch war.

***

Morgens bei Arbeitsschluss rannten sie wild drauflos, sie rannten, als flüchteten sie vor einer Katastrophe. Die Angst, die ihr ganzes Leben bestimmte, verdichtete sich nun in dem Drang, einen Bus oder eine Bahn zu erwischen, damit ein Ehemann, eine Mutter oder eine Cousine zur Arbeit gehen konnte.

Fidelma ging in gemächlichem Tempo, um nicht anzukommen, ehe Jasmeen zur Arbeit gegangen war. Jasmeen war kein Morgenmensch und brauchte ihren *Raum*, wie sie mehr als einmal gesagt hatte. Die Straßen waren leer bis auf die wenigen begeisterten Jogger, die liefen und manchmal an einem Geländer stehen blieben, um ihre Dehnübungen zu machen. Auf Treppenstufen und in Einfahrten sah man die traurigen Überbleibsel der Nacht, Plastikflaschen, Kondome, Zigarettenstummel, feuchte Zeitungspapierknäuel und verlassene Schlafsäcke. Die Straßenkehrer mit ihren safrangelben Streifen waren leicht auszumachen, sie trafen sich jeden Morgen an der gleichen Stelle, allesamt Ausländer, die ein paar Worte wechselten, sogar lachten, während sie ihre Karren schoben, aus denen senkrecht ihre breiten Besen aufragten.

Unterwegs machte sie an einer Holzbude Halt, wo Taxifahrer um ihr Frühstück anstanden. In der ersten Woche reagierten sie ablehnend auf sie, aber mit der Zeit machten sie ihr Platz, ließen ihr sogar in der Schlange den Vortritt, und aus irgendeinem Grund nannten sie sie Shelagh. *Lass Shelagh vor … mach's gut, Shelagh.* Der Mann hinter dem winzigen Tresen merkte sich ihre Bestellung – einen koffeinfreien Kaffee mit ein bisschen Milch, *caldo.*

»*Caldo*«, wiederholte er, und sie nickte.

Dann ging sie am Embankment entlang, wo, ganz weiß und so prächtig wie Tempel, die schwimmenden Restaurants festgemacht waren, dazu die Hausboote, gegen die das Wasser plätscherte, einige mit Gärten an Deck oder mit Blumen und hohen rhabarberartigen Pflanzen in schwimmenden Bottichen.

***

Hinter dem langen, schmalen Fenster der Nachbarwohnung stand jedes Mal ein kleines Mädchen. Die Kleine füllte es vollständig aus und stand ganz regungslos und tief nachdenklich da. Fidelma schätzte sie auf fünf bis sechs Jahre und fragte sich, warum sie dort so unverwandt wartete. Dann, eines Morgens, winkte sie. Es war ein sehr matter Schlenker aus dem Handgelenk, als befolgte sie den Befehl, irgendeinem Würdenträger zuzuwinken.

Bald darauf lächelte sie.

Schließlich begegneten sie einander im Gemeinschaftsgarten hinter dem Haus, wohin Fidelma mit ihrem Becher

Tee gegangen war, weil sie, wie in Cloonoila, der Natur nahe sein wollte, auch wenn die Natur nur aus einem buckeligen Grasrechteck mit einer Rosskastanie an einem Ende, ein paar kleineren Bäumen und Büschen und achtundvierzig Reihen von Fenstern bestand, aus denen beobachtet werden konnte, was vor sich ging.

Die Kleine kam auf den Balkon, in einem eleganten lila Kleid, das sich dank seines verstärkten Saums bauschte und zu dem sie rosa Leggings und schwarze Lacklederschuhe trug. Ihre Haut war golden, wie die Farbe einer Walnussschale. Sie hatte etwas Vollkommenes an sich, die Augen, die kecken Wimpern, winzigen Zähne, die perfekt manikürten und türkis lackierten Fingernägel.

»Hallo«, rief Fidelma.

»Pst«, machte sie und kam im Reden näher. »In den Garten zu gehen ist streng verboten ... Ich darf auf den Balkon, aber nicht in den Garten«, sagte sie. Sie habe ihre große Schale Müsli gegessen und gehe um diese Zeit immer an die frische Luft, aber zwanzig Sekunden vor halb müsse sie wieder hinein.

»Wer verbietet es denn?«

»Mein Daddy ... außerdem ist es streng verboten, zu jemand anders in die Wohnung zu gehen.«

»Dein Daddy ist also sehr streng.«

»Manchmal, aber wenn er seine Tabletten nimmt und einschläft ... fällt ihm das Passwort für den Fernseher nicht mehr ein, und dann muss ich es ihm sagen«, und sie lachte, stolz auf ihre Überlegenheit über ihn. Ihr Daddy mache öfter ein Nickerchen. Alte Leute machten oft ein Nickerchen.

»Wie heißt du denn?«

»Es ist verboten, das zu sagen«, und in diesem Augenblick gab eine irgendwo in der Unergründlichkeit ihrer Taschen verborgene Stoppuhr einen gedämpften Signalton von sich, und sie rannte ein paar Stufen hinauf in ihre Wohnung und knallte sehr entschieden die Tür zu.

Nicht lange danach kam die erste von vielen Mitteilungen. Sie waren streng geheim. Briefchen, die sie auf einem kleinen Futterplatz für Vögel auf Jasmeens Balkon hinterließ. Geschrieben waren sie, in manchmal skurriler Schrift, mit verschiedenfarbigen Buntstiften, aber mit einer eindeutigen Vorliebe für Lila:

Ich mag Schmetterlinge. Ich mag auch Pandas. Das sind ganz liebe Tiere, sie sind Vegetarier. Sie fressen nur Bambus. Sie haben keine Krallen.

Ich weiß die drei Teile der Dreifaltigkeit – Vater, Sohn und Heiliger Geist.

Vor langer Zeit in einem fernen Land ging einmal das schrecklichste Ungeheuer aller Zeiten um. Morgens verschlang es Männer, die zur Arbeit auf den Feldern gingen. Am Nachmittag drang es in einsame Farmhäuser ein und fraß Mütter und Kinder, während sie sich zum Essen an den Tisch setzten.

Wenn ich in Oxford leben würde, würde ich verrückt werden.

Am Montag sind unsere Eier gekommen. Am Dienstag haben sie Risse gekriegt. Am Mittwoch sind sie gesprungen. Am Donnerstag sind elf Küken geschlüpft. Am Freitag haben wir junge Hühner gehabt.

Meine Tante hat gesagt, ich soll eine Geschichte schreiben, damit mein Englisch besser wird. Sie handelt von einer Prinzessin in einem Keller. Der Keller ist klein und grau, und es gibt darin Ratten und Mäuse. Die arme Prinzessin muss den ganzen Tag auf einem Schemel stehen. Es ist sehr gruselig.

***

Es war Freitag, der Abend, an dem sie alle in den Pub gingen, aber zufällig war es auch Marias Geburtstag. Alle hatten sich dafür fein gemacht: unterschiedliche Halstücher, auffälliger Lippenstift, Abendtäschchen und was immer sie an Schmuck besaßen. In ihrem schwarzen Kleid mit gewelltem Ausschnitt und aufgestickten Rosenzweigen war Maria die Königin. Wie jung und wie hinreißend sie aussah mit ihrem offen getragenen Haar, das ihr über die Schultern fiel und wunderschön schimmerte. Zuerst ging es ziemlich gezwungen zu, da sie einander nicht richtig kannten, und es blieb Bluey, dem einzigen Mann unter ihnen, überlassen, ihnen die Befangenheit zu nehmen.

Fidelma hatte ihn kaum noch zu Gesicht bekommen, denn er war, gleich nachdem sie die Arbeit aufgenommen hatte, befördert worden und nun auch für Teams in anderen Niederlassungen zuständig. Er trug eine Weste mit Paisleymuster, die er auf dem Markt erstanden hatte und die, wie er sagte, einem Admiral gehört haben müsse. Er kannte die Frauen alle mit Namen, wusste, aus welchen Ländern sie ursprünglich kamen, wie ihre Kinder hießen und dass eines bald zur Erstkommunion gehen würde.

Es gab Amaretto aus farbigen Likörgläsern, dazu Tapas und Mandelgebäck in dünnem Seidenpapier. Die Idee war, dass das Papier, wenn man es in eine bestimmte Form drehte und dann anzündete, von alleine in die Luft aufstieg und dann mit dem Abendhimmel verschmolz und unsichtbar wurde. Das machte ihnen großes Vergnügen, sie wünschten sich dies und jenes, wetteiferten darum, wessen Papier am höchsten stieg, und waren inzwischen auch gesprächiger geworden, ermutigt von dem Likör, dem sie kräftig zusprachen und den sie für viel besser erklärten als das Bier oder die Mischgetränke, die sie gewöhnt waren.

Maria hatte die Sitzordnung festgelegt, und man hatte ihnen bereits gesagt, dass sich diejenige, die rechts von einem saß, nach einer Viertelstunde zwei Plätze weiter setzen musste, und so fand sich Fidelma irgendwann neben Medusa wieder. Maria hatte es so geplant, um die Schlangen aus Medusas Haaren zu bekommen. Medusa war ganz umgänglich, streichelte Fidelmas Arm, sagte, sie habe sie unbedingt näher kennenlernen wollen, und nun sei es endlich so weit. Sofort erklärte sie, was es mit ihren Zöpfen auf sich hatte, sie habe sehr kräftige Haare, wie Pferdehaar, und wünschte, sie wären weicher, so wie die von Fidelma. Dann zeigte sie auf ihrem Handy Fotos von ihren Kindern, einem Jungen und einem Mädchen, bei einem Grillfest zusammen mit mehreren anderen Kindern. Das Barbecue hatte auf ihrer Terrasse stattgefunden, die ihr Freund Kcool angelegt hatte. Kcool besaß mehrere Nachtklubs, und sie bauten gerade ein Haus auf Mallorca, weit oben in den Bergen, eine Finca. Ihre Kinder waren in allen Fächern Klassenbeste und hatten im Singen und Klavierspielen Preise gewonnen. Sie hatte viele Fragen. Ob Fidelma ihre Heimat vermisse. Ob sie erwachsene Kinder habe. Ob ihr Mann gestorben sei. Ob sie regelmäßig zur Kirche gehe. Dann wurde ein Besuch geplant. Eines Sonntags im Sommer würde Fidelma kommen, sie würde die Bahn nehmen, dreimal umsteigen und bis Hounslow fahren, dort würden sie sie abholen und eine Abkürzung durch eine Wohnsiedlung bis zu ihrem Haus nehmen. Sie würden auf der Terrasse essen. Es würde Cajun-Hühnchen mit verschiedenen Salaten geben, und hinterher, während sie und Fidelma es sich gemütlich machten und einander besser kennenlernten, würden die Kinder auf der großen Koppel, die an ihren Garten grenzte, auf ihren Ponys reiten.

»Feierabend, Ladys, bitte … Feierabend, Ladys.« Es war Bluey mit seinem schrillen Pfiff, der sie ermahnen musste, dass die kleine Feier zu Ende war und dass man zwei Flaschen Amaretto konsumiert hatte.

Maria und Fidelma blieben noch auf einen Absacker.

»Ich nehme an, du hast von ihrem Freund und den Nachtklubs erfahren.«

»Ja, habe ich …«

»Und von der Finca auf Mallorca …«

»Ja.«

»Aber Gott und der heiligen Jungfrau sei Dank, dass ihr jetzt Freunde seid … keine Kräche mehr, keine Mrs Paddy mehr.«

***

Die Kleine schleppte einen Ast, der viel zu schwer für sie war. Die Stadt hatte die Bäume zurückschneiden lassen, und es lagen eine Menge Äste herum, von denen sie viele heranzuschaffen versuchte. Mehrmals blieb sie ganz außer Atem stehen, wenn ihr die Last zu viel wurde. Aber sie hielt durch, und irgendwann hatte sie genügend Äste, um sich unter der Kastanie ein Geheimversteck zu bauen. Als sie damit fertig war, legte sie sich ins Gras und warf selbstvergessen die Arme zur Seite.

»Deine Frisur gefällt mir«, sagte Fidelma.

»Ein Freund von meiner Tante hat mir die Haare geschnitten, er ist zu ihr nach Hause gekommen … hat mir gesagt, ich soll nicht blinzeln, aber ich habe wie verrückt geblinzelt«, und nun kniff sie die Augen zusammen und lachte albern und ausgelassen ob der Überraschung darüber, dass sie sich im Freien aufhielten, Regeln brachen, dabei waren, sich einen Ort zu schaffen, wo niemand ihnen nachspionieren konnte.

Im Lauf der Wochen trafen sie sich jeden Morgen, außer es regnete oder ihre Tante war gekommen, um die Wäsche zu machen. Unmengen von Wäsche. Eines Tages habe ihre Tante das falsche Waschpulver benutzt, und ihr Vater habe einen Ausschlag bekommen und sei wütend geworden. Wütend werde er außerdem, wenn ihr Briefkasten mit Prospekten vollgestopft war. Sie trug jedes Mal ein anderes Kleid, sie hatte eine große Auswahl davon, alle mit den gleichen Biesen auf der Brust und mit dazu passenden Leggings. An manchen Tagen trug sie eine lange Halskette aus Holz, das mit weißen Blumen bemalt war. Ihre Haare rochen immer ganz sauber. Jedes Mal brachte sie etwas aus der Wohnung mit, ein Sieb, einen kaputten Holzlöffel, ein Stück von einer alten Matte, Tassen aus einem Puppenhaus, aus denen sie dann imaginären Tee tranken, Iced Buns aus Plastik und Servietten mit dem Namen des indischen Schnellrestaurants, wo ihr Vater an den meisten Tagen ihr Abendessen kaufte.

»Bist du da drin den ganzen Tag allein? Jeden Tag?«, fragte Fidelma.

»Nein ... Wir sind ein ganzer Stamm. Ein Mädchenstamm. Wir kämpfen gegen die Dinosaurier ... dann essen wir zu Mittag und ruhen aus, und dann kämpfen wir weiter ... Zack, zack, zack, bis wir ganz müde sind und sie nach Hause gehen, in ihre eigene Wohnung drüben in Battersea. Dann lege ich mich mit Greenie hin ... das ist mein Dinosaurier ... er ist auf unsere Seite gekommen, als er verletzt wurde ... Er spielt mit Mr. Clown.«

»Also verbringst du den ganzen Tag mit Kämpfen.«

»Und Herumtoben … Außerdem habe ich eine Bronzemedaille vom Judounterricht … wir werden nach Wissen und Mut eingestuft«, und sie kriecht aus ihrer kleinen Enklave, um es zu demonstrieren: eine Hand erhoben, die andere gesenkt, während sie den imaginären Gegner angreift, ihr das Blut in die Wangen schießt, sie ihn an den Aufschlägen packt und zieht und schiebt, um ihn in die Falle zu locken und zu Boden zu bringen. Das tut sie ein paar Mal mit leidenschaftlichem Einsatz, und schließlich gelingt es ihr, ihn zehn Sekunden lang unten zu halten, womit er diese Runde verloren hat. Ihr Judounterricht ist das große Abenteuer ihres Lebens, und sie fährt jeden Donnerstag mit ihrer Tante hin und malt immer wieder ihre Initiale auf das Busfenster, wenn es beschlagen ist. Im Umkleideraum ein großes Gewühl, bis sie ihren Anzug anhat, der ganz weiß ist und *judogi* genannt wird. Dann zum großen Kampf auf die Matte. Vergangene Woche ist sie zu Boden gegangen, war aber schnell wieder oben, noch vor Ablauf der zehn Sekunden, kämpfte dann lange und gewann schließlich, worauf der Lehrer ihr Durchhaltevermögen lobte. Der Junge, gegen den sie kämpfte, war sehr dünn und kam aus Schweden. Sie freute sich sehr über ihren Sieg. Wie es die Regel vorschrieb, gaben sie und ihr Gegner sich hinterher die Hand, verbeugten sich und kehrten auf ihren Platz zurück, wo ihre Tante ihr zur Belohnung einen Fruchtsaft gab. Er war mit Himbeergeschmack, weil sie verrückt werden würde, wenn sie noch einen einzigen Orangensaft trank.

»Um zu gewinnen, muss man hart sein«, sagt sie und erklärt, ihr Gürtel sei rot mit zwei gelben Streifen, aber sie bereite sich darauf vor, den gelben Gürtel zu bekommen, danach einen orangen und eines Tages einen schwarzen Gürtel, den höchsten Grad.

Sie nimmt ein gefaltetes Blatt Papier aus ihrem Schönschreibheft, klappt es langsam und feierlich auf und breitet es zur großen Offenbarung auf ihrer beider Schoß aus. Es ist eine Zeichnung von ihr selbst und Fidelma, beide mit ausgestreckten Armen und abstehenden Ohren wie denen eines Affen, dünne Beine in roten Schuhen mit hohem Absatz und darunter in fetter Großschrift die Buchstaben ihres Namens, jeder Buchstabe deutlich vom anderen abgesetzt, mit dichter lila Schattierung dazwischen –

Mein Name – M I S T L E T O E.

»Mistletoe ... das ist ein schöner Name ...«

»Als ich auf die Welt gekommen bin, hatte ich einen anderen Namen. Ich hieß Mary. Ich war im Krankenhaus in Fulham. Ich wusste nichts. Ich wusste nicht, wer all die Leute waren, aber ich wusste, ich war bei meiner Mummy, sie lag neben mir im Bett, und ich lag in einem Körbchen. Dann haben sie mich nach Hause gebracht, hierher, und wir haben alle zusammen auf dem Sofa gesessen, alle zusammen, ich in meinem Körbchen und meine Mummy und mein Daddy rechts und links neben mir. Meine Mummy hat einen weiten, schlabberigen Pullover an, und ich ziehe daran, und sie hebt mich hoch und puckt mich, puckt mich ganz eng, weil das ein Baby beruhigt. Meine Mummy ist jetzt in Amerika, deswegen puckt mich stattdessen meine Tante.«

»Also vermisst du deine Mummy ...?«

»Das darf ich nicht sagen.«

Diese oft in Eiseskälte stattfindenden Begegnungen waren es, wofür Fidelma lebte. Sie erweichten den Stein in ihrem Herzen. Wenn sie aneinandergequetscht in ihrem Versteck saßen, Mistletoe Fidelmas Haare betastete, sie verzwirbelte, Löckchen drehte, ihr dann mit dem Finger über Gesicht und Hals strich, vorgeblich auf der Suche nach Unvollkommenheiten, in Wirklichkeit aber aus Zuneigung. Das war nun der

Dreh- und Angelpunkt ihres Lebens, gab ihm einen Sinn und wog die zermürbende Eintönigkeit des Jobs, Medusas Wutanfälle und die Ozeane von Staub auf, die sich jeden Abend, wenn sie ihre Schicht antrat, vor ihr ausbreiteten.

***

Sie bekam ständig Rügen, teils schriftlich, teils mündlich. Der Hausverwalter, ein Engländer, den sie zuvor noch nie zu Gesicht bekommen hatte, sagte ihr, es habe Beschwerden von ihren Kolleginnen gegeben. Sie rede in den Pausen zu viel. Sie mache ihre Arbeit nicht ordentlich, in einer Toilettenschüssel seien Kalkablagerungen festgestellt worden, und an der Glastür der privaten Dusche des Vorstandsvorsitzenden seien rosa Schmierflecken von Glasreiniger gewesen. Und, am allerschlimmsten, neben seinem Schreibtisch sei eine Pfütze zurückgeblieben. Dann begannen Sachen zu verschwinden, Wischtücher, Schwämme, ihre Gummihandschuhe. Sie wusste, dass das nicht mit rechten Dingen zuging, aber sie ertrug alles, um nur ja diesen Job nicht zu verlieren. Sie vergaß zu essen, sie vergaß zu beten, sie vergaß die Jahreszeiten, obwohl einmal Schneeglöckchen vor ihrem geistigen Auge auftauchten und sie vermutete, dass sie Grüppchen von ihnen gesehen haben musste, unter Bäumen im Park, milchweiß, umhüllt von ihren schmalen, grünen Blättern.

Im Schlaf fuhr sie mit Staubtüchern über Zierleisten, Fenster- und Türstürze, sie kniete sich vor Stuhlbeine, um sich zu vergewissern, dass keine übelriechenden Pfützen zurückgeblieben waren, und beim Aufwachen würgte sie vom Staub.

Jeden Morgen bei Schichtende schüttelte sie die Staubtücher in den Kessel des Staubsaugers aus, wusch sie durch, hängte sie zum Trocknen in ihrer Ecke des Lagerraums auf und hoffte, dass sie nicht verschwanden, was sie jedoch taten. Zuerst einer. Dann weitere. Ebenso die Putzmittel in ihrem Korb. Ihr Mr. Muscle, ihre WC-Ente, ihre Bleiche, ihr Vim. Sie wusste, dass es Medusa war.

Maria hatte die Idee, dem Schichtleiter ganz offen zu schreiben und ihn um einen Termin zu bitten. Er hieß Herman und stammte aus der Elfenbeinküste. Er saß sehr aufrecht hinter einem großen Schreibtisch in seinem winzigen Büro, mit leicht geöffneten Lippen, sodass man gesunde Zähne und eine Zunge sah, hellrosa wie Trifle. Sein Schreibtisch war übersät mit Motorrad-Handbüchern und -Katalogen, und an der Wand hingen zwei Fotos von ihm auf zwei verschiedenen Motorrädern, eines auf einer Straße in London, das andere auf einer Straße in Paris.

Sofort spürte sie seine Gereiztheit. Was sie zu sagen hatte, gefiel ihm nicht. Warum sie diese Diebstähle nicht mit Medusa geklärt habe?

»Aber sie ist doch diejenige –«, sagte sie.

»Wollen Sie damit andeuten ...«, fiel er ihr scharf ins Wort.

»Ich habe meine gelben Gummihandschuhe in ihrem Spind gesehen.«

»Also haben Sie ihren Spind aufgebrochen.«

»Nein ... sie hat ihn aufgemacht, um etwas herauszuholen.«

»Das ist ein sehr schwerwiegender Vorwurf. Haben Sie dafür Beweise? Bitte antworten Sie mit ja oder nein.«

»Nein ... ich spüre das einfach ...«

»So, Sie spüren das einfach ... Sie kommen hierher und zerreißen sich das Maul ... Lassen Sie sich eins gesagt sein, Medusa ist ein guter Mensch, ein frommer Mensch, und wir schätzen ihre Mitarbeit im Team sehr ... Warum soll sie denn Ihre Staubtücher haben wollen, wo sie doch jede Menge eigene hat?«

»Die menschliche Natur ... Bosheit«, sagte sie und hatte das Wort kaum ausgesprochen, als ihr auch schon bewusst wurde, dass sie einen Fehler gemacht hatte.

»Sie haben die ganze Sache erfunden«, sagte er verächtlich.

»Warum soll ich denn so etwas erfinden?«

»Vielleicht sind Sie eine Rassistin.« Und damit fuhr er mit dem Zeigefinger über die Zeilen des Briefs, bei dessen Abfassung Maria ihr geholfen hatte, murmelte dabei vereinzelte Worte – *Mr. Muscle, Ente, Vim* –, und als er ihn zur Genüge gelesen hatte, zerriss er ihn der Länge nach mit einem durchdringenden Geräusch und warf die beiden Hälften in den Papierkorb.

DAS WARTEZIMMER

Sie werde warten müssen, sagt man Fidelma. Der Wartebereich befinde sich im Empfangszimmer, gleich links.

»Ich möchte lieber hier warten«, sagt sie, aber vergebens. Die junge Frau hinter dem Schreibtisch ist gereizt, und drei Telefone klingeln gleichzeitig. Sie nimmt einen Hörer für jedes Ohr ab und weist Fidelma mit beiläufigem Nicken in den Wartebereich.

Sie arbeitete seit fünfeinhalb Wochen in der Bank, doch als sie zum Personaleingang kam, ließ ihre Zugangskarte sie nicht durch. Sie versuchte es mehrmals und wandte sich dann an einen der Sicherheitsleute, der es ebenfalls erfolglos versuchte. Sie wusste, dass er sie durchlassen konnte, aber er sagte, das wolle er lieber nicht und es sei besser, wenn sie mit jemandem am Empfang spräche. Sie bat die Empfangsdame, Bluey anzurufen, was diese auch tat, aber ihr Missmut machte deutlich, dass sie ihn nicht erreichen konnte. Er müsse irgendwo zwischen den Stockwerken unterwegs sein. Die Nachricht wurde weitergeleitet.

Der Empfangsraum war groß, mit mehreren Sesseln und einem Tisch, auf dem ordentlich englische und internationale Zeitungen auslagen. Alles ganz sauber und gedämpft. Die tiefen Sessel standen einander gegenüber, aber sie entschied sich für einen mit Blick auf den Fernseher, in dem eine Sendung mit dem Titel *Finanzmärkte im Umbruch* lief. Sie hatte noch nie einen so großen Bildschirm gesehen. Mehrere Bilder der über dem Weißen Haus wehenden amerikanischen Flagge, und plötzlich waren die Eingangsstufen keine richtigen Stufen mehr, sondern in Wasserbecken eingetauchte Treppen. Es war zugleich wirklich und unwirklich. Limousinen fuhren in schwindelerregendem Tempo, am Himmel flogen Hubschrauber, rosige Braten wurden aufgeschnitten, während Geschäftsleute in identischen Anzügen, weißen Hemden und Krawatten zu einer Konferenz eintrafen. Dann wechselte das Bild in verschiedene Länder, und immer hing neben der einheimischen Flagge solidarisch die amerikanische.

Bald ging es um Fragen von Eigenkapital und Ertrag, den Stand der Kapitalbeschaffung in Hauptstädten, um Kreditwürdigkeit und was an Maßnahmen ergriffen wurde, um die Leitzinsen weltweit stabil zu halten. Apple würde bald ein Geschäft in Brasilien eröffnen, und in Puerto Rico war das Leben prekär. Dann eine Schlange von Menschen auf einem Flughafen, Puerto Rico, wie sie vermutete, Menschen, die wie verlorene Pilger warteten, ihr Schicksal vorherbestimmt.

Ganz plötzlich fuhr sie zusammen, als sie feststellte, dass sie nicht allein im Raum war. Ein Mann saß unnatürlich still an einem der Computer auf einer erhöhten Plattform, und ihr kam der Gedanke, dass er vielleicht tot war. Die Pflanzen in einem länglichen Behälter wirkten tot, sie waren grün und nadelig, aber ohne jedes Leben. Erst da blickte sie sich zum ersten Mal um: Marmorwände, eine davon beherrscht von einem riesigen abstrakten Gemälde in tiefem Rot mit roten Föten, die darin umherschwammen. Jeden Moment würde Bluey hereinkommen, sie auf die Schulter tippen und *Was ist los? Was ist los?* sagen.

Sie hört Schritte und steht auf, aber es ist nur eine junge Frau in Stilettos, die sich unruhig umblickt, dann einen Sessel so zurechtrückt, dass sie den Eingang im Blick hat, und ihr Handy konsultiert, das sie sich auf den Schoß legt. Auf dem Bildschirm, in der Werbeunterbrechung, treten Afrikanerinnen mit riesigem Kopfputz und in Festgewändern, nicht unähnlich dem von Jasmeen, auf Podien und werden überschwänglich begrüßt. Die Sendung, die folgt, heißt *Afrikanische Geschäftsfrauen auf dem Weg nach oben.* Die ganze Welt ist in diesem Raum, und doch ist niemand darin, er ist leblos, er ist einsam, er ist leer bis auf die nervöse Frau, den scheinbar toten Mann und die Geräte. Eigentlich will sie zum Empfang gehen und fragen, ob man Bluey ausfindig gemacht hat, aber sie hat Angst, die Empfangsdame zu verärgern, die ihr Missvergnügen bereits gezeigt hat. Sie geht stattdessen zur Erfrischungsecke, um sich Wasser zu holen, und dort wird es ihr zu viel. Alles an diesem Getränkekühlschrank ist von dunstigem Blau, die Flaschen, die Flaschenverschlüsse, der Dunst selbst, das Wasser, und als sie die Hand danach ausstreckt, wird diese weich und nachgiebig wie Kitt.

Zum Glück sitzt inzwischen eine andere Frau am Empfang. Sie ist matronenhaft, mit grauem, zu einem Knoten gebundenem Haar, hört aufmerksam zu, probiert es dann bei einem Anschluss nach dem anderen, bis sie tatsächlich jemanden erreicht. Sie hört zu, runzelt die Stirn, hört weiter zu, legt sorgfältig den Hörer auf und sagt: »Es tut mir leid ... aber Bluey ist schon nach Hause gegangen.«

»Aber ich warte da drin ... schon seit fast einer Stunde«, sagt Fidelma, und die Frau, die ihre Verzweiflung spürt, wirft einen Blick auf ihr Namensschild und beschließt, es bei Lukas zu probieren. Sie ist ganz geknickt, als sie wieder auflegt, da Lukas gesagt hat, er könne nichts tun, und sie schlägt vor, es auf Blueys Handy zu probieren. Es ist ausgeschaltet. Anrufer bekommen zu hören, sie mögen es bitte später versuchen und keine Nachricht hinterlassen.

Bei ihrer Ankunft hat es geregnet, doch als sie nun wieder ins Freie tritt, herrscht eine regelrechte Sintflut. London gleicht schwarzer Nacht, und die Gestalten, die sich durch sie bewegen, sind durchnässt und schlecht gelaunt, ein einziges Geschiebe und Gedränge. Zufällig wird an diesem Tag die U-Bahn bestreikt, aber vor den Stationen haben sich Menschenaufläufe gebildet, weil das Gerücht geht, dass einige Fahrer sich nicht am Streik beteiligen. Zusammen mit anderen steht sie vor den verschlossenen Toren und findet sich dann wie sie damit ab, zu Fuß zu gehen.

Auf dem Embankment hat sie alle Mühe, zwischen den durchnässten und halb blinden Gestalten durchzukommen, die einander anrempeln. Autos, Busse und Radfahrer allesamt auf Kollisionskurs, darauf bedacht, sich zu behaupten, und die in Zweier- und Dreiergruppen heranrauschenden Reisebusse schleudern Wassergüsse in alle Richtungen, sodass die Fußgänger, am Ende ihrer Geduld, noch zorniger werden in ihrem Drang, dorthin zu kommen, wo sie hinwollen oder hinmüssen. An einem Fußgängerübergang erreicht die Aggressivität ihren Höhepunkt, als die Ampel nicht genug Zeit zum Hinüberkommen lässt und die Leute ihrer Wut Luft machen, indem sie ihre Schirme schwingen und gegen die Windschutzscheiben der stehenden Taxis schlagen.

In der nebligen Nässe sind die in Rot und Blau leuchtenden Schriften auf den Bürohochhäusern nicht annähernd so imposant, so wenig wie die weißen Vergnügungsboote mit ihren Gangways, gegen die schmatzend das Wasser schlägt, in hoffnungslosem, gierigem Gurgeln anströmt und abfließt. Die grellbunten Souvenirs an den verschiedenen Kiosken, an denen sie vorbeikommt, wirken durchweicht und schäbig, und ein draußen vergessener Segeltuchstuhl sackt vom Wasser durch. Die in der Ferne am London Eye hängenden Gondeln schwanken nicht im Geringsten.

Die ganze Geldmacht der City ist zum Stillstand gekommen.

Die Kapelle stand neben einer Schule, in einer Straße mit ansonsten bescheidenen Häusern irgendwo in Chelsea. Sie war nicht prachtvoll wie die in der Nähe von Westminster, in der Fidelma einmal gebetet hatte. Das Weihwasser befand sich in einem kleinen Glasgefäß, das in ein großes, rundes Steinbecken eingelassen war, und ein Geruch nach warmem Wachs begrüßte sie, jener Geruch, der ihr aus Cloonoila vertraut war, von der Kirche nach der Messe oder der Andacht. Eine kleine Frau mit einem Gummistiefel, den anderen Fuß nackt, flüsterte ihr zu, die Kirche schließe gerade, doch dann betrachtete sie sie genauer und sagte: »Kommen Sie rein ... Sie armes Ding.« Das war Grainne, und ihr Job war es, für die Nacht abzuschließen. Sie war Hausmeisterin, kümmerte sich um die Altäre und die Kerzen und hatte außerdem die undankbare Aufgabe, das Wachs von den Wandleuchtern abzukratzen. Die Priester seien sehr nett zu ihr, schenkten ihr Sachen. Zum Beweis zog sie ein Heiligenbild mit der liegenden Gestalt des Herrn und einer Legende hervor, die lautete: »*O Croix* – Heil dem Kreuz«. »*O Croix*«, flüsterte sie, stolz auf ihre französische Aussprache. Ja, es sei eine sehr anständige Gegend mit wenig Kriminalität, und sie werde es nicht glauben – in einem Buchladen nicht weit von hier hänge Dirk Bogardes Küchenuhr an der Wand. *Ob Sie's glauben oder nicht, Dirk Bogardes Uhr.* Dirk sei ein Freund der Besitzer und ein guter Kunde gewesen. *Da beißt die Maus keinen Faden ab.* Sie erkannte, dass Fidelma nicht nur durchnässt, sondern auch ziemlich verzweifelt war, deshalb blieb nichts anderes übrig, als den Himmel zu bestürmen. Sie knieten in einer der Bänke weiter vorn nieder, die Kirche fast völlig im Dunkeln bis auf den fahlen Schimmer zweier Sakristeilampen, die an langen Ketten hingen, einem roten Licht für das Herz Jesu und einem blauen für Unsere Liebe Frau. Grainne übernahm das Beten. Das Gebet war laut und ganz allgemein gehalten, sie bat darum, dass sie vor Angriffen bewahrt blieben und niemals Hunger leiden müssten, und flehte Gott hoch droben in seinem goldenen Wohnzimmer an, einen Platz für sie zu reservieren.

»In London treiben sich eine Menge Iren rum … Sie sind also nicht allein«, sagte sie dann, während sie den zweiten Gummistiefel anzog und Fidelma kräftig umarmte, ehe sie auseinandergingen.

***

Jasmeen rief ihren Namen, kaum dass sie Fidelmas Schlüssel im Türschloss hörte, und dann erschien sie in einem Kaftan über ihrer Arbeitskleidung. In der Küche war schon der Tisch gedeckt, ein rotes Tischtuch und Gedecke für drei mit mitraförmig gefalteten Servietten in Gläsern. Musik lief, und es schien Fidelma, als käme sie aus ihrem Zimmer.

»Hallo«, sagte eine Stimme. Es war ein junges Mädchen, bei dem es sich, wie sie vermutete, um Jade handeln musste, die vor einiger Zeit ausgezogen war und sich mit Freunden eine Wohnung in East London teilte. Sie glich einem Mondlicht-Geschöpf, nur Schwarz und Silber, die Wimpern dick mit Schwarz verklebt und am Unterarm eine stattliche Reihe silberner Armreifen. Als sie sich die Hand gaben, sagte sie, Mum habe ihr von den vertraulichen Gesprächen erzählt, die sie samstagsabends hatten, und von den verruchten Gläsern Cava.

»Ich kann im Flur schlafen«, sagte Fidelma, aber Jade wollte nichts davon wissen, im Bett sei reichlich Platz für zwei, und sie würden schlafen wie unschuldige Lämmchen. Sie brauche Schlaf, denn sie sei gerade aus Ibiza zurückgekommen, wo sie und ihr Freund vier tolle Tage mit Freunden verbracht hatten, mit Party am Strand bis Sonnenaufgang und anschließendem Bad im Meer zum Chillen. Als Überraschung hatte sie Essen vom Takeaway mitgebracht, leckere Sachen, eine scharfe Cashew-Chili-Pfanne, Sesam-Garnelen-Toast, Schmetterlings-Riesengarnelen, süß-saures Hähnchen, knusprige Ente, gebratenen Reis mit Ei und Jude's-Very-Vanilla-Eis. Der Wein war schon geöffnet, und sie goss großzügig ein.

Beim Essen bestritt sie den größten Teil der Unterhaltung und verbreitete Hektik, gestikulierte wild, rührte ihr Essen kaum an, war nervös und wartete darauf, dass das Telefon endlich klingelte. Sie hatte sich für Jobs als Model, als Sängerin, als Schauspielerin beworben, und einer davon musste einfach klappen.

»Aber in Afrika ist sie berühmt«, sagte ihre Mutter stolz und erklärte, dass Jades Gesicht in mehr als einem afrikanischen Land für eine Creme warb.

»Für ein Hautpflegeprodukt, Mummy«, korrigierte Jade sie und machte dann Kussgeräusche. Jasmeen forderte sie auf, Fidelma von dem Nachtclub zu erzählen, in dem sie als Hostess arbeitete, und Jade malte Bilder von einem Club im East End, der von außen grottig aussah, von innen aber cool, Teppiche für die Promis, Rausschmeißer mit Bürstenschnitt, die Sicherheitsleute, die früh kamen, um den Laden unter die Lupe zu nehmen, und dann die Promis selbst und ihr Gefolge, alle mit Sonnenbrillen, wie ein Trupp Beerdigungsunternehmer. Dann gab es noch die schönen Mädchen, besonders die schönen Russinnen, die immer mit den reichsten Männern kamen, und manchmal gab es auch Zickenkriege, wenn ihre Begleiter eine andere Frau auch nur anschauten. Ab und zu spendierte man ihr auch Champagner, aber da das nicht erlaubt war, versteckte Huey, ein alter Mann, der an der Garderobe arbeitete, die Gläser in einem Schrank, und morgens, bevor sie nach Hause zu ihrer Bude radelte, tranken sie und Huey ein paar Schlucke. Huey sei ihr bester Freund dort. Er war ziemlich heruntergekommen.

Er war mehrmals verheiratet gewesen, einmal auch mit einer Hofdame der Königin, sodass er durch einen Nebeneingang im Hof Zugang zum Palast gehabt hatte. Diese Ehefrau war sanft gewesen, hatte nie die Stimme erhoben und ständig gestrickt. Seine drei anderen Ehefrauen waren Geier gewesen und hatten es nur aufs Geld abgesehen. Ab und zu, in den Schulferien, hatte er seinen Sohn gesehen, aber er hatte ihn nie zum Übernachten mit nach Hause bringen dürfen, da sie der Meinung gewesen waren, das sei unter ihrer Würde. Bizarre Dinge passierten in diesem Club – die ganze Nacht verzogen sich Männer und Frauen auf die Toiletten, um ihre Linien Koks zu ziehen, und kamen kichernd wieder heraus.

»Du hast es versprochen«, sagte Jasmeen, plötzlich beunruhigt.

»Ich verspreche es«, sagte Jade, sprang auf, umarmte ihre Mutter und zitierte aus dem Psalm, den sie alle kannten: »Strafe mich nicht in deinem Zorn, und züchtige mich nicht in deinem Grimm.«

In ihrem Zimmer zog Jade Schubladen auf, die Fidelma nicht anzurühren gewagt hatte, holte Sachen heraus, Jeans, Tücher, einen Spinnenskarabäus, der ihr Glücksbringer war, ihren Kosmetikkoffer, ihre Lippenstiftpalette, ihre Lippenkonturenstifte, Lipgloss, verteilte sie um sich herum und begann dann, ohne zu überlegen, ihr schon geschminktes Gesicht zu schminken. Sie kramte einen schneeweißen Bolero hervor, strich sich damit über die Wangen, liebkoste ihn und zog ihn an. Plötzlich kam sie ins Reden, Argumentieren, Protestieren, ein wirbelnder Derwisch von Widersprüchen. Es sei ihr Traum, Schauspielerin zu werden. Sie hatte bei einer Schulaufführung Portia, die Frau von Brutus, gespielt und die Zuschauer schwer beeindruckt. Abend für Abend, übervoll von Emotionen – »Wohn ich denn nur in der Vorstadt Eurer Zuneigung?« –, und dann brach sie zusammen.

In ihrem Bolero saß sie auf dem Bett wie ein kleines Mädchen, die Arme um sich geschlungen. »Scheiße ... Mist ...«, und es sprudelte aus ihr heraus, und wie sie es Mum sagen könne, aber es sei etwas Schreckliches passiert und sie werde Ronnie nie wiedersehen.

»Das muss man sich mal vorstellen«, sagte sie und erzählte, wie sie erst vor wenigen Stunden zu einem Theater gegangen war, wo sie verabredet gewesen seien, um zusammen mit Freunden eine Vorstellung zu besuchen, und er sei die Straße entlang auf sie zugekommen. Was ist los? Er wollte es nicht sagen. Er konnte es nicht sagen. Irgendwann tat er es doch, und es war schrecklich. An der Kasse hatte sich nämlich herausgestellt, dass ein Versehen passiert war und nur fünf Eintrittskarten reserviert worden waren, und keine Chance auf eine sechste, da die Warteschlange lang war und schon Leute auf nicht abgeholte Karten warteten. Er könne das seinen Freunden nicht antun, könne sie nicht hängenlassen, zumal sie schon am nächsten Morgen nach Cornwall und zur Isle of Wight zurückführen, und sie, das kleine Dummerchen, würde das doch sicher verstehen. Verstehen! Fidelma erfuhr, dass sie ihm jeden Schimpfnamen unter der Sonne an den Kopf geworfen hatte, und er hatte sich einfach umgedreht und war gegangen, und sie war in die andere Richtung gegangen, zum Seven Dials, wo sie sich auf die Treppe setzte und heulte, sodass die Leute herschauten, und sie rief ihn zweimal an, nur dass sein Handy ausgeschaltet war, und irgendwann meldete sie sich im Club krank, und machte sich auf dem Klo in einem Pub das Gesicht, damit man es ihr nicht ansah und sie zu Mummy nach Hause gehen konnte, nicht um sich an ihrer Schulter auszuweinen, sondern einfach nur um zu Hause zu sein. Es war vorbei. Nein, war es nicht. Sie waren Seelenverwandte. Sie würde ihn nie mehr wiedersehen. Am Wochenende fand in Hackney ein Gig statt, dort würde sie mit Freunden hingehen und an einem Tisch sitzen und ihn komplett ignorieren.

Dann saßen sie nebeneinander auf dem Bett, Fidelma versuchte, sie zu beruhigen, und sagte ihr, ohne es selbst recht zu glauben, dass alles gut werde.

»Ich weiß, dass er mich liebt«, sagte Jade immer wieder.

»Natürlich liebt er dich«, sagte Fidelma, und dann tat Jade etwas unvermittelt Tiefgründiges. Sie nahm ihre Perücke ab und war kaum noch wiederzuerkennen, ihre Haare waren gerade und strähnig, ihre Überlegenheit war völlig dahin. Sie weinte aus tiefstem Herzen – »Ich bin ein Kind Afrikas … Ein Kind Afrikas … das bin ich.«

MISTLETOES VATER

Es war fast ruhig, aber natürlich herrschte in diesem Wohnblock niemals völlige Stille, nicht bei über dreißig Familien und kleinen Kindern, und ständig kläffte irgendein Hund, auf den wiederum andere aus entfernteren Vierteln in anderer Tonhöhe reagierten.

Fidelma war in ihrem Zimmer. Im Zimmer nebenan betete Jasmeen wie jeden Abend vor dem Altar, den sie mit Kerzen, Räucherstäbchen und Eukalyptusblättern ausgestattet und geschmückt hatte. Die Blätter wurden jede Woche ausgetauscht.

Das Klopfen an der Tür war donnernd.

Es war Mistletoes Vater, ein untersetzter Mann mit rasiertem Kopf in Latzhose und kurzärmeliger Weste, hinter ihm stand Mistletoe.

»Es ist nicht richtig … es ist verboten«, sind seine ersten Worte, die er in mahnenderem Ton wiederholt.

»Was ist nicht richtig … was ist verboten?«, fragt Jasmeen. Fidelma vermutet, dass es um ihre kleinen Rituale im Garten geht.

»Mein Kind wird einer Gehirnwäsche unterzogen«, und zum Beweis lässt er ein rosa Köfferchen aufschnappen, das er in der Hand trägt.

»Da, sehen Sie«, sagt er und zeigt eine Strickjacke, zwei Strumpfhosen, Kleider, Schlafanzüge, Greenie, ein kleines Stück Seife und einen Apfel – sämtlichen Bedarf für eine Reise.

Sie beide sind mit lila Buntstift gezeichnet, Reisende, die zu fernen Orten aufbrechen. Darunter hat sie geschrieben:

Mistletoe und Fidelma in einer Rikscha

Mistletoe und Fidelma gehen zum Zirkus

Mistletoe und Fidelma helfen bei der Ernte

Außerdem gibt es eine Zeichnung von einem brüllenden Löwen, einem Harlekin in farbenfrohem Kostüm und einem Clown, dem Tränen über die Wangen laufen. Diese Episode schließt mit Mistletoe und Fidelma auf dem Weg nach China und einer Szenerie voller Palmen und Pagoden.

»Es ist ein Spiel ... mehr nicht«, sagt Fidelma.

»Ein Spiel!« Bei dem Wort ging er in die Luft. Entweder sie hätten verabredet wegzugehen, dann handele es sich um ein Verbrechen, oder sie hätten das nicht getan, dann würden die Erwartungen des Kindes zunichtegemacht. Zunichtegemacht. Die Autorität des Wortes gefiel ihm.

»Sie versucht, mein Kind zu entführen«, sagt er und zeigt auf Fidelma, und das Wort ist zu viel, zu drastisch für Mistletoe, die sich nach und nach hinter ihm hervorgeschoben hat. Jetzt steht sie vor den beiden Frauen, die Augen fiebrig vor Aufregung. Bald schneidet sie Grimassen, unterstreicht ihre Verärgerung mit dem Zeigefinger, den sie ihm mit kurzen, flüchtigen Stößen in die Seite stupst.

»Sie ist den ganzen Tag allein ... nicht in der Schule ... also denkt sie sich alles Mögliche aus«, und während Fidelma das sagt, sieht sie seiner Körperhaltung die äußerste, nackte Panik an. Das also ist der springende Punkt. Sein ganzes Leben mit seinem Kind besteht aus Angst, einem Sich-Verstecken vor den Behörden, vor der Justiz, vor der Polizei, immer am Rand der Katastrophe. Er glaubt, sie stecke mit Mistletoes Mutter unter einer Decke. Sinnlos, ihm zu sagen, dass sie Mistletoes Mutter gar nicht kennt. Sinnlos zu sagen, dass sie sich nichts Böses dabei gedacht hat, denn trotz seines Gebrülls ist eigentlich er derjenige, dem hier ein Vorwurf zu machen ist.

»Das wird Konsequenzen haben«, sagt er und verstummt plötzlich, als könne er sich nicht mehr erinnern, was für Konsequenzen das sind.

»Es wird nicht wieder vorkommen«, sagt Fidelma. Sie würde gern mehr sagen, sie würde die beiden gern hereinbitten, aber sie kann nicht. Die Spannung, die diese Einmischung hervorgerufen hat, ist unberechenbar.

»Ich glaube, es wird Zeit, dass wir alle ein bisschen Schlaf kriegen«, sagt Jasmeen bissig, und der Vater nimmt Mistletoes Hand, die sie ihm jedoch entwindet.

Der Anblick, wie die beiden das kurze Stück Flur entlanggehen, der Vater hinkend, das Kind auf Distanz bedacht, ist seltsam mitleiderregend.

Im allerletzten Moment dreht Mistletoe sich um und winkt. Es ist ein mattes Winken, genau wie damals, als sie einander kennengelernt haben, ein Winken, das einen Schlussstrich unter ihre Scheinwelt zieht.

»Er ist vor drei Jahren hier eingezogen, und wir haben nie ein Wort gewechselt … und jetzt das … das«, sagt Jasmeen, und obwohl sie barfuß ist, keilt sie im Gehen aus, tritt nach allem, was ihr vor die Füße kommt.

DAS ZENTRUM

Es war eine Sackgasse unter der Überführung, mit dem ständigen Dröhnen des Verkehrs von oben. Sie war schlecht beleuchtet, mit heruntergekommenen Gebäuden auf einer Seite und einer Mauer, die sie sie von einer Durchgangsstraße abschnitt, auf der anderen. Diese Mauer war ein Symbol des Protests, über und über mit Graffiti in Rot, Blau, Weiß, Gelb, Lila, Indigo, Magenta, Terrakotta bedeckt, ein Tableau greller Entrüstungen. Ein paar Müßiggänger standen oder kauerten davor, aber nicht fordernd, suchend, drohend oder bettelnd, sie standen einfach da, als würden sie kraft irgendeines höheren Erlasses irgendwann abgeholt und ins pochende Herz der Stadt aufgenommen.

Fidelma machte sich Sorgen, dass Maria vielleicht schon hineingegangen war. Es hieß einfach nur das Zentrum, Menschen kamen von überallher, um sich Rat zu holen, und einmal die Woche fanden sie sich zusammen, um sich gegenseitig die Geschichten ihres zerbrochenen Lebens zu erzählen.

Als Maria schließlich mit ihrer Freundin Lupa eintraf, war keine Zeit mehr zum Plaudern, und so hasteten sie die Steintreppe zu dem kleinen Raum hinauf. Er ist beinahe voll. Die Leute sind hier, weil sie nirgendwo anders hinkönnen. Niemande, bloße Zahlen auf Papier oder in einem Computer, die Verfolgten, die Heimgesuchten, die Vergewaltigten, die Unterlegenen, die Versehrten, die Vertriebenen, das Treibgut der Welt, außerstande, nach Hause zu gehen, wo auch immer das ist. Sie sitzen auf allem, was sich dafür eignet, auf Melkhockern, Küchenstühlen oder ziemlich traurigen Kissen, die gespendet worden sind. Viele müssen stehen. Fidelma sitzt an einem kleinen Tisch, auf dem ein Mandala aus frischen Kaffeebohnen gelegt ist, und der Geruch ist angenehm.

Varya, die das Büro führt, begrüßt sie, einige davon namentlich. Sie ist eine hochgewachsene, gut gebaute Frau mit Strähnchen in verschiedenen, kräftigen Farben im kurzen Haar, die Augen von einem weichen, dunklen, wie Honig schimmernden Farbton, die Arme stets offen für alle Welt. Sie betreibt in den Räumen nebenan eine wohltätige Einrichtung und ist wie alle anderen hier ein Flüchtling, aber sie hat, wie sie immer wieder betont, überlebt, und es sei die Pflicht der Überlebenden, anderen zu helfen. Wie ihre ältere Mutter hat sie die Belagerung von Sarajewo durchlitten, mit all der Angst, dem Hunger und der Entbehrung, die damit einhergingen, doch sie merkt mit einer gewissen Ironie an, dass es eine Zeit gab, in der Sarajewo als größtes Thema der Welt galt, dass diese Zeit jedoch vorbei sei. Sie hat diese Zufluchtsstätte eingerichtet, damit sie einen Ort haben, zu dem sie jederzeit kommen, wo sie nachdenken und ihr Heimweh eingestehen können. Jeden Donnerstag ermutigt sie zum Geschichtenerzählen, damit sie alle wenigstens etwas voneinander erfahren, zum Beispiel wer Kinder hat, wer Kinder in einem fernen Land hat zurücklassen müssen, wer sich legal hier aufhält und wer nicht. Sie weiß wohl, dass manche, wenn sie ihre Geschichte erzählen, das genaue Gegenteil von dem sagen, was sie empfinden, dass manche lügen, manche dichtmachen, aber sie ist fest davon überzeugt, dass ihr bloßes Hiersein allmählich vielleicht irgendeine kleine innere Veränderung hervorruft, sodass sie sich ein kleines bisschen weniger allein fühlen.

Letzte Woche war Maria an der Reihe, und diese Woche fordert man Lupa zum Erzählen auf. Wie schon Maria bekennt sie sich zur besonderen Musik des Tango, der sie in

Kopf und Seele gefangennimmt. Sie kommt aus Argentinien und ist, obwohl erst in den Dreißigern, schon Großmutter, und sie erzählt, wie es dazu gekommen ist, und welche Verantwortung es mit sich bringt. Um über die Runden zu kommen, hat sie zwei Jobs, einen in einem städtischen Park, den anderen nächteweise in einer Leichenhalle. Ihre noch nicht ganz fünfzehnjährige Tochter Isabella wurde, so erzählt sie, von Bekannten, die sie gerade erst kennengelernt hatte, auf eine Party mitgenommen. »Dort tanzt sie mit einem jungen Mann, der ihr sagt, er liebt sie, und sie geht in dieser Nacht mit ihm. Danach geht sie wie üblich wieder zur Schule, und nach drei Monaten merkt sie, ihre Periode bleibt aus, und sie denkt, das ist normal, aber als fünf Monate herum sind, weiß sie es sicher. Ihre Freunde wollen ihr nicht helfen. Ich gehe zur Schuldirektorin, und sie sagt: ›Halten Sie es geheim, geben Sie kein schlechtes Beispiel.‹ Ich gehe zu dem Haus, wo die Party war, und dort heißt es, es waren viele Leute auf der Party, auch viele Fremde, und sie machen mir die Tür vor der Nase zu. Sie glauben nicht, dass sie vergewaltigt worden ist. Sie sagen, sie ist eine Lügnerin. Sie sagen, ich lüge für sie. Ich knie mich vor die Tür und rede durch den Briefschlitz, ich flehe, ich sage, meine Tochter ist vergewaltigt worden, ich bitte sie um ein wenig Mitleid, aber die Frau drin, sie wiederholt, dass wir Lügner sind, und wenn ich zur Polizei gehe, gibt es Ärger für alle, weil so viele illegal sind. Meine Tochter, sie hört nach sieben Monaten mit der Schule auf. Sie will nicht, dass ihre Freunde sie verspotten. Manchmal schlägt sie immer wieder den Kopf gegen die Wand und schreit *Warum, warum ich?*, und dann sagt sie, sie will sterben. Außerdem sagt sie, wenn es ein Junge ist, bringt sie ihn um. Sie erstickt ihn mit einem Kissen. Ihre Zeit kommt, und ich bin bei ihr im Krankenhaus, und ich darf dabei sein, und ich schaue, und ich halte den Atem an, als ich es herauskommen sehe. Es ist ein kleines Mädchen, und ich sage, jetzt kann sie es nicht umbringen, und wir nehmen es mit nach Hause, unsere zweite Isabella. Meine Tochter, sie liebt es manchmal und manchmal nicht, sie versinkt zu oft in Depressionen, ist zu viel allein, will nicht in den Park oder ins Museum gehen, will nicht aus dem Bett aufstehen. Aber weil ein Baby da ist, gibt mir der Richter Verlängerung um ein Jahr auf mein Visum, und ich bete zu den Göttern, meine Tochter wird ihr Kind lieben, sobald es anfängt zu laufen und zu reden und sich mit ihr zu beschäftigen.«

Als Lupa fertig war, herrschte wie bei jeder Geschichte aus Respekt vor dem Gesagten zunächst Schweigen.

Dann war Nahir an der Reihe, aber er sträubte sich. Er begann damit, dass er lachte. Er war ziemlich klein, mit einem Bürstenschnitt, die Augen hinter schweren, blässlichen Lidern verborgen. Sein Zögern hatte etwas Entnervendes, als könne er jederzeit aus seiner anormalen Ruhe ausbrechen und explodieren. Varya stellte ihn vor und sagte, er stamme wie sie aus Bosnien, allerdings aus einem anderen Landesteil, und er sei in ein Auffanglager gebracht worden, wie das im offiziellen Sprachgebrauch hieß, wobei es sich in Wirklichkeit jedoch um eine Mordfabrik handelte. Die verschiedenen Mordfabriken hatten unverfängliche Namen – das Rote Zimmer, das Weiße Zimmer, der Hangar und so weiter, Namen, die über die Schlächterei hinwegtäuschten, die darin vor sich ging. Als das Wort Bosnien fiel, erstarrte Fidelma und wollte gehen, aber irgendetwas, vielleicht ihre eigene Schüchternheit, hinderte sie daran.

Leise begann er: »Ich sage, der Krieg ist eine Lotterie … dankt eurem Glücksstern, dass ihr hier seid … Ich war einmal ein sehr ernsthafter Mensch, jetzt lese ich alte Wildwestromane. Lache viel ohne Grund. Wenn Leute Steine nach mir werfen, werfe ich keine Steine zurück, ich lache. Ich verfolge den Fußball in meinem Land, obwohl ich nicht mehr dort lebe. Ich lebe in Dagenham, und meine Freund, sie lebt in Oxford, und wir treffen uns einmal im Monat.«

»Erzähl uns, was passiert ist«, sagt Varya sanft, und auf ihre Bitte hin steht er auf, unsicher, als würde er dazu auffordern, entweder bemitleidet oder bloßgestellt zu werden.

»Eines Tages im Morgengrauen sind die Soldaten gekommen und haben sämtliche Türen in der Straße eingeschlagen, eine nach der anderen. Mein Bruder und ich werden beide herausgerufen. Meine Mutter kommt aus dem Schlafzimmer gelaufen und geht mit uns bis zu dem kleinen Tor. Ihr werdet zurückkommen, ihr werdet zurückkommen. *Da,* sage ich für uns beide, das heißt ja, ja. Sie gibt meinem Bruder den Hausschlüssel, weil sie weiß, sie wird auch weggebracht, das ganze Dorf wird gesäubert. Das Letzte, was ich sehe, bevor sie mir die Augen verbinden, ist der graue Nebel im Wald, der die Bäume verhüllt, und ich frage mich, ob ich diesen Nebel und diese Bäume je wiedersehen werde. Aber ich habe sie wiedergesehen. Ich gehöre zu den Glücklichen, obwohl der Tod vielleicht das größere Glück ist. Vom Bus wir werden in Güterwagen in einem Zug gesteckt, dass es ein Zug ist, wissen wir, weil wir die Pfeife hören, und wir werden ins Lager gebracht, mein Bruder in ein Haus und ich in ein anderes. Die Leute stapeln sich praktisch da drin, eine einzige Toilette für Hunderte und die ganze Zeit Gebrüll, Wachen brüllen und Leute, die geschlagen werden, die um Gnade flehen, bis sie keine Luft mehr haben. Die Leute, die uns verhören, sind Leute, die ich von vor dem Krieg kenne. Die Folterer sind Leute, die ich von vor dem Krieg kenne. Eines Tages kommt mir ein trauriger Gedanke. Ist der Drang, zu foltern und zu töten, schon die ganze Zeit dagewesen, auch als wir noch Freunde waren? Mein Bruder will mich dazu bringen, dass ich darüber rede, aber ich kann nicht. Ich sage ihm, ich fühle nichts, keinen Schmerz, keinen Kummer, keine Rache, bin tief in meiner eigenen Hölle. Er ist voller Hass. Er sieht, ich habe keinen Hass, und das kann er mir nicht verzeihen. Er sagt mir, ich soll versuchen, mich daran zu erinnern oder es mir wenigstens vorzustellen, die Schreie, den Jungen aus unserem Dorf, den sie bewusstlos geprügelt haben, und dazu das ständige lautstarke *»Pusti me da živim«,* »Lasst mich leben«, und ich sage ihm, alles, was ich mir vorstellen kann, ist, dass mein Kopf innen auseinanderbricht, und da ist kein Platz für Erinnerung. Er sagt, ich erinnere mich doch bestimmt an das Zusammenfegen, Körperteile, Haarbüschel, blutige T-Shirts, und er ist kurz davor, mich zu schlagen, weil ich mich nicht erinnere, und ich sage, schlag mich nicht, ich bin nicht bereit, mich zu erinnern, und vielleicht werde ich es nie sein.

Ich bin früher herausgekommen als er. Eines Abends hat mich ein Wächter, der in der Schule unser Sprachlehrer war, herausgeholt und in einen Heizungskeller gebracht. Er hatte ein Messer. Ich habe gedacht, er bringt mich um. Aber er gibt mir das Messer, und er sagt: Geh, geh, geh. Vielleicht er tut das, weil wir an diesem Tag gesehen haben, wie er jemanden absticht wie ein Schwein. Wir haben dabei zugesehen und es überlebt, und vielleicht er hat schlechtes Gewissen gehabt oder er war betrunken, jedenfalls lässt er mich gehen. Eine Frau, die in der Nähe wohnt und ihren Schnaps liefert, nimmt mich auf. Sie hasst die Soldaten. Die Töchter in der Gegend werden immer wieder vergewaltigt, aber sie reden nicht darüber, weil die Wachen ihnen drohen, dass noch Schlimmeres passiert, wenn sie reden, dass man ihnen das Haus anzündet. Dass man ihre Eltern abschlachtet. Von dort bin ich irgendwann in ein Lager vom Roten Kreuz gekommen, und nach siebzehn Monaten bin ich entlassen worden, unter der Bedingung, dass ich nicht nach Bosnien zurückkehre. Ich glaube, ich habe Zusammenbruch in einem Zentrum in Holland. Ich lache viel und rede mit Bäumen. Mein Bruder ist erst viel später herausgekommen, er wurde irgendwann bei einem Gefangenenaustausch freigelassen. Er ist dorthin zurückgegangen, wo wir früher gelebt haben, weil er den Schlüssel hat, er hat ihn nicht verloren. Von unserem Haus ist nichts mehr da, nur eine verbrannte Ruine und die Stümpfe der Obstbäume in einer schwarz gewordenen Landschaft. Er sagt, auch sein Herz ist schwarz geworden, aber durch die Rückkehr gereinigt. Er sagt, es ist notwendig, sich zu erinnern, und dass nichts vergessen werden darf. Ich sage das Gegenteil. Langsam, mühsam fängt er an, ein neues Haus zu bauen, wo unser Haus gestanden hat. Es ist für mich, damit ich zurückkehre. Außerdem er hat Bienenstöcke und Honigbienen. Ich gehe nach Hause, weil er es will. Der Honig ist dick und schmeckt nach Blüten. Er sagt, wir gehen in den Wald, um wieder zusammenzufinden. Er fragt, an was ich mich Nacht für Nacht in diesem Raum voller Wahnsinn erinnere. Ich sage, ich erinnere mich an den Zauber der Flüsse, besonders im Frühling, beim Tauwetter, wenn der Wildbach den Berg herunterkommt, und er wird böse auf mich und sagt, ich habe kein Gefühl, ich tue so, als hätte ich nichts damit zu tun, und ich sage zu ihm, er jagt Gespenstern nach. Wir finden nicht zusammen. Er nimmt den Schlüssel, den er um den Hals trägt, und sagt immer wieder ›Der Schlüssel, der Schlüssel‹, als ob uns das zusammenbringt. Ich sage ihm, dass ich ein guter Mensch sein will, ich will nicht hassen. Verzeiht mir, aber ihr seht, ich bin ein Mann von wenigen Worten.« Unvermittelt hörte er zu reden auf, und Varya dankte ihm. Niemand sagte etwas.

Dann, um die Verlegenheit und das angespannte Schweigen abzumildern, fragte sie ihn, was er sich aussuchen würde, wenn er ein Geschenk bekäme, und er sagte, eine

Pfanne, eine gusseiserne Pfanne, die er ordentlich reinigen könne, keine aus Teflon. Die Vorstellung einer Pfanne rief Gelächter hervor. Suni, die neben ihm saß, hob die Hand und sagte, eine Bratenspritze, ja definitiv eine Bratenspritze, denn Weihnachten sei nicht mehr weit, und sie und Mildred seien jetzt zusammen, und sie erzählte noch einmal, wie es dazu gekommen war, auf einem Tennisplatz habe Mildred sie aus heiterem Himmel geküsst und gesagt: »Wach auf, Suni«, und das sei es gewesen, obwohl sie vorher Männer gehabt habe. Ja, definitiv eine Bratenspritze. Allissos wünschte sich einen Gutschein für ein Nagelstudio und dass ihre Nägel in metallischem Violett lackiert würden. Außerdem, dass sie an Silvester die Lichter auf dem Trafalgar Square sehen könnte.

Dann verkündete Varya, dass das Thema für den zweiten Teil des Abends »Mutter« lauten werde, weil Allissos' Mutter in der Vorwoche gestorben sei. Die anderen wussten schon ein wenig von Allissos' Leben in einem Haus in Acton, zusammen mit siebzehn anderen, die alle auf einen Brief vom Innenministerium warteten, die alle jeden Tag im Flur standen und auf den Brief vom Innenministerium warteten. Dann eines Tages warf eine Frau ihr vor, sie habe ihren Brief mit der Aufenthaltserlaubnis gestohlen, und sie sagte nein, aber ganz gleich wie oft sie nein sagte, die Frau gab keine Ruhe, folgte ihr die Treppe hinauf und beschuldigte sie weiter. Man wusste, dass sie selten in der Küche aß und brachte ihr dreimal am Tag ihren Reis aufs Zimmer, entweder mit oder ohne Sauce, und man wusste, dass sie die Anrufsendungen von LBC hörte, an denen sie sich beteiligte, indem sie das Radio mit aufgebrachter Stimme fragte, wann sie denn nun endlich vom Innenministerium hören würde, dass sie bleiben dürfe. Allissos kauerte sich verlegen zusammen, aber Varya bat sie aufzustehen und sagte, ihre

Geschichte werde ein Geschenk für alle anderen sein. Sie war eine schlanke junge Frau mit langen, schwarzen, glänzenden Haaren, über die sie ständig strich, und sie wurde im Fortgang ihrer Geschichte selbstbewusster.

»Ich war ungefähr dreizehn und konnte meine Haare nicht leiden, also hat eine Freundin mir ein Mittel empfohlen, um sie zu glätten. Ich bin ins Bad gegangen und habe mich eingeschlossen. Sehr bald sind meine Haare grün geworden und büschelweise ausgefallen. Ich bin zu meiner Mutter gelaufen und habe ihr gesagt, dass mir sämtliche Haare ausgefallen sind. ›Geschieht dir recht‹, hat sie gesagt und mich links und rechts geohrfeigt. Sie hatte schlechte Laune. Ich hatte immer das Gefühl, dass sie mich nicht will. Das liegt an der Kultur. Sie wollen nur Söhne, die groß und stark werden und sie versorgen können. Ich war bei mir zu Hause nicht froh, und als meine Mutter und mein Vater sich trennten, wurde es noch schlimmer. Jeden Tag hatte ich mit meiner Mutter Streit. Mein Vater ging zu einer anderen Frau in einem anderen Dorf, und ich lief mehrmals von meiner Mutter weg und ging zu ihm, aber seine neue Frau wollte mich nicht, und er schickte mich jedes Mal nach Hause zurück und sagte mir, ich soll meine Mutter so akzeptieren, wie sie ist, denn ändern würde ich sie ganz bestimmt nicht. Als ich sechzehn war, hat eine Tante angeboten, mich nach Frankreich mitzunehmen, und dort habe ich auf dem Land gelebt, wo es Weinberge gibt und ich das Keltern gelernt habe. Dort war ich vier Jahre. Dann lädt eine Kusine mich nach England ein, sie sagt, es ist besser, wenn ich nach England komme, dort gibt es mehr Möglichkeiten, und Englisch ist überall auf der Welt die erste Sprache. Meine Kusine wohnt außerhalb von London. Sie holt mich von der Bahn ab. Sie hat ein Zimmer, das zugleich ein Schlafzimmer ist, und sie nimmt mich sehr freundlich auf. Sie öffnet eine

Flasche Wein, und ich habe noch nie Wein getrunken. Sie erzählt mir, dass sie und ihr Freund nicht glücklich sind. Sie hat einen Italiener kennengelernt und zieht nach Rimini, um bei ihm zu sein, aber ich soll bleiben. Ich sage, ich will nicht im selben Zimmer wie ihr Freund sein. Sie schwört, dass er mich in Ruhe lässt, dass er viele Freundinnen hat, Unmengen. Am ersten Abend ist er höflich und macht mir Fischstäbchen zum Essen. Meine Kusine ist schon weg. Als es Zeit zum Schlafengehen ist, sage ich, ich schlafe auf dem Boden, und er macht sich über mich lustig. Ich nehme mir ein Kissen und ein großes Handtuch aus dem Badezimmer und lege mich hin. Er läuft nackt herum und kann nicht verstehen, warum ich nicht mit ihm ins Bett gehe. Er sagt, ich habe es nur ihm zu verdanken, dass ich ein Dach über dem Kopf habe, und ich schulde ihm alles. Im Lauf der Woche wird er immer gemeiner. Es gibt nur einen Wohnungsschlüssel, den er mit zur Arbeit nimmt, deshalb kann ich nicht draußen spazieren gehen. Einmal gehe ich sonntags zur Kirche, als er schläft, und als ich wiederkomme, ist er aufgetakelt wie ein Pfau, in blauem Hemd und roten Schuhen. Sehr spät in dieser Nacht kommt er betrunken nach Hause und fällt aufs Bett, in Schuhen und allem. Am nächsten Abend frage ich, ob ich spazieren gehen kann, weil es Sommer ist und sehr heiß im Zimmer. Ich gehe eine lange Straße entlang, dann in eine Seitenstraße und vorbei an einem Schrebergarten, wo Mädchen Beeren von Sträuchern pflücken. Ich schaue ihnen eine Zeitlang zu. Sie fragen mich, ob ich mitmachen will. Als ich zurückkomme, macht er mir nicht auf. Er kommt ans Fenster und sagt, meine Sachen sind in der Mülltonne am Tor. Ich gehe zu der Kirche, wo ich sonntags gewesen bin, eine Frau nimmt mich mit nach Hause, am nächsten Tag ruft sie bei verschiedenen Stellen an, und irgendwann bekomme ich ein Zimmer in dem Haus in Acton. Es ist jetzt drei Jahre her, dass ich Asyl beantragt habe. Das Asyl ist abgelehnt worden, aber ich habe Berufung eingelegt und gehe alle sechs Monate mit einem Anwalt zur Einwanderungsbehörde, um nachzufragen. Die ganzen Jahre denke ich an meine Mama, und wie gern ich mich mit ihr versöhnen würde, aber als ich anrufe, schreit sie mich an und sagt, ich habe keinen Charakter und soll mich von ihr fernhalten. Ich schicke ihr ein kleines Geschenk, eine Puderdose. Ich bekomme einen Teilzeitjob in einem Hotel, wenn dort Feiern stattfinden und sie zusätzliche Leute brauchen. Die Feiern finden in einem Ballsaal statt, mit feingemachten Ladys in tief ausgeschnittenen Kleidern, die haufenweise Schmuck tragen. Laut reden. Ich weiß, es ist illegal, dort zu arbeiten, aber ich brauche Geld, um im Senegal anzurufen. Jeden Tag warte ich wie die anderen auf die Entscheidung. Dann vor vier Tagen, es ist sehr spät und ich schlafe schon, klingelt mein Telefon. Es ist mein Vater, und er ist verzweifelt. Er ist viel bei meiner Mutter, seit sie krank geworden ist, und sie tut ihm leid. Ich habe gar nicht gewusst, dass sie krank ist. Als er mir erzählt, dass sie Atemnot hat, ist die Verbindung plötzlich weg. Mein Handy hat kein Guthaben mehr. Ich musste bis zum anderen Morgen warten und dann ins Geschäft gehen und mir eine neue Karte besorgen. Ich rufe meinen Dad an, und jetzt weint er. Im Hintergrund ist es sehr laut, denn es sind viele Leute im Haus, und meine Mutter ist gestorben, sie liegt im Bett, und sie haben ihr die Haare mit Blumen umlegt. Ich kann es mir vorstellen, ihr mageres Gesicht, die Augen zu, und wie die frischen Blumen aufs Kissen fallen. Es ist schrecklich, das am Telefon zu erfahren. Ich möchte dort sein und mich von meiner Mama verabschieden, und in diesem Augenblick wird mir klar, was ich mir am meisten auf der Welt wünsche, nämlich dass sie nicht tot ist und dass sie mir verzeiht. Das wünsche ich mir noch mehr als Asyl. Mein Vater sagt noch ein paar Worte, und dann bin ich allein im Zimmer, und ich weiß, ich werde nie aufhören, mir zu wünschen, dass meine Mutter mir verzeiht.«

Suni ist aufgebracht, was sie mit plötzlichen, abrupten Bewegungen von Armen, Handgelenken und Fingern kundtut. Sie gerät in Rage und fragt, warum sie sich diesen Mist anhören müssten, wo sie doch hier seien, um über Politik zu reden und nicht über irgendwelche Mütter. Varya unterbricht und weist ganz sanft darauf hin, dass auf dieser Welt alles politisch sei. Das Brot, das man isst, das Wasser, das man trinkt, die Matratze, auf die man sich legt, Krieg oder Frieden, alles sei im Grunde politisch. Es sei unsensibel, Allissos Vorwürfe zu machen, zwischen Mutter und Kind bestehe schließlich eine Urbeziehung, ganz gleich wer man sei. Viele in der Gruppe applaudieren, darunter auch Nahir.

Oghowen steht bereits, ganz erpicht darauf, ihre Geschichte zu erzählen, die sie im Bus noch einmal in Gedanken durchgegangen ist. Sie ist eine ziemlich mollige Frau und trägt ein kurzärmeliges blaues Kalikokleid, obwohl es schon Winter ist und am vorigen Sonntag die Uhren umgestellt worden sind. Sie beginnt mit einem Lob Gottes – *Gott ist der Lenker* –, dann fängt sie zu erzählen an.

»Mein Name ist Oghowen, das heißt die Einzige. Ich bringe Unglück ins Leben meiner Mutter. Sie wollte nicht schwanger sein, also geht sie zum Dorfdoktor und bekommt Medizin. Das Baby kommt vor der Zeit auf die Welt und stirbt nach ein paar Tagen. Dann, eine Woche später, meine Mutter ist unterwegs, sie bekommt Schmerzen und Wehen, und sie blutet. Sie war mit Zwillingen schwanger, aber das hat der einheimische Doktor nicht gesehen. Sie geht in den Busch, wo ich geboren werde. Sie wünscht, ich wäre ein Junge. Mädchen sind überflüssig. Ich bin der Mensch, den sie von Anfang an schikaniert. Sie geht mit mir zum Hexendoktor, der in einem Tontopf verschiedene Stoffe heiß macht, mit denen ich am ganzen Körper eingerieben werde. Dann macht sie mit der Rasierklinge Schlitze, damit der Teufel rauskommt, und alle jubeln und sagen: ›Jetzt bist du keine von den Bösen mehr.‹ Aber meine Mutter hackt trotzdem noch dauernd auf mir herum. Sie und zwei Tanten bringen mich eines Nachts zu einer Hütte im Busch. Sie sagen zu mir: ›Du wirst beschnitten‹, und ich frage, warum. Eine Tante sagt, das ist Tradition, die andere sagt, damit ich aufhöre zu flirten oder Jungs zu erlauben, mit mir zu spielen. Meine Mutter sagt, damit ich sauber bin und keine schmutzigen Gefühle für Jungs habe. Dort wartet noch ein Mädchen, und sie hat eine Stoffpuppe in der Hand, die sie drückt, immerzu drückt. Sie wird vor mir hineingerufen. Ich höre sie schreien, vielleicht dreißig, vielleicht vierzig Minuten, vielleicht noch länger. Ich werde hineingebracht, und man sagt mir, ich soll mich auf den Boden legen. Es ist ein Lehmboden. Ich bohre die Finger in den Lehm, weil ich nichts zum Festhalten habe. Es riecht nach Dettol, und ich sehe Rasierklingen und eine kleine Schere auf dem Tisch, und ich weiß Bescheid. Eine fragt, ob ich einen Lappen über den Kopf haben will, aber ich sage nein, ich will sehen. Schon damals weiß ich, Gottes Plan für mich ist, dass ich mein Leben mit offenen Augen lebe. Gott ist der Lenker. Dann spreizt sie mir die Beine, eine zweite Frau hebt meine Arme, und ich fange wie wild zu zittern an. Sie sagen mir, ich soll nicht zittern, sonst passiert ein Fehler, und alles wird noch schlimmer. Die Helferin, sie schneidet die Klitoris, und ich schreie und brülle wie ein Tier. Meine Mutter, sie sagt zu ihnen, wie dickköpfig ich bin. Ich brülle, bis ich nicht mehr brüllen kann, und hinterher stellen sie mich auf die Füße, und ich blute. Man sagt mir, ich soll mich sieben

Tage mit warmem Wasser und Salz waschen, und dann soll ich zum Fädenziehen wiederkommen.

Als ich ungefähr siebzehn bin, lädt mich eine Kusine nach England ein, und ich lebe bei ihr und ihrer Familie und bin viel glücklicher. Sie sind alle Kirchenmitglieder. Zu Hause lesen wir die Psalmen und die heiligen Bücher, die uns den Weg weisen. Sonntags gehen wir zur Kirche und singen Gottes Lob, und hinterher trinken wir auf dem Kirchengelände Tee oder Kaffee und mischen uns unter die Leute. Nach zwei Jahren lerne ich einen jungen Mann aus meinem eigenen Land kennen. Er ist aus Holland hergezogen und hat ein befristetes Visum, weil er hier arbeitet. Er macht mir den Hof, wir gehen spazieren und sitzen in Parks, und wir machen Pläne. Wir haben eine schöne Hochzeit, und der Pastor erlaubt uns, auf dem Kirchenrasen zu feiern. Er sagt, wir sind die besten Kirchgänger und helfen anderen unermüdlich. Als ich schwanger geworden bin, habe ich gewusst, es wird ein Mädchen, und so war es auch. Sie hat mich von Anfang an mit lieben Augen angesehen. Sie ist besonders. Sie hilft. Sie räumt auf. In der Schule sagt sie frechen Mädchen, sie sollen höflich zur Lehrerin sein und keine Widerworte geben. Am Wochenende wir machen Biskuitkuchen für die Lehrerin. Sie weiß alles. Wenn ich weine, weiß sie, warum ich weine. Ich tue es, damit wir nicht zurückgeschickt werden, denn wenn wir zurückgeschickt werden, tun sie meiner Tochter das Gleiche an, was sie mir angetan haben. Ich weiß nicht, wo auf der Welt meine Mutter ist, aber wenn wir zurückgehen, wird sie uns finden. Ich habe Angst davor, was passieren wird. Gott kennt meinen Schmerz, und Gott ist der Lenker. Er sagt mir, ich soll für andere da sein, und das bin ich, und es hilft mir viel. Sehr vielen Dank«, sagte sie, als sie fertig war, die nackten braunen Arme voller Sanftmut ausgestreckt.

Dann war Fidelma an der Reihe. Sie war verwirrt. Sie hatte vorgehabt, irgendeinen Traum oder Albtraum zu erzählen, der vielleicht indirekt auf ihre Geschichte hindeutete, aber ihr fiel kein Traum oder Albtraum ein.

Das Wort »Sarajewo« hatte ihr alles wieder in Erinnerung gerufen. Er war ihr vor Augen getreten, genau wie damals, als er die Hauptstraße entlanggekommen war, seine Stimme so ruhig und gewichtig, auch bei jenem letzten bitteren Tadel an dem Morgen, als er das Graffito sah, die Obszönität, die der Auftakt zu allem war, was dann folgte.

Sie suchte nach Worten und begann mit gezwungener, unnatürlicher Stimme:

»In Irland regnet es ziemlich viel, daher das Klischee von der grünen Insel, grüne Felder und Moos an Mauern und Grabsteinen. Vieles hat sich zum Besseren verändert, in den Städten mehr als auf dem Land; dort gibt es immer noch viele Vorurteile, und man giert nach Skandalen, als wären sie Nektar. Ich war untreu, und habe dadurch das Leben meines Mannes und unseren Ruf ruiniert. Ein neuer Mann ist in unser Dorf gekommen, in der Maske eines Propheten, aber wie sich herausstellte, hatte er schreckliche Dinge getan, hatte in seinem eigenen leidgeprüften Land Tausende von Morden befohlen und organisiert. Ich habe das Gefühl, ich habe mich dadurch, dass ich mit ihm zusammen war, zur Komplizin dieser schrecklichen Dinge gemacht. Ich empfinde eine Schuld, die, wenn ihr so wollt, keine echte Schuld ist, und dennoch fühle ich mich schuldig. An meinem letzten Morgen stand ich auf einem Hügel vor dem Kloster, wo man mir nach meinem Sturz Zuflucht gewährt hat, und sprach mit der Landschaft selbst, sagte, dass ich mein Zuhause, meine Seele, mich selbst läutern wollte. Es gibt ein Gedicht, ein wunderschönes Gedicht von Emily Dickinson, in dem es heißt: ›Kommt es, lauscht die Landschaft – Schatten – starr im Schreck – Geht es, gleicht's der Ferne in des Todes Blick.‹«

Sie verstummte unvermittelt, weil sie wusste, dass es nicht der Wahrheit entsprach, dass es zu wenig eindeutig, zu hochtrabend war, und während die anderen hinausschlurften, winkte Maria ihr mit betroffenem Gesicht zu. Varya hatte ihr bedeutet, noch da zu bleiben.

***

Wie lange sind sie schon da? Bleierne Stille hatte sich über die Räume gesenkt, die Person, die mit Putzen an der Reihe war, war längst gegangen, und sie hatten eine Tür zufallen hören, als sie das Haus verließ. Fidelma ist ins Zimmer zurückgekommen, wieder sie selbst, das Selbst, das sie der Welt zeigt. Sie sitzt schon eine ganze Weile da und redet. Es ist Varyas Privatbüro, Varya sitzt auf ihrem Drehstuhl, Fidelma ebenfalls auf einem bequemen Stuhl, in der Hand ein Glas, ohne dass sie sich daran erinnert, wann es ihr gereicht worden ist. Sie sieht die bunte Abbildung der südafrikanischen Blume und die verschiedenen Zeitungsausschnitte über Flüchtlinge, Menschenrechte und Asylsuchende. Jedes Jota ihres Wesens fließt in ihre Erzählung ein. Sie kennt den Mann, von dem Varya gesprochen hat, den Mann, der sich über den Tod derer lustig gemacht hatte, die auf dem Markt nach Brot anstanden, der behauptet hatte, das Ganze sei eine Inszenierung und bei den Toten und Verwundeten handele es sich um Schaufensterpuppen und Leichen längst vergangener Kriege. Dieser Mann war ihr Liebhaber. Wie hässlich das Wort inzwischen klingt, wie unpassend ihre Verbindung. Sie erzählt es stockend. Wie er an einem Winterabend gekommen war und wie es sich wie ein Lauffeuer herumgesprochen hatte, dass ein Heiler unter ihnen weilte.

Sie verknallte sich in ihn, zuerst nur ein bisschen, eher wie die Schwärmerei eines Schulmädchens, dann heftiger, dann bis über beide Ohren. Sie brachte es fertig, sich mit ihm zu treffen, hinterließ Nachrichten, einen Runenstein, oft auch selbstgebackene Käsestangen. Später gingen sie zusammen weg, irgendwann wurde sie wie gewollt schwanger, und er diagnostizierte die Schwangerschaft mithilfe des Glaspendels, das er an einer langen Schnur um den Hals trug und das er für Voraussagen verwendete, und sagte: »Ja, da wächst ein hübsches kleines Serbenkind heran.« Es war in seinem Sprechzimmer zur Mittagszeit, als keine Patienten da waren. Dann Gerüchte, das Graffito, sein Verschwinden, seine flüchtige Rückkehr, die Festnahme im Bus und die in aller Ausführlichkeit im Fernsehen ausgebreitete Geschichte seines Lebens. Dann die drei brutalen Kerle. Ihre Gerüche, ihre Sonnenbrillen, eine mit Klebeband geflickt, die Hütte mit dem Lehmboden und nichts, woran sie sich festhalten konnte, als es passierte. Als es passierte. Hämmernde Musik und ihre Schreie. Jeder Stoß des Brecheisens so, als könnte es nicht schlimmer werden, nur wurde es immer schlimmer, und die Schreie versiegten, während sie mit letzter Atemkraft um ihr Leben kämpfte und zugleich tot sein wollte. Dann gingen die drei Männer, und die Stille wurde bald vom Gewusel der Ratten unterbrochen.

»Es ist, als hätten sie das Brecheisen nie herausgezogen«, sagt sie und sieht der Frau zum ersten Mal in die Augen, die sanft, freundlich und voller unendlichem Schmerz sind.

»Ich hasse ihn, ich will ihn auf jede nur denkbare Art bestrafen, ihm auch die Stimme nehmen, ihm den Kehlkopf herausreißen und sie Silbe um Silbe erwürgen. Ich will die drei Männer zu Brei zermalmen, ich hasse mich selbst und meinen Körper, ich glaube, dass nur Gewalt der Gewalt ein Ende macht. Wenn ich menstruiere, will ich mein Gesicht damit beschmieren, um mich noch mehr zu besudeln. Verstehst du, ich habe jedes Unterscheidungsvermögen zwischen dem, was natürlich, und dem, was unnatürlich ist, verloren. Ich höre die Geschichten anderer Frauen in diesem Raum, Schicksale, die viel schlimmer sind als meines, entsetzlich, und ich bin bewegt, aber nicht so sehr, dass ich den Hass ausmerze, der mich erstickt.«

Sie sieht Varya an, schüttelt den Kopf und wendet den Blick ab. Es ist spät. Ein Zug fährt vorbei, und in dem geisterhaften Licht sind die Waggons von ausgebleichtem Weiß und gleichen einem Konvoi von Leichenwagen, unterwegs zu einem Ziel, das dem Untergang geweiht ist.

ZWINGER

Fidelma hat Violet, Elvis, Beth, Toby, Cher, Holly, Pearl und Benjy kennengelernt. Ihre erste Begegnung fand nicht im Dunkeln statt, sondern im düsteren Licht der Zwinger, da das einzige Fenster sich im Vorraum befindet und es überall sonst finster ist.

Lara, ein junges Mädchen, führt sie an den Zwingern entlang, um sie mit dem Ort vertraut zu machen. In ihrem Baumwollkleid und ihren Gummistiefeln sieht sie aus wie eine Stallmagd, und sie plaudert im Gehen, sagt, wer nervös ist, wer ein hübscher Bursche, wer Gesellschaft mag, wer ein Einzelgänger ist und so weiter, und beim Klang ihrer Stimme kommen die Hunde nach vorn gestürzt, um an ihrer Hand zu schnuppern und zu lecken. Sie lobt sie, rühmt ihr seidenes Fell, das dem junger Kälber gleicht, ihre weichen Ohren und ihr Herz, das wie das eines Menschen schlägt.

Außen an jedem Zwinger ist eine kleine Tafel angebracht, auf der mit rosa Kreide die Namen der Hunde angeschrieben stehen, und bald gleicht das vielfache Trommeln ihrer Schweife gegen den Maschendraht einem Aufruf zum Aufstand. Zwei sind auf ihrem erhöhten Lager liegen geblieben, sind auf ihren Thronen aus geschreddertem Papier kaum zu sehen und starren mit ungemein traurigen Augen vor sich hin, ernsten Augen, in denen ungemein traurige Geschichten liegen.

Ganz plötzlich fängt einer zu knurren an, wirft sich nach vorn, geifert und bellt im Versuch auszubrechen. Das ist Bella, die unter Epilepsie leidet und deshalb einen Zwinger für sich allein hat. Beim bloßen Schritt eines Fremden verfällt sie in Raserei, bald stimmen andere in das Getöse ein, stürzen sich gegen die ihnen gesetzten Grenzen, ein anschwellendes wildes und misstönendes Gebell, sodass Laras sanfte, beschwichtigende Worte ohne Erfolg bleiben. Es ist das reinste Irrenhaus.

Diese Empörung ist es, die Fidelma in Erinnerung bleibt und ein Echo in ihr findet, nachts, in der Unterkunft, die man für sie auftreibt.

Und so kam es dazu.

Sie ist in einer Snackbar in einer Seitenstraße in London, in der Gegend, wo die Kliniken und Pflegeheime liegen, überall parken Krankenwagen, und Schwestern im blauen Cape über ihrer weißen Kluft eilen von einer Adresse zur anderen. Das Lokal ist gerammelt voll mit Arbeitern, die ihren Kaffee im Stehen trinken, sich die eine Gratis-Zeitung teilen und über die Favoriten im Nachmittagsrennen diskutieren. Auf einer Tafel stehen in ordentlicher, geschnörkelter Schrift die Spezialitäten des Hauses – *Panini, Ciabatta, Bagel, Weißbrot mit Thunfisch und überbackenem Käse, Ofenkartoffel, verschiedene Füllungen.* Die beiden Männer mit bretonischen Kappen hinter dem Tresen sehen aus wie Zwillinge und haben trotz des Andrangs für jeden Kunden ein paar freundliche Worte. Dort steht er, derselbe Bluey, dieselbe Durchtriebenheit, dasselbe Lächeln, der goldene Ohrring und der kaputte Zahn.

»Gott soll mich auf der Stelle totschlagen, wenn ich schuld bin«, sagt er mit zerknirscht gehobenen Händen und beharrt darauf, er sei an dem Tag, an dem ihr Hausausweis gesperrt worden sei, gar nicht da gewesen. Medusa habe ihrer Nichte den Job zuschanzen wollen und viele negative Berichte an die Person ganz oben geschickt.

»Inwiefern negativ?«, fragt Fidelma.

»Na ja … so Sachen eben …«

»Was für Sachen?«

»Hör zu, vergiss es … Als nächtliche Reinigungskraft sollst du unsichtbar sein. Als Mensch gibt es dich nicht. Du bist zum Arbeiten da, nicht zum Quatschen.«

»Aber ich hab nicht geheult«, sagt sie, während ihr die Röte in die Wangen steigt und sich in ihrem Bauch ein Knoten bildet, weil sie sehr wohl weiß, dass sie sich auf der Arbeit zusammengenommen und nur auf dem Nachhauseweg frühmorgens ein paar Tränen vergossen hat. In diesem Augenblick stellt sie sich Medusa vor, winzig klein, die Haut braun und straff wie die Leinwand eines Schiffes, die Augen misstrauisch hierhin und dahin huschend, das Weiße ein angekränkeltes, knorpeliges Gelb, mit symmetrisch auf der Schädelkrone angeordneten Zöpfen, auf Konfrontation aus.

Bluey bringt sie zum Schweigen, sagt, sie solle nicht der Vergangenheit nachhängen, dieser Zug sei abgefahren. Er hat Arbeit für sie. Angesichts dieser Neuigkeit macht ihr Herz einen Sprung. Es sei kein Job in der Bank, sondern draußen auf dem Land, und er wisse, dass sie die Natur liebe, Vögel, Bäume, Flüsse, doch woher er das wusste, blieb ihr ein Rätsel. Es handelte sich um ein Heim für Windhunde, nicht allzu weit von London entfernt. Wunderschöne Tiere, die ein schweres Los hatten, wenn sie, entweder aus Altersgründen oder wegen einer Verletzung, aus dem Rennbetrieb ausschieden. Ein Windhund, der in den ersten fünf Rennen nicht auf dem ersten, zweiten oder dritten Platz landete, wurde ausgemustert, und dann hieß es entweder eine Kugel durch den Kopf, einen Ziegelstein oder ein Tierheim. Seine Freundin Tracy betrieb ein solches Heim und brauchte zufällig gerade eine Aushilfe, da Cressida unerwartet schwanger geworden war. Er war selbst schon dort gewesen, völlig baff darüber, wie engagiert die Mitarbeiter dort waren, jeden

Tag kamen von überallher Leute, um die Tiere auszuführen, und Tracy hoffte inständig, dass einige ihrer Hunde ein neues Zuhause fanden, da es eine lange Warteliste von Aufnahmekandidaten gab.

»Ich weiß nicht recht«, sagte Fidelma.

»Trainer und Besitzer schlachten sie oft für Geld«, sagte er. Das Wort *Geld* machte sie hellhörig. Sie hatte fast nichts mehr übrig, und obwohl keine harschen Worte gefallen waren, hatte sie das Gefühl, sie wurde für Jasmeen allmählich zur Belastung.

»Warum fahren wir nicht hin und sehen es uns mal an«, und er zahlte für den Kaffee und nahm als Souvenir einen sauberen Untersetzer mit.

Sie fuhren durch Straßen mit hohen Wohnblocks, alle von der gleichen senfgelben Farbe, dann ins Bankenviertel, Türme aus Stahl und Glas, fast ohne Abstand aneinandergedrängt, höher und höher im Streben nach Überlegenheit. Er nannte ihr die Namen. Zum ersten Mal sieht sie den Tower of London, ein hellbraunes, weitläufiges Gebäude, das mit seinen Türmchen und kleineren Türmen wie eine eigenständige Stadt wirkt. Bluey hatte mit seinen Kindern eine Führung mitgemacht, und ihnen hatten vor allem die makabren Details gefallen, zum Beispiel die Enthauptung kleiner Prinzen.

In den langen Tunneln heulte der darin gefangene Wind, und es war eine Erleichterung, endlich ins Freie zu gelangen, bei weiteren Gebäuden, denen eine Sumpfniederung folgte, von einem bis zum anderen Ende überwölbt von einer weiten Himmelsfläche, auf der sich sanft träge Wolken ballten. Seit sie von zu Hause weggegangen war, hatte sie keinen so riesigen Himmel mehr gesehen. Masten, obwohl im Boden verankert, schienen über die Landschaft zu marschieren, und dazwischen sah man Windmühlen, deren Räder sich unaufhörlich drehten. Bluey war gesprächig. Das sollte sie vom Grübeln abhalten. Als sie ins Mündungsgebiet der Themse gelangten, sagte er, sie sei ein berühmter Schifffahrtsweg gewesen, Tanker und Frachter aus aller Welt, und wie sich Sir Francis Drake 1577 mit seinen Geschützen und seinen hundertvierundsechzig Mann nach Südamerika aufgemacht habe, um auf Geheiß der Königin Rache zu üben und spanischen Galeonen maximalen Schaden zuzufügen. Als er drei Jahre später mit viel weniger Männern an Bord zurückkehrte, hätten das Gold und die Dukaten, die er der Königin mitbrachte, die Staatsschulden überstiegen. Von da ging er zum Thema Natur über. Die Sumpf- und Feuchtgebiete, über dreitausend Morgen groß, seien reich an Tier- und Pflanzenarten. Er rasselte die Namen von Vögeln herunter, Ringelgänse, Purpurwaldsänger, Feldlerchen, Schnepfen, Schwärme von Brachvögeln und diverse Möwenarten. Doch als Fidelma sich umschaute, sah sie weder Himmel noch Feuchtgebiet.

Sie befanden sich auf einer vierspurigen Schnellstraße, unterquert von flüchtig erblickten, stark befahrenen kleineren Straßen, Autos und Lastwagen sausten in ungeheurem Tempo vorbei, und das Gras zwischen den stählernen Leitplanken, die die Straße unterteilten, war schlaff und schmutzig. Es war keine Landschaft, wie sie sie kannte.

An der Strecke Autofabriken, kleine Lagerhäuser mit Schildern für Bus-Ersatzteile, Wohnmobile, Garagentüren und Gratis-Buggys. Auf einem großen Plakat ein warnendes *Hände weg von unserem Sportclub.* Ab und zu die miteinander konkurrierenden Preise von Sonntagsbraten verschiedener Fleischbuffets. Es gab sogar das verlockende Angebot, Golf in der Dämmerstunde auszuprobieren. Der Sinn des ganzen Unternehmens erschien ihr zunehmend zweifelhafter. Bluey verfuhr sich immer wieder. Diese Schilder und diese Gruppe

Stockrosen erschienen getreulich wieder, ebenso ein weißes, zweiflügeliges Tor, der Eingang zu einem Reiterhof. Blueys Sympathien für die unerwünschten Windhunde nahmen zu, während sie im Kreis fuhren, und sie hoffte, dass er bald gezwungen sein würde, umzukehren, dass sie wieder in die Tunnel und das Bankenviertel zurückkehren und die blauen und weißen Träger sehen würden, die die mächtige London Bridge hielten.

Der Wagen war geliehen, und das Navi, sagte er, habe nicht mehr alle Tassen im Schrank. Eine Frau mit kultiviertem Tonfall sagte ihnen immer wieder, sie sollten nach fünfzehn Metern links abbiegen, was sie auch taten, nur um zu genau derselben Anordnung von Häusern und zum weißen Tor des Reiterhofs zurückzukehren. Als er beim Zwinger anrief, um nach dem Weg zu fragen, hörte Fidelma unaufhörliches Gebell, und Bluey bekam gesagt, er solle sich beeilen, da man gerade das Futter vorbereiten wolle.

Der Zwinger lag in einem Bauhof mit diversen Schuppen, manche mit, manche ohne Dach, und kleinen Gebäuden an einer Seite, die mit fortlaufenden Nummern bezeichnet waren. Überall waren Arbeiter zu sehen, und an einem Ende türmte sich ein Haufen Schutt, hinter dem der Blick über flache Felder bis zum Horizont ging.

Drei Stufen führten zu einem weiteren maroden Gebäude hinunter, wo auf einem Geländer Bettdecken trockneten und Fensterkästen mit farbenfrohen Blumen bepflanzt waren. Auf einem zwischen zwei Stangen gespannten Draht saß, unheimlich stumm, eine Reihe Bachstelzen.

Die Aluminiumtür war zwar zugezogen, aber nicht verschlossen, und Bluey machte durch Rufen auf sich aufmerksam, als sie hineingingen. Bald wurde sie Tracy vorgestellt, einer herzlichen Frau mit breitem Lächeln, die Gummistiefel trug und zu Bluey sagte, sie habe gewusst, dass er sie nicht im Stich lassen würde. Der Uringeruch war übelkeiterregend, obwohl der Raum geschrubbt worden war und gerade abgespritzt wurde. An der Wand hingen Halsbänder, Leinen, Maulkörbe, Bürsten, Spielzeuge, Fleecedecken und Farbfotos von berühmten Windhunden mit sauberen rosa Zungen, kräftigen weißen Zähnen und verzückten Augen.

***

Lara schlägt vor, zwei Hunde auszuführen, einen Er und eine Sie, die sich einen Zwinger teilen und ob der Überraschung eines zweiten Spaziergangs fröhlich kläffen. Fidelma bekommt zum ersten Mal gezeigt, wie man die längliche Schnauze packen muss, um den Maulkorb anzulegen, und ihre Nervosität überträgt sich auf den aufgeregten Hund. »Nicht zu locker, nicht zu fest.«

Draußen im Freien springt der Hund, froh, der Dunkelheit und der Enge entkommen zu sein, zu ihrer Überraschung weder wild herum, noch zerrt er an der Leine. Das kurze Gras ist buckelig, mit Erdklumpen von den Hufen der Pferde, die unruhig am anderen Ende stehen.

Andere Hundeausführer, auf dem Rückweg, grüßen sie mit fröhlichem Zuruf und schwenken ihre Hundekotbeutel, die von dunkelroter Farbe sind, schwenken sie mit einer Unbekümmertheit, als wären es Abendtäschchen. Dann schiss Laras Hund, und Lara demonstrierte, wie man den Kot einsammelte. Geschickt zog sie sich den umgedrehten Beutel über die Hand, nahm den Kot damit auf, stülpte den Beutel nach vorn um und verknotete ihn. Bald war Fidelma an der Reihe, und sie konnte kaum ihren Würgereiz unterdrücken. Sie brauchte einen zweiten Beutel, vermasselte es trotzdem und musste sich schließlich an dem kurzen, niedergetrampelten Gras die Hände abwischen.

»Du gewöhnst dich daran«, sagte Lara, während sie weitergingen, und erzählte dann von der Aufregung um einen neuen Hund, den sie und ihr Partner einige Tage zuvor bekommen hatten. Es war ein Collie. Sie hatten ihn auf der Website des Battersea Dogs Home gesehen und sofort gewusst, dass dieser Hund sie brauchte, obwohl sie dann einschließlich der Windhunde insgesamt elf Hunde hätten. Sie musste allein nach London fahren, da ihr Partner arbeitete, und als sie dort ankam, stellte sie fest, dass der Hund, den sie gesehen hatte, tags zuvor geholt worden war, dass es jedoch noch einen zweiten Collie, eine Hündin, gab. Die beiden Collies, die offenbar aus demselben Wurf stammten, waren vor einer Tierarztpraxis ausgesetzt worden. Es sollte also die Hündin sein. Sie hieß Prudence, aber Lara fand den Namen nicht passend und taufte sie auf der Stelle Rosie. So weit war alles ganz einfach. Sie nach Essex zu bringen war es nicht. Zunächst einmal geriet sie unter Menschen völlig außer sich, hörte nicht auf ihren neuen Namen und fürchtete sich, obwohl sie getragen wurde, vor der Rolltreppe; so ängstlich war sie, dass sie sich, als sie in die U-Bahn einstiegen, unter einem Sitz verkroch und nicht herauskommen wollte, weshalb sie ihre Haltestelle verpassten und wieder zurückfahren mussten. Da die Bahn nicht sonderlich voll war, beschloss Lara, mutig zu sein und sie auf eine Bank zu setzen, und ihr gegenüber saß ein netter Gentleman, der nichts dagegen hatte.

Vor dem Zwinger blieb Fidelma einige Augenblicke lang allein stehen, um eine Bestandsaufnahme zu machen. Ein einziger großer Baum, dann am Horizont eine Linie aneinandergedrängter Bäume, die an ein Stück zinngrauen Himmel grenzten. Von der großen Naturfülle, die Bluey vorausgesagt hatte, war nichts zu sehen. Sie fasste sich an die Kehle, damit ihr kein Laut der Bestürzung entfuhr. Sie musste sich entscheiden. Etwas anderes gab es nicht.

Drinnen hatte eine Fuge von Gebell eingesetzt, allerdings ohne die Hysterie und das Gift von vorher; es war Fütterungszeit, und die Hunde wussten das. Sie sah zu, während Lara das Futter zubereitete – Hundekuchen, Dosenfleisch, braunes Brot, Eisen, Algen und Lebertran, alles mit warmem Wasser vermischt und zu einem Brei verrührt, während die Hunde sich die ganze Zeit vor Aufregung wie rasend gebärdeten.

Da es Fidelmas erster Tag sei, sagte Tracy, könne sie sich hinsetzen und zusehen, wie das Ganze vor sich ging, während die Hunde einzeln oder paarweise in die Koppel gebracht wurden. Nicht ein Grashalm in dieser Koppel, nur ein Zementboden mit einer blauen Plane und Blechen als Sonnen- und Regenschutz. Jede Futterschale wurde auf ein Dreibein gestellt, das Futter wurde hinuntergeschlungen, dann leckten die Hunde ab, was auch immer auf den Maschendraht gekleckert sein mochte. Alles ging zügig vonstatten, da vierundvierzig Hunde gefüttert werden mussten. Tracy saß bei Fidelma und sprach mit ihr über den Charakter der Hunde, ihre Persönlichkeit, diejenigen, die noch Narben trugen, und diejenigen von unbekümmerter Wesensart, wobei sie hinzufügte, dass man natürlich nie die Vorgeschichte erfahre. Als ihr Hund, Mr. Fitzpatrick, sein Futter verschlungen hatte, führte man ihn zu ihr, und sie hielt ihn in den Armen, während sie seine Geschichte erzählte. Unheimlich nervös, als man ihn brachte, voller Angst vor allen, besonders aber vor Männern. Mit Narben und Wunden übersät, ein Ohr abgebissen, von Läusen wimmelnd, die Zähne faulig, zu gefährlich, als dass man ihn mit anderen Hunden zusammentun konnte, ein Rabauke. Warf seinen Napf, sein Futter und die Spielzeuge, die sie ihm besorgte, durch die Gegend. Man hatte ihn in Yorkshire gefunden, wo er, halb wild, Kaninchen jagte, und anhand seiner Tätowierung konnte sie ermitteln, dass er aus Irland kam und dort Rennen bestritten hatte, aber ausgesetzt worden war, als er keine Rennen mehr laufen konnte.

»Inzwischen beißt er niemanden mehr … oder jedenfalls kaum noch«, sagte sie, und Mr. Fitzpatricks Antwort bestand darin, dass er ihr mit der Pfote leicht aufs Schlüsselbein klopfte, wie das Klopfen eines Taktstocks.

»Du wirst einen von ihnen liebgewinnen, und das ist es dann … so läuft es … du wirst auf diesen Tag zurückblicken und ihn als großes Sprungbrett in deinem Leben sehen«, sagte sie und forderte Fidelma auf, Mr. Fitzpatrick zu streicheln.

Es wurde Zeit, zuzusperren. Die Nacht brach an, lange bevor es Nacht wurde. Auf ihren erhöhten Lagern lagen die Hunde dicht beieinander, außer Bella, die für sich schlief. Ob sie träumten? Laut Tracy ja. Sie träumten, sie liefen Rennen, ihre Beine zuckten, während sie noch einmal das Grand National liefen. Dann sagte sie, sie hätten ein kurzes Gedächtnis und würden bis zum Geräusch des ersten Autos am nächsten Morgen tief und fest schlafen.

Während sie auf Zehenspitzen hinaus, die Stufen hinauf und über den Hof gingen, blickte Fidelma zu dem Gebäude zurück, das nun ganz still war, etwas ungeheuer Verlassenes hatte.

***

In dem Zimmer über dem Pub hört Fidelma Gemurmel, allerdings nicht allzu laut. Dazu kommt das stetige Dröhnen der beiden großen Fernseher, doch da es der Pokerabend ist, herrscht ansonsten konzentrierte Stille. An dem nebenan geparkten Imbisswagen hat sie sich Fish and Chips, eine Auswahl von Herzmuscheln, Strandschnecken, Garnelen und Miesmuscheln, gekauft und sie rasch gegessen, doch die Chips sind ein wenig durchgeweicht. Dann nimmt sie einen Schluck aus der Flasche Zwetschgensaft, die sie unterwegs in dem Costcutter erstanden hat, wo Bluey Halt machte, um eine besondere Honigsorte für seine Frau zu kaufen, die wählerisch war. Der süße Geschmack des Safts weckt Erinnerungen an zu Hause. Plötzlich steht ihr ein Bild von Jack in ihrer Küche vor Augen, wie er sich selbst versorgt, und es ist, als wären sie zwei Menschen in einer riesigen Ruine, die zwar nicht miteinander kommunizieren können, aber dennoch von der Existenz des jeweils anderen wissen und sich eines Tages zwangsläufig begegnen werden. *Ach, dort über dem kleinen Grabe küssten wir unter Tränen uns wieder.* Sie nimmt eine Broschüre von dem Stapel zur Hand, den Lara ihr gegeben hatte, und liest etwas über die Hunde und wie sie an ihre körperlichen Grenzen getrieben werden, über ihre kurzen Karrieren und die Verletzungen, die sie sich bei den Rennen auf kleinen, eng geführten Bahnen zuziehen, und wie sie, sehr bald ausgemustert, einer unsicheren Zukunft entgegensehen.

Sie legt die Broschüre hastig hin und geht nach unten.

In der Bar lässt man sie in Ruhe. Die Pokerspieler sind hoch konzentriert und sagen bis auf verärgerte und anerkennende Kommentare kaum etwas.

»Okay, Schätzchen«, ruft ein Mann ihr zu, und sein Freund sagt ihr, sie solle ihn nicht beachten. Auf der Bank nebenan sitzt eine Frau in einem nilgrünen Kleid mit kurzen Puffärmeln und einem Volant am Saum. Sie ist ungeheuer füllig und sitzt so nahe bei ihrem Begleiter, dass sie beinahe einer Gallertmasse gleicht, die sich ihm angeformt hat. Sie sagen kaum etwas, bilden aber eine Einheit. Alles sehr gemäßigt, sehr ruhig. Fidelma trinkt eine Mischung aus Soda und Crème de Menthe, die das Mädchen hinter dem

Tresen ihr als beruhigend empfohlen hat. Auf der Fensterbank hinter ihr steht eine kleine Vase mit ein paar Blumen, und als sie eine davon berührt, fährt sie erschrocken zusammen, bestürzt von dieser Zartheit, dieser Berührung.

EIN BRIEF

Der Briefkopf trug den Namen des Klosters, und die Handschrift war krakelig.

Tja, meine liebe Fidelma, bestimmt hast Du Dich schon gefragt, was mit Deiner alten Bony passiert ist, dass sie sich nicht meldet. Ich wäre beinahe ins Königreich des Himmels abberufen worden. Passiert ist Folgendes: Ich habe ein wunderschönes Messgewand für einen jungen Priester nach Manor Hamilton gebracht und dort bei der Kapelle angehalten, um mir ein paar Flaschen Weihwasser zu holen, doch als ich in meinen Wagen stieg und losfahren wollte, hatte ich plötzlich ein ganz seltsames Gefühl im Kopf und war irgendwie weggetreten. Also sagte ich mir: »Fahr lieber nicht, Bony, bleib einfach sitzen und lass es vorbeigehen«, und das tat ich dann auch und saß anscheinend eine Stunde so da, vielleicht auch länger. Dank der Gnade Gottes kam zufällig Father Eustace vorbei, der auf dem Weg zur Abendmesse war und mich zusammengesunken am Steuer sitzen sah. Das Ende vom Lied war, dass ich im Kreiskrankenhaus landete, ohne zu wissen, wo oder wer ich war. Ich hatte einen Schlaganfall gehabt, der die ganze rechte Seite meines Körpers einschließlich des Gehirns beeinträchtigte. Konnte nicht sprechen, konnte mich nicht bewegen, konnte gar nichts. Zwei Wochen lang war ich wie weggetreten, dann wurde ich zur Reha, die eine intensive Physio- und Psychotherapie einschloss, in ein anderes Krankenhaus verlegt. Wieder gehen und reden zu lernen wie ein Kind hat mir eine Lehre erteilt, wie zerbrechlich wir Menschen eigentlich sind und wie dankbar wir sein sollten. Die Lokal-

zeitung hat über meine Krankheit und meine anscheinend wundersame Genesung berichtet, zusammen mit einem Foto von meiner Wenigkeit beim Flohmarkt mit meinen Marmelade- und Konfitüregläsern. Ich habe über tausend Genesungswünsche und Andachtsbildchen bekommen, und sobald ich imstande war, sie zu lesen, ging es mir allmählich besser, ich merkte, dass ich gebraucht wurde. Ich glaube, es waren diese guten Wünsche in all ihrer Aufrichtigkeit, zusammen mit den wunderbaren Schwestern und Ärzten, die den Herrn um das Wunder anflehten. Nach vielen Wochen kann ich nun wieder langsam gehen, und ich habe meine Sprache wieder, obwohl es passieren kann, dass ich plötzlich einen Namen vergesse, und das ärgert mich dann. Unser Herr und Unsere Liebe Frau haben über mich gewacht, und mein Glaube ist mein Fels. Ich habe viel an Dich gedacht, und das Eine, wofür ich immerzu bete und nie zu beten aufhören werde, ist, dass Jack Dir die Hand zur Vergebung reicht. Dafür bete ich. Ich glaube, er ist sehr dünn geworden und verweigert oft die Nahrung. Peggy sagt, er hungert, um uns zu bestrafen. Wie geht es Dir in dieser großen, einsamen Stadt, wo man, wie ich gehört habe, über hundert verschiedene Sprachen spricht? Ich neige dazu, nicht auf die Gefängnismauer des Lebens, sondern zum Himmel emporzublicken, da er schöner und geräumiger ist. Versuche das auch, und denk daran, dass du gebraucht wirst. Deine gute Freundin, die alte Bonaventure.

JAMES

Ein Mann namens James war gekommen, um seine Hündin Jenny abzuholen, die einige Tage lang im Heim untergebracht gewesen war. Jenny war unruhig, fraß nicht, mischte sich nicht unter die anderen Hunde und wartete, Augen auf und Ohren gespitzt, unentwegt auf die Rückkehr ihres Herrn. Als sie ihn sah, sprang sie am Maschendraht hoch, beide Pfotenpaare trommelten dagegen, sie war außer sich vor Begeisterung über das Wiedersehen, und als sie herausgelassen wurde, warf ihre Begrüßung ihn beinahe um. Dann wälzte sie sich auf dem Boden hin und her, um ihre Freude zu bekunden. Er war ein hochgewachsener, schlanker Mann mit blässlicher Haut und silbrigem Haar und trug eine Lederjacke über seinem Wollpullover. Seine Augen, die tief in den Höhlen lagen, waren grau und doch von wunderbarer Wachheit. Die Art, wie er darauf zu sprechen kam, hatte nichts Aufdringliches, und er streichelte Jenny die ganze Zeit, als er sagte, dass es in seinem Haus ein Gästezimmer gebe, das sie gerne haben könne, wenn sie wolle. Hatte Tracy mit ihm geredet und ihm einen Wink gegeben? Der Pub war sympathisch, aber in Wahrheit ein bisschen verlottert, und die Aussicht auf ein ruhiges Zimmer in einem Haus, wahrscheinlich mit Küchenbenutzung, gefiel ihr. Dann erwähnte er, dass er alle sechs Wochen wegfahre und sie dann allein das Haus hüten müsse.

»Das Haus ist wunderschön«, sagte Tracy, die das Gespräch zufällig mitangehört hatte, und erwähnte einen Besuch im Sommer, Scones mit Erdbeermarmelade im Garten und Stockrosen, so groß wie er selbst.

»Bestimmt ist es wunderschön«, sagte Fidelma ein wenig reserviert, aber innerlich war sie euphorisch.

Am darauffolgenden Samstag, ihrem freien Tag, holte er sie ab. Sie hatte nur den einen kleinen Koffer, ihr übriger Kram fand in einem offenen Korb Platz. Die Angestellten des Pubs ließen es sich nicht nehmen, sie zu verabschieden, obwohl sie nur acht Kilometer weit weg zog, und der Geschäftsführer hatte ihr eine Flasche Port geschenkt. James ließ das Verdeck herunter, und bald befanden sie sich auf einer schmalen Straße, einer alten Chaussee, die die Hauptverbindung zwischen London und dem Hinterland bildete. Von der Böschung auf einer Seite beugten sich Baumstämme herab, als würden sie gleich auf die Straße fallen. Grünes Licht und Laub in unaufhörlichem Geraschel, während er von Weiler zu Weiler fuhr, alle mit Namen aus ferner Vergangenheit – Pilgrim's Hatch, South Weald, Sandpit Lane –, und nach einigen Kilometern erreichten sie das kleine Dorf, eigentlich nur ein winziges Nest, in dem er wohnte. Es gab einen Pub, ein Postamt, ein paar bunte Holzhäuser und eine Kirche, deren Turm, wie er sagte, aus alten römischen Ziegeln und Steinen errichtet war. Sein Cottage, ein ehemaliges Armenhaus, war eines von vieren am äußersten Ende, an einem Fahrstreifen mit öffentlichem Fußweg, der zu den dahinterliegenden Feldern und Waldgebieten führte. Die Veranda war von Glyzinien bedeckt, hellblaue Tupfer in grünen Dickichten, in denen dicke Bienen summten.

Die Küche hatte einen Steinboden und war dunkel, weil durch das längs unterteilte Fenster nicht viel Licht eindrang, und er wies auf einige praktische Dinge hin, wie etwa den Platz, wo die Streichhölzer aufbewahrt wurden, nämlich in einer Nische über dem Gasherd. Dann ging es in die kleine Speisekammer, Mousselintücher über Käse und Butter, weil er überzeugt war, dass Kühlschränke den Geschmack bestimmter Dinge zerstörten. Ein kleiner Kühlschrank stand auf einem aufgebockten Tisch und gab wacker sein ruckelndes Brummen von sich. James sagte, sie würden größtenteils getrennt essen, da er zu ungewöhnlichen Zeiten auf den Beinen sei, ein Gewohnheitstier und durch das Alleinleben so etwas wie ein Eigenbrötler. Sie solle sich jedoch ganz wie zu Hause fühlen. Mit schwungvoller Gebärde führte er sie ins nächste Zimmer, das er seine »Klause« nannte. Es war vollgestopft mit Büchern und Reiseführern, überall lagen Papiere, auf dem Tisch, auf einem hohen Hocker darunter, auf einem Schreibtisch, auf dem Boden und auf der Fensterbank. Er gestand, dass er seit seiner Pensionierung als Lehrer an etwas schreibe, das vermutlich niemals fertig werde und das er wahrscheinlich auch gar nicht fertig zu schreiben vorhatte. In einer Ecke sah sie auf einer Etagere ein silbernes Tablett mit einer Whiskyflasche, einem Krug für Wasser und einem Kristallglas. In dem kleinen Kamin flackerte eine Art Feuer, und er sagte, er habe immer ein Torffeuer brennen, weil er den Geruch möge, genau wie Jenny – *stimmt's?* Jenny sprang an ihm hoch und ging ihnen voran die steile Treppe zu dem Zimmer hinauf, das für Fidelma bestimmt war.

Es war ein kleines Zimmer mit Blick auf den Garten, wo Rabatten mit gelben Tulpen einen riesigen Felsblock umrahmten, der, wie James ihr sagte, aus schottischem Granit bestand und den er und seine Frau eines Samstags aus einem Gartenzentrum herangeschafft hatten. Er sei ursprünglich mit einem kleinen Springbrunnen ausgestattet gewesen, der eine Zeitlang gut funktioniert habe. Das Zimmer hatte eine frauliche Note, die Baumwolltagesdecke auf dem Einzelbett weiß gebleicht, mit einer Andeutung von Rosen, an der Wand ein Bild von einem jungen, barfüßigen Mädchen in einem Schimmer von Gold und mit einer Fülle goldener Haare: Es musste sich um die abwesende Frau handeln. Er ging plötzlich aus dem Zimmer, als hätte er etwas vergessen. Allein stand sie wie verzaubert vor einer kleinen Kommode mit einem Läufer aus Spitze und dachte: Hier kann ich sitzen, hier kann ich meine Bücher lesen, hier kann ich mein Tagebuch schreiben und mich sicher fühlen. Dann berührte sie die verschiedenen Muschelschalen in einem Gefäß, die andere Hände an einem Meeresufer gesammelt und hierhin gelegt hatten. Er kam mit einem Schaukelstuhl aus Holz wieder, den er vors Fenster stellte, während Jenny die ganze Zeit vor Aufregung geiferte. Als Fidelma sich nach der Miete erkundigte, antwortete er ausweichend und sagte, sie solle zahlen, was sie sich leisten könne und es in einen Krug unten am Küchenfenster legen, und wenn es Zeiten gebe, in denen sie der Haute Couture von Brentwood frönen wolle, könne sie die Mietzahlung auch verschieben.

***

Der Sommer war glühend heiß. Es sei heißer als in der Sahara, hieß es, und die Leute in den Zwingern arbeiteten mit entblößtem Oberkörper, trugen Shorts, alberten herum und begossen einander mit Wasser aus Eimern. Auch die Hunde spürten es. Viele legten sich weit hinten auf ihr Lager, um auch dem kleinsten Sonnenstrahl zu entgehen, manche hechelten, andere zitterten in der Hitze. Fidelma musste nasse Tücher über sie legen, um ihnen Kühlung zu verschaffen, und seltsamerweise gewann sie sie ein wenig lieber. Es hatte etwas mit dem Tuch zwischen ihnen und ihr zu tun, einer Schutzschicht, als ob die nackte Nähe aufgehoben wäre, sodass der durchdringende Geruch sie nicht mehr zum Würgen brachte. Sie hatte eine Schwäche für eine Hündin namens Lola, die kleiner war als die anderen und seelenvolle Augen hatte, aber die große Zuneigung, das *Du wirst dich in einen verlieben, und das ist es dann,* das Tracy vorausgesagt hatte, blieb aus. Allerdings nahm sie die kleinen Dinge wahr, die sie glücklich machten, und die Freude jeden Morgen, wenn sie und Lara um halb sieben kamen, die Dankbarkeit dafür, dass die Nacht vorüber war. Dann lief die zügige Morgenroutine ab: sich vergewissern, dass es keine Krankheiten gab, die Tiere dann zu einem Gehege mit Blick auf das Feld führen, ihre Lager säubern, mit einer Gabel Papierschnitzel verteilen oder entfernen, dann die Böden, einen nach dem anderen, zuerst schrubben, dann abspülen und das Ganze schließlich abspritzen. Gegen acht kamen die Ehrenamtlichen, und in der Vorhalle herrschte Hochbetrieb, Geplauder, Tee oder Kaffee, das Radio leise gestellt, mit Musik, Anrufsendungen und stündlichen Nachrichten, die sie nicht hörte, weil sie sich auf die Welt draußen nicht einlassen wollte.

***

Es war ihr freier Tag, aber sie wachte trotzdem um fünf auf und eilte hinaus, um sich in den Garten zu setzen, wo das Gras noch taubedeckt war und ein kleines Beet malvenfarbener Blumen seine Blütenblätter der Welt öffnete, genau wie Gänseblümchen. Obwohl er bis spät in die Nacht hinein arbeitete, stand auch James früh auf, weil Jenny es so haben wollte, denn Jenny, schien es, war so etwas wie eine Sonnenanbeterin und musste draußen im Wald sein, um sie zu begrüßen. Normalerweise ging er mit seinem Becher Tee vorbei und nickte ihr lediglich zu, doch an diesem speziellen Morgen wollte er ihr etwas zeigen.

Ihr Weg führte sie durch Felder, Mais und Raps, Gold und Gelb in einem prächtigen Muster, und Jenny beschnupperte den Boden und drehte sich ab und zu mit einem freundlichen Aufeinanderschlagen der Zähne zu ihrem Herrn um. Das war der Grund, warum er nach Spaziergängen mit mehreren Hunden aus dem Zwinger, auf denen er zu entscheiden versuchte, welchen er adoptieren sollte, schließlich auf Jenny verfallen war: Mit dieser kommunikativen Eigenart hatte sie sein Herz gewonnen.

Der Wald, zu dem sie kamen, war gewaltig, ein heiliger Wald, wie er sagte, Buchen, Kastanien, Eschen und vor allem Eichen in vollem Prunk, und der Boden darunter ein Teppich aus weichem, gewelltem jungen Farn. Der Pfad wand sich, und sie schwiegen weitgehend, bis sie erreichten, was er ihr zu zeigen versprochen hatte. Sie erkannte es im Näherkommen. Es war eine Eiche, die ein Blitzschlag gespalten hatte, die Rinde schwarz und verkohlt, ein Baum, der gestorben war und dennoch, wie James sagte, in einem Teil seiner selbst weiterlebte. Auf seiner anderen Seite streckten sich junge, belaubte Zweige in alle Richtungen, eine Laune der Natur, auf einer Seite tot, auf der anderen lebendig, ein Grund zur Hoffnung. Er war umgeben von Dachsbauen, die runden Eingänge zur Tarnung mit Erde verstopft, hinter der sich lange, tiefe Tunnel erstreckten. Die Dachse selbst waren noch auf der Jagd. Jenny winselte und sträubte sich dagegen, angeleint zu werden, weil sie Beute roch, doch wenn man sie laufen ließe, sagte er, wäre sie in zehn Sekunden verschwunden, ihr Jagdinstinkt würde sich durchsetzen, sie würde davonhetzen wie ein Gepard.

»Sie haben sich vielleicht schon Gedanken gemacht«, begann er, »weil in den Schränken immer noch ein paar Sachen von meiner Frau sind, ihr Regenmantel und diese Lavendelsäckchen, die sie überall aufgehängt hat. Wir hatten ein Kind, das tot geboren wurde. Sie hat sich die Schuld gegeben. Es hat sie innerlich ausgehöhlt. Wollte nicht loslassen. Sie hat sich stundenlang an das kleine Wesen geklammert, wollte es unbedingt zum Atmen bringen, hat ihm einen Spiegel zum Behauchen vorgehalten. Sie hätte es Gabriel genannt. Als sie aus der Klinik nach Hause kam, begannen die Probleme. Das Leben war ein endloses Trauern. Sie tat nichts anderes als dazusitzen und vor sich hin zu starren. Wenn ich nach sieben von der Arbeit nach Hause kam – ich habe damals im College unterrichtet –, hatte sie schon ihren Pyjama an, hatte sich zum Schlafengehen fertiggemacht und schaute bloß auf und nahm mich zur Kenntnis, und ich dankte Gott, wenn sie lächelte. Ich wusste, sie hatte den Tag, jedenfalls einen großen Teil davon, am Computer verbracht, Föten und totgeborene Babys studiert, lauter Anomalien, die mit den Eierstöcken zu tun hatten. ›Annie, Annie.‹ Ich hätte genauso gut mit der Wand reden können. Ich liebte sie immer noch, aber ich wollte die alte Annie zurück, das Mädchen, um das ich geworben hatte, das Mädchen, das Eintopf und Apfelstrudel machte, das Mädchen, das mir auf halbem Weg entgegenlief, wenn es aufregende Neuigkeiten wie zum Beispiel die Baugenehmigung für den Schuppen hinten im Garten gab.

Irgendwann kam die Zeit, wo der Arzt sagte, dass ein Aufenthalt im Irrenhaus ihr guttäte, nicht dass er dieses Wort verwendet hätte. Sie bräuchte eine andere Umgebung, einen Tapetenwechsel, Seeluft, Ruhe, das ganze Gequatsche. Nach ausgiebiger Suche hat sich in herrlicher Landschaft in Dorset ein entsprechender Ort gefunden, und eines Montags sind wir hingefahren. Es war wie alle derartigen Einrichtungen, mit einem Tor und einer Allee, die zum Haus führte, aber an der Eingangstür war Schluss mit der Pracht und der Freundlichkeit, dort sah alles ziemlich funktional aus. Ein kleines Hausmädchen ließ uns ein, zuckte mit ›Ach du meine Güte‹ völlig entgeistert zusammen, knickste mehr als einmal und läutete wiederholt eine Messingglocke, die auf dem Tisch stand. Man hätte sie noch in Timbuktu hören können. Annie drückte meine Hand wie ein Kind, das ins Internat zurückkehrt.

Ich habe sie jedes zweite Wochenende besucht. Wir sind auf dem Gelände spazieren gegangen, immer mit anderen Patienten im Schlepptau, weil Annie so beliebt war. Also gab es ein ständiges Gequassel, ein Mann mit einer Angelrute warf seine Leine aus, mit einem Haken, der einen ein Auge hätte kosten können. Er behauptete, ein Vertrauter von Charles Darwin gewesen zu sein, bevor dieser seine Theorien bekanntmachte. Nach meinen ziemlich rudimentären Kenntnissen von Spinnern möchten sie immer König, Königin oder irgendein Machthaber sein, nie Otto Normalverbraucher.

Annie und ich redeten selten über ihre Rückkehr nach Hause, oder vielmehr, sie schob sie immer wieder auf. Es hatte irgendetwas mit dem Zimmer zu tun, dem Zimmer, in dem Sie jetzt wohnen. Sie konnte es nicht ertragen. Es hätte sie überfordert. Die Kosten waren beträchtlich, aber ich hatte einen Railton-Oldtimer, den ich verkaufte und für den ich einen guten Preis bekam. Hier muss ich jetzt allerdings etwas klarstellen, weil ich vielleicht ein unschönes Bild von meiner Frau gezeichnet habe. Sie war einer der großzügigsten und freigiebigsten Menschen der Welt. Sie hätte nicht gewollt, dass ich den Wagen verkaufe. Eines Tages, als ich dort erschien, sprudelte sie vor guter Laune. Es regnete, und wir waren im Garten, Regen klatschte in die Blumentöpfe und die Astern in den Beeten, und unser Angler war eifrig am Werfen, während sie mir ihren Plan zuflüsterte. Sie wollte in der folgenden Woche in einem Fünf-Sterne-Restaurant, das nicht allzu weit entfernt lag, mit mir essen gehen. Sie hatte sich informiert. Es war ein altes Herrenhaus aus der Zeit von William und Mary, mit taftbezogenen Bänken in den Nischen, damit die Gäste sich vornehm fühlten. Damit es auch ein ganz besonderer Abend wurde, sollte ich mit dem Railton kommen, nicht mit meinem alten Minivan. Ich musste lügen und sagen, der Railton sei in der Werkstatt, und lieh mir den Rolls Royce von Jerry aus der Stadt, den sie kannte und der den Wagen für Hochzeiten benutzt. Sie kam die Treppe dort herunter wie eine zukünftige Braut, in einem weißen Leinenrock, den Maggie, eine der Insassinnen, ihr genäht hatte, einer Bluse aus cremefarbener Spitze und weißen Satinhandschuhen, die ihr bis zum Ellbogen reichten. Die Handschuhe hatte sie aus der Boutique am Ort. Die weniger Durchgedrehten durften unter Aufsicht hinaus, gönnten sich Cream Tea in irgendeinem Café und besuchten dann jedes Mal noch die Second-Hand-Boutique, um Hüte, Muffs und Jacken anzuprobieren. Annies Haare waren an den Enden gelockt und fielen ihr in einer einzigen ununterbrochenen Welle bis in den Nacken. Sie sah blendend aus. Das Menü war ungewöhnlich. Es war ein Degustationsmenü. Wir aßen Markknochen mit Anchovies in Aspik, gefolgt von Froschschenkeln mit Petersilie und Liebstöckel. Wir aßen Schnecken, Porridge und Tintenfisch, und alles schmeckte köstlich. Wir tranken. Wir schmiedeten Zukunftspläne. Sie wollte zwei Rankgerüste in zwei Trögen vor dem Schlafzimmerfenster, um Gartenerbsen zu ziehen, weil der Duft von Gartenerbsen der süßeste und zarteste war, derjenige, den sie sich nach Belieben vergegenwärtigen konnte. Meine Frau war eine verhinderte Künstlerin. Sie liebte Gemälde von Blumen, besonders van Goghs letzte Obstgärten mit ihren Farbwirbeln. Aber auch die Sanfteren, Redons Zweige, Blätter und knospende Rosen, Chardin, einen gediegenen Strauß aus Rot und Weiß, in eine blaue Vase gequetscht. Sie hatte Unmengen von Postkarten überall auf den Fensterbänken und in der Kommode im Flur. Freunde schickten sie ihr aus dem Urlaub, und sie kaufte jedes Mal welche, wenn wir nach London fuhren und eine der Galerien besuchten. Wie sie sich in Gemälde vertiefte! Oft saßen wir da und schauten, während andere herumflitzten, um nur ja alles mitzunehmen. Einmal sahen wir Edvard Munchs einsame Häuser und einsame Menschen, die sie zugleich traurig machten und ansprachen. Sie hatte nicht den Mut zu malen, ihr Grund war die Angst vor dem Falschen. Sie verabscheute Falschheit. Das ging sogar so weit, dass sie behauptete, einige der Verrückten übertrieben ihren Zustand. Es gab dort eine Ausländerin, die von einem Arzt in irgendeiner europäischen Klinik gelesen hatte, der Masken als Mittel gegen das Schreien verwendete, und sie lief in den primitiven Pappmasken herum, die sie unentwegt produzierte. Annie verbarg, was sie empfand, ihr Verhalten hatte nichts Übertriebenes, alles war versteckt, als hätte sie in einem schwarzen Loch gelebt, oder vielleicht war es auch ein graues, was noch schlimmer ist. Ich fuhr sie zur Anstalt zurück, und irgendwann in der Nacht unserer Feier tat sie es dann. Das war wahrlich ein Bild. Sie hatte sich die Pulsadern und die Bauchgegend aufgeschnitten, aber die cremefarbene Bluse anbehalten. Es war eher ein Schlachthaus als van Goghs ausgelassene Obstgärten. Ich hatte nicht bemerkt, wie schlecht es ihr ging und wie sehr sie sich vor dem Nach-Hause-Kommen, vor dem Gespenst fürchtete. Wir kennen andere nicht. Sie sind uns ein Rätsel. Wir können sie nicht kennen, besonders diejenigen nicht, denen wir am nächsten stehen, weil die Gewohnheit uns den Blick trübt und uns für die Wahrheit blind macht. Sie hat mir einen kurzen Brief hinterlassen – *Mir ist jetzt so überaus friedlich zumute* stand darin.«

An dieser Stelle verstummte er und drehte sich zur Seite, und es dauerte einige Minuten, ehe er fortfuhr. »Kann ich ihr verzeihen … manchmal ja, manchmal nein. Ab und zu sehe ich einen Sonnenuntergang, ein großes Farbenspiel, das sich in kleine Inselchen verliert, und dann wünsche ich mir, sie wäre dabei und sähe es mit mir zusammen. Ihre Familie hat natürlich mir die Schuld gegeben und ihre sterblichen Überreste zu ihrer Familiengrabstelle in Northumberland überführen lassen. Sie kommen aus einer Bergbaugegend, und ihr Clan ist ihnen sehr wichtig. Ich habe alle Postkarten mit ihren hübschen Sträußchen vernichtet, hab sie zum Anheizen benutzt. Nicht sehr nett von mir, aber ich musste irgendetwas kaputtmachen. Über eines grüble ich oft nach. Das ist der Brief. Wann er geschrieben wurde. Eine Woche davor. Einen Tag davor. Genau an dem Abend, an dem sie sich fertig machte und Maggie kommen und ihr die kleinen weißen Knöpfe auf dem Unterarm schließen musste. Vielleicht sogar, nachdem wir uns liebevoll voneinander verabschiedet hatten. Sehen Sie, ich glaube, sie wollte es ebenso sehr nicht tun, wie sie es tun wollte, und das ist am schwersten zu ertragen. Warum erzähle ich Ihnen das alles?«

Er sagte es leise und antwortete dann an ihrer Stelle: »Sie haben etwas, was ich auch bei ihr gesehen habe, eine Ähnlichkeit, etwas Vergängliches. Die gleichen Hände, ganz klein, ganz zaghaft, und ein Vertrauen, das man nur bei den ganz Unschuldigen findet. Aber ihr hat etwas gefehlt. Sie hat sich gebogen, wie sich ein Schilfrohr biegt. Verstehen Sie, sie ist in der Schwärze darunter versunken, aber sie hat es nicht gesagt, und sie hat nicht um Hilfe … O mein Gott, die schreckliche Einsamkeit, die Endgültigkeit«, und damit verstummte er vollends. Erschöpft und hager, glich er einer plötzlich nackt ausgezogenen Gestalt. Während sie dicht nebeneinander auf dem Baumstamm saßen, konnte sie erkennen, wie er sichtlich alle Kraft zusammennahm, um der bedächtige, fest verwurzelte Mensch zu sein, als der er immer erschien, der Mensch, für den die Natur alles war. Sie dachte: *Er hat das für mich getan … er hat das getan, um mir Mut zu machen,* und sie neigte respektvoll den Kopf.

Dann stand er auf und blickte zu einem Bussard empor, der hoch in der Luft schwebte, in der Thermik, wie James es nannte, kreiste und immer höher stieg, bis er weit unten seine Beute erspähen und sich mit exakter, mörderischer Geschwindigkeit herabstürzen würde. Krähen, Amseln, Dohlen und Wildtauben, alle lagen sie auf der Lauer, um sich die Reste zu sichern.

Es war Zeit, den Ort zu verlassen, der ihm und nun auch ihr heilig war.

Eine ganze Welt hatte sich ihr dort drinnen mitgeteilt, und nun waren sie draußen im Freien, und die Sonne brannte auf die heißen Felder herab, während sie hintereinander einen ausgetretenen Pfad entlanggingen. Weiter vorn gabelte sich der Pfad in alle Richtungen, sodass sie durch junge, schmucke Gehölze, über offene Lichtungen und wieder in Gehölze kamen, ein Wechselspiel von Licht und Schatten.

PENGE

Die Luft war von beißender Kälte, die Sterne standen wie gefroren am Himmel. Frost drückte die toten Stängel nieder, und die Dachziegel zeigten ein Glitzern wie von Salpeter. Die Zweige der Glyzinie, die sich an der Veranda emporrankte, waren aschgrau wie alte Gebeine, die sich vorwärtskrallten. Der Rasen trug ein makelloses Frostkleid.

James hatte ein kleines Glas Whisky mit nach draußen genommen, um sich warm zu halten, während sie dastanden und auf das Taxi horchten. Jenny, die ihren karierten Hundemantel noch anhatte, war auf der Veranda und zögerte, sich herauszuwagen.

O dünne Männer von Haddam,
warum erfindet ihr goldene Vögel?
Seht ihr die Amsel nicht
euern Frauen
um die Füße gehen?

Beide hatten sie das Gedicht auswendig gelernt, weil er sie abends manchmal in seine Klause einlud, damit sie ihm vorlas. Dort wurden sie vertraut mit John Clare, John Keats, Wallace Stevens, Elizabeth Bishop, Marianne Moore und noch manch anderen. Oft machten sie sich Gedanken über diese Dichter, darüber, wie hochmütig oder wie zugänglich sie wohl sein mochten. James vermutete, dass Keats sich vor der respekteinflößenden, vollbusigen Marianne verstecken würde wie der kleine Zaunkönig im Efeu. Seltsam, sagte er, dass sie, eine Verfechterin des Schweigens, Unmengen geschrieben habe, aber immerhin, gestand er zu, sei sie die Frau, die der Welt »Ein Stern wird von Dunkel vollendet« geschenkt habe.

Er war unruhig, klopfte die winzigen Kristalle vom Glas des Thermometers, band dann ein paar wuchernde Rosensträucher hoch und spazierte hinauf zur Straße, um auf das Geräusch eines Wagens zu lauschen. Ihr neuer Koffer auf dem Kiesweg wirkte wie ein Affront.

Es herrschte völlige Stille, Vögel versteckten sich in den Bäumen und Schornsteinen, bis auf ein kleines Geschöpf, das mit schneebedecktem Gefieder als Bote aus der hungernden Vogelwelt erschien. Angespannt lauschten sie auf das Taxi, befürchteten, dass es vielleicht nicht kommen würde. Doch schließlich bog in hektischem Tempo ein Wagen in den Feldweg ein, und der junge, lebhafte Fahrer öffnete, offenbar in dem Glauben, dass beide mitfuhren, beide Hintertüren. James, ganz kurz aus der Fassung gebracht, sagte: »Einer muss daheimbleiben und auf das Haus aufpassen.« Es war ein schrecklicher Moment.

Dann gab er ihr zum ersten Mal überhaupt die Hand, aber seine Verlegenheit war so groß, dass er Jenny aufheben musste, die vor Kälte zitterte und deren ungemein eindringliches Geheul ihnen beiden als Abschiedsgruß diente.

***

Als die Bahn in die Station Liverpool Street einfuhr, spürte sie die Quirligkeit der Stadt, Menschen hetzten in alle Richtungen, eilten wie von Furien getrieben durch die Drehkreuze, und aus den Cafés drang der Duft von Kaffee und warmen Brötchen. Schon machte sich Weihnachten bemerkbar, sechs Wochen zu früh. In den Souvenirläden gab es Neuheiten, und die Halsketten und Armbänder in den Juweliergeschäften waren mit Lametta durchflochten, um ihnen zusätzlichen Glanz zu verleihen. Der Weihnachtsbaum reichte bis fast zur Glaskuppel hinauf und war überladen mit Glocken, Kugeln, Flügeln aus weißer Gaze, die Schmetterlinge darstellen sollten, und kleinen, in purpurrotes Papier eingeschlagenen Schachteln. Geschenke für eine Kinderklinik waren zu einem großen Stapel aufgetürmt, und von der Straße drang der Klang von »Jingle Bells« und das Geklapper von Santas Sammelbüchse herein. Ein junger Mann, der eine Baseballmütze trug, gab ihr gratis eine kleine Dose, die sie wie eine Trophäe in der Hand hielt. Ehe sie sie in der U-Bahn öffnete, las sie, dass es sich um ein mit naturtrübem Zitronensaft vermischtes, alkoholarmes Lagerbier handelte. *Halten Sie den Planeten sauber, recyclen Sie diese Dose,* stand in kleiner Druckschrift auf der Rückseite. Es schmeckte zu süß, aber sie trank es trotzdem.

Penge hatte sich noch nicht für Weihnachten geschmückt, aber die Vorbereitungen hatten schon begonnen. Um sämtliche Laternenpfähle im Viertel lag diverser Krimskrams, Fahrradketten, Regenschirmstangen, kaputte Lampen und die abgetrennten Seiten einer goldenen Harfe. Ein Mann mit weißen Haaren in einem alten Frack, eine Art Rattenfänger, ging die Straße auf und ab und pries die Möchtegern-Dekorationen an, sagte, bald würden die Lichter eingeschaltet, es werde ein großes Fest, Chöre aus Nachbarvierteln würden kommen und Weihnachtslieder singen und es gebe gratis Glühwein. *Jeder ist willkommen, jeder ist willkommen,* sagte er, als sie an ihm vorbeikam.

Jasmeen öffnete von innen die Eingangstür, und als Fidelma am Fenster nebenan vorbeikam, stand dort Mistletoe und starrte. Es war, als hätte sie sich in den seither verstrichenen Monaten nicht vom Fleck gerührt, eine Statue mit gekränktem Blick.

Jasmeen umarmte sie wie eine Schwester, und Jade erschien gähnend in dem weißen Bolero und sagte, sie würde Kaffee aufsetzen. Sie redeten alle gleichzeitig. Sie müsse unbedingt das neue Kochfeld und den Einbau-Backofen sehen, keine Bückerei mehr, und außerdem habe Jasmeen von der Firma einen nagelneuen, schicken Peugeot bekommen. Jade habe sich einer Band angeschlossen, bei der sie einen Soloauftritt mit zwei eigenen Liedern hatte, die sie arrangiert hatten.

»Ah, der Brief«, sagte Jasmeen dann und holte ihn unter einem Dekogegenstand hervor, einen Brief, den sie hatte weiterleiten wollen, aber natürlich vergessen hatte.

Der Umschlag trug den Namen von Fidelmas Anwalt in Galway. Sie zitterte, als sie ihn öffnete.

Liebe Fidelma,
lange nicht gesehen. Ich hoffe, London tut Dir gut. Ich schreibe, um Dir mitzuteilen, dass ich ab sofort jeden Monat den Betrag von zweitausendsechshundert Pfund auf dein dortiges Bankkonto überweisen soll. Bitte gib mir nähere Einzelheiten, Name der Bank, Kontonummer, Bankleitzahl und IBAN. Der Spender möchte anonym bleiben, und wenn man mir etwas aufträgt, bin ich ein braver Junge und tue genau das. Melde Dich, wenn Du mal wieder hier bist. Grüße, Gerry.

Also hatte Jack ihr verziehen, aber nicht ganz. Wie gut sie sich an die zunehmende Entfremdung lange vor dem eigentlichen Ende erinnerte. Er hatte vermutet, dass sie ihm untreu war, und voller Sarkasmus gesagt, dass sie ja in letzter Zeit viel unterwegs sei. Eines Abends kam er nach seinem Nickerchen in seiner kastanienbraunen Hausjacke nach unten, als ob sie Gäste erwarteten, was nicht der Fall war. Dann holte er seine LPs hervor und legte auf dem Grammophon sein Lieblings-Jazzstück auf. Zuerst hörte er nur zu, seine Augen füllten sich mit Emotionen, dann forderte er sie sehr galant zum Tanzen auf. Sie tanzten langsam und immer enger, und sie spürte seine Erektion, die gegen sie drückte und in der sein Bedürfnis, sein Argwohn, seine Liebe, sein Hass lagen. Sie erstarrte, ihr Körper rückte von ihm ab, und obwohl sie weitertanzten, bis die Schallplatte zu Ende war, glich es einem Totentanz.

***

Es war fast eine Wiederholung dessen, was schon einmal passiert war: Mistletoes Vater stand in Hemdsärmeln in der Tür, nur dass er diesmal nicht empört war, sondern als Bittsteller kam. Dem Kind gehe es nicht gut. Das sagte er mehrmals mit unheilvollem Unterton. Sie habe ihr Abendessen verweigert, weigere sich zu reden und zittere vor Fieber. Er wolle fragen, ob die Damen vielleicht einmal nach ihr sehen könnten.

Er ging ihnen voran in seinen schmalen Flur, in dem es nach Kreosot roch und der größtenteils von einer Werkbank voller Werkzeuge eingenommen wurde, an der sie sich vorbeiquetschen mussten, um zum Zimmer des Mädchens zu gelangen. Mistletoes Kleider lagen auf dem Boden, zusammen mit ihren Hausschuhen, kleinen Stapeln von Papier, auf dem sie gezeichnet hatte, und einem räudigen Greenie, der auf dem abgestoßenen Heizkörper postiert war. Die Augen des Mädchens, schwarz und schimmernd, lugten über den Rand der Bettdecke, als wäre sie ein kleines Tier.

»Sehen Sie … sehen Sie«, sagte der Vater immerzu, und es war unklar, ob er den Zustand des Zimmers oder Mistletoes Anfall meinte. Sie zitterte in der Tat, und ihre Zähne klapperten, während sie mühsam Luft holte. Fidelma erkannte, dass Mistletoe ernsthaft überdreht war und dass sie beide mit ihrem Eintreffen dieser Aufregung neuen Schwung verliehen hatten. Plötzlich begann Mistletoe zu weinen, laut und durchdringend, forcierte ihr Weinen, um sie zu bestrafen, besonders aber den Vater zu bestrafen, den sie inzwischen offenbar vollkommen beherrschte, während er verlegen dabeistand und Gott fragte, was er nur mit ihr machen und was aus ihnen werden solle.

»Sehen Sie, sehen Sie«, wiederholte er immerzu.

»Was hast du denn, Mistletoe?«, fragte Fidelma, aber sie holte sich eine Abfuhr, und dann wurden der Kleinen eilfertig Obst, Rosinen, heiße Schokolade und Toast mit Erdnussbutter angeboten.

»Vielleicht sollte sie schlafen«, sagte Jasmeen, aber das war nicht das, was Mistletoe wollte, sie wollte ein Publikum und begann sich darin zu sonnen. Aber noch hatte kein Tauwetter eingesetzt, sie zog lediglich an Fidelmas Ärmel, zog und zog, als wäre er elastisch. Dann waren ihre Haare an der Reihe, sie schlug leicht darauf, um ihre Missbilligung zu demonstrieren.

»Weißt du noch, ich hatte lange Haare«, sagte sie, an Fidelma gewandt, aber die Züchtigung galt ihrem Vater. Die kurzen Haare standen ihr nicht und verliehen ihr ein verkniffenes, hutzeliges Aussehen.

»Weißt du noch«, wiederholte sie, und es folgte eine Litanei von erlittenem Unrecht. In der Bonfire Night hatte sie im Gegensatz zu anderen Kindern nicht hinausgedurft, ihre neue Strickjacke war mehrere Nummern zu groß, ihr Judolehrer behauptete, sie sei egoistisch, und sie hatte sich erkältet, als sie am helllichten Tag draußen im Garten stand und kein Mensch sie beachtete. Und noch dazu ging es Greenie nicht gut, und sie verwies auf die verschiedenen Schlachten, an denen er in letzter Zeit teilgenommen hatte. Als er ihr gereicht wurde, merkte sie an, dass er einmal bernsteinfarbene Augen gehabt hatte, und sagte, der arme Greenie gehe jetzt in Rente.

Bald bekam sie ihr Kissen in den Rücken gestopft, ihre Haare wurden zurückgestrichen, und Fidelma wusch ihr mit einem warmen Waschlappen das Gesicht. Dann zog sie ein seidenes Taschentuch hervor, um es zu trocknen. Das Taschentuch hatte ein Muster aus Erdbeeren, die sie zu zählen begann, sorgfältig, eine nach der anderen, und das war ein Zeichen, dass sie essen würde.

»In Barcelona ... habe ich jeden Abend ein Steak gegessen«, erzählte sie ihnen.

»Hast du nicht«, sagte Fidelma, aber der Vater antwortete, sein Chef habe ihn auf eine Geschäftsreise geschickt, in der Hoffnung, dass das Gartenmöbelprogramm der Firma den Menschen in Spanien vielleicht ebenso zusagen würde wie den Menschen in Litauen. Nach seinen Besprechungen seien Mistletoe und er eine breite Promenade entlangspaziert, die Las Ramblas heiße, und hinterher seien sie in ein Restaurant gegangen, und dort habe Mistletoe ihr Steak gegessen. Dann hatte dort eines Abends zu ihrer Überraschung ein Umzug stattgefunden, weiße Pferde waren die Promenade heraufgekommen, Reiter mit scharlachroten und schwarzen Pelzmützen, die Zuschauer wurden auf die Bürgersteige zurückgedrängt, einige ahmten die Tänzerinnen in ihren gerüschten Röcken nach, wie sie mit den Kastagnetten klapperten, und ganz am Schluss, hoch auf einer Maschine sitzend, ein Mann in Uniform, der die Pferdeäpfel einsammelte. Darüber musste Mistletoe lachen, und das war für ihren Vater das Stichwort, sich in ein Pferd zu verwandeln. Imaginäre Zügel haltend, hob er das rechte, dann das linke Bein und begann, vollkommen in dem Spiel aufgehend, um das Bett zu traben, sein Gesicht grotesk in die Länge gezogen, um einen Anschein von Ähnlichkeit mit einem Pferd zu produzieren. Dann tänzelte er, stolzierte durch den kleinen Raum, gab schnaubende und wiehernde Laute von sich, begeistert, albern, peinlich und vor allem verzweifelt darauf bedacht, es ihr recht zu machen. Zum Abschluss baute er sich vor ihrem Bett auf, verbeugte sich und nannte sie Prinzessin. Das rief Wellen von Heiterkeit bei Mistletoe hervor, die inzwischen ebenso hysterisch lachte, wie sie noch vor kurzem geweint hatte.

Es wurde Zeit, dass sie gingen. In der Tür sah Fidelma, wie sich der Finger bog, um sie zurückzuwinken.

»Ich habe gedacht, ich sehe dich nie wieder«, sagte Mistletoe ganz ernst, die Augen vorwurfsvoll, wie eine kleine Trauernde.

Am nächsten Morgen lag eine Mitteilung vor Jasmeens Wohnungstür. Zwei mit dem üblichen lila Buntstift geschriebene Seiten mit beigefügten realistischen Zeichnungen.

Nicht lange, nachdem ich schlafen gegangen war, sind ohne Vorwarnung die Zombies gekommen. Sie hatten neue Leute, kleine Monster mit unsichtbaren Waffen, und sie haben immer wieder nach mir und Greenie gestochen, bis ich SOS funken und die Reserve rufen musste, weil wir sie nicht allein bekämpfen konnten. Zum Glück ist uns T-Rex, der große Dinosaurier, mit seinen Leuten zu Hilfe gekommen. Es war eine blutige Nacht mit Verlusten auf beiden Seiten, und sie dauerte viele Stunden. Bei Tagesanbruch waren die meisten Zombies tot, und einige waren geflohen. T-Rex legte sich zum Ausruhen unter den Baum, und zur Belohnung habe ich ihm einen Orden, einen Aufkleber und die Lebern der Zombies gegeben. Das Fleisch war roh und sehnig, so wie Dinos es mögen. Danach sind sie zu sich nach Hause in der Nähe von Battersea gegangen.

Am Ende hatte sie mit einem andersfarbigen Buntstift geschrieben: Können wir zur High Street gehen, Cappuccino trinken und Mince Pie essen?

SARAJEWO

»Die glauben, sie wissen Bescheid ... aber sie waren nicht dort.« Das ist Zelmic, betrunken, lallend, eine Leere in den Augen. Fidelma kennt sie von den Donnerstagabenden im Zentrum, wo sie oft still und in sich gekehrt dasitzt, doch nun, in ihrem Lederrock und den kniehohen Stiefeln, ist sie aufgekratzt und redselig.

Sarajewo, ihre Stadt, wie sie sagt, sei nicht mehr dieselbe, sie habe ihre Seele verloren. Früher einmal hatten sie und ihre Freunde in Cafés gesessen und über Nietzsche und den Existentialismus diskutiert, heute gab es dort nur noch junge arbeitslose Männer, die sich im Fernsehen Models ansahen und Hintern taxierten. Aber alle rauchten immer noch, und das war immerhin etwas. Ja, sie wird über Weihnachten nach Hause fahren, hat Geschenke für ihre Mutter und alle Leute, die ihrer Mutter helfen, Geschenke für jeden und auch Geld. Ihre Mutter ist ein bisschen seltsam geworden, kein Wunder. Zu allem Übel bekommt ihre Mutter Drohanrufe, die ihrer Überzeugung nach von irgendeiner komischen Sekte ausgehen, die ihr schaden will, und sie hat begonnen, Geld zu sammeln, um eine Kirche zu bauen, in der sie sicher ist. Ihr Onkel ist in die Berge zurückgekehrt.

»Du hast schöne Haut«, sagt sie und streicht sich die Haare zurück, damit sie Fidelmas Gesicht deutlich sehen kann. Ihr dichtes, kastanienbraunes Haar fällt ihr immer wieder ins Gesicht, und sie wirft es wiederholt zurück, um mehr Nähe herzustellen. Aber diese Intimität, dieses Schwärmen darüber, dass sich ihre Wege wieder kreuzen, geht Fidelma auf die Nerven.

Sie sitzen in einem der kleinen Alkoven, die vom Hauptraum abgehen, wo das Fest in vollem Gang ist. Varya hat es organisiert, zur Feier von Migrantinnen und weiblichen Flüchtlingen aus allen Ecken der Welt. Über der Bühne hängt ein weißes Laken mit dem Schriftzug *Wir helfen Opfern, Heldinnen zu werden.* Fidelma hört Gelächter, das kurze Knacken und Knistern, mit dem Cracker aus der Packung gezogen werden, und immer wieder aufbrandende Heiterkeit. Sie sitzen an einem kleinen Tisch mit einer weißen Kerze, deren Flamme hierhin und dahin blakt, und auch auf anderen Tischen brennen weiße Kerzen, deren Flammen im unregelmäßigen Luftzug flackern. Zelmic hat Fidelma das Gespräch aufgezwungen, legt ihre lange Halskette um sie beide und zieht sie zusammen. Die Halskette besteht aus Labradoriten, und sie hat sie auf der Portobello Road bei einer Roma-Frau gekauft, die auch Horoskope stellt.

»Finstere Zeiten, finstere Zeiten«, fährt sie fort, »alle hungern, mein Onkel dreht durch, fragt: *Warum bin ich nur aus den Bergen heruntergekommen?* Er war gekommen, um uns zu verteidigen. Eines Abends hing draußen im Gemeindepark ein Mädchen an einem Baum, sie muss ungefähr zwölf gewesen sein, und alle hatten zu viel Angst, um zu ihr zu gehen, und sie baumelte da einfach. Ihre Familie wohnte im ersten Stock, und die Eltern waren ganz plötzlich weggegangen. Eine gemischte Familie, halb serbisch, halb muslimisch. Vielleicht waren sie weggegangen, um sich einen anderen Ort zum Leben zu suchen, und wollten sie nachkommen lassen, aber das hatte sich dann ja erübrigt. Sowie die Belagerung anfing, haben sie sich in sich selbst zurückgezogen, kein Wort mehr, nicht mal auf der Treppe. Das macht der Krieg. Über dreihundert Granaten sind jeden Tag in unserer Stadt eingeschlagen. Wir haben uns in unseren Wohnungen verkrochen. Fensterrahmen mit zerbrochenem Glas, kein Strom, keine Heizung, kein Wasser, kein gar nichts. Jede Woche haben wir vom Roten Kreuz eine Dose Öl und zwei Dosen Bohnen bekommen, aber weil wir kein Holz hatten, haben wir angefangen, Haushaltskram zu verbrennen, Vorhänge und Bettbezüge und dann Schuhe. Schuhe stinken, wenn man sie verbrennt, besonders Gummischuhe. Wir waren eine Familie von Bücherwürmern. Wir liebten unsere Bücher, aber bald wurden sie neben dem Herd aufgereiht, und meine Mutter und mein Onkel stritten sich darüber, welches als erstes drankommen und welches bis ganz zum Schluss aufgehoben werden sollte. Die *Ilias* war eine wunderschöne Erstausgabe, der Stolz unserer Bibliothek, aber auch sie ging drauf: Agamemnon der Menschenkönig, Nestor, die Blume der achäischen Ritterschaft, die Schwarzen Schiffe, Patroklos' Leichnam, Helenas Armbänder, Kassandras Schreie, alles landete für zwei, drei Abendessen in den Flammen. Mark Twain zu opfern fiel meinem Onkel schwer … Huckleberry Finn und sein Fluss hatten ein so schmachvolles Schicksal nicht verdient. Mein Onkel war derjenige, der hinausgegangen ist und das kleine Mädchen abgeschnitten hat, er hat gesagt, ihre Lippen seien voller Tau gewesen, als hätte sie noch geatmet.« Sie forscht in Fidelmas Gesicht nach einer Reaktion.

»Du bist nicht entsetzt«, sagt sie scharf.

»Doch, ich bin entsetzt«, sagt Fidelma.

Aber das reichte nicht. Irgendwie wusste sie, dass es gleich hässlich werden würde.

»Ich muss dir was erzählen …«, sagt Zelmic, noch vertraulicher. »Ich habe von dir geträumt. Wir waren alle in einer Art Hangar, der zugleich so etwas wie eine Klinik war … massenhaft Patienten, und eine Schwester hatte jeder von uns Blut abgenommen. Hinterher wurden wir ihre Assistentinnen. Wir standen in einer Schlange und warteten, und plötzlich hast du mir ein Messer in den Rücken gestoßen, genau in die Mitte zwischen die Schulterblätter, du, die keiner Fliege etwas zuleide tun könnte – was meinst du dazu, Fidelma?«

»Ich weiß wirklich nicht, was ich dazu meinen soll ... es ist dein Traum.«

»War das Ficken gut?« Die Frage wird ihr entgegengeschleudert. Meint sie das ernst? Natürlich meint sie es ernst. Es ist der einzige Grund für dieses Gespräch unter vier Augen.

»Die Bestie von Bosnien ... wie er seine Schlechtigkeit in dich pumpt ... ein Bajonett in die Vagina ... seine Worte ... seine Gedichte«, und damit zieht sie aus jeder Tasche ein Handy, eines silbern, das andere schwarz. Sie tätschelt das silberne Handy, wie sie einen kleinen Hund tätscheln würde, dann nimmt sie das schwarze Handy, und schwupp, ist ihre Fotogalerie da, sie scrollt hinauf und hinunter, und Fidelma wird genötigt, sich Bild auf Bild von Dr. Vlad anzusehen, dem Mann, den sie in den zurückliegenden zwanzig Monaten verdrängt oder verdrängt zu haben gemeint hat, und nun erscheint er wieder mit beängstigender Unmittelbarkeit, und sie empfindet das Gegenteil von Liebe, nämlich Widerwille und Scham. Dann ein neueres Foto von ihm, auf dem er rundlich ist, ein lächelnder, jovialer Clown, und das einen Kontrast zu den früheren bildet, die ihn in den besten Jahren zeigen, als Prometheus mit im Wind fliegenden Haaren oder als düsteren Kommandosoldaten in langem, dunklem Mantel, wie er auf einem Feld im Osten Bosniens seine Truppen inspiziert. Dazwischen eingestreut Fotos von Totengräbern, die herausgeschaufelte Erde mit Knochen durchsetzt, und von Frauen, vorzeitig gealtert, die gebeugt und gebrochen zwischen Grabsteinen kauern.

Als Nächstes folgt eine Zusammenfassung seines Denkens und seiner Ansichten –

Ich bin Autor, Schriftsteller, Gelehrter, Psychiater. Schwachsinn.

Sarajewo ist nie belagert worden. Schwachsinn.

Als Psychiater kann ich sagen, dass das, was sich in unserem Verstand abspielt, nichts mit wirklichen Ereignissen zu tun hat. Die gesamte Psychiatrie dreht sich um Irrealitäten, Illusionen und Selbsttäuschungen. Noch mehr Schwachsinn.

»Ich will das nicht sehen … ich will das nicht«, sagt Fidelma und hält sich die Augen zu, aber das Messer dringt immer tiefer ein, denn diese von Hass zernagte und nach Rache dürstende Frau lässt nicht locker.

»Was war es, vom Nervenkitzel mal abgesehen … was hat dich zu ihm hingezogen, du musst doch gemerkt haben, dass da etwas nicht stimmt … ganz und gar nicht stimmt … seine Komplizin, seine Hure, seine Schlampe.« Jetzt ist sie voller Häme, in einem Hochgefühl, ihr ganzes Leid, ihr Kummer, das erhängte kleine Mädchen, ihr Onkel, alles entlädt sich in dieser Orgie von Demütigung.

»Ich habe diese Belagerung nicht umsonst überlebt«, sagt sie bitter.

»Ich weiß nicht, was ich sagen soll«, erwidert Fidelma.

»Du weißt nicht, was dein Problem ist«, fährt Zelmic fort. »Du willst es nicht wahrhaben. Wenn ich ehrlich bin, dann finde ich, dass du ganz schön Nerven hast, hierher zu kommen … hier gibt es ein paar wirklich tolle Frauen.«

Es ist zu weit gegangen.

»Ja, bestimmt gibt es hier ein paar wirklich tolle Frauen«, beginnt Fidelma, »und man kann mit Recht davon ausgehen, dass wir alle eins sind … Schwestern … Aus Orten voller Leid … wir bringen Blumen, Wein und Geschenke mit … aber du nicht … Zelmic, du bringst Gift mit, den Rottweiler … du zerrst mich hier herein, und wozu? … aus Jux, um deinen Schmutz loszuwerden, deine Fantasien zu befriedigen.« Im Reden zieht sie an der Halskette, deren Schnur endlich reißt, sodass sich die Perlen kullernd über den Boden verteilen.

»Scheiße«, sagt Zelmic, bückt sich, um sie einzusammeln, kommt ins Stolpern und muss sich am nächststehenden Tisch festhalten, wo sie sich hinsetzt, den Kopf sinken lässt und ihre Schultern zu beben beginnen, als finge sie gleich zu weinen an.

Das schwarze Handy liegt auf dem anderen Tisch, und Fidelma fährt mit den Händen darüber, als könnte sie wie kraft irgendeiner Beschwörung den in seinen herzlosen Tiefen gespeicherten Inhalt austreiben.

Sie fühlt sich massiv bedroht. Sie betet darum, dass jemand aus dem anderen Zimmer kommt, sich zu ihr setzt und mit ihr über Dinge plaudert, die nicht wichtig sind.

Das ist alles, was sie will.

DRITTER TEIL

DER GERICHTSSAAL

Die Sonne wird sich in Finsternis wandeln und der Mond in Blut. So groß war Fildelmas Unruhe, dass sie sich die letzte mündliche Verhandlung als apokalyptisch ausmalte.

Dabei war es keineswegs so. Fidelma kam früh, weil sie befürchtete, dass zum letzten mündlichen Termin großer Andrang herrschen und es von Menschen nur so wimmeln würde. Stattdessen waren noch nicht einmal die Türen geöffnet, und zwei Schilder, das eine mit der Aufschrift *VIP*, das andere mit der Aufschrift *Presse*, vergrößerten ihre Verwirrung noch.

Es war ein langgestrecktes, flaches, unauffälliges Gebäude, das mit cremefarbenen Kacheln verkleidet war und einem halbmondförmigen Teich gegenüberlag, in dem Wasser zweier Fontänen mit verlässlicher Vorhersehbarkeit aufstieg und niederstürzte. Die Flaggen sämtlicher verschiedener Nationen säumten die nahegelegene Straße, und schon ein flüchtiger Blick zeigte, dass die Farbe Rot vorherrschte, Rot für Blutbad, doch ihr fröhliches Geflatter sprach jeder Katastrophe Hohn.

Ein Mann, der damit beschäftigt war, Abfälle aus dem trüben Wasser zu fischen, deutete auf die Skulptur eines Storchs und sagte, das sei das offizielle Symbol von Den Haag, ein Storch auf einem goldenen Schild mit einem Aal im Schnabel.

»Das muss man sich mal vorstellen.« Er hatte einen irischen Akzent, und es war eine Erleichterung, dass er ein Fremder für sie war. Sie war in der Hoffnung gekommen, hier niemandem zu begegnen, den sie kannte. Varya hatte sie überredet, hinzufahren, hatte sie inständig darum gebeten und gesagt, es wäre ein Sieg für sie alle.

»Unter uns ... dieser Teich ist der Fluch meines Lebens ... Vogelscheiße, besonders Taubenscheiße«, sagte er, während er mit seiner Hacke herumkratzte, und er beschwerte sich, dass das Becken mehrmals im Jahr geleert und geschrubbt werden müsse.

»Ich dachte, es kämen mehr Leute«, sagte sie.

»Mein Gott, was ging es hier hektisch zu, als er ausgeliefert wurde ... die Zelle herrichten, neue Möbel ... ein größerer Schreibtisch ... Daunenkissen ... die Hacken habe ich mir abgelaufen, die Stadt rauf und runter zu den verschiedenen Geschäften ...«

»Dann sind Sie hier also das Mädchen für alles«, sagte sie mit einem Lächeln.

»Was führt Sie hierher?« Jetzt war er freundlich.

»Das weiß Gott allein«, sagte sie und ging weiter.

Durch die Sicherheitskontrolle zu gelangen war einfach und mit viel weniger Hektik verbunden als am Vorabend am Flughafen von London. Dann ging sie durch das Drehkreuz, einen schmalen Weg entlang und eine Treppe in die große Halle hinauf, die mit ihrer Pracht und ihren kräftigen Marmorsäulen eher als Festhalle gedacht schien, obwohl nicht zu verkennen war, wo sie sich befand. Auf einem riesigen Plakat stand: »Die Kriegsverbrecher zur Rechenschaft ziehen, den Opfern Gerechtigkeit bringen«.

Die Treppe bestand ebenfalls aus Marmor und war steil, ohne Geländer. Auf dem ersten Treppenabsatz befand sich ein Flachrelief, Krieger und ihre Gefolgsleute, einige mit Waffen, andere bloße Holzhauer und Wasserträger, alle mit ausgeprägtem, steifem Marmorpenis. Die Frauen, und es waren nur wenige, standen ehrerbietig hinter ihnen, eine trug eine Schale mit Essen, die zweite stillte einen Säugling, die dritte verharrte in stummer Erwartung.

Sie stiegen hinauf, bekamen ihre Kopfhörer, und es herrschte eine so gedämpfte, so neutrale Atmosphäre, dass man unmöglich erraten konnte, wer Freund und wer Feind war.

Ihr Platz befand sich in der ersten Reihe, neben vier gleich gekleideten Frauen, die dicht beieinandersaßen und sie so argwöhnisch beäugten, als sei sie eine Verräterin. Hinter der dicken Glasscheibe bewegten sich die Anwälte und ihre Assistenten, Aktenordner unter dem Arm, geschäftig hin und her, und ihre Roben streiften sich, wenn sie sich eilends miteinander berieten, um nur ja nichts dem Zufall zu überlassen.

Als Vlad den Gerichtssaal betrat, begann sie unbeherrschbar zu zittern, als wäre er ein von den Toten Auferstandener. Unvorstellbar, dass er noch am Leben, dass er nicht in Wahnsinn oder Gebrechlichkeit verfallen war. Doch da stand er, in einem eleganten Anzug mit nichtssagender Krawatte, höflich, entwaffnend, immer noch im Besitz jener unersättlichen Kräfte, derentwegen man ihn so gefürchtet hatte. Sein Wärter stand stocksteif hinter ihm, einen Gürtel mit Schlüsselbund und Revolver umgeschnallt, und Vlad wirkte merkwürdig aufgekratzt, während er sich umblickte. Aus dem Augenwinkel sah Fidelma, wie die vier Frauen den Moment nutzten. Es war, als ergriffe eine plötzliche Energie von ihnen Besitz, eine Eindringlichkeit, während sie auf unmissverständliche Weise auf die Anklagebank starrten und so ihre Abscheu bekundeten. Er schaute nicht in ihre Richtung, und als er sich hingesetzt hatte, ging eine junge Frau aus seinem Verteidigerteam zu ihm hinüber und flüsterte ihm etwas zu, worauf er mit einem leichten, zustimmenden Lächeln reagierte.

Ein Gerichtsdiener rief: »Bitte erheben Sie sich«, und während sie das taten, traten die vier Richter in scharlachroten Roben ein, steuerten ihre erhöhten Plätze an, und dann wurden in offenbar bester Stimmung freundliche Floskeln gewechselt: »*Guten Morgen … Guten Morgen allerseits … Euer Ehren … Eure Ehren … Eure Exzellenzen … Ich bitte um Entschuldigung …*«

Der Vorsitzende Richter ergriff als Erster das Wort und sagte, nach vielen Jahren sei die Beweisaufnahme gemäß Verfahrens- und Beweisvorschrift 86 abgeschlossen. Der Anklage und der Verteidigung würden jeweils zehn Stunden für ihre Schlussplädoyers und noch einmal je anderthalb Stunden für Gegenreden und Erwiderungen zugestanden.

Danach erhob sich der Vertreter der Anklage und sagte, mit ausgestreckten Händen beinahe in Pathos verfallend: »Ich möchte Ihnen den traurigen Sachverhalt schildern.« Dann fasste er ruhig und gewissenhaft die Ereignisse zusammen, die 1992 in Bosnien ihren Anfang genommen hatten, als muslimische und kroatische Gemeinden terrorisiert und zerstört wurden, ein blutiges Schauspiel, von dem die Welt bald erfuhr. Er sprach von den Tausenden verhafteter, misshandelter und getöteter Zivilisten, den Zehntausenden gewaltsam Entwurzelter, den Hunderttausenden monate- und jahrelang Belagerter, von Gemetzeln, Racheorgien, Internierungen an schrecklichen Orten und Hunderten von Hinrichtungen. Der Angeklagte jedoch habe sich, als man ihm diese Vielzahl von Verbrechen vorgehalten habe, selbst zum Opfer stilisiert oder unglaubwürdige Erklärungen vorgebracht. Er sei die treibende Kraft gewesen, habe sich mit den selbst erdachten Strategien gebrüstet und behaupte nun, es habe sie gar nicht gegeben, oder schiebe die Schuld auf jene, die die Drecksarbeit für ihn erledigt hätten, während er das Ganze inszeniert und sich eine Verteidigung zurechtgelegt habe, die auf Unwahrheit beruhe.

Zuerst hörte Vlad nur zu und murmelte vor sich hin, während seine Hände seine Gedanken unterstrichen, doch bald machte er sich mit heftiger Gereiztheit Notizen, die er an seine Verteidiger weiterreichte, dann wies er mit wilder Gebärde von sich, was gesagt worden war oder gleich gesagt werden würde. Die Frauen immer noch mit ihrem Basiliskenblick.

Dann kamen drei besondere Fälle zur Sprache, die man aus der Masse des Belastungsmaterials herausgegriffen hatte. Ein Mann in Sarajewo würde seine Frau nie wiedersehen; sie hatte sich auf den Weg zum Markt gemacht, wo sie versuchen wollte, Milchpulver für ihre Kinder aufzutreiben. Sie wurde von einer Granate getötet und nachts beerdigt, denn aus Furcht vor Angriffen wagten Trauernde nur um diese Zeit ihre Toten zu begraben.

Als Nächstes ging es um einen siebzehnjährigen Jungen in Srebrenica, der zusammen mit seinem Vater versucht hatte, sich einer in Richtung Tuzla fliehenden Kolonne anzuschließen, jedoch von ihm getrennt wurde. Dann schloss sich der Junge einer anderen Kolonne an, die man zwang, sich zu ergeben, worauf alle in Busse verfrachtet und zur Hinrichtungsstätte gefahren wurden. Bei brütender Hitze, geprügelt und beschimpft, von ihrem eigenen Urin durchnässt, waren sie so verzweifelt, dass sie riefen: »Gebt uns Wasser, und dann bringt uns um.« Dieser Junge entging wie durch ein Wunder dem Tod und suchte unter den Leichen, bis er einen weiteren Überlebenden fand, mit dem er in tagelanger Flucht auf Schleichwegen in sicheres Gebiet gelangte.

Auf der anderen Seite von Fidelma fertigt ein Künstler diverse Zeichnungen von Vlad an, dessen Empörung sich mit jeder einzelnen Enthüllung steigert. Der Stift ist orange, der Künstler zeichnet rasch, mit ruckenden Bewegungen, füllt mehrere Seiten seines Skizzenbuchs, und mit jedem Strich wird das Konterfei ein klein wenig authentischer, während er das volle Haar, das jähe Drehen des Kopfes, die Hängebacken, nicht aber die Augen einfängt. In der Zeichnung haben die Augen etwas nachgiebig Mitfühlendes, das keinerlei Ähnlichkeit mit dem Mann aufweist, der dort sitzt.

Im dritten Fall, der zur Sprache gebracht wurde, ging es um einen Arzt, der für die UN in Afrika gearbeitet hatte und Gefangener im Lager Omarska wurde, wo er alles in seiner Macht Stehende tat, um anderen zu helfen. Doch eines Morgens, als sein Name aufgerufen wurde und man ihm sagte, er solle seine Sachen holen, griff er einen Nylonbeutel mit ein paar Zigaretten und sein Hemd, und seine Mitgefangenen bedankten sich feierlich bei ihm, weil sie wussten, dass sie ihn nie wiedersehen würden.

Immer weiter, Prügel in Lagern, Mordorgien, Frauen, die man zwang, nach Hinrichtungen die Betonböden der Lagerhäuser zu säubern, blutdurchtränkte T-Shirts, herausgebrochene Zähne, Haarbüschel. Mütter, die sich nachts hilflos die Schreie ihrer Töchter anhören mussten, während diese wiederholt vergewaltigt wurden, Eroberungen, von tollwütigen, betrunkenen Soldaten auf den Holzbrettern der Pritschen vollzogen.

Als die Anklage am Ende des zweiten Tages ihr Plädoyer abschloss, standen die vier Frauen auf, während Dr. Vlad hinausgeführt wurde. Dann traten sie stumm und trotzig an die Glasscheibe und stießen ihre Flüche aus.

»Kontakte mit dem Angeklagten sind verboten«, sagte ihnen ein erboster Gerichtsdiener, der, als man ihn ignorierte, mit lauter, drohender Stimme »Bitte verlassen Sie sofort den Saal« rief, aber sie beachteten ihn nicht, sondern brachten ihre Verwünschungen zu Ende. Da begann wie auf irgendein Kommando hin auf der anderen Seite verstohlen ein elektrisches Rollo herunterzugehen, dessen dunkelblauer Stoff sich Zentimeter um Zentimeter herabsenkte, die Glasscheibe bedeckte und jede Konfrontation abschnitt, ihn von ihnen abschnitt.

Im Erdgeschoss gab eine von ihnen Fidelma eine Karte und sah ihr dabei zu, wie sie sie las. Auf Englisch und, wie sie vermutete, Serbisch stand *Die Mütter der Enklaven Srebrenica und Žepa* darauf. Nie würde sie den Ausdruck in ihren Augen vergessen, eine kalte Trostlosigkeit, eine Abkehr von Leben, von Hoffnung, von Mitleid, von diesem ganzen Justizapparat, der sie nicht zu der Stelle führen konnte, wo ihre Söhne lagen, denen niemals das heilige Ritual der Bestattung zuteilwerden würde.

Am dritten Morgen, an dem er sich selbst verteidigen sollte, betrat er den Gerichtssaal so unbekümmert wie jemand, der einen Urlaub antritt. Seine Anwälte scharten sich um ihn, Akolyten, die seine Weisungen entgegennahmen, während unter Journalisten und Besuchern Spannung herrschte, als ob etwas sehr Gefährliches passieren könnte. Die vier Stühle, auf denen die Mütter gesessen hatten, waren leer.

In seinen einleitenden Worten gab er sich konziliant, bekannte, dass er sich bei seinem Plädoyer gehandikapt fühle und wahrscheinlich eher wie ein Laie wirke, und deshalb bitte er das Gericht für seine formalen Fehler um Verzeihung. Doch dann machte er sich mit planvollem Eifer daran, dem Gericht in Erinnerung zu bringen, wie wenig die Welt von dem Konflikt verstehe. Für sein Volk sei er ein Märtyrer, er habe alles getan, um einen Krieg zu vermeiden, habe seinem eigenen Parlament gesagt, ein Krieg sei der sichere Weg ins Verderben. Erst als ihm klargeworden sei, dass sein Land und sein Volk im Begriff stünden, auseinandergerissen zu werden, habe er sich widerstrebend darauf eingelassen. Nicht ein einziges Mal habe sein Korps gegen das Kriegsrecht, gegen die legitimen Gebräuche des Krieges verstoßen, sondern sich stets in höchstem Maße verantwortungsbewusst verhalten. Als Präsident habe er die Gewährung humanitärer Hilfe beaufsichtigt und viele Werke der Barmherzigkeit getan. Ja, er habe Grenzen gezogen, weil er das habe tun müssen. Wenn die Völker in einer Vielvölkergesellschaft nicht zusammenleben könnten, behauptete er, dann sage einem schon der gesunde Menschenverstand, dass sie getrennt leben müssten. Die Gebiete, in denen es laut Anklagevorwurf zu ethnischen Säuberungen gekommen sei, hätten die Menschen aus eigenem Antrieb verlassen, scharenweise, und man habe sie schon um sechs Uhr morgens die Brücke überqueren sehen. Er habe seine Gegner aufgefordert, bei Freunden in anderen Landesteilen Unterschlupf zu suchen, er habe Kroaten und Moslems eingeladen, ihre eigenen Verwaltungsstrukturen aufzubauen, und als militärischer Befehlshaber habe er seine Truppen oftmals zurückgehalten, wenn sie dem Sieg nahe gewesen seien.

Aber diese scheinbare Gemessenheit währte nicht lang, und während die Stunden verstrichen, zeichnete er in grellen Farben und mit glühender Verachtung die Irrtümer der Anklage nach. Sie habe, was Sarajewo angehe, auf die Theorie abgestellt, dass es eine serbische Politik des Terrors und der Einschüchterung von Bürgern gegeben habe, aber das sei nicht der Fall. Lügen, Unwahrheiten, Falschaussagen, die man offenkundig voreingenommenen Zeugen abgepresst habe. Militärbeobachter hätten in ihren Unterständen gesessen und mit ungeheurer Nachlässigkeit Informationen von Moslems und anderen Quellen gesammelt, außerstande, auch nur zu unterscheiden, wer an der Front und wer eines natürlichen Todes gestorben sei. Massengräber, Gebeine, Amputierte stammten aus früheren Kriegen, nicht aus diesem, sagte er dem Gericht mit blasierter Selbstsicherheit. Der Feind habe Manöver durchgeführt, Waffen, darunter auch schwere Waffen, gesammelt und weitertransportiert, alles in der Absicht, die eigenen Leute zu massakrieren und es dann den Serben in die Schuhe zu schieben. Eben dieser Feind beanspruche ständig Opferstatus, verwende und missbrauche UN-Abzeichen, lackiere seine Fahrzeuge weiß, um internationale Beobachter zu täuschen, und bediene sich jedes nur erdenklichen Tricks, um harmlos zu erscheinen.

»Völkermord, Völkermord, Völkermord«, donnerte er und sagte, ja, Hunderttausende seien umgebracht worden, aber von wem? Es sei nicht über jeden vernünftigen Zweifel hinaus nachgewiesen worden, woher Mörsergranaten oder die Kugeln von Heckenschützen gekommen seien. Fatima sitze in einer Straßenbahn in Sarajewo, sehe einen Mündungsblitz und glaube, die Richtung zu kennen, aus der der Mörser abgefeuert worden sei. Sie sei durcheinandergeraten, so wie die Karte von Sarajewo durcheinandergeraten sei. Die Richtung auf der Karte sei um neunzig Grad geändert worden, damit man habe behaupten können, ein bestimmtes Projektil sei von einem seiner Leute abgefeuert worden. Unsinn. Quatsch. Wegen der erhöhten Lage von Sarajewo und wegen der vielen Hügel, die den Stadtkern umgaben, sei es forensisch unmöglich festzustellen, von wo ein Mörser abgefeuert worden sei. General Francis Ray, Vertreter der UN-Truppe, habe selbst gesagt, die genaue Position, von der ein Mörser abgefeuert werde, sei höchst unklar, und man müsse verschiedene Möglichkeiten in Betracht ziehen. Außerdem sei es nicht Sache der Verteidigung zu beweisen, woher Kugeln von Heckenschützen gekommen seien, sondern die Beweislast liege bei der Anklage. Sarajewo, sagte er dann und senkte effektvoll die Stimme, Sarajewo sei seine Wahlheimatstadt, die Stadt, die er liebe, und jede Granate, die dort niedergegangen sei, habe ihn persönlich geschmerzt. Während er in Richtung seines verstummten Publikums blickte, glich er einem Mann am Rande seiner eigenen Schöpfung.

Vom schieren Ansturm von Rhetorik und Beweisen wie erschlagen, nahmen sie in höflichem Schweigen hin, wie er ein Dokument nach dem anderen zitierte, wütete, geiferte, sich wiederholte und schließlich erklärte, die Serben hätten gar nicht die Absicht gehabt, die Stadt einzunehmen, es habe gar keine Belagerung gegeben, diese sei eine Täuschung und Erfindung des Feindes.

Im Saal war es stickig. Plötzlich kam Fidelma der Gedanke, dass immer noch eine Spur von ihm in ihr vorhanden war, winzig und geisterhaft, jener immerzu ausdunstende Makel, der für alle Zeiten ihr Stigma sein würde. In diesem Augenblick fasste sie den Entschluss, um einen Besuchstermin bei ihm zu bitten, da die Dinge zwischen ihnen geregelt werden mussten.

Die Dolmetscher hatten alle Mühe, mit ihm Schritt zu halten, und manchmal gerieten Worte durcheinander, und die genaue Bedeutung entging denen, die die Verhandlung über Kopfhörer verfolgten. Der Vorsitzende Richter forderte ihn auf, langsamer zu sprechen, was ihn erboste, doch gleich darauf gewann er die Fassung zurück und sagte, er stelle den Sachverhalt dar, so gut er könne, und es liege in jedermanns Interesse, die Wahrheit zu erfahren.

Am nächsten Tag, dem letzten Tag seiner Verteidigungsrede, legte er, während es Abend wurde, die Dämmerung um die Wände des Gebäudes und über die Fahrradreihen kroch und den Teich in Dunst hüllte, eine messianische Gelassenheit an den Tag und appellierte an die besten und vernünftigsten Seiten des Menschen. Plötzlich wechselte er mit großer Theatralik ins Englische über, seine Stimme dröhnte und drang, vom Bewusstsein seiner eigenen Großartigkeit verstärkt, bis in den letzten Winkel des Gerichtssaals – »Wenn ich verrückt bin, dann ist der Patriotismus selbst verrückt.« Dann, mit weit ausholender Gebärde, sprach er zu den vier Richtern und jenen, die ihn vielleicht verurteilen würden, von einer höheren Gewissheit und behauptete steif und fest, er werde den Gerichtssaal als freier Mann verlassen.

Stille trat ein. Niemand sagte etwas. Die Zeit schien stillzustehen, während ein Richter sie informierte, dass das Urteil erst in acht bis neun Monaten gefällt werden würde. Sie blickte um sich, aber in den Gesichtern war kein einziges Nach-Luft-Schnappen, kein Aufschrei, keine Träne zu verzeichnen; kein Fluchen, keine Buhrufe, sondern eine Benommenheit, eine Negierung, als wären sie alle in einen Strudel, eine Massenhalluzination eingesogen oder in Stein verwandelt worden, nur eine Gruppe von Menschen, die bemüht waren, hinaus und die Treppe hinunter zu kommen, während sie der Gnade des Vergessens entgegenflohen.

Sein Anwalt kam in der Eingangshalle auf sie zu, übers ganze Gesicht strahlend. Er war ein enthusiastischer Mann, der sich daran begeisterte, wie gut alles gelaufen sei, am Elan seines Mandanten, an der Genauigkeit seiner Kenntnisse, seiner so gar nicht fatalistischen Einstellung und der Gewissheit seiner Unschuld. Dann sagte er ihr mit noch größerem Eifer, er freue sich, ihr mitteilen zu können, dass ihr Besuchsantrag genehmigt worden sei, und es machte sie zittern, dass sie ihn überhaupt gestellt hatte.

»Ich glaube, Sie werden ihn zu sehr mögen«, sagte er.

Die Folgerung ließ sie erröten. Sie konnte sie beinahe riechen, die Erde jenes Gartens, durchsetzt vom Geruch nach Blumen und dem übersüßen Duft eines blühenden Strauchs, an dem sich ihre Seele berauscht hatte, während sie in den Sog ihres ungewollten Schicksals geriet.

BESUCH IM GEFÄNGNIS

Das Gefängnis lag ein paar Kilometer außerhalb des Stadtzentrums in einem Vorort am Meer. Der Taxifahrer entschied sich für die landschaftlich reizvolle Strecke, sodass an Fidelmas Blick die Nordsee vorbeizog, durch deren graue, düstere Wasser ein Schiff pflügte, um das sich hohe Wellen türmten, ein kaltes, einsames Meer, das ein Kontinuum aller Einsamkeit bildete. Auf der Promenade führten ein paar Stoiker ihre Hunde spazieren, in den Geschäften in der Stadt brannte Licht, Museen ließen ihre Schilder leuchten, und auf einem auffälligeren roten blinkte das Wort *Casino*.

Das Gefängnis wurde von zwei hohen Türmen flankiert, und obwohl es erst vier Uhr war, senkte sich bereits Dunkelheit herab, und die Ziegelsteinfassade hatte die Farbe von getrocknetem Blut.

Hier herrschten viel strengere Sicherheitsmaßnahmen als bei Gericht, und sie wurde von einem Wärter zum nächsten weitergereicht, deren Gesichter, im Neonlicht bleich und kaum unterscheidbar, missmutig und unfreundlich, sie argwöhnisch beäugten. Die Hafträume, wo er und ein halbes Dutzend anderer festgehalten wurden, befanden sich am Ende eines langen Flurs, und während sie dem breiten Rücken eines Wärters folgte, kam ihre Entschlossenheit ins Wanken.

Er begrüßte sie herzlich, mit ausgestrecktem Arm: »Lass dich anschauen … noch immer eine Schönheit … ein bisschen zu dünn vielleicht.« Während er ihr seine überschwänglichen Komplimente machte, schien er sich des Wärters gar nicht bewusst zu sein, der dabeistand, während er noch weitere Schmeicheleien folgen ließ. Sie war in der Stunde seiner Not gekommen.

»Wie geht es dir, Vlad?« Er lächelte bei der Erinnerung an den alten Namen und die alten Zeiten. Sie saßen an einem kleinen Metalltisch, auf dem einige Papiere gestapelt waren, die er auszubreiten begann.

»Ich habe das hier mitgebracht«, sagte sie und holte das nach Zitronenverbene riechende, schwarze Chiffontuch hervor, mit dem er ihr die Augen verbunden hatte. Er schien es zu ignorieren.

»Erinnerst du dich denn nicht ...«, sagte sie und hielt es ihm hin, damit er es sah und vielleicht sogar roch. Er verhielt sich, als verstünde er sie nicht oder als wäre sie irgendein Dummerchen, dem er vor langer Zeit einmal begegnet war.

»Du warst in der Verhandlung, Fidelma« – jetzt dröhnte seine Stimme – »du hast es gesehen ... du hast es gehört ... sie stellen mich als Monster dar, dabei habe ich mich die ganze Zeit bemüht, einen haltbaren Frieden zu schaffen. Du kennst mich ... du hast mich gekannt ... hast du mich in unserer persönlichen Beziehung als Monster empfunden?«

»Es ist die einzige gute Erinnerung, die ich von uns habe«, sagte sie und zerknüllte das Tuch in ihrer Hand.

»Ich bin Dichter, ich bin Künstler, ich bin Humanist, Herr des Himmels, und werde in diesem stinkenden Universum für Verbrechen eingesperrt, die ich nicht begangen habe.«

»Ich wollte dir schreiben, aber ich wusste nicht, wie ich es formulieren soll«, sagte sie und neigte sich, nun noch angespannter, zu ihm hin.

»O Kafka, komm zurück und hilf mir, mit diesen beschissenen, Robe tragenden Damen und Herren auf ihren hohen

Stühlen fertigzuwerden, weil die Wahrhaftigkeit tot ist und ich derjenige bin, der es beweisen muss.«

»An dem Vormittag, als man dich aus dem Bus geholt hat, hat sich die Nachricht wie ein Lauffeuer verbreitet … bei TJ war es brechend voll. Von überallher sind die Leute gekommen, um es am großen Bildschirm zu sehen … da warst du, du, den sie nicht kannten … Du, den ich nicht kannte, aber dann haben Zeugen ihre Geschichte erzählt, und im Pub haben sie Schuhe gegen den Bildschirm geworfen … Fifi ist in Ohnmacht gefallen …«

In seinem Gesicht zeigte sich keinerlei Emotion oder auch nur Überraschung, stattdessen hielt er ihr einen Stapel Papiere unter die Nase.

»Ich habe nie auch nur ein einziges Schriftstück unterzeichnet, mit dem Gräueltaten angeordnet wurden.«

Die Seiten waren mit verschiedenfarbiger Tinte bekritzelt und trugen überall Fragezeichen und Anmerkungen.

»Ich habe es zu Hause mit meinem Mann gesehen … er wusste nichts von unserer … unserer Liebe«, fuhr sie fort.

»Zum Beispiel«, und er betete sie herunter, Seite und Paragraph, »D1329, D2335, D2986, D2168, D2170, D3575, D3302, D2172, D2336, D2512, D2513, D2605-606 …«

Inzwischen war es nicht mehr nur eine Willensfrage, sondern es ging um Schnelligkeit, darum, wer wen ausstechen konnte. »Ich war in der zehnten Woche schwanger … Es gab niemanden, dem ich es sagen konnte … nicht einmal dir … seinem Vater.«

Er sah sie an, dann schüttelte er langsam und streng den Kopf. Was fiel ihr ein, ihn vor einer niederen Charge zu kompromittieren.

»Ich bin kein Nationalist«, sagte er, nun an den Wärter gewandt, »aber ich finde, Rassen sollten sich nicht vermischen ... wenn ich einem echten Franzosen oder einem echten Deutschen oder einem echten Iren begegne ... dann haben sie etwas, was auch Blumen haben ... einen ausgeprägt eigenen Duft.«

Er sagte es, um sie abzulenken, aber sie war jetzt entschlossener, und ihr Zorn wuchs.

»Drei Männer haben an unsere Tür geklopft ... mein Mann hat aufgemacht ... sie wollten was von mir oder vielmehr von dir, denn deinetwegen waren sie gekommen ...«

»Ja«, fuhr er fort, »ich habe viele bedeutende Preise bekommen ... Bücher in mehreren Sprachen, außerdem eine Komödie und ein Roman – *Die Wundersamen Chroniken der Nacht* ...«

»Sie sind mit mir hoch auf den Berg gefahren, zu einer Hütte« – sie ließ sich nicht bremsen – »... und der, den sie Medico genannt haben, hat ein Brecheisen genommen ...«

»Im Haus des Gehenkten, Fidelma, spricht man nicht vom Strick«, sagt er.

»Du musst mich ausreden lassen«, antwortet sie.

»Du darfst nicht dramatisieren, Fidelma.«

»Meine Welt in Stücken ... und das Kind ...«

»Menschen, die mit Gott Zwiesprache halten, wissen, dass ich unschuldig bin.« Er bellt es ihr ins Ohr.

»Du weißt, was du alles getan hast ... in gewisser Weise wünschte ich, du wärst wahnsinnig, aber du bist nicht wahnsinnig ... Du bist einer von Luzifers verlogenen Lügnern ... ein Monster.«

Sofort erfolgt der Ausbruch, er springt auf, Papiere fliegen in alle Richtungen. »*Uit, uit:* Raus, raus«, befiehlt er dem Wärter auf Holländisch und Englisch.

Sie wird von hinten an den Ellbogen gepackt, sodass es ihr beide Schulterblätter schmerzhaft nach oben drückt, und dann nach draußen abgeführt, wo der Stämmige sitzt;

zusammen gehen sie weiter den Flur entlang auf den Schließer am Ende zu. Die beiden, die sie festhalten, reden in ihrer Sprache mit ihm, und sie fragt sich, was sie sagen – dass sie den Gefangenen angegriffen hat, dass sie eine Irre ist, dass man sie festnehmen sollte.

»Ich habe nichts Unrechtes getan«, sagt sie, wird jedoch ignoriert. Sie weiß, sie haben sie verstanden, aber die Absicht war, sie einzuschüchtern. Sie ist ihren Launen, ihren Schikanen, ihrer Willkür ausgeliefert. Ein plötzlicher Griff, bei dem sie erschrickt, und der Schließer hat sich ihre Handtasche geschnappt und kippt den Inhalt auf einen Tisch. Das Übliche – eine Brieftasche, ein Kamm, eine Puderdose, Wechselgeld und zerkrümelte Kekse, weil sie sich jeden Tag als Mittagessen Kekse ins Gericht mitgebracht hat und die meisten ungegessen geblieben sind. Er sieht ihre Zutrittskarte für Gericht Nummer 02. Sie interessiert ihn sehr, die kleine weiße Karte mit der in Schwarz und Rot gehaltenen Aufschrift *Schlussplädoyers.*

Der Kollege mit den dichten Augenbrauen mustert die Karte ebenfalls eingehend, wie auf der Suche nach einem Hinweis. Dann nimmt der Schließer ein offizielles Formular und notiert langsam und mühevoll jeden Gegenstand aus der Tasche. Sie denkt: Diese brutalen Kerle haben jetzt absolute Macht über mich. Als er fertig ist, unterschreibt und stempelt er das Papier, geht den Flur entlang und verschwindet auf halbem Weg durch eine Tür, während sein Kollege bei ihr stehen bleibt. Kein einziges Mal erwidert er ihren Blick, und er ist taub für ihre wiederholte Frage, was mit ihr passieren werde. Der einzige Mensch, den sie anrufen könnte, falls man sie überhaupt telefonieren ließe, wäre die junge Frau beim Tribunal, die als Dolmetscherin fungiert, aber sie hat deren Nummer nicht dabei.

»Ich wohne im Hotel Corona«, sagte sie, als würde sie das

entlasten. Ein hämischer Ausdruck trat in sein Gesicht und blieb dort, während sie weiter warteten.

Schließlich hörte sie Stimmen, und zwei Männer, von denen sie den einen schon kannte, kamen auf sie zu. Tränen in den Augen, lief sie ihnen entgegen und sagte törichterweise: »Alles, was ich will, ist nach Hause gehen.«

Mit sturer Gleichgültigkeit stellten sie sich taub und redeten mit leiser Stimme weiter, dann plötzlich bedeutete derjenige, der die Handtasche ausgeleert hatte, wie entnervt oder als wäre ihm klargeworden, dass es Abendessenszeit war, dem Dritten, er solle den Kram wieder in die Handtasche räumen, und zwar schnell. Man ließ sie das Formular unterschreiben, das er ausgefüllt hatte, dann zog er langsam einen Schlüssel hervor und führte ihn noch langsamer ins Schloss ein. Das Quietschen des Metalls würde ihr für immer im Gedächtnis haften bleiben.

Draußen war alles verlassen, der Suchscheinwerfer zeigte Dunst auf dem Rasenstück, über das sie rannte, wie wild, ohne einen Blick zurück zu wagen, vorbei an einer kleinen Reihe von Wohnhäusern mit Pflanzen und Porzellanhunden in den Fenstern und bis zur Straße, auf der Suche nach einem Taxi, nur dass es keines gab.

Als sie in den ersten Bus stieg, der kam, hielt sie die Weiterfahrt auf, weil sie sich nicht mehr an den Namen der Straße erinnerte, in der das Hotel lag.

»Den Haag Hollands Spoor«, sagte der Fahrer, und sie schüttelte den Kopf.

»Salonboot Rondvaart Den Haag«, sagte er, was sie noch mehr in Verwirrung versetzte.

»Hollands Spoor ... Rhijnspoor ... Staatsspoor«, fuhr er fort und nutzte die Unterbrechung, um sich in den Zähnen zu stochern.

Die Leute im Bus wurden ungeduldig und murrten.

»Wo möchten Sie denn hin?«, rief eine weiter vorn sitzende Frau.

»Ins Zentrum«, sagte sie.

»Centraal«, sagte die Frau, der Fahrer wiederholte es, und »Centraal« hallte es triumphierend wie Sonntagsgeläut nach, während sie losfuhren.

Aus der Fahrt durch belaubte Vororte sah sie in der Fensterscheibe ihr eigenes verstörtes Selbst, und dann erschien sein Gesicht, schwebte dort draußen, die rachsüchtigen Augen, die auf einer Seite hochgezogene Lippe, *Uit, uit,* und sie schmiegte sich schutzsuchend in ihren Mantel.

DAS EHEZIMMER

Das Ehezimmer ist funktional, ein Bett, ein Waschbecken aus verzinktem Stahl, eine durch eine Falttür abgetrennte Dusche und ein paar beigefarbene Handtücher. Es ist größer als die vorherige Zelle, und kein Wärter tut darin Dienst.

Wie gut sie in ihrer Pelzstola aussieht, *très chic,* Anna Karenina nicht unähnlich. Sie trägt sie in ihrer angenommenen Rolle als Jägerin, hat sie in einer Boutique in einer Seitenstraße in der Nähe des Hotels gesehen, als sie stehen blieb, um die Auslage zu betrachten, aber das Geschäft war geschlossen, weil Sonntag war. Eine Nachbarin jedoch holte die Besitzerin, und bald zupfte diese die Pelzstola um Fidelmas Schultern zurecht und lotste sie zu den Drehspiegeln, die eine Vorder- und eine Rückenansicht ermöglichten. Sie sei oben in ihrer Wohnung gewesen und habe eine Hühnerbrühe mit Klößchen für ihren Mann gekocht, der sehr krank sei, das heißt im Sterben liege. Die Pelzstola sei das letzte Stück der Winterkollektion, und Geld spiele jetzt keine Rolle mehr, es komme nur noch darauf an, dass ihr Mann, ihr lieber Mann, in den letzten Wochen seines Lebens gut gepflegt werde.

»Du kommst ja ganz schön herum«, sagt Dr. Vlad und nähert sich ihr, sachte und schleichend, so wie er einmal war, und als sein Körper ihren berührt, spürt sie die Hitze seines Geschlechts und die Schwellung unter der legeren, marineblauen Hose. Er will sie gerade küssen, als sie ihn mit einem Schlenker des Handgelenks abwehrt. Ob sie ihm die Haare kämmen dürfe?

»Du darfst.« Das kurtisanenhafte Gebaren gefällt ihm, und er setzt sich mit der gespielten Gehorsamkeit eines kleinen Jungen auf einen Stuhl, der dem vergitterten Fenster gegenübersteht.

Der Kamm, für den sie sich entscheidet, ist groß und weiß, ein Bauernkamm, den ihre Großmutter als Läuserechen bezeichnen würde, mit breiten Lücken zwischen den Zähnen, in den sich der Schmutz sammelt. Durch seinen Haarschopf, der kürzlich gewaschen wurde, ist leicht durchzukommen, und seine Neugier, welche weiblichen Finessen sie für ihn bereithält, ist grenzenlos.

Plötzlich, ohne dass sie übermäßigen Druck ausübt, zerbricht der Kamm, und sie hält mit ungläubiger Verblüffung die beiden Hälften in der Hand. Es stimmt also, was der runzelige alte Mann zu sagen pflegte: In seinen langen Jahren als Schiffsfriseur habe er viele Köpfe gekämmt, berühmte und nicht berühmte, und ausnahmslos sei, wenn Böses darin gesteckt habe, der Kamm zerbrochen und habe es dadurch offenbart, es bestätigt.

»Böse«, sagt sie.

»Böse, sagst du.« Er hat sich ihr abrupt zugewendet.

»Böse, sage ich.« Und sie erzählt ihm von der Beobachtung des Schiffsfriseurs und seiner Gewissheit, dass sich der Charakter anhand eines Kamms erkennen lasse.

Einen Moment lang bleibt er stumm, dann schlägt er alle Zurückhaltung in den Wind, springt so rasch auf, dass der Stuhl nach hinten umkippt, starrt sie voller Hass an, nimmt den entzweigebrochenen Kamm und zerknackt ihn in kleine Stücke.

»Ich habe noch mehr Kämme«, sagt sie und kippt den Inhalt einer Einkaufstasche auf den Boden, sodass sich ein Allerlei aus Schwarz, Braun, Weiß und Schildpatt darauf verteilt. Vielleicht ist es diese ungewohnte Kühnheit, die ihn verunsichert, denn sie sieht, dass er zittert. Sie hat einen kleinen Sieg über ihn errungen. Er ereifert sich. Was dieser Quatsch solle, dieser elektromagnetische Quatsch, diese zigeunerhafte Angstmacherei. Er flucht und macht sich Vorwürfe wegen dieses höchst privaten Besuchs, dann ahmt er sie nach, die kleine Frau des Textilhändlers in ihrer billigen Pelzstola, auf ihrem Kreuzzug für Wahrheit, Gerechtigkeit, Wiedergutmachung.

»Wer sagt, dass du irgendeinen Anspruch auf mich hast, wer – wer«, fragt er.

»Ich habe keinen Anspruch auf dich ... außer dass wir uns einmal gekannt haben.«

Einen Moment lang bleibt er stumm, dann überrascht er sie damit, dass er die ganze Sache als Jux betrachtet: Er hebt die zahlreichen Kämme vom Boden auf, bläst kleine Melodien darauf, fährt damit ohne schlimme Folgen durch seine Haare, durch ihre Haare und ruft in Erinnerung, wie sie errötet sei, wie wunderbar reizvoll ihr Erröten sei, ein Kunstwerk in der Entstehung.

»Wollen wir tanzen?«, fragt er, aber er hat sie schon in die Arme genommen und führt sie in Schrittfolgen, die sie nicht gewohnt ist. Es dient dazu, Macht über sie zu gewinnen. Bald drehen sie sich wortlos umeinander, aber sie weiß, das ist nur eine List, denn es sind Rechnungen zu begleichen, und er ist ein rachsüchtiger Mann.

»Seltsam, dass du das Wort böse in den Mund nimmst«, sagt er zu ihr.

»So seltsam auch nicht ... wenn man bedenkt, welche Gräuel du der Menschheit zugefügt hast.«

Er sieht sie an, als wolle er sie schlagen, hätte sie vielleicht geschlagen, wenn sie anderswo wären, wo niemand vor der Tür Wache steht. Sein Gesicht ist nur wenige Zentimeter von ihrem entfernt, das Weiß seiner Augen ist blutunterlaufen.

»Wer hat dich geschickt … welche Organisation steckt hinter der Sache … hinter dieser schmutzigen Aktion?«

»Niemand … ich bin allein gekommen … Ich musste.«

Ihre Antwort bringt ihn aus dem Gleichgewicht, er macht, um die Fassung wiederzugewinnen, ein paar Schritte rückwärts und dreht sich weg.

»Als wir miteinander geschlafen haben, woran hast du da gedacht?«, fragt sie ruhig.

»Lust«, antwortet er.

»Als du dein armes Heimatland zerstückelt hast und deine Geschütze sogar auf Krankenwagen geschossen haben, was hast du da gedacht, oder haben die schieren Zahlen, die Hunderttausende, dich für die Wahrheit abgestumpft?«

Eine Sekunde lang erstarrt er angesichts der Kühnheit der Frage, und sie erstarrt ebenfalls.

»Was ist dir passiert?«, fragt er und mustert sie von Kopf bis Fuß.

»Viel«, sagt sie unnachgiebig, entschlossen, sich zu behaupten.

»Aber jetzt geht es dir wieder gut«, sagt er plötzlich, mit falscher Fürsorglichkeit. Er lässt ihren Arm los, geht zum Fenster und schaut hinaus wie ein Mensch, der sich seiner Inhaftierung deutlich bewusst ist.

»Ich hatte mich auf diesen Besuch gefreut … habe mich dafür feingemacht«, sagt er, ohne sich umzudrehen.

»Ich hatte mich auch darauf gefreut.«

»Warum machst du es dann kaputt … warum bringst du das Böse in diesen Raum?«

»Weil es schon da ist, hier … in jeder Pore deines Wesens.«

»Nimm es zurück … Nimm es zurück«, sagt er wild und schlägt nach der Luft, wo es hängt wie eine Viper, ein Nest von Vipern, Macbeths unsichtbarer Dolch.

»Ich kann es nicht zurücknehmen, Vlad«, und er zuckt zusammen, als er den alten Namen, den Kosenamen hört, dann zieht er sich in kindischer Raserei an den Haaren und schlägt sich an den Kopf.

»Dieses Sammelsurium von Verbrechen, das man mir vorwirft, ist erlogen«, sagt er, während er auf sie zugeht, »unwahr, Klischees ... was hätte ich denn machen sollen, wo in meinem Land, in meinem Volk, in meiner Psyche alles zusammenbrach, mich wie ein Lämmchen hinlegen und auf die Wölfe warten ...?«

»Hast du keine schlechten Träume, Alpträume?«, fragt sie.

»Nein ... ich schlafe gut ... ich träume gut ... ich träume von meinen Frauen ... ich träume von meinen Bergen ... und ich werde, wie Vergil, zum Sterben nach Hause zurückkehren.«

»Du wirst ein alter Mann sein, falls es je dazu kommt ...«

»Ich habe kein einziges von den Verbrechen begangen, die man mir vorwirft«, sagt er, und sein Arm wehrt sie ab.

»Warst du schon immer von Grund auf böse ... warst du je unschuldig?«, fragt sie und erhält zur Antwort einen verblüfften Blick.

»Weißt du noch, in Cloonoila«, beginnt sie. »Eines Tages hast du den Kindern im Unterricht einen Monolog von Shakespeare über die sieben Alter des Menschen vorgelesen – *Sie treten auf und gehen wieder ab, sein Leben lang spielt einer manche Rollen.* Du musst damals schon gewusst haben, dass du dir die falsche Rolle ausgesucht hattest, die schlimmste Rolle, so wie du es heute weißt ... dass alles anders hätte sein können, dass du der Dichter sein könntest, der zu sein du dich gebrüstet hast, und nicht einer der Verdammten ... es wird dich noch einholen ... in all dieser Einsamkeit ... das tut es immer ...«

»Geh nicht«, sagt er, und in diesem Augenblick ist er beinahe reumütig, der Bittsteller, der gebrochene Faust, der zuletzt nicht mehr weiterweiß.

Etwas fällt herunter. Es tut einen Schlag, während sie aus ihrem Traum aufwacht und feststellt, dass sie sich nicht in diesem Ehezimmer befindet, sondern im Hotel, wo das Zimmermädchen mit der kleinen Mousselinhaube hereingekommen und über irgendetwas gestolpert ist.

»Entschuldigung, *Mevrouw,* ich komme später wieder«, sagt das Zimmermädchen, und sie setzt sich verwundert auf und schaut auf den Wecker neben dem Bett.

Als sie richtig bei sich ist, ruft sie beim Empfang an, um zu fragen, ob irgendeine Nachricht oder ein Fax für sie gekommen ist, und die Antwort lautet ein weiteres Mal nein.

BAR IN DEN HAAG

Jeden Abend ging Fidelma in die Kellerbar. Sie kam zu dem Schluss, dass dort die Heimatlosen hingingen. Trübe erleuchtet oder vielmehr gerade so weit erleuchtet, dass man den Barkeeper und, auf Borden aufgereiht, eine Phalanx von Spirituosenflaschen sah, deren bernsteinfarbene Flüssigkeiten und Etiketten von den Wandspiegeln reflektiert wurden. Der Traum jeden Säufers.

Der Blinde wurde getreulich von einem Hotelangestellten hereingeführt und zum selben Platz gebracht, wo er das immer gleiche Getränk bestellte – einen warmen Portwein in einem Becherglas mit gebogenem Griff, nach dem er tasten konnte. Manchmal auch ein Liebespaar, das einen Drink für zwei bestellte und sich mit den Nüssen vollstopfte. Außerdem war ein Student da, eingemummelt in eine Schaffelljacke und über seinen iPad gebeugt. Niemand sagte etwas, aber die Atmosphäre war freundlich.

An diesem speziellen Abend war sie allein. Tagsüber war sie wie üblich zum Museum gegangen, jeden Tag die gleiche Strecke unter den Linden, durch die, laut Prospekt, *das Sonnenlicht auf Den Haags vornehmsten Boulevard, Het Lange Voorhout, fällt, gesäumt von eleganten Herrenhäusern und klassizistischen Palästen, im Herzen von Europas malerischstem Reiseziel und nur wenige Schritte von den sonnenüberfluteten Ufern der Nordsee entfernt.* Außerdem nur wenige Schritte von den nicht sonnenüberfluteten Mauern der Haftanstalt entfernt. Es war ein Schwebezustand, in dem sie zwischen Heimkehr und einem letzten Besuch bei ihm hin- und hergerissen war.

An der verkehrsreichen Kreuzung, wo drei Straßen aufeinandertrafen, wartete sie wie immer, bis andere auf die andere Seite wechselten, um sicherzugehen, dass sie in die richtige Richtung schaute. An der Straßenbahnhaltestelle standen die lärmenden Studenten, aßen Äpfel und warfen die Kerngehäuse auf die Straße, und aus einem Reisebus stiegen jeden Morgen ältere Leute aus und steuerten wie sie das Museum an.

Sie blieb bei einer der Gruppen stehen und hörte vor dem riesigen Bild eines jungen Stiers, das die Eingangshalle beherrschte, dem einen oder anderen Fremdenführer zu. Das samtig braune Fell zeigte eine gekräuselte weiße Zeichnung wie eine Scharte, auf die der Führer jedes Mal ebenso hinwies wie auf die Nebenfiguren – eine Kuh, ein Lamm, ein Schaf, ein Bauer mit Hut – ohne jedoch die bevorstehende Paarung zu erwähnen, die das Bild implizierte.

Im nächsten Raum waren Tafelbilder mit Blumen zu sehen, Lilie, Iris und Rose in herrlicher, aus ihren Vasen quellender Fülle, so lebendig, als würden sie sich gleich von ihren rostfarbenen Stängeln lösen und umherfliegen. Die Ansicht von Delft im angrenzenden Raum wirkte hypnotisch, wenn man sich davorsetzte, ein Sinnbild von Morgen und Aufbruch, die blaue Wasserfläche wie reingewaschen, der sie überwölbende Himmel ebenfalls von hinreißendem Blau.

Wenn sie am Abend zurückkehrte und am Empfang nachfragte, sagte der immergleiche Empfangschef oder jemand ebenso Schroffes, wenn eine Mitteilung für sie da wäre, würde man sie auf ihr Zimmer schicken, nur war nie eine da.

Er war ein massiger Mann, das Gesicht leicht aufgedunsen, die Augen trübe vom Trinken. Sie kannte ihn vom Gericht, er saß stets auf der ihr gegenüberliegenden Seite des Mittelgangs, wo Vlads Vasallen saßen, und in den Pausen stürmte er die Treppe hinunter, ohne am Trinkbrunnen Halt zu machen, und eilte hinaus, um zu rauchen. Er erinnerte sich ebenfalls vage an sie, war aber nicht eigens gekommen, um sie anzusprechen, sondern einfach von der Straße hereingeschneit, angelockt vielleicht von der protzigen Fassade und dem Türsteher in voller Livree.

»Darf ich?«, sagte er, dabei saß er bereits, und seine Gestalt war viel zu massig, viel zu plump für den zierlichen, samtbezogenen Stuhl. Dann klatschte er sich auf die Oberschenkel, um zu demonstrieren, dass er es sich bequem zu machen gedachte. Seine Stimme war leicht verwaschen. – »Wie geht es mir? Nicht schlecht. Wie geht es Ihnen? Nicht schlecht. Schweiz sehr schönes Land, sehr kalt. Ich bin überall hingefahren. Belgien kein richtiges *pejih,* miese Straßen, zwei Kilometer nach Frankreich rein, und man ist weg. Nicht so viel Publikum bei Gericht, wie man erwarten würde. Hat seine Rolle gut gespielt, zu seiner Zeit ein wichtiger Spieler. Hat zugenommen. Er bekocht die Meute, sie sind zu sechst im Haftflügel, die VIPs, ehemalige Feinde, jetzt die dicksten Kumpel, einig in ihrem Hass auf das Internationale Tribunal in Den Haag. Tischfußball, Töpferkurse, Sprachunterricht, und abends erzählen sie sich Witze. Was ist der Unterschied zwischen einem Moslem, einem Kroaten und einem Serben? Der Moslem lächelt dir ins Gesicht und sticht dich in den Rücken, der Kroate lächelt nicht, sticht dich vielleicht aber auch nicht in den Rücken, der Serbe sieht dich stolz an und geht mit dir um wie ein Mann. Sie singen die alten Lieder, die Lieder vom Vaterland. Vielleicht haben Sie davon gehört, wir hatten Grenzkonflikte in meinem Teil der Welt. Gib den VIPs die Gelegenheit, lass sie frei, und sie tun genau das Gleiche wieder, besetzen die Länder und ermorden sich gegenseitig. Sie glauben, ich bin Italiener«, und er lachte und rief dem Barkeeper, der nicht zu sehen war, zu, er solle ihm noch einmal das Gleiche bringen.

»Wenn ich trinke, trinke ich die ganze Nacht«, sagte er, offenbar darauf bedacht, sie nicht gehen zu lassen. »Wir leben nebeneinander, verschiedene Religionen, katholisch, orthodox, muslimisch, wir begehen die Feiertage, Weihnachten, 6. Januar, St. Bartholomäus, Ostern. Wir reden nie über Religion, wir trinken, wir singen, aber alte Wunden eitern weiter. Verdammte Scheiße, sechzig Jahre Frieden sind zu viel für kriegslustige Männer. Negativität. Unruhe. Die Ideologie setzt sich durch. Massen gehen zum Militär. Unsere Front. Deren Front. Der Scheiß passiert. Unsere Hunde wissen vor uns Bescheid. Peng peng. Expansion, Konsolidierung, Eliminierung. Er wird Präsident, Oberkommandierender der Streitkräfte. Zunge eines Engels – *Krieg ist Alchimie.* Er spielt den Tyrannen, wenn er muss. Von einer Wölfin gesäugt, wie Romulus, von 'ner Wölfin gesäugt in den Bergen von Montenegro, das ist auch mein Land. *Säubert das verdammte Land vom Abschaum.* Freunde werden Feinde, eine geschichtliche Notwendigkeit. Hunde gieren danach, an Leichen heranzukommen, die die Abzugskanäle in den Dämmen verstopfen. Auch Busfahrer bekommen Befehl, Gefangene zu erschießen, damit jeder beteiligt ist. Ich bekomme den Brief mit dem Briefkopf der Armee – *Sie müssen sich bei Stützpunkt melden.* Ich werde als Panzerfahrer in Kosovo versetzt. Ich sage meiner Mutter, ich hole Essen vom UN-Hauptquartier zur Verteilung an die Armen, und sie glaubt mir. Großer Panzer. Achtundvierzig Tonnen Metall. So groß wie die Bar hier. Wir sind zu sechst, zwei Fahrer, ein Mechaniker, ein Ladeschütze, zwei Richtschützen und oben der Kommandeur, der Befehle gibt – *Feuer, Feuer, zwanzig Grad links, zwanzig Grad rechts,* draußen auf dem Land und in den Dörfern. Jede Woche andere Besatzung, damit wir uns nicht kennenlernen, keine Zeit haben, uns anzufreunden. Ich freunde mich gern an, deswegen rede ich mit Ihnen«, und er versucht, ihrem Gesicht eine Reaktion zu entnehmen.

»Ich bin hierhergekommen, um in Ruhe etwas zu trinken«, sagt sie, um ihn abzuwimmeln.

»Entschuldigung, vielmals Entschuldigung. Sagen Sie mir, ich soll verschwinden … sehen Sie, ich muss Dampf ablassen, heute große Gelegenheit, Meilenstein. Verstehen Sie, ich bin nur kleiner Fisch in der großen Geschichte, ein bisschen aus dem Gleichgewicht, aber nicht so, dass man sich Sorgen machen muss. Ich bin jetzt Fahrer von Beruf. Ich fahre Elektroteile von einem Land ins andere. Und es passiert. Flashback. Schöne Straße, flaches Land, auf den Wiesen kauen schöne dicke Kühe, und da sind sie, Jungen und Männer auf der Straße, sie beten und rufen nach denen, die sie geliebt haben. Gesichter, die ich von der Schule kenne. *Saber, der immer Glück hat.* Ich muss von der Straße fahren und anhalten. Angst dauert viele Minuten. Wenn es ein Traum wäre, wäre es okay, aber es ist keiner.«

Alles, was aus seinem Mund kam, war wirr und zersplittert, und sie wünschte, der Barkeeper würde nicht dauernd verschwinden, da sie etwas Drängendes wahrnahm, das sich Bahn brechen wollte.

»Wir kommen über einen Bergpass auf eine Straße, fast dunkel«, fuhr er fort, »Unruhe bricht aus in einem Dorf acht Kilometer entfernt, und auf der Straße Menschen, sie liegen einfach da … entweder um erschossen oder um zum Hinrichtungsplatz gebracht zu werden. Keine Zeit zu verlieren. *Überfahr sie, überfahr sie,* schreit der Kommandant. Ich bin Soldat, ich befolge Befehle. Die Räder greifen, der Panzer holpert, und wir schlingern ein paar hundert Meter … ich sehe nichts, ich fühle nichts, ich denke, es gibt Riesenschweinerei, Körperteile kleben an den Rädern, wenn wir in die Stadt kommen, wo die Unruhen angefangen haben. Ich kenne ein paar von den Jungen von der Schule, ihre Namen sind jetzt bekannt, stehen auf einer Steinplatte. Meine Psychiaterin, sie sagt mir, ich muss mich mit ihnen anfreunden, sie sind tot, sie tun mir nichts. Saber, der immer Glück hat, Sayed, der für alles dankbar ist, dankbar dafür, dass er zermalmt wird. Mein Gott. Meine Psychiaterin, sie sagt, sie verzeihen. Sie spricht von Channeling. Gespräche zwischen denen und mir. Die Einzelheiten, die Einzelheiten. Ich sage ihr, sie soll mir den Stecker rausziehen, den Stecker rausziehen. Mein Freund in Brüssel, wenn er jetzt da wäre, er würde denken, ich bin ein Irrer, und manchmal ich bin ein Irrer. Das kommt vom Krieg. Das ganze Töten, und keinem geht es besser. Ich gehe in Brüssel mit ihm in einen Pub, wir trinken Grappa, und wir reden von der Nacht, in der wir desertiert sind, zu fünft, im Dunkeln ... Handfeuerwaffen und Granaten unter unseren Uniformjacken, vor die Brust gepackt. Alles vermint. Einer von unseren Kameraden, Agon, er tritt auf eine Mine, nur sieben Minuten entfernt von der Freiheit, von albanischer Grenze. *Finito.* Ausradiert. Mein Freund in Brüssel sagt, was für ein Glück wir haben, alles rosig. Wir haben zu essen, wir haben Arbeit. Er hat Kinder. Er sagt, Kinder bringen ihn durch, sie hören zu und sie kuscheln, was meinen Sie? Meinen Sie auch, Kinder bringen einen durch ...«

»Ich weiß nicht ...«

»Ich habe Wodka noch nie gemocht«, war seine Antwort, und er bestellte einen großen Grappa und Wein für die Dame.

»Ich habe noch reichlich«, sagte sie.

»Ich habe Sie im Gericht gesehen, neben den Müttern ... viel Bitterkeit in diesem Saal. Gemischte Gesellschaft, Journalisten, Diplomaten, Freunde, Feinde et cetera. Freunde sehr loyal, besonders Frauen. Sein Porträt an ihrer Haut, wie er Gusla spielt. Sie wissen, das Morden ist nicht in seinem Herzen, sie wissen, er trauert um die Orte seiner Kindheit.

Sie sind eine Bekannte, vielleicht auch eine Psychotante, eine nette englische Lady, die beim Trauma helfen will, die Dunkelheit darstellen, Quatsch. Psychofritzen, die machen mich fertig, zu viele Kopfschmerzen. Meine Psychotante, sie lässt mich immer wieder darüber reden. Ich sage Termin ab, ich sage, ich werde in Antwerpen und Niedersachsen gebraucht. Psychofritzen sind keine große Hilfe, reden zu viel. Intersubjektivitäts-Scheiß. Sie verstehen, worauf ich hinauswill. Aber Sie werden mir nicht sagen, warum Sie nach Den Haag gekommen sind. Vielleicht eine quasi romantische Sache. Ladys sind schon immer auf ihn hereingefallen. Hätten sehen sollen, was er damals für Haare hatte, Killerhaare, besser als Charles Bronson, das Kind Litauens. *Der härteste Mann im Westen, Charles Bronson.* Hat im Zweiten Weltkrieg fünfundzwanzig Einsätze geflogen und wegen Verwundung das Purple Heart bekommen. Sie glauben, er kriegt zwanzig Jahre, dreißig Jahre oder noch mehr. Etwas zwischen Ihnen beiden, sie kennen sich schon ein Weilchen, Sie haben ihn gekannt, er hat sich Ihnen geöffnet, Sachen, die er noch nie jemandem erzählt hat, der süße Moment ... also besuchen Sie ihn ungefähr alle sechs Wochen, und zwischendurch schreiben Sie Briefe, Zärtlichkeiten – *Darling, ich fürchte, ich fühle mich schrecklich zu dir hingezogen* ... Blödsinn.«

»Ja, Blödsinn ... Sie quatschen zu viel.«

»Nichts für ungut, Lady ... Nehmen wir noch einen für den Weg, wie man in England sagt ... Churchill, er hat unsere Länder aufgeteilt ... unsere Grenzen eingezeichnet ... Ich bin bis Dover gekommen ... viele, viele Albaner in High Wycombe ... vielleicht haben Sie welche kennengelernt und mit ihnen getrunken ...«

»Ich bin nicht seine Freundin, ich bin keine Psychotante, und ich habe auch nicht mit Albanern in High Wycombe getrunken.«

»Sie glauben, er bekommt lebenslänglich … die Mütter hoffen es, dass er irgendwo eingesperrt wird, wo es sehr kalt ist und wo die Sonne niemals aufgeht.«

»Ich habe keine Ahnung, wie sein Urteil ausfallen wird.«

»Irgendeine Scheißahnung müssen Sie doch haben … irgendeine Scheißmeinung, entweder pro oder kontra … sie kommen den ganzen Weg in ihrem schönen Mantel und mit der schönen Handtasche und hören sich eine verdrehte Version der Wahrheit an«, und er stand halb auf, der aufgescheuchte Wachposten, der ihr zu Leibe rückte.

»Ich habe genug von Ihrem Scheißgerede, Ihrem Scheißpanzer und Ihren Einzelheiten, wie Sie das nennen.«

»Ich könnte den Laden hier kaputtschlagen«, sagte er.

»Ich weiß, dass Sie das könnten, aber Sie werden nicht.«

»Wieso sind Sie da so sicher?«

»Zwei Gründe – erstens, man würde Sie binnen Sekunden schnappen, und zweitens, es würde nichts nützen … die Jungen, die Männer, die Sabers und die Sayeds warten auf Sie … sie liegen auf der Straße … sie werden nie aufhören, auf der Straße zu liegen, sie sind in Ihnen drin …«

»Mein Gott«, und nun sah er voller Grauen sie, die Botin, und dann seine Hände, die Mordinstrumente an, und sein Blick bekam etwas zunehmend Verzweifeltes.

»Ich hätte nicht kommen sollen … es bringt das Ganze mit … die Nähe«, und dann begann das Murmeln, das Vor-sich-hin-Murmeln, während ihm der Schweiß übers Gesicht strömte und er ihn mit dem dicken Wollschal abwischte, den er trug, ihn erfolglos einzudämmen versuchte. Er begann zu zittern. Es war schrecklich, mitanzusehen, wie ein so kräftiger Mann binnen weniger Augenblicke aus den Fugen geriet, nicht bloß die Hände, sondern auch der Oberkörper, die Füße, alles wackelte. Eine so einsame Erfahrung, als sähe man jemandem dabei zu, wie er in den Tod hinüberglitt, nur dass noch ein winziger Teil seines Verstandes die Schrecklichkeit des Vorgangs mitbekam.

»Ich bin bei Ihnen«, sagte sie vorgebeugt, mit ganz ruhiger Stimme, ohne ihn jedoch zu berühren. Es dauerte noch viele Minuten lang, und manchmal glaubte er beinahe, er wäre wieder da, wurde dann aber erneut überwältigt.

Hinterher saß er da, dankbar, beschämt, außerstande aufzublicken.

»Ich möchte Ihnen etwas geben«, sagte er. Er begann diverse Taschen zu durchwühlen und zog schließlich eine kleine, gefaltete Visitenkarte hervor, die an einem Ende eingerissen war. Sie gehörte zum Frisiersalon seiner Schwester in Zagreb. Josefina. Falls sie je nach Zagreb komme, werde seine Schwester ihr die Haare machen, und das zu einem sehr guten Preis.

»Wo wohnen Sie ... wohnen Sie auch dort?«, sagte sie, und ihr Blick ging zwischen ihm und der Karte hin und her.

»Ich sage mir, dass ich gern eine Frau hätte, ich würde die Arme um sie legen, und davon würde es mir gutgehen, wenigstens eine Zeitlang, sie und ich, wir würden Dinge sagen, sie, dass es vorbei ist, vorbei, sinnlos, in der Vergangenheit zu verharren. Und wir gehen auf unser kleines Haus am Rand eines Waldes zu, und es kommt schon Rauch aus dem Schornstein, weil einer unserer freundlichen Nachbarn ein Feuer für uns angezündet hat, keine Grenzstreitigkeiten, der Friede, der alles Begreifen übersteigt.«

»Ich habe Ihren Präsidenten gekannt«, sagte sie, und obwohl er schon aufgestanden war, um zu gehen, zögerte er nun.

»Ich habe eine Rolle in seinem Leben gespielt, eine Statistenrolle ... aber trotzdem wichtig ... er ist als Heiler in unser Dorf gekommen – *Wie ein Einheimischer aus eurer Mitte gelte euch der Fremdling, der sich bei euch aufhält* – die Leute waren wie verhext, besonders die Frauen. Er hat mir, verhext wie ich war, auf mein Drängen hin ein Kind geschenkt ... Es endete schlimm ... ich bin hierhergekommen.«

»Sie sind seinetwegen gekommen ...«

»Ja ...«

»Großer Fehler.«

»Ich wollte glauben, dass er ein Quäntchen Reue zeigt ... ein einziges Wort ... was in ihm vorgeht ... der innere Film. Was das ist, dieses Bedürfnis zu töten, dieses Verlangen zu töten, was das war. Sagen Sie es mir. Sagen Sie es mir.«

Er wirkte gekränkt, dann fragte er laut, wo die Toilette sei, drehte sich im Gehen um und rief: »Sie wollen Antworten ... Dass er sich erklärt ... das kriegen Sie nicht ... er kann es nicht ... Gefühle sind nicht die gleichen von da, wo Sie sind, bis da, wo er ist ... Massaker ... Gehen Sie nach Hause.«

Sie wartete, aber er kam nicht wieder. Sein Schal war noch da, ein roter Kringel auf dem Tisch.

Das Deckenlicht wurde gedämpft, dann die Lampen hinter der Bar, sodass sie bis auf kleine Lichtperlen um die Ränder des Glastischs in relativer Dunkelheit saß.

»Das geht auf Kosten des Hauses«, sagte der Barkeeper, als er ein Glas Wein vor sie hinstellte und hinausging.

JACK

Fidelma hätte schwören können, dass es dasselbe Rotkehlchen war, dieselbe kleine, geblähte, terrakottafarbene Brust, dieselbe Neigung des Kopfes, die kleine Kokette mit ihren Tricks, wie sie landete und dann wieder ins Dickicht zurückflitzte. Ein Winterabend, die Luft ganz zart und die Zweige der Bäume feucht und moosig. Sie war für ein paar Tage zurückgekommen, um Schwester Bonaventure zu besuchen, deren Zimmer im Flügel des Klosters vollkommen unverändert war. Das Fenster einen Spaltbreit offen, auf dem Kissen ein Metallkruzifix. Verändert hatte sich nur Bony, sie sprach viel langsamer, während sie nach den Worten suchte, die steuerlos in ihrem Verstand umherschlingerten.

Hier war eine Dauerhaftigkeit zu spüren, eine Vertrautheit, der Wald war ganz ruhig, die dünnen braunen Zweige Schnörkel in der Luft, eine Stille, der Übergang zwischen Abend und Nacht. Sie saß da, sowohl um sich zu erinnern als auch um zu vergessen, und das Rotkehlchen mit seiner betörenden Verheißung von Nähe tauchte immer wieder auf. Das Handy in ihrer Tasche vibrierte, und sie vermutete, dass es die Telefongesellschaft war, die sie in Irland willkommen hieß und ihr die Preise für lokale und internationale Gespräche nannte. Sie blieb und sah zu, wie das Wasser emporstieg und wieder zurückwich, Mal um Mal, und bald würde es dunkel sein, in ungefähr zwanzig Minuten würde es dunkel sein, und auch das Wasser würde dunkel sein.

Dann vibrierte das Handy wieder und wieder, und schließlich nahm sie es heraus und las in der Dämmerung die SMS, die von ihrem Noch-Ehemann stammte – *Geh hinunter ans Wasser Fidelma und taufe dich selbst wie vor langer Zeit.*

Woher wusste er das? Wie hatte er das geahnt? Wer hatte ihm ihre Nummer gegeben?

Sie las die Nachricht ein paar Mal, dann ging sie wie eine Schlafwandlerin den schlammigen Abhang zum Fluss hinunter, bückte sich, tauchte wie schon einmal die Hände und dann das Gesicht ein. Das Wasser war eiskalt, aber frisch, und es erfrischte sie und machte ihr Mut.

Das Haus lag im Dunkeln, und während sie den Fußweg entlangging, konnte sie oberhalb der Veranda bereifte Hagebuttenbüschel sehen. Die Stufen waren rutschig, denn es hatte stark gefroren. Wie in einer Art besänftigender Geste berührte sie die Tür, ehe sie sie öffnete. Der Schlüssel hing noch an ihrem Schlüsselring, zusammen mit den drei Schlüsseln ihres Londoner Lebens.

Jack kam in Pantoffeln den Flur entlanggeschlurft, in der Hand etwas, das klapperte. Es war die Petroleumlampe, deren Schirm nie fest gesessen hatte. Es hatte einen Stromausfall gegeben. Er ging ins vordere Zimmer, und sie folgte. Er musste ein Streichholz nach dem anderen anreißen, weil der verrußte Docht schon ewig nicht mehr angezündet oder abgeschnitten worden war. Irgendwann fing er Feuer, und eine kleine, unruhige Flamme zuckte empor. Auf allem lag Staub. Staub, ihre alte Nemesis, hatte sich als dicke, versiegelnde Schicht auf Gegenstände gelegt, die sie einmal geschätzt hatte, auf das Silbertablett, das Kamingitter, die Porzellanschäferinnen. Das Ganze glich einem Raum in einem Auktionshaus, als sollten alle diese Dinge versteigert werden. Es hatte viel geregnet, und von der ins Haus gedrungenen Feuchtigkeit zogen sich Roststreifen über die cremefarbene Tapete, und der Sturz der Holztür war weich geworden. Auf dem Servierwagen stand noch die alte Sodaflasche, in einer

Ecke lehnten Jacks Golfschläger, und das zittrige Lampenlicht verlieh allem die zusätzliche Aura der Vernachlässigung.

Jack setzte sich auf die Armlehne des Sofas, sie setzte sich auf einen Korbstuhl mit gerader Rückenlehne ihm gegenüber. Er hielt inne, um Kraft zu sammeln, dann nahm er ihre Hand und begann mit sehr vertraulicher Stimme zu sprechen – »Wir haben einander geliebt ... wir waren ein Paar, ein glückliches Paar, sind Arm in Arm am Ufer spazieren gegangen, und die Leute haben hinter unserem Rücken gelacht ... aber dann ... dann ist das Böse gekommen, mehr Böses, als wir je begreifen konnten, und du, Kind, warst dafür empfänglich ... für den Fürsten der Finsternis ... du warst diejenige, für die die Glocke geschlagen hat ... und jetzt bist du zu Hause.«

Er atmete schnell, zu schnell, und dann stieß er einen seltsamen, unnachgiebigen Schrei aus, dessen Echo durch das ganze Haus widerhallte, während er in die Kuhle des Sessels zurücksank und ihm sein beigefarbener Slipper geräuschlos vom Fuß fiel. Sie erlebte etwas Seltsames und Erschreckendes mit, das zugleich von dieser und von der nächsten Welt war, und sie vermochte es nicht aufzuhalten. Er hatte mit dem Sterben gewartet, bis sie zurückkehrte. Das Wissen, das ihn veranlasste, sie vom Fluss herbeizurufen, war etwas, was sie niemals erklären konnte noch wollte.

»Ach, Jack«, sagte sie, als könnte er sie noch beachten oder hören. Immer noch hielt sie seine Hand, die in ihrer schlaff wurde. Seine Augen waren weit offen, verstört und starr, und sie wandte den Blick ab, versteinert.

Vor dem Fenster ein weißes, von Frost überzogenes Land, einem Frost, der sich in alles biss, sogar in den Viehtrog auf der Wiese des Nachbarn, eine kristallklare Nacht, kalt und unerbittlich wie der Tod selbst.

ZU HAUSE

Ich bin hier keine Fremde mehr. Im Zentrum kennen mich alle, und sie haben mir den Spitznamen Delphi verliehen. An der Wand hängt eine Ansichtskarte von Delphi, die Überreste eines Tempels mit Steinsäulen, in dessen Innerem das Orakel seine Rätsel stellte. Es gibt zahlreiche Zeitungsausschnitte, alle von Menschen in Notlagen, Migrantinnen mit Babys in den Armen, die vor Gräueln flüchten, ohne festes Ziel. Jeden Tag kommen mehr und immer noch mehr Zeitungsausschnitte hinzu, sodass die Wand inzwischen ein wogendes geschichtliches Tableau darstellt. Außerdem hängt dort das vergrößerte Bild der südafrikanischen Margerite mit Namen Jerawala.

Jeden Tag kommt die Welt hier herein. Kaum dass die Tür geöffnet wird, kommen sie die Treppe heraufgetrottet. Wir wissen nie, womit wir zu rechnen haben. Vater. Mutter. Bruder. Schwester. Zerbrochene Welten. Verlorene Embryos.

Gestern kam eine fünfköpfige Familie, ein junger Vater, eine sehr junge Mutter, ein Baby und zwei Kinder, ohne einen Platz, wo sie sich aufs Ohr legen konnten. Das Schuhwerk der Kinder bestand aus Stücken von einer Bettdecke, um die Füße gewickelt und mit Schnur festgebunden. Sie saßen stundenlang auf dem Flur, ruhig und höflich, wie Gestalten in einem Fries. Ich rief eine Einrichtung nach der anderen an, und nur auf mein inständiges Bitten hin gab eine Frau nach und sagte, sie könnten eine Nacht im Flur ihres ohnehin schon überfüllten Wohnheims schlafen. Diese eine Nacht auf jenem Boden war für sie zu Hause. Und am Morgen hieß es auf und los, und noch vor dem Abend wundgelaufen und müde, lechzend nach den kleinen Tälern und Beispielen von Barmherzigkeit.

Es geht hier sehr zügig und geschäftsmäßig und größtenteils auch gut gelaunt zu. Alles ist ziemlich bescheiden, aber Besuchern wird immer etwas angeboten, normalerweise Kekse, denn es gibt eine große Keksdose, in die man greifen kann. Dafür hat Varya gesorgt. Sie ist diejenige, die mich hierher gebracht oder, besser gesagt, ermutigt hat, hierher zu kommen. Wir saßen in einem Pub, als sie mir die Frage stellte – *Warum ich nicht nach Hause gehen könne, in das große Haus mit fünf Zimmern, ummauertem Küchengarten, Veranda und was noch alles.* Ich sagte ihr, ich könne erst nach Hause gehen, wenn ich zu mir selbst nach Hause kommen könne.

»Ich weiß«, sagte sie, und ich wusste, dass sie es wusste.

Was Frieden bringt. Was Gewissheit bringt.

Ich bat die Dolmetscherin in Den Haag, die Mütter von Srebrenica zu fragen, und sie hörten aufmerksam zu, und dann antwortete eine von ihnen – *Ein Knochen,* sagte sie. Das kleinste Stück Knochen von einem ihrer Kinder zu finden oder, noch besser, die Gebeine jedes ihrer drei Kinder zu finden. Von Hoffnung und Kummer gingen ihr die Augen über.

Das Innenministerium hat den Antrag der kleinen Allissos erneut abgelehnt. Noch mehr Warterei. Sie musste das Haus in Acton verlassen, und Varya hat für sie vorübergehend einen Platz in einer großen Kommune auf dem Land gefunden, wo ein Philanthrop die Unerwünschten bei sich aufnimmt, die im Gegenzug auf der Farm arbeiten. Inzwischen isst sie Kartoffeln anstellte von Reis. Mit ihren Kartoffeln beteiligen sie sich an diversen Gartenbauausstellungen, und die Beurteilung geht offenbar so vonstatten, dass sechs Männer die auf einer Platte liegenden Kartoffeln gewichtig betrachten und sie dann kurzerhand aufschneiden, um an das Innere heranzukommen.

Alle vierzehn Tage sehe ich Mistletoe. Ihr Vater oder ihre Tante setzt sie an der Station Ladbroke Grove ab, und sie stürmt die steile Treppe hinauf wie vom Wind angetrieben. Wir trinken Tee in einem Café, wo man alle möglichen Crêpes bestellen kann. Sie berührt wie früher mein Gesicht, streicht mir mit der Hand über den Hals, ignoriert die Unvollkommenheiten. Im Frühjahr wollen wir eine Reise unternehmen. Nach *Stonehenge.* Warum Stonehenge, habe ich gefragt. *Götter,* sagte sie. *Götter.*

An Weihnachten haben wir ein Theaterstück aufgeführt. Es war eine sehr freie Interpretation von *Ein Mittsommernachtstraum.* Die Schauspieler traten in kunterbunter Kleidung auf: Togen, Kronen, wilde Bärte, Talmi, Bänder und schlecht passende Pumps. Löwen brüllten, Esel iahten, es gab Betörungen zuhauf, während die Feenwelt sich mit der Menschenwelt vermischte und Robin Gutfreund, der Puck, mit seinen Kobolden den Arglosen einen Liebessaft in die Augen träufelte.

Jade sprach die ersten Zeilen, um das Thema Liebe vorzugeben:

Ein Rasen dien als Kissen für uns zwei,
Ein Herz, ein Bett, zwei Busen, eine Treu.

Cupido, mit verbundenen Augen und auf seinem Fahrrad, sollte Liebespizzas an falsche Adressen liefern, Vorbote der Katastrophe, die folgen sollte. Der arme Schnauz, der Kesselflicker, der zur Wand wurde, durch die Pyramus und Thisbe »wisperten«, bekam Massen von Lehm ins Gesicht gepfeffert. Nathaniel, der Sohn des Sprachlehrers, hatte sein Kindereimerchen samt Schaufel mitgebracht und warf wahllos um sich: »Hau weg den Dreck, hau weg den Dreck.«

Der Wald wurde durch kleine Häuflein von Kiefernzapfen und ein paar verwelkende Christuspalmen dargestellt.

Aus einem aufgehängten Käfig sagte ein unflätiger Papagei immer wieder: »Blöde Schlampen, blöde Schlampen«, aber aus Angst vor noch größeren Obszönitäten wurde der Käfig eilends entfernt.

Lippen waren küssende Morellen, Tautropfen waren Perlen, ein Schlaf, Kindlein, schlaf begleitete die süßen Momente. Wahre Liebe schmolz wie Schnee, Liebeswahn war ansteckend, Verlobungen wurden gelöst, und Liebhaber durchstreiften wutschnaubend den Wald und trachteten nach Rache.

Man hörte Helena, die Verschmähte, sagen: »Ich bin Euer Hündchen; und, Demetrius, wenn Ihr mich schlagt, ich muss Euch dennoch schmeicheln.« Demetrius seinerseits ermahnte sie, den Hass seines Gemüts nicht so sehr auf die Probe zu stellen.

Könige und Königinnen legten ihre übliche Kälte ab. Theseus der König, der durch die Verletzungen, die er Hippolyta im Krieg zugefügt, ihre Liebe gewonnen hatte, hob mit seinem Speer ihr Gewand an, damit sie ihre blauen Flecken vorzeigte. Oghowen als seine Frau begann, stolz auf diese Stigmata, jedes Häkchen und jede Öse ihres Spitzenkorsetts zu lösen und hielt infolgedessen den Fortgang des Stückes auf.

Titania, die von Maria gespielt wurde und eigentlich bis zu einem sehr viel späteren Zeitpunkt im Stück schlafen sollte, richtete sich aus ihrem Betäubungsschlaf auf und rief, als sie Zettel den Weber mit seinem Eselskopf sah, laut aus: »Weckt mich von meinem Blumenbett ein Engel?« Selbst sie fand alles herrlich lustig und musste lachen, während Bluey als Oberon, ihr feierlich abschwörender Mann, den strengen Pentameter aufgab und zur großen Erheiterung des Publikums laut »Beweg deinen Hintern hier rüber, Titania« rief.

Auch Nahir, der seine Sache als naseweiser Aff gut gemacht hatte, löste sich von der strengen Tradition und verwandelte sich in einen Clown. »Gelt, ich kann auch spaßen, wenn's darauf ankommt.« Mit einem kleinen Vergrößerungsglas machte er sich daran, die Geheimnisse anderer Liebender auszuspionieren, nur dass er seine werbenden Zeilen vergaß und kläglich fuchtelnd »Es ist mir entfallen« ausrief, was eindeutig der Fall war.

»Ausreißer«, rief einer der Schauspieler, folgte ihm ins Publikum, wohin er geflohen war, und blieb, wiederum aus der Rolle fallend, unterwegs stehen, um Freunde oder Verwandte zu fragen, ob es ihnen gefalle. Dann wurde es, zwar nicht dank eines Regieeinfalls, sondern aufgrund einer technischen Panne hinter der Bühne, im Zuschauerraum dunkel, Pfiffe und Buhrufe wurden laut, und Schauspieler unten fuhren mit einer bewegenden Wiederholung von »O Nacht, so schwarz von Farb, o grimmerfüllte Nacht!« fort.

Auf der Bühne blieb es Allissos und ihren Mänaden in ihren bunten Chiffontüchern überlassen, mit Ringelreihen die Täuschungen voranzutreiben und das Publikum zum Mitmachen aufzufordern.

Das Stück ging zu Ende, Robin Gutfreund rief die Hanswurste zurück, alle Schauspieler wurden genötigt, sich bei den Händen zu fassen, während Unrecht wiedergutgemacht, wahre Liebe und ihre Tugendhaftigkeit wiederhergestellt wurde. Hochzeiten wurden gefeiert, Flechtringe ausgetauscht und die Köpfe der immerdar Verlobten mutwillig mit Unmengen Reis beworfen.

Nun gute Nacht! Das Spiel zu enden,
Begrüßt uns mit gewognen Händen!

Zum Finale sollte in den fünfunddreißig verschiedenen Sprachen der Darsteller das Wort *Heimat* gesungen und skandiert werden.

Zunächst klappte das auch nach vielen Proben nicht, die Stimmen rieben sich aneinander, die angestrebte Harmonie wollte sich nicht einstellen, dann trat eine Frau vor und übernahm das Kommando, ihre Stimme voll und geschmeidig, ein weindunkles Meer, gefüllt mit den ertrunkenen Erinnerungen an Liebe und Zugehörigkeit. Bald stimmten andere ein, bis sich endlich fünfunddreißig Zungen wie eine einzige zu einem aufsteigenden, transzendenten Magnificat vereinigten. *Heimat. Heimat. Heimat.* Es schwang sich empor und schwoll an, es drang bis zu den Dachsparren und durch die Wände, hinaus auf die erleuchtete Straße, aufs Land mit Marsch und Wiese, vorbei an Friedhof und Schafhürde, durch verstummte Wälder, bis zu den einsamen Savannen und stinkenden Slums, über Meere und weiter, zu endlosen, ersehnten Orten.

Man würde nicht glauben, wie viele Wörter es für *Heimat* gibt und was für eine wilde Musik sich ihnen entringen lässt.

DANKSAGUNG

Beim Verfassen dieses Buches habe ich unschätzbare Hilfe von Menschen in Galway, Roscommon, London, New York, Bosnien und am ICTY in Den Haag erhalten. Mir fehlen die Worte, um meine gewaltige und fortdauernde Dankbarkeit auszudrücken, und die Liste ließe sich beliebig fortsetzen. Großer Dank gilt meinen inspirierten und gewissenhaften Lektoren Lee Brackstone und Judy Clain, Ed Victor, meinem überaus zuverlässigen Agenten und Verbündeten, und zu guter Letzt Nadia Proudian, die mit aller ihr zu Gebote stehenden Kompetenz und Bereitschaft einen Entwurf nach dem anderen getippt hat.

Die *Pilgrims Hatch Dog Kennels* haben mich viele Male willkommen geheißen.

Titel der englischen Originalausgabe »The Little Red Chairs«,
erschienen bei Faber and Faber Limited, London 2015

Dieses Buch wurde veröffentlicht mit Unterstützung von:

LITERATURE IRELAND
Promoting and Translating Irish Writing

Gilgamesh, zitiert nach der Übersetzung von Raoul Schrott, Fischer Taschenbuch Verlag, Frankfurt 2014
Die Verszeilen von W. B. Yeats aus dem Gedicht »Das geraubte Kind«, zitiert nach der Übersetzung von Mirko Bonné, in: W. B. Yeats: *Die Gedichte.* Luchterhand Verlag, München 2005
Das Zitat aus Vergils *Aeneis* folgt der Übersetzung von W. Hertzberg, bearbeitet von E. Gottwein
Die Verszeilen von Wallace Stevens aus dem Gedicht »Dreizehn Arten eine Amsel zu betrachten«, zitiert nach der Übersetzung von Hans Magnus Enzensberger, in: Wallace Stevens: *Hellwach am Rande des Schlafs.* Gedichte. Zweisprachig. Hg. von Joachim Sartorius, Hanser Verlag, München 2011

1. Auflage 2017

Lektorat: Claudia Glenewinkel
Gestaltung: Victor Balko
Umschlagfotografie: Macie Jones
Gesetzt aus der Nexus
Gedruckt auf Schleipen Fly 115 g

Steidl
Düstere Straße 4, 37073 Göttingen
Tel. +49 551 496060 / Fax +49 551 4960649
mail@steidl.de / www.steidl.de

ISBN 978-3-95829-369-4
Printed in Germany by Steidl

SEBASTIAN BARRY
GENTLEMAN AUF ZEIT

Roman
Aus dem Englischen von Petra Kindler
und Hans-Christian Oeser
288 Seiten
Leinen

Jack McNulty ist ein Gentleman auf Zeit, ein Ire, der vorübergehend als Offizier im Dienst der britischen Armee steht. Er hat als Ingenieur in Afrika gearbeitet, als Bombenentschärfer in London sein Leben riskiert, den Torpedoangriff eines deutschen U-Boots überlebt und als UN-Beobachter die Unabhängigkeit Ghanas begleitet. Es ist 1957, die britischen Truppen sind endgültig abgezogen, doch Jack zögert seine Abreise hinaus, er »lungert in Afrika herum wie ein abgehalfterter Missionar«. Bevor er nach Sligo und zu seinen Kindern zurückkehrt, will er reinen Tisch machen mit seiner Vergangenheit, denn Jack McNulty ist auch ein Feigling, ein Waffenschmuggler, Trinker und Glücksspieler, der seine einst so schöne und geistreiche Frau Mai um Erbe, Gesundheit und Leben gebracht hat. Getrieben von Reue, schreibt Jack seinen Lebensroman, die Geschichte eines Mannes, der sich schuldig gemacht hat, eine Elegie auf eine große, verlorene Liebe.

»Es gelingt [Barry], einen Plot voller spannender Cliffhanger und die Szenen einer scheiternden Ehe nahtlos miteinander zu verfugen. Ein Kunststück.« – Süddeutsche Zeitung

COLIN BARRETT
JUNGE WÖLFE

Stories
Aus dem Englischen von Hans-Christian Oeser
224 Seiten
Leinen

Die Stadt ist ihr Revier, hier streifen sie umher, die jungen Leute dieser von der Wirtschaftskrise gebeutelten Gegend im äußersten Westen Irlands. Stets auf dem Sprung, stets bereit zu einer Schlägerei, dem rettenden Rausch oder der schnellen Nummer, ohne echtes Ziel, aber immer auf der Suche. Sie sind Türsteher, Kleinkriminelle oder Tankwarte, sie sind so rücksichtslos wie weichherzig, doch wenn es um Gefühle geht, lassen sie lieber Taten sprechen. Colin Barrett, so die New York Times, »versteht sich blendend darauf, Momente einzufangen, in denen es bei jemandem richtig mies läuft« – und das tut er mit Mitgefühl und großem Spaß. In seinen gefeierten Erzählungen gehen schwarzer Humor, Gewalt und Zärtlichkeit eine unwiderstehliche Liaison ein.

»Mit seiner sprachlichen und psychologischen Finesse ist dieser feine Erzählband, von Hans-Christian Oeser angemessen ins Deutsche übertragen, ein starkes literarisches Debüt, dem man viele Leser wünscht.« – Süddeutsche Zeitung

»Barrett trifft den melancholischen Grundton solcher Lebensvergeudungen. Es ist kein depressiver Ton, eher ein lakonischer, der zu Herzen geht …« – Frankfurter Allgemeine Zeitung

PATRICK McGINLEY
BOGMAIL

Roman mit Mörder
Aus dem Englischen von Hans-Christian Oeser
344 Seiten
Hardcover

»Eales muss vernichtet werden«, findet Pubbesitzer Tim Roarty, und zwar bevor der Barmann seine lüsternen Spielchen mit Roartys Tochter zu weit treibt. Das Giftpilzomelett versagt, also muss Band 25 der *Encyclopædia Britannica* als Mordwaffe herhalten. Die Leiche wird im Moor vergraben, Eamon Eales scheint Geschichte. Dann allerdings tauchen aus dem Moor Briefe auf, unterzeichnet mit »Bogmailer«, und Roarty beginnt sich zu fragen, welcher seiner exzentrischen und leidenschaftlich intriganten Stammgäste ihn zu erpressen versucht.

»Ein Juwel der irischen Kriminalliteratur ... ein kleines Universum der unterschiedlichsten, originellen Typen, die allerdings durchaus einander nicht immer grün sind, was noch zu weiteren betrüblichen Handlungen führt. McGinley porträtiert sie alle meisterhaft, eisig liebevoll, wenn das Paradox erlaubt ist. Wer dabei an James Joyces ›Dubliners‹ denken muss, liegt sicher nicht falsch. Bei McGinley wird all das hochgiftig, denn schließlich geht es immer und ganz dezidiert um Mord. Weltalltag in einem kleinen Dorf, auf der Kippe von Tradition zur Moderne, und deswegen auch skrupellos gewalttätig. Ein mörderisch-charmantes Buch.« – Deutschlandradio